魅丽文化 花火工作室

小寒春

下

乌合之宴——著

江苏凤凰文艺出版社
JIANGSU PHOENIX LITERATURE AND ART PUBLISHING

图书在版编目（CIP）数据

小寒春．下 / 乌合之宴著．-- 南京 ： 江苏凤凰文艺出版社，2022.8
ISBN 978-7-5594-6811-6

Ⅰ．①小… Ⅱ．①乌… Ⅲ．①长篇小说－中国－当代 Ⅳ．① I247.5

中国版本图书馆 CIP 数据核字（2022）第 074917 号

小寒春．下

乌合之宴 著

出版统筹 曾英姿
责任编辑 张 倩
特约编辑 雷凤伶
装帧设计 阿 和
封面绘制 Dzi
出版发行 江苏凤凰文艺出版社
南京市中央路 165 号，邮编：210009
网 址 http://www.jswenyi.com
印 刷 长沙金鹰印务有限公司
开 本 880mm × 1230mm 1/32
印 张 10.5
字 数 365 千字
版 次 2022 年 8 月第 1 版
印 次 2022 年 8 月第 1 次印刷
书 号 ISBN 978-7-5594-6811-6
定 价 45.00 元

目　录

目　录

第十七章

她怀孕了他都不在

凭州这副模样，陈若江这些日子压力也不小，城中慌张的百姓需要安抚，军中躁动的人心需要安抚，尤其是四面楚歌的境地令他整夜整夜失眠。

“主公，我们现在怎么办？”他将卫澧一对擦得银光照雪的弯刀递过去，谨慎得生怕割到自己的手。

“什么怎么办？”卫澧好像丝毫没有意识到自己的处境有多艰辛。

陈若江被他若无其事的语气炸得头皮发麻，卫澧真不知道自己是什么处境吗？

“主公，现在咱们三面被围了，军中人心浮动，城里百姓也几欲逃窜。”

他们可能要死了，还是死无全尸的那种。也就是他，跟着卫澧时间长了心大，换了别人面临这种处境，早撂挑子不干了。

百件坏处堆在一起，倒是出了一件稍微好点儿的事情，刘涣与王之遥在罪状中说卫澧通敌叛国，但这飞东章一动作，反倒让大家有点儿犹豫。

卫贼若真的通敌叛国，飞东章怎么会将矛头对向自己的友方？

卫澧漫不经心地看了眼自己的刀：“没见识，打赢几场就好了。”

赢？他们上哪儿赢去？就算凭州有五十万的兵马，看起来也玄。陈若江急得直抓头发：“主公有什么法子？”

“你看刘涣和王之遥这个联盟如何？”卫澧问。

“有点儿意想不到。”陈若江憋了半天，搜肠刮肚只能想出这个。

谁也想不到刘涣和王之遥这两个老对头能组成联盟，前几个月两人还打破头。

卫澧阴恻恻地一笑：“两头驴罢了，当是什么了不起的东西了。”给点儿好处吊着就跑。

“那咱们可要求援？”陈若江建议。

“求援？求谁？你看谁想帮我？”

陈若江心想，主公这自知之明来得太不是时候了，他心念一动：“西边烛阙倒是兵强……”

他话还没说完，卫澧抬手扇了他一巴掌，满眼戾气：“你有种再给我说一遍？”

陈若江微微低头，不敢吭声，脸肿得老高，嘴角流血。他刚才实在是急眼了，所以口不择言。

卫澧指着桌上的舆图，下巴微抬：“老子跟你说，老子不仅这次要活下来，今后还要打烛阙！谁都可以活，烛阙必须死。”

陈若江飞快地跪下请罪：“属下知罪，还请主公责罚。”

烛阙与大豫积仇多年，赵星列在的时候打得不死不休，顺和帝一上位，说好听点是以和为贵。这送钱又送人，赵星列的棺材板都快摁不住了。

顺和帝因为这事儿被大豫百姓骂了许多年。

两人收了舆图到东营，军中气氛略沉重。卫澧见将士无一不充满着压抑和消极的情绪，陈若江担忧道："主公，要不要鼓舞鼓舞士气？"

卫澧一歪头道："哀兵必败，不过是有些话要讲。"

将士尽数聚在东营的校场，卫澧从上头望下去，乌泱泱的一片人头。

众人皆以为他是要鼓舞士气，不想卫澧踩在鼓面上，说道："刘涣和王之遥为我列的五条罪状你们都听说了吧？"

下面人不敢应，卫澧皱眉："说话。"

这才齐声道："听说了。"

"你们信吗？"

"不信！"众人又是齐声，光是第一条就天诛地灭，他们也不敢说信。

"除了最后一条，老子都干了，做了就不怕承认。最后一条老子就是没干，飞东章他算什么东西值得我合作？"

卫澧吐出口气，这些天的郁闷散了一点儿。打就打，他又不怕，但他不能让人往他脑袋上扣屎盆子。

卫澧说完之后，是长久的沉默，众人都以为他还有话要讲，一直等着。

卫澧扫过他们，见他们纹丝不动，于是折回脚步斥道："看什么，都散了，滚回去操练。"

"没，没了？"下面有人窃窃私语。

"还想听什么？我是不是还得揪着你们耳朵说好好打，肯定能打赢？打赢了有肉吃？做梦去吧，就打个飞东章用得着我鼓舞士气？瞧不上谁呢？能压着他们打一次两次，就能打第三次，散了！"卫澧骂完抬脚走了。

人这才稀稀拉拉地散开。

"这能赢吗？"有人被卫澧这一番话弄得云里雾里，有些摸不透。

"能吧，毕竟飞东章现在都分成两半儿了，地儿就那么大点儿。"

青丹要用的兵马多，分到富裕和休邱就没多少了。卫澧令杨泽笠带东营八万人在富裕迎战，陈若江带南营七万人在休邱迎战，他带了二十万人在青丹城附近驻扎。

所有人都胆战心惊，刘涣与王之遥可是几乎掏空了清州与幽州，势必要拿下凭州，对阵的兵马就有四十万。

当年赵星列与烛阙征战，军中人才不过八十万。

杨泽笠常年遭受打压，立功求胜心切，打起仗来颇有卫澧那种不要命的精神，加上手中人手足，不追到对方营帐处不鸣金收兵。陈若江自是不用说，因为时刻帮卫澧兜底，行事稳健。两方与飞东章交起手来多半是取胜的。

飞东章没想到卫澧不先针对刘涣和王之遥那边，反倒是腾出这么多人来对付自己，被打得颇有些下不来台。

青丹城那边，刘涣与王之遥两个人谁也不肯率先动手，生怕先动手的损失重，与卫澧只是小打小闹。常常派人前来叫阵，但总是不肯大规模出兵，两方都耗了快半个月了。

好在赵明瑾这个冤大头愿意给两个人出钱出粮草。

刘涣与王之遥将粮草对半劈开，一人一半放在各自的营地，他们虽是合作关系，但彼此并不信任。

下面骂得极为难听，换作卫澧以前的脾气，估摸着早就开城门把人剁了，大概是读书令人明智，卫澧现在看着在下面遛马的敌方将领，从城墙上捡了几块石子。

“见过我射箭吗？”他问宋将军。

宋将军摇头。

卫澧丝毫不谦虚地自夸：“百步穿杨。”然后蓄力，朝着下面掷出一颗石子。

“砰”的一声，砸中了对方的脑袋。

宋将军大为惊诧，城墙距下三丈，卫澧都有如此准头，力道看起来也不小。

接连几声，卫澧手中的石子全部砸在叫阵人的脑袋上了。

他大笑起来，嘲讽意味十足。

“地道挖好了？”见人落荒而逃，卫澧问宋将军。

“挖好了，主公可是要烧毁他们的粮草？”冬日土被冻得僵硬，一锄头下去也凿不出多少土，只能一边烧火化土一边往下挖，地道足足挖了半个月。

“你带人把刘涣的粮草挪出一部分，放到王之遥的粮仓。”

他是不怕拖的，就算没有粮食，凭州各处都是山，野物也多。时间拖得越长，那两个硬捏在一块的人就越猜忌对方。

若是陈若江在这儿，必定要感叹，读书果然有用，去年还只会硬冲的人，今年都会抓住形势挑拨离间了。

凭州冬天虽冷，但甜冰很盛行，小商小贩会用各种糖水、蜂蜜水冻出甜甜的冰块在集市上售卖，大户人家也会刨冰，加上果汁、水果、蜂蜜吃。

赵羲姮原本就嫌冬天冷，再让她吃冰简直是要她的命，但入乡随俗，她看侍女在外面一边吃冰一边跺脚还挺欢快，于是也犯馋想要。

新厨子的手艺很好，刨冰酸酸甜甜的，加上室内温暖，赵羲姮不但没觉得冷，反而觉得很刺激。

天越冷她越能睡，迷迷瞪瞪醒来后快到饭点了，招手同侍女道："还有冰吗？"

"夫人，您这个月月信都推迟十天了，兴许是吃冰吃凉了，搞不好到时候来会肚子疼的，不能吃了，奴去叫个医师来给您瞧瞧。"

医师拎着小药箱匆匆地赶来，自上次谢青郁被卫澧打伤，赵羲姮就建议在府中聘请一位医师常驻，毕竟人总有头疼脑热的时候，请一个有备无患，也省得府里的人总往山下跑了。

赵羲姮惜命，万事把自己的身体放在第一位，觉得自己也是吃冰吃多了导致月信推迟，于是痛快地将刨冰舍弃，赏给了下面的侍女们。

鸡皮鹤发的医师将帕子垫在赵羲姮手腕上，捻着自己下巴上一撮花白的胡子，微微闭眸，老神在在地摸脉。

室内一片安静，赵羲姮嘴里没东西嚼着，觉得空落落的有些寂寞，于是随手捻了盘子里的坚果往嘴里塞。

腰果和松子仁用五香粉和辣椒面炒的，油滋滋酥脆脆又香香辣辣的。

医师花白的眉头皱起，倒吸一口气，像是遇见了什么疑难，他挽了挽袖子，露出胳膊，面色凝重起来。

赵羲姮搓松子皮的手顿住，有点慌，将手在湿帕子上擦了擦，看医师这副模样，她该不会得了什么病吧，还是什么疑难杂症？

"先生……"她怀着忐忑的心情开口，医师示意她噤声，然后让她换另一只手把脉，赵羲姮更紧张了，甚至能听见自己心脏怦怦跳的声音。

她僵硬着将另一只手腕放到小枕上，医师又是一番拧眉诊脉，然后徐徐睁眼。

"先生，我不会是得了什么治不好的病吧？"她年纪尚轻，得长命百岁平平安安，卫澧还没死呢，她怎么能死在卫澧前头？

医师闻言，摇摇头，语气轻松地劝慰："这倒不是，夫人放宽心，您没有生病，不过平日里要少吃生冷，适当运动，但不可剧烈运动。"

赵羲姮这才松口气，往后一仰靠着软枕，捻了个炒腰果吃，没生病就好。

"您兴许是有孕了，但月份太浅，脉象若有若无，等半个月后，老夫再来为夫人诊脉。"生老病死人之常情，但这四件事中，唯有"生"才是令人喜悦的。

主公与夫人正正经经在一起有一年了，有孕实在正常。

这话传到赵羲姮耳朵里，不亚于晴天霹雳。她怀孕了？孩子是卫澧的？她怎么就怀孕了？

“先生，您别‘兴许’，大概有多少把握？”赵羲姮维持着方才的动作，僵硬得一动不敢动。

医师又摸了摸胡子，思索后道：“八分把握，孕期大约半月有余。”

八分，几乎已经是确定了。

赵羲姮脑袋里“嗡”的一下，甚至来不及控制自己的表情，她都不知道自己现在是什么鬼样子。她的手搭在桌上，又拿下来落在膝上，然后又放回桌上。

她拿了个腰果，再放回去，反反复复。俨然一副手足无措的模样。

房内围着的侍女们纷纷向她道喜，叽叽喳喳得宛如一群欢快的麻雀。

“等半个月后请先生再来确诊一次，就能将这个好消息告诉主公了。”

赵羲姮心乱如麻，揉了揉太阳穴：“等等，你们都出去吧，我自己一个人静静。”

侍女们面面相觑，只以为她是因为要做母亲了太紧张，于是也安静下来，带着医师离开了。

待整个室内都安静下来，面无表情的赵羲姮忽然一把捧住自己的脑袋呜咽一声，然后抓抓头发。她在此之前压根都没想过这件事情，养孩子要怎么养？生孩子要怎么生？教孩子要怎么教？

没人教她，她也不会。万一没把孩子养好怎么办？

烦恼一下子接踵而至，几乎要将她的脑袋挤破。

问题越来越多，赵羲姮忽然一下子“哇”的一声哭了出来，她该怎么办？她怀孕了他都不在。算算日子，是他临走的前一天，喝多了的那天晚上。

眼泪跟断了线的珍珠似的，不要命地往外淌，赵羲姮眼泪都顾不上擦，哭得眼尾和鼻尖都红红的，身体也一抽一抽的。

她揪着膝上盖着的小毛毯，维持着一个姿势有些坐麻了，但动也不敢动，才半个月，医师说都没有花生大，万一她一动掉出来怎么办？

要是她阿娘还在就好了，肯定会告诉她该怎么办的。

赵羲姮思考怎么教育孩子之余，忽然想起个事情，万一卫澧这次真的打仗输了，死在外头了，那孩子是不是生下来就没爹爹了？

呜，卫澧还说要在死之前掐死她，她们娘俩真可怜。

她哭累了，瞅见小几上那一叠香香脆脆的炒坚果，一边抽噎，一边摸起来吃。

赵羲姮几乎是在对未来的忧虑中度过了一个下午，最后还是天擦黑了，侍女们摆饭叫她吃饭。她擦擦眼，拿起小镜子看了看，里面的人眼睛有些红肿。

以后应当少哭些，万一孩子沾染了不好的习气，生出来是个小哭包怎么办？

不只是赵羲姮紧张到手足无措，侍女们年纪轻，没生育过，也十分紧张，生怕赵羲姮走一步都要出什么问题，于是同赵羲姮商量着将饭菜摆到室内的小几上。

“夫人，多吃鱼，听说吃鱼生出来的孩子会聪明。”她们细细地将鱼刺挑了，哄孩子一样劝赵羲姮多吃些。

年轻姑娘们的脸庞上透着兴奋和紧张，一时间令赵羲姮有些怀念小桃。

谢青郁说小桃留在了谢家，想必过得也不错，如果她在自己身边，知道了自己怀孕，也不知道会是什么表情。

“医师说是八分的把握，那就是还不确定，别将这消息外传，咱们知道就行了，等半个月后再诊一次脉看看。”赵羲姮这样说着，稍稍有些紧张。

是生怕怀孕是误诊？还是怕怀孕不是误诊？她也说不清自己到底在紧张什么。

未到半个月，卫澧回来了一趟，赵羲姮一见他风尘仆仆地进来，心里一咯噔，该不会是外面形势不好，回来提前掐死她的吧？

不能不能，卫澧哪次不是纸老虎，不过说说而已，她还当真了？

“主公怎么回来了？”她问。

“回来取两身衣裳就走。”

不过两身衣裳，随便买件穿穿不就是了，再或者让人回来取也行，用得着他亲自回来？听起来是个借口。

卫澧嘴上说着取衣裳，眼睛却盯在赵羲姮身上半点儿没动，将她从头到脚打量了一遍，像是恨不得刻在脑子里。

他这些日子实在想她想得不行了，闭眼睁眼全部是她，想着她这个时候会在家里做什么？今天吃了什么？有没有想他？是在想他还是在想她的旧情人？

这样下去不行，势必得回来见一面，于是他借着拿衣裳的由头，回来看一眼。

他进去取衣裳，赵羲姮步伐放得稳重缓慢，悄悄地尾随着。

这些日子习惯了，没有刚开始动也不敢动的战战兢兢了，医师说除非母亲身体太差，不然孩子不会脆弱得走两步路就没了。

赵羲姮扒着门框，问他：“主公，你喜欢小孩吗？”

卫澧将衣裳往包袱里一扔，头也不抬：“不喜欢。”小孩子又哭又叫的，有什么好喜欢的？

“哦。”赵羲姮又问，“那你自己的小孩呢？”

卫澧动作一顿，转头看向她：“你想生孩子了？是在家闲得太无聊了吧，赵羲姮，有这心思还不如去种点儿地。”

她那么小的年纪，生什么孩子，要生也得过两年再说。

赵羲姮扁扁嘴，有点不高兴。原来卫澧不喜欢小孩，自己的也不喜欢。万一她真怀孕了，孩子生出来他估计也不待见。

他会不会重男轻女啊？万一重男轻女，是个男孩还好，他还会疼一疼，要是个女儿，只有自己疼她，她得多难受。他上次还说要对将来的女儿很凶来着。

卫澧拎着包袱出来，见她闷闷不乐地站在原地，上前敲了一下她的脑袋：“你现在想也没用，谁有空跟你生孩子？我走了。”

赵羲姮忽然一把揪住他的衣襟：“那你这次会赢吗？会活着回来吗？”

她眼睛忽闪忽闪的，手指攥得紧紧的，看起来很紧张，卫澧起了恐吓的心思，恶劣而轻快地道：“当然不会，你知道他们带了多少人吗？”

“那怎么办？”

“等死呗，反正活了这么些年也够本了。”他十分无所谓，然后抬脚走了。

赵羲姮看着他的背影出神，一时间不清楚他到底说的是真话还是假话。

他似乎平常说真话的时候，也是这种语气。但当真有人死都死得这么从容吗？

但是也不一定，卫澧是个疯子。

珠帘一响，卫澧忽然又折回来，他紧紧地抱了赵羲姮一下：“临死前再抱你一次，你等我，我临死前要能回来，肯定把你捎上。要是我回不来，让人乱刀砍死了，就便宜你改嫁了。”

他说得吊儿郎当，赵羲姮却忍不住后背汗毛一竖。

他对她有占有欲，那占有欲会不会促使他临死前最后一折腾，把她带上呢？

半个月后，医师又为她诊了一次脉。

老头笑得胡子翘起来，拱手对她正正经经地说了声恭喜。

赵羲姮有点儿喜不起来。卫澧多半是要死的。他要是死了，孩子生下来没爹，怪可怜的。嗯，卫澧也挺可怜的。但中途丢盔弃甲不打肯定不行，留给他的只有这一条路。他要是带上她一起死，那更不行了。这样的话，他死得就不可怜了，是罪有应得。

她托着腮，若有所思。

侍女欢欣雀跃：“夫人，我们传信给主公，告诉他这个好消息吧。”

“别。”赵羲姮摇摇头，“战场情况紧急，别让他分心了。”

“夫人说得是，还是夫人贴心，等主公回来直接给他个惊喜。”

赵羲姮僵硬地笑笑，他怕是回不来了。

反正卫澧也不喜欢小孩，她万一欢欢喜喜地把这件事情当作好消息传过去，结果人家根本不高兴，她自己剃头挑子一头热，多尴尬。

赵羲姮虽然心有忧虑，但还是照例给府中每人多发了半年的月钱。

刘涣营中丢失的粮草，在王之遥营中找到了，并且还在粮仓附近找到了一条通往两方营地的地道，地道被掩盖了一半，剩下一半还没来得及掩盖。

原本刘涣此人就多疑，对王之遥处处防备，眼下粮草失窃，无疑是将两个人的猜忌与矛盾摆在了明面上。

但大战在即，犯不着为了这点儿小事撕破脸皮，刘涣暂且忍下，只向王之遥要了失窃粮草的两倍作为补偿。

王之遥心里也憋着一股气，分明不是他做的，眼下却要搭上名声又搭东西，简直恶心透顶，两人不欢而散。

攻城当日，两人抓阄，王之遥运气不好，清州的兵卒打头阵。

卫澧站在墙头上看着下面战况，漫不经心地指挥：“别同他们硬碰硬，尽量减小伤亡。”

硬上必然是打不过，他又不是傻子。

青丹城以防守为主，又时不时地逮着王之遥的人马刺激一下，但刺激完了就跑，王之遥被气得额头青筋暴起，心肺几欲炸裂。

这并非卫澧的行事风格，两人许久前交过手，卫澧当时打得简直不要命，他今朝此举，无非是在戏弄人，简直是奇耻大辱！

“攻城！”他抽出利剑，振臂一挥。

“报！主公！”

王之遥本就在气头上，被人打断了，骑在马上一抬脚，照着来报的兵卒头上一踹：“说！”

“主公，清州边防遇袭，烧了咱们六座粮仓。”冬天了，粮食和煤炭都是关键。

王之遥的怒火已经燃烧到了极致：“谁干的？谁干的？到底是谁干的？”

“听侥幸活下来的兄弟们说，那些人将身份都隐匿了，但人是往西边逃的。属下等旁敲侧击过华尚乐，但其唯唯诺诺不敢言。”

“西边，西边是华尚乐的冀州，越过冀州是刘涣的幽州！华尚乐就是借他一百个胆子，他都不敢动我清州！唯唯诺诺，还有谁能让华尚乐唯唯诺诺？！”冀州已经被他们穿梭得成了筛子，谁都能随意进出。

王之遥恨得咬牙切齿，思前想后，将一切都串起来了。

“鸣金收兵！”即便占据优势，王之遥也不想打了。

自己在这儿累死累活，伤人伤财，莫不是做了冤大头！指不定刘涣在后头偷着乐，想着如何再占便宜呢！若非讯息来得及时，就为他人作嫁衣了！

刘涣原本在后方乐滋滋地观察着前方情况，无论是王之遥的人死，还是卫澧的人死，他都乐见其成，但不想片刻后便听见了收兵的讯号。

“王之遥那老匹夫到底要做什么？”就收兵了？一个人没死打什么仗？

不多时，营帐被掀开了，王之遥气冲冲地进来，揪住刘涣的领子，目眦欲裂：“竖子小儿！胆敢偷袭我清州！你我如今是合作关系，你竟敢背信弃义？”

“谁背信弃义，老东西，你不要信口雌黄，我何时偷袭过你清州？你前几日倒是偷了我军中的粮草我还不曾与你计较，你竟然含血喷人！”刘涣自然不认，与他骂开。

王之遥撕扯着他：“好啊，我是知道了，前几日那一出粮草丢失恐怕也是你贼喊捉贼，为的就是理直气壮偷袭我清州粮仓，还想拒不赔偿！”

仔仔细细算下来，吃亏的全是王之遥。

两个人扭打起来，周围的人赶忙上前劝架：“主公，主公，以和为贵，以和为贵。”

“莫要中了他人挑拨离间之计！”

好歹将两个人撕开。

刘涣一抹嘴角的血：“谁同你说，偷袭你清州的是我幽州的人？”

“我军中人见那些人放火后往西跑了！”王之遥也是鼻青脸肿。

“那你怎不说是冀州的？”

“借华尚乐一百个胆子，他敢吗？他除了钱还有什么？”

“那你怎不说是卫澧的人，为的就是挑拨离间你我？”

“放屁，人可不是从北边来的！”

刘涣与王之遥面对面坐着，两个人的联盟，如今危如累卵。

“今日我打了头阵，明日就该你了！”王之遥恶狠狠地看着他。

刘涣深吸一口气，王之遥今天这仗打的，一个人都没死，这叫什么打仗？明日轮到他，还不知道是什么光景呢，但忍一时风平浪静，说不定他们一起内讧，便宜的就是卫澧。

他咬牙点头："好，明日换我。"

卫澧叼了根枯草，站在墙头上，一身银色的甲胄，显得人亮堂俊秀，越发显得他威武挺拔，器宇轩昂。

编了几缕小辫子，紧紧地将剩余发丝牢固捆起，绷得眼角眉梢更为上扬，本就是单眼皮，微微上挑的丹凤眼，现在看起来更凶邪得厉害。宋将军与他拱手一拜："主公，我们下一步该如何？"

"千年王八万年龟，凭州真是块好地方，谁都稀罕，王之遥为了凭州还真能忍。"卫澧将口中的枯草取下，神色淡漠，用指节捋了捋。

刘涣谨慎阴损，王之遥脾气暴烈，都对彼此怀有戒心，能为利益暂时合作，却极容易土崩瓦解。

"不知道哪个子曰过：知己知彼，百战不殆；将欲取之，必先予之。他们要凭州，那就给他们。柴堆得差不多了，就点火，然后……"

他一摊手："砰！炸了。"

宋将军被他神神叨叨地吓了一跳，忍不住后退半步。卫澧歪头看向他，忍不住笑了，笑得张扬肆意，整个人诡秘得像是萨满神祟。

赵羲姮看着瘦，但能吃能喝，身体健壮，能轻而易举把同龄的小娘子摁在地上打。

医师每隔三天来给她诊一次脉，侍女紧张地问："要不要喝安胎药或者食补？"

"药不用，是药三分毒，但吃的方面营养得跟上。夫人身体康健，会生出个健壮的小娃娃的。"医师摆摆手，叮嘱道，"夫人可以多走走，对身体好。"

赵羲姮点点头，刚开始有了这个小东西的时候她战战兢兢，生怕一不小心就会伤到，或者没了，后来逐渐适应，发现这小家伙倒是很皮实，她就算蹦蹦跳跳都没有关系，这孩子肯定随她，省心。

虽然孩子爹不是什么好东西，但孩子赵羲姮没想过要打掉。

因为这孩子不但是卫澧的，也是赵羲姮自己的，她阿耶阿娘去世好多年了，她没有兄弟姊妹，没有血脉相连的亲人，等这个小家伙一出生，就是她最亲的亲人了。

卫澧细看还是挺好看的，就算孩子将来多半随了他，也不会丑。

十二月中旬，刘涣攻下青丹，城中百姓大半早已迁移，其余俯首，因而并无伤亡。

赵羲姮初闻此事时，心中大为惊骇，但尚且稳得住，只是暗暗吩咐人去收拾府上值钱的东西，给府中下人结算月钱，以防不测放他们出府。

刘涣等人是奉天子召令诛杀逆贼，早早宣告不伤百姓，因而城中百姓并不慌乱，倒是不需安抚。

隔日，消息传来，刘涣又攻下方集郡。

赵羲姮结算银钱，将府中大半人都放了出去。

再几日，王之遥与刘涣军队兵临星罗城城下，星罗城岌岌可危，将要攻破。

刘涣可谓春风得意，前两座城皆是归他所有，王之遥则阴沉沉的，面色并不好看。

这一遭，是什么坏处他都占了，好处却都是刘涣的。

最后一次传来消息，卫澧与刘涣、王之遥等人交战过程中不幸中流矢，如今下落不明，刘涣已经将幽州的旗帜插在了星罗城城头上。

赵羲姮这次将府上所有能放的人几乎都放出去了，星罗城被破，卫澧显然大势已去，刘涣他们转下头来攻的，就是不咸城了。

几个忠心的侍女不愿离去，赵羲姮劝慰："我好歹是天子的堂妹，他们不会杀我，但你们确实是卫澧府中的人，他们难保不会对你们进行屠戮。"

几番劝慰，她们这才肯离去。

赵羲姮自然不愿意落到刘涣等人手中，等他们把自己交给赵明瑾，但守在行宫外的兵卒铁了心不让她出去，说是奉卫澧的命令来保护她。

她心想，不过这点人，怎么抵得过人家大军压境？保护？是给她树靶子还差不多。

赵羲姮不再磨叽，绕着府走了一圈，选定了一处矮墙。

华尚乐搓着手，在房里走来走去，每隔两刻钟，就要询问一次情况。

"凭州那边如何了？"

他现在估摸着比卫澧本人都要着急。

也是，他能不着急吗？烧清州粮仓的人是他，跟着卫澧给刘涣和王之遥下套的也是他。他老早就受够了夹在清州和幽州之间生存了，王之遥和刘涣两个人简直都没把他当人看，每次两个人打仗，都要波及他的冀州。关键地方不是俩人的，俩人压根也不心疼，可劲地糟践祸害，可怜他冀州百姓日日提心吊胆。

他也是个有脾气的人，不是面团捏的。

虽然卫澧也不是什么好东西，但好歹事少不闹腾，他跟卫澧设套，此番若能削弱清州与幽州的实力，那他便可永享安宁。

富贵险中求，他就算不为了自己，为了整个冀州的百姓，也愿意铤而走险。

"报！刘涣连得凭州三城，现如今两方人马停滞不前，似是起了争执。"

华尚乐呼吸急促，开始激动了。太好了太好了，打起来打起来！

若卫澧并没有中箭不知去向，想必两个人心存忌惮，还不会现在就撕破脸皮。但卫澧现在下落不明，加之连克三城，他们自然不由自主地放松警惕。

三座城池，都归了刘涣，王之遥一口肉汤没喝上就算了，现在还倒搭了六座粮仓，换个人都忍耐不了。

半个时辰后，又有人来报："刘涣与王之遥操戈相向了！"

刘涣攻克凭州第一座城池的时候，谢青郁收到消息，便率人往凭州赶去。

小桃思念赵羲姮心切，请求一同前往。

上次谢青郁出使凭州的时候，她在院子外跪了一天，就是想让谢青郁将她带上，但谢青郁劝阻她："阿妧将你送出来，就是为了让你过得好一些，你难道还要再辜负她的期望，重新入虎口吗？那她的愿望不就落空了吗？"

小桃被这么一劝，到底是打消了念头。

但这次不一样，她铁了心要跟谢青郁一起，将赵羲姮接回来。谢青郁实在犟不过她，只能带她一起。

小桃撞了南墙也不回头，不管一路上为了赶路多艰苦，她也一声抱怨没有，硬生生地咬着牙撑到了青丹。

赵羲姮选中府中西侧的一处破败院子，那地方太阴，春夏秋冬都照不进阳光，是用来腌酸菜和放咸菜的。此处外头守备并不森严，她若是从这儿翻墙，应该能顺利逃出去。

一进去就是一股咸菜的酸臭味，赵羲姮舔了舔嘴唇，想起昨晚吃的酸菜排骨汤了。

赵羲姮尝试着丈量了一下，这种高度，换作她以前的话，压根不成什么问题，翻下去的话就算不能安安稳稳落地，顶多也只是摔一下。

她摸摸肚子，但现在似乎不行了，肚子里揣了一个小家伙，月份又太小，她要是翻来翻去，把小家伙伤着了可怎么办？

失算，早知道就让人在外头接应她了。

若是能从门正大光明地出去，还是从门出去来得稳妥，赵羲姮打算最后挣扎一次。

她戴了个斗笠："我想上街，你们总该让我出去了吧？"

"夫人，现在外面并不安全，还请您留在府中。"

"你们跟着我也不行吗？"赵羲姮试图硬闯，"你们若是有本事，就将我绑着送回去。"

侍卫们面面相觑，既不敢同她呛声，也不敢真正对她动手，于是将门一关，把赵羲姮隔绝在里头，任由她怎么敲门，他们愣是不开。

赵羲姮敲一声门，他们道一句歉。

赵羲姮深知从门走是无望了，便从花圃里找了一架旧的推车，在车上头铺满了棉被，然后顺着矮墙，将棉被一床一床地扔过去。

她若是顺顺利利不摔着还好，若是摔着了，还能用这些被子垫一下。

一共二三十床被子，若是寻常，她能一次扔两三床出去，但如今情况特殊，她不敢提重物，也不敢使劲抻胳膊，一次只扔一床，然后扔个两三次就要停下来歇会儿。

从上午一直忙到下午，累得胳膊酸，然后对着墙叹了口气。

赵羲姮心里有点儿难受，眼眶也酸酸的。别人家小娘子怀孕了，都当宝贝一样供着，她怎么还得累死累活地逃命。

卫澧就是个大畜生，以前话说得可好听了，承诺什么的张嘴就吐出来了，上次遇见刺客，他还说："我在呢，能让你有事？"

现在他人呢？都不知道死哪儿去了。走前还说临死前要回来掐死她把她带上呢，他有能耐的话，倒是回来啊！有本事回来掐死她。

将来孩子问父亲是谁，她能说是个大牲口？让人给杀了？

赵羲姮越想越心酸，蹲在地上抹了把眼泪。

光想也没用，她得出去啊。她真是倒了八辈子血霉了，遇见卫澧，赵羲姮一边骂，一边踩着墙往上爬。好在墙面并不光滑，她爬得还算顺利，感叹自己宝刀未老，小时候爬树的本事还没忘。

待骑到墙头上的时候，她往下一望，登时傻眼了。

她没出过府，万万没想到府墙是这样结构的，里头浅，外头深，里头垫的土和砖格外多。里头的人想要爬上墙倒是容易，下去却不怎么简单。

赵羲姮扔了二十几床被子下去，每床被子也不是整整齐齐地摞在一起的，参差不齐，有地方摞得厚，有地方摞得薄，万一掉下去指不定落在哪儿。

再翻回去是不可能了，只能硬着头皮往外跳，但愿能稳稳地落在被褥上，别磕了。

她皮实，磕两下没事，但身上还带着个金贵的小家伙。

外面的墙面砌得格外光滑，她试探了许久，才找了第一个落脚点，牢牢地扒着墙沿，每一步都格外小心。

"夫人！"突然有人声嘶力竭冲她大喊一声，"夫人，你在做什么？"

赵羲姮做贼心虚，手一个哆嗦，没抓住墙，一下子仰倒掉了下去。

电光石火之间，她什么都没来得及想，下意识地将肚子捂好。

脑袋砸在地上剧痛的一瞬间，她骂出了声："垫了那么多，就没一个中用的。"

真邪门了，她往外扔了快一天的被子，愣是没有一个人发现，怎么偏偏到她翻墙的时候，就出现人了呢？他早干啥去了？

随即眼前一黑，她晕了过去，再没什么意识。

接着是一群人的叫喊声，他们请医师的请医师，喊她的喊她。

所有人都冷汗涔涔，生怕赵羲姮出了什么事。

卫澧进门的时候，医女端着一盆血水，正往外走，见他便行了一礼。他腿软得站不住，好歹扶住了门框，将头上的黑纱斗笠一把掀开，眼睛里满是猩红，然后挥开侍卫的手，踉跄着跑进去。

谁都没想到，传说中那个中箭不知去向的卫澧，竟然回来了。

卫澧在星罗城落马后，见刘涣与王之遥内讧，打了起来，便知道这场仗是稳了。

他想着在家里的赵羲姮，所以提前脱身，回来看看她。她胆子小，得知自己失踪，指不定现在在家里吃不下喝不下泪眼汪汪的呢，没出息。

清州与幽州好东西不少，这次如果顺利，用王之遥和刘涣能换来许多，到时候库房满了，她得了钥匙，估摸着就高兴了。

但他千算万算，没算到会是这样的场景。

赵羲姮在床上昏迷着，头上缠着纱布，脆弱得像是个瓷娃娃，感觉下一刻就会断气。卫澧心脏一抽一抽地疼，眼前一片眩晕，几乎喘不上气。

侍卫说她是爬墙时摔下来磕了脑袋，好端端的爬什么墙？伺候的人呢？怎么都不知道看着点儿？他要是早一点回来就好了，还能看着她，她就不会出事了，怪他。他什么都没跟她说，她那么小，又惜命，整日都待在府里，消息也只能听外头传来的，以为凭州真的要沦陷了，所以才会想翻墙出去。

都是他的错，他如果告诉她完整的计划，不吓唬她就好了。

“赵羲姮，你别有事，对不起，我以后再也不吓唬你了。”卫澧手抖得十分厉害，好不容易才牵上赵羲姮的手，她的手冰冰凉凉的。卫澧眼泪一下子就掉出来了，将她的手放在自己掌心里，试图搓热，眼泪吧嗒吧嗒地掉下来，落在赵羲姮脸上。

他手忙脚乱给她擦掉。

“主公……”侍卫想说话，但看卫澧那样难过，决定再组织一下语言。

卫澧吻着她的指尖，哭得几乎说不出来话。

“滚！滚出去！”卫澧歇斯底里地骂道，他现在谁的话也不想听。

侍卫战战兢兢地躺下，在地上把自己团成个圆球，然后真的滚了出去。

卫澧原本还强撑着能站住，房里现在只剩下了他和赵羲姮，他眼眶红红的，铁骨铮铮的男儿腿肚子一软，一下子跪在了床前。他捧着赵羲姮的手，一下子泣不成声。

赵羲姮的额头上缠着纱布，隐隐约约印出血来，看起来伤得不轻，也不知道能不能醒过来。

卫澧想碰一碰，手却颤颤巍巍地一直没敢往上落，最后只能轻轻地摸摸她的头发。

他语气颤抖着说：“阿妉，阿妉，你醒醒，我以后……以后再也不吓唬你了。”

他一开口，原本止住的眼泪又开始往下掉：“阿妉，我以后一定对你特别特别好，你别出事。”

“对不起，我错了，你想听多少遍我都说。”此情此景，“对不起”三个字宛如泄洪的江水，他说了一遍又一遍也不知疲倦。

卫澧活到这么大，最鲜亮最耻辱的记忆都在初次见到赵羲姮。

他是某个权贵豢养的斗兽奴，与野兽养在一起，只有在需要表演的时候，会被拉出去与兽搏斗，供人取乐。

一个骄纵的小姑娘，自称是公主，让人打开山洞的栅栏。

那些圈养他的人拗不过，栅栏轰隆一声被打开，但他被人用锁链锁住，踩在脚底下，那些人怕他发起疯来伤了贵人。

赵羲姮进来用小马鞭挑起他的下巴，她身上是亮红色的衣裙，金灿灿的首饰，小小年纪却贵气逼人，令人自惭形秽。

她将冰凉的马鞭移开，对那些人皱眉道：“这是一个人，你们踩他做什么？陈侯敢违背父皇的命令，偷养斗兽奴，他的好日子到头了。”

卫澧第一次知道自己是个人，而不是一个畜生，是不该被别人踩在脚下的。

卫澧眼睛里、脑海里，被打下了她灼灼身影的烙印，他想多看一眼，却感到自己肮脏卑贱，不敢再看。

他也是第一次知道，自尊是什么，羞愧是什么。

——是不想让一个人看到自己的狼狈。

赵羲姮将他带了出去，收入宫中洗马，但他那时野性未驯，常常伤人，连话也说不明白。有人说那个小公主住在朝华宫，他闯进朝华宫，想看看她，但是险些被人打死丢出去。然后有人给了他一些钱，把他放出宫了，说是小公主吩咐的，小公主说他不适合在宫里。

卫澧拿着钱被推搡出去，他不懂，为什么那个小公主救了他，又不要他了。

卫澧在皇宫附近一直徘徊了三个月。每次宫门打开的时候，他都努力凑过去，看看是不是小公主想把他接回去了。最后确定他真的被抛弃了，小公主真的不要他了。

后来，他知道了小公主是皇帝唯一的女儿，叫赵羲姮。

她身份高贵，耀若星辰，连陈侯那样的权贵都要看她脸色。他在她心里，估计就是随手救下的一条野狗，怎么会留下太多的印象呢？

卫澧这些年辗转流落，最后到了凭州，他每夜睡不着的时候，对赵羲姮的恨意翻江倒海，他做梦都想掐着赵羲姮的喉咙问她，为什么救了他又不要他。

他设想过千千万万次与赵羲姮重新相遇的场面，他必定要将人踩在脚下，将她一身的骄纵和傲气都折断，才能平自己多年之恨。

当他听说赵羲姮到了凭州，连夜带人去了青丹，他本可以直接将人围住，但他偏偏要故弄玄虚，要令她战栗害怕，要让她觉得自己很厉害。但一见她的脸，卫澧甚至都不敢说自己就是当年她救下的那个人，那个肮脏的斗兽奴。

卫澧现在回想，他对赵羲姮的感情不是恨，是怨，是爱而不得的怨。

只有在喜欢的人面前，才会刻意隐瞒不堪的过去不让她知道吧。

陈若江说他当日见赵羲姮穿的那身衣裳真好看，显得人精神，他的头发也梳得工整。因为头发是他梳了很久才梳好的，衣服是最贵的一件。

临走前，他还对着镜子看了好久，还告诉自己：卫澧，你要去报仇了。

可是报仇用得着费这么大的功夫吗？

“赵羲姮，我爱你，我真的爱了你好久，我一直都爱你。”卫澧许久以前已经知道自己爱着她，但他搞不懂，他是什么时候爱上的？为什么会爱上？

当那被刻意掩埋的不堪往事再次摊开在眼前的时候，他都明白了，一开始就喜欢得卑微，爱是在这种卑微的喜欢的基础上生发出来的，他怎敢宣之于口？

赵羲姮与卫澧，从来都是天上月与地上泥，哪怕月亮掉进他怀里了，她也是月亮。

他所有的羞耻心和自尊，都用在这一段不正大光明的爱情里了，他自怨自艾比不过谢青郁，战战兢兢地怕赵羲姮得知他的心意后笑话他。

卫澧哭得不能自已，所有的情绪积压在一起一并爆发，他慌不择言，抽抽噎噎的，什么都往外说：“阿妧，我错了，我道歉，我做得……做得不对，我以后都改，你别再不要我了。我以后，以后再也不吓唬你了，再也不凶你了。对不起，我以后，以后也不跟谢青郁吃醋了，你要喜欢他，你就跟他走，呜呜呜。”

敷在伤口的药粉上有麻药，赵羲姮能听见声音，但是有些动不了，身体僵硬没有知觉。她刚才敷药时鬼哭狼嚎，这才睡着，就被卫澧给哭醒了。

卫澧一开始哭得眼泪吧嗒吧嗒地往下掉，抓着她的手开始搓。赵羲姮还在心里骂他活该，谁让他天天跩得二五八万似的，也不道歉，丢下他们娘俩音信全无，现在反倒跑出来了。

然后卫澧继续哭，说他以后再也不吓唬她了。

赵羲姮要不是动不了，估计笑都憋不住了。大可不必，她真没被吓到。但是卫澧好像还真以为他吓唬着她了，她平常装得太成功了吗？所以在卫澧心里还是挺娇柔的形象。

但他哭着哭着就不对劲了，开始忏悔，开始表白。赵羲姮听着，心里还有点儿不是滋味，道歉、表白可以，但他怎么这么卑微、不自信？平常也没见他这样啊？别啊，男子汉大丈夫，拿出平常跟她吵架的劲头。

天哪，哭得太可怜了，他是不是以为她要死了，所以把心里话都说出来了？跟谢青郁不对付是因为吃醋，他平常口口声声说不喜欢她原来都是假的，实际上爱她爱得不行，赵羲姮略有点吃惊。

小伙子平常嘴真硬。

"阿妉，阿妉，你听见我说话了吗？如果你以后……以后愿意和我在一起，我一定好好对你，我再也不吓唬你了。我，我以前说的狠话都是骗人的，只有会保护你是真的。"

赵羲姮被他哭得心酸之余，还有点儿感动，在心里安慰他：别哭了，别哭了，我真没事，都快当父亲了还哭得这么丢人，对孩子影响不好。

赵羲姮想劝劝他，但没力气，张不开嘴。医女呢？快点过来跟他说她没事，别让他哭了。但医女也听不见赵羲姮心里的声音，她甚至觉得卫澧哭得太惨了，万一她进去见着卫澧这惨状，回头人家觉得丢脸，秋后算账怎么办？

卫澧一边道歉，一边紧握着赵羲姮的手，跪坐在床边，头贴在胸口上去听她的心跳。

心脏还是跳动的，他眼角的泪水滴在赵羲姮胸口，湿湿烫烫的，不一会儿变得冰冷。赵羲姮想让他滚开，他这个动作差点儿碰着她肚子了，令她十分没有安全感。

医女还是进来查看了一次，见赵羲姮没醒，就准备出去了，见卫澧这样，忍不住叮嘱道："主公，夫人很快就会醒来的。"

卫澧将赵羲姮的手握得更紧了，他知道赵羲姮会醒过来，但是他还是害怕自己一错开眼睛，赵羲姮忽然就会变成一具冰冷的尸体。

赵羲姮可以不要他一次，也可以不要他第二次，但她不能死，她一定要好好活着。

赵羲姮精神不济，没一会儿又睡着了，醒来的时候夜已经深了。卫澧还没睡，跪坐在床边，像个夜猫子似的眼睛发亮，见到她醒来，激动得手都在颤抖。

他站起来，但因为跪的时间太久了，腿麻得没了知觉，“砰”的一声又跪下去了。

赵羲姮不忍直视地闭上眼睛，蠢死了。

医女听到里头的动静，赶忙进来查看伤口：“夫人，还疼吗？”

卫澧此番是悄悄潜回来的，不能走漏风声，以防刘涣与王之遥知道，因此府中被赵羲姮遣退的那些人还未得到消息重新回来，赵羲姮暂时只能由这些侍卫从山下找来的医女照顾。

赵羲姮轻轻点头，谁脑袋撞出个大窟窿，都疼。

那位年纪很大的医女怜爱地摸摸赵羲姮的脸，柔声道：“夫人，您只能忍忍了，麻药不能用太多，刚才上那点儿都已经是极限了，再多对孩子不好。还有尽量不能喝药，不然对孩子也不好。”

赵羲姮自然明白，她就是运气太差了，摔都没摔对地方，好在小家伙没事，她也没事。

卫澧刚缓过来腿麻的那股劲，才扶着床架站起来，听见医女的话，手脚一软，又“扑通”一声跪下去了。

他原本细长的眼睛瞪圆，不可置信地看着两个人。

第十八章

兄长觉得，是男孩还是女孩

医女哪敢受他这一拜，连忙寻了个由头跑出去了，房里又只留下两个人。

卫澧脑袋里的一根弦一下断了。

她怀孕了？什么时候怀的？她怀孕了带着孩子翻墙？翻墙还摔了？万一一尸两命怎么办？许许多多的问题挤在一起，他不知道先问哪一个，首先扬手扇了自己一巴掌。

疼，是真的，没做梦。

赵羲姮被他的动作吓了一跳，下意识地从床上弹起来：“你干什么？”

“嗞。”动作大了，晃得她头有点疼。

卫澧赶紧上去，护住她的身体。他那一巴掌打得可不轻，原本惨白的皮肤上现在一片殷红，他轻轻地抿了抿干涩的唇瓣，满眼的震惊一点儿没消减：“怎么，怎么会有了？”

“你说怎么会有的？”赵羲姮瞪他。

“所……所以，真的？”卫澧的手还扣着她的手，赵羲姮能感觉他一向火热的掌心冰凉黏腻，略有颤抖，似乎很紧张。

“多久了？那怎么办？”

孩子来得很突然，他没想过这么早要孩子，赵羲姮还小，她又不喜欢自己，也会不喜欢这个孩子的。

“一个月多一点，你说怎么办？”赵羲姮听他在说废话，冷淡地将问题抛回去。

卫澧算算日子，正是他临走的那一次，才一个月多一点点，赵羲姮又从墙上摔下来了，孩子能留住，真是福大命大，不幸中的万幸。

赵羲姮问他怎么办，他当然想留下了，这是他的第一个孩子，是赵羲姮和他的第一个孩子。

“留下吧。”卫澧扣住她手的力道不自觉地加重了，是一种暗暗的紧张，看到她神情冷淡，害怕她会不要这个孩子。

“你不是不喜欢小孩子吗？你亲口跟我说的，自己的小孩也不喜欢，我现在打了，不是正合你意？”赵羲姮把手抽出来，有意刺激他。

上次他回来的时候，她问他喜不喜欢小孩，他随口说不喜欢。现在回想起来，简直悔不当初，那时候她已经知道自己怀孕了吧，所以才这么问的。

万一当时她听了之后一气之下不要孩子了，这么一想，简直后怕。卫澧又去抓她的手，力道更重了，失声喊道：“我喜欢的，你留下吧。”

“憨。”她轻轻骂了一声，“我说不要了吗？”

卫澧太过激动，以至于没有注意到赵羲姮在骂他，上前要将她拥住，却被赵羲姮一把推开，他一时不备，腿还麻着，被推了个踉跄。

“你别过来，你先告诉我你怎么回来的？他们不是说星罗城失守，你中箭失踪了吗？”赵羲姮直直地盯着他，卫澧能安然无恙地在星罗城和不咸城往返，怎么看都不像是传说的那样。

“我是听人说星罗城陷落，他们马上就要攻破不咸城了才翻墙跑的，你那些侍卫死心眼，说什么保护我，打死都不肯让我出门，等人家大军进城，他们保护个屁？”

卫澧一阵心虚，甚至再一次忽略赵羲姮骂人，忍不住抿了抿唇：“就……就没事了……”

前方战事他半点儿底没跟赵羲姮透露过，反而一直以吓唬她取乐，惹得她带着孩子翻墙，好在没什么事，他就是个畜生，他们娘俩要是出了什么事，他要凭州有什么用？

但是现在他说实话，赵羲姮估计得生气，特别生气。

赵羲姮一看他就是没有说实话，深吸一口气，干脆捂着脑袋开始装作梨花带雨地掉眼泪：“卫澧，我就是上辈子造孽了，才嫁给你后提心吊胆的，没有一天安稳日子。”

卫澧忍不住慌神，上前，抬起袖子给她擦眼泪，却被赵羲姮避开了：“你还管我们娘俩做什么？嘴里半点儿实话都没有，摆明了没将我放在心上，害得我提心吊胆。改明儿我就带孩子往城头上一站，然后跳……”

“呸呸呸，别说这样的话。”卫澧赶忙一把捂住她的嘴，迷信地往地上虚虚地呸了三口，“什么不吉利的话你都敢往外说。”

“我都是吓唬你的，凭州战事我心中早有成算。”他不敢看赵羲姮的眼睛，将计划原原本本地讲给她听。

赵羲姮听完后，将他的手扒开，低着头，小指微微翘起，然后拭一下干燥的眼角，自怨自艾道：“也就是我阿耶不在了，活该我挨欺负，嫁给你这个嘴里没一句实话，做错了事还不道歉的人……”

卫澧有病啊，这种事情也能开玩笑的吗？她也就是现在躺着没力气，要不铁定把他骂得狗血喷头，让他道歉。她但凡孩子给摔没了，然后凭州屁事没有，她就是个大笑话，天大的笑话！

她越想越觉得心里挺堵。卫澧就等着吧，她此刻没什么精神骂人，等她回头养好了身子可劲折腾，折腾不死卫澧她就不姓赵。

可是他自己说的爱她喜欢她，刚才鼻涕一把泪一把的保证她都倒背如流，现在一想起来简直通体舒畅，她还为自己当时的恻隐之心感到不值，早知道就躺个三天三夜哭死他。

卫澧眼一闭心一横，大声喊出来：“对不起，我错了，夫人。”

别看他在赵羲姮昏迷时道歉、示爱、痛哭流涕，一系列操作下来无比丝滑流畅，但赵羲姮现在醒了，他还是有点儿张不开口。

但好在“对不起”三个字说多了，熟能生巧，就算羞耻，心一横也就能喊出来了。

赵羲姮指尖揉揉太阳穴，继续自怨自艾：“上次有人不分青红皂白地骂了我一通，还叫我滚，我现在想想都觉得心里难受，关键这个人现在连一句对不起都不肯说。我就是命苦，背井离乡的……”

赵羲姮的话还没说完，卫澧连忙上前，继续捂住她的嘴道：“对不起，我错了。”

他真怕赵羲姮再说话了，她现在说一句话，他心里就针扎了一样疼，后怕得浑身发软冒虚汗，从千军万马里厮杀出来都没这么怕过。

所谓天道好轮回，苍天饶过谁，现世报来得太快了。

换作以前，俩人时不时要吵一架，现在借他八百个胆子都不敢跟赵羲姮还嘴。

她额头上缠的纱布，苍白的脸色，肚子里揣的小家伙，还有他依旧隐隐发抖的腿，都提示着他谨言慎行，不然下场惨烈。

外头小厨房里，医女正在熬粥，卫澧一声声“对不起”喊得中气十足，想装听不见都难，她的手一颤，粥洒了一地，恨不得把耳朵闭上，又恨不得自己是个聋子。

今晚刺激的事怎么这么多？还都让她撞上了。

赵羲姮依旧不理他，卫澧贴贴她的胳膊：“对不起，我错了，你打我吧。”

她依旧不理人，卫澧硬生生地把下意识要溜出来的嘴欠的话咽回去，钩了钩她的手指：“我真的错了。”

一回生二回熟，道歉这种话多说几遍就顺畅了，卫澧现在跪得极快。

“以后你还敢这样吗？”赵羲姮觉得时候差不多了，她也该睡觉了。

天黑了，早睡早起对孩子好。

“不了。”卫澧顺着床爬上来，“你冷不冷？我给你暖暖被窝。”

赵羲姮抬脚，毫不犹豫地把他踹下去，护着肚子和脑袋，尽量不扯到这两处：“现在星罗城战事紧急着呢，你赶紧回去，我可不想你一时大意丢了凭州，回头我跟孩子吃糠咽菜，我吃不惯。”

关键是卫澧也不知道在外头奔波了多久，身上一股土硝味，干巴巴臭烘烘的，而且她气还没消，他别想跟她一个床睡。

“一个晚上没事的。”卫澧方才被赵羲姮踢下去，现在正坐在地上同她打商量。

他吊着的心还没落下，不放心将赵羲姮留在这儿，想看她几天再走，刘涣和王之遥那边多打几天没坏处。

而且，他想摸摸孩子，一个多月了，他都没有摸过，不知道多大。

“不行，你赶紧回去，就算留下来，你也不能跟我睡一起，你晚上睡觉不老实，压着我怎么办？”赵羲姮将被子往上一拉，闭目睡觉，明摆着不给卫澧任何机会了。

一开始她是装的，但没一会儿，睡意来袭，就真的昏昏沉沉没了意识。

卫澧还坐在地上，维持着方才被踢下去的姿势，看着赵羲姮的侧脸，眼睛一寸一寸地描摹着她的轮廓，目光最后落在大约是小腹的位置上，盯了好一会儿，嘴角不自觉地咧开了。

他又忽然意识到自己这样笑太傻了，于是揉揉脸，将笑意收回来，然后撑着腮，一直盯着赵羲姮。

真好，她醒了，看起来很有精神，不会死。

卫澧一夜未睡。

他今天的心情起起伏伏，伏伏起起，半点儿想睡觉的意思都没有，反倒还很精神。

他甚至觉得自己能单枪匹马地去星罗城，把刘涣和王之遥俩人的狗头取回来。

赵羲姮无意识地翻了个身，他以为她要醒来，身体一颤，继而变得僵硬，恨不得将自己缩进地缝里。

片刻后，她依旧呼吸均匀，卫澧才算松懈下来。

过了许久，他悄悄地走过去，贴近赵羲姮，她额头上缠着纱布，他小心翼翼地亲亲她的嘴角。

连着两日没有刮胡子，卫澧下巴冒出一片青黑的胡楂，刮在赵羲姮细嫩的皮肤上，让她在睡梦中都忍不住嘤咛，卫澧瞳孔又是一缩，怕她醒来，连忙跑出去了。

“你怎么还没走？”清晨起来的时候，赵羲姮看着端着粥立在她床边儿，精神奕奕的卫澧，忍不住打了个哈欠，问道。

“看你吃完饭我再走。”

赵羲姮伸手要将粥接过来：“真是麻烦，我都多大了，还用得着你看着吃饭？”

卫澧抬手躲过去，然后坐在她床边：“你坐好，我喂你吃。”

出息了？

赵羲姮上下打量他一眼，轻咳一声："行吧。"

难得他这么自觉主动地被奴役，那她就不客气了，再客气就不给面子了。

卫澧拿了块围兜，垫在她脖子周围。

"我又不是小孩子。"赵羲姮扯了扯围兜碎碎念，但还是没将它拽下来。

卫澧吹了吹白粥，他已经问过医女了，有孕会令大部分人食欲下降，还会呕吐，山珍海味都吃不下更别说寡淡的白粥了，卫澧以防万一，劝道："府里的人都被你送走了，一时半会儿找不回来，你还受着伤，只能喝点儿这玩意，等好了再吃别的，别不乐意吃……"

赵羲姮一口咬住了勺子，将粥吞进去，吃得香喷喷的，她都快要饿死了，不乐意吃饭这种事情根本不会发生在她身上："别叨叨了，给我点儿小咸菜。"

卫澧忽然闭嘴，感觉自己刚才的担心和关心都是多余的，不过只感动他自己一人罢了。

他夹起块珊瑚草，喂给赵羲姮。

"太大了，我不要。"

"你嘴张大点儿不就行了？"

"那都跟我脸一样大了，我嘴张多大才能吃下去？"

珊瑚草本就长得一大块一大块的，还横生枝节，像是海底铺开的珊瑚一样大，它呈近乎透明的淡黄色，与萝卜条和辣白菜一样，腌制好了后的珊瑚草酸甜微辣，脆韧爽口。

两个人磨叽了一会儿，卫澧妥协了，他用勺子做刀，低着头，费劲地将珊瑚草裁成一小段一小段的。

赵羲姮盯着卫澧漆黑的发顶，咬着下唇，把嘴角的弧度压下去，他暴躁切咸菜的样子，莫名有点好笑。

"这样行不行？"卫澧忽然抬头，用筷子夹起来一块儿拇指大小的问她，要是不行，他再切碎一点儿。

谁让赵羲姮是个娇情精、娇气包，还是他媳妇。

"行行行。"赵羲姮把那块叼走。

好吃！脆脆咸咸，比海蜇皮的口感要好。

"喝粥。"卫澧又舀了一勺，一口喂给她。

"烫。"赵羲姮微微吐着舌头抱怨。

不仅烫，喂得还有点儿多，粥都滴落到她的围兜上了，原本以为用不上，没想到这算是先见之明。

卫澧赶紧低头吹了吹勺子里的粥："这样正好了。"

"多了。"

他又撇出去一半，抬眸看赵羲姮："这样？"

一顿饭喂得兵荒马乱，赵羲姮吃到半饱后，开始有意无意地折腾他。

不是粥烫了一点，就是粥凉了，要么咸菜切得大了，要么切得小了，她尝不出味。

"怪难伺候的你。"卫澧嘀咕了一句，但还是满足她的一切需求。

折腾人的感觉好极了，赵羲姮吃完后，漱口洗脸，暖暖和和地躲在被子里，看着卫澧把她剩下的粥喝了。

"我昨晚让人将以前你身边的侍女找回来了，暂时让她们先照顾着你，最近忙乱，剩下的人等我回来再给你配齐了，你在家好好的，别老出去折腾。外头地滑天还冷，回头再给你脑袋开瓢了。"卫澧满屋子不知道在找什么，找东西的同时不忘叮嘱赵羲姮。

"知道了，知道了。"赵羲姮半张脸都缩在被窝里，乌溜溜的眼睛跟着卫澧的身影满屋子转，"你找什么呢？"

"刀。"他好久不在家，都忘了自己东西放哪儿。

"哪把刀？"卫澧的刀那么多，在卧房放了吗？

"刮胡子的那个小刀。"

赵羲姮想了想，有点儿印象："你往右边走一点儿，那个卷云纹的柜子打开，从左往右数第四个抽屉，你看在不在里面？"

"在，你怎么知道在这儿的？"卫澧翻到了，他对着赵羲姮妆奁台的镜子照了照，苍白尖削的下巴上青青一片，尤其显得颓废。年轻人，哪儿都长得快。

赵羲姮听卫澧这么问，一时间竟有些答不上来，她怎么知道的？对啊，这种私密的东西，她是怎么知道的？好像她就是知道，还有卫澧的衣裳她也知道哪件大概是放在哪儿了。

"这是我家，当然所有的东西我都知道了！而且我聪明，过目不忘。"赵羲姮一扬下巴，有些骄傲道。

"你干吗？"赵羲姮看卫澧贴近自己的妆奁台，惊呼出声。

"借你镜子用用。"卫澧毫不在意，赵羲姮的镜子真是又大又清晰。

"你给我起开，不许用！"赵羲姮赶紧呵斥住他。

卫澧奇怪："我家的镜子，我怎么不能用了？"

“我桌子上那么多瓶瓶罐罐，还有装首饰的盒子都是敞开的，你再给我落进去东西，清理起来可麻烦了。”赵羲姮几乎要捶床了，“你就是不许用我的妆奁台，你换个镜子！”

卫澧心里那点儿叛逆被挑起来了，换作平常，赵羲姮不让他用，他偏偏就要用，但他才得罪了人家，再用她的妆奁台，她估计掐死自己的想法都有了。

“行行行，不用，不用，你的东西我还真是半点儿碰不得了。”卫澧“啧”了一声，略有些恋恋不舍地看了眼赵羲姮的镜子，转进了屏风后的盥洗室。

“就是不许碰！”离着远远的，俩人也得呛两声。

赵羲姮看他远离自己的瓶瓶罐罐和亮晶晶的首饰，才算松了口气，男人可真麻烦。

卫澧大概是心虚愧疚，今儿格外好说话，说不让用就不用了。

他要是以后都能保持今天的乖巧，她就不用天天生气了。

不过半刻，卫澧从盥洗室出来了，下巴上青青的胡楂没了，脸蛋干干净净的，这才像个年轻人。

赵羲姮稍微看他顺眼点儿了，毕竟她对好看的人一向多一点儿宽容。

卫澧顺便也换了身衣裳，墨黑色的劲装，肩宽窄腰，衬得人格外挺拔精神。

赵羲姮的目光在他身上扫了一圈儿，最后停留在他的腰上，红色的革带束在腰上，勒得腰肢格外劲瘦。

她忍不住悲从中来，卫澧的腰怎么这么细？虽然她现在的腰比卫澧的细，但等回头肚子大起来，肯定就比他粗了，这样她压力很大。

“怎么了？我又没用你的镜子，怎么还不高兴？”她的悲伤表现得略微明显，卫澧走过来，蹲下身摸摸她的脸。

“我就是想到自己要变丑了，腰要变粗不好看了，有点难过。”赵羲姮噘起嘴，她是真的难过。

虽然是没有发生的事情，但她忍不住寻思，越寻思越难过。

她本来很漂亮的。

卫澧顿了顿，万万没想到她会因为这种事情烦恼，一时间不知道怎么安慰她。他又不会花言巧语，说不出虚情假意的话，只能往她脸颊上啃了一口：“没事，谁敢说你丑，我就砍了他的脖子。”

原本赵羲姮还在东想西想，听见他这话以后，一下子笑了出来，卫澧还是和以前似的，一点儿都不会安慰人。

笑了就是不难过了，卫澧松口气，不用再说什么安慰的话了。

“我好了，不难过了，你走吧。”赵羲姮推推他，让他赶紧走。

卫澧站起来，将一侧装衣裳的包袱带上：“那我走了，你记得少出门。”

他又叮嘱一遍，才走出两步，赵羲姮忽然又叫住他：“等等，你回来一下！”

卫澧退回来，疑惑地歪头看着她。

“你走近点儿，蹲下来。”赵羲姮额头上缠着纱布，本就楚楚可怜的小脸更显得娇弱，让人提不起拒绝她的意思。

卫澧离近了，蹲下。

赵羲姮牵起他的手，卫澧的脸一下子红了。

她拉着卫澧的手，伸进被子里，往她小腹上一放。

赵羲姮脸颊微红，鼓鼓嘴：“勉为其难给你摸一下，摸到了吗？”

卫澧呆住了，一时间忘了言语。

她有点儿尴尬，卫澧竟然不理她：“没摸到就算了。”

“摸到了，摸到了。”卫澧连忙点头，手又在她的小腹处摸了摸。

平平坦坦，没有任何痕迹，但是在这里面，孕育着一个生命，他和阿妧的孩子。

阿妧愿意留下这个孩子，愿意为他生孩子。

卫澧眼眶莫名泛酸，脸颊贴在赵羲姮的腹部，明知听不到任何回应，却还是试图感受这个孩子的存在。

“摸到了什么？还不到两个月。”赵羲姮被他的动作弄得脸一红，忍不住呛他。

卫澧看了一眼她微微发红的脸颊，心底涌起一股前所未有的激动和责任感，他想要守护好赵羲姮和这个孩子，这是他的妻子，是他的家，他要给他们最好的。

“我很快回来。”他起身，捧着赵羲姮的脸亲了一口，然后拎起包袱头也不回一阵风似的走了。

赵羲姮看着他的背影，嘀咕了一句：“神神叨叨的。”

凭州不会陷落，她现在安安全全的，未来的生活也有保障，孩子出生以后不会没父亲，也不会跟着她颠沛流离。

赵羲姮叹口气，躺下拉高被子，真好。

关键以后可以肆无忌惮地折腾卫澧了，她这个人可没那么大度不记仇，卫澧以前欺负过她的，她都得讨回来。

不仗着年轻貌美人家对自己爱意正浓的时候折腾？那等到什么时候折腾？

谢青郁一行人已经到了星罗城，却被当前的局势震住了，刘涣与王之遥正打得不可开交，杀得眼红。

他当即决定："改道去不咸城。"

原本若刘涣与王之遥操控凭州，他打算以利益相交换，将阿妩交换出来，但观这二人现在难成什么气候了，他心中有隐隐的不安，卫澧当真就这么轻易地让出三座城池？这不像他的作风。

他想要趁乱快马加鞭赶到不咸城，将赵羲姮带出来。

谢青郁承认，他纵然肯让出阿妩，但心中免不得还有所希冀，期望卫澧一时照顾不周，让他有可乘之机。他如今，并不比卫澧差太多，也能护住阿妩。

小桃一路见门户闭锁，星罗城又是一副祸乱的样子，忍不住哭泣出声，公主纵然在宫中的时候受尽挤对，但也没在这种地方待过啊，也不知道公主现在该多害怕，她当初就不该走，应该陪伴在公主左右。

李青龙给了她一块粗糙的手帕："不要担心了，吉人自有天相，惠武皇帝会在天上保佑公主的。公主是皇家子嗣，怎么可能像你想的那样脆弱？"

小桃一边哭一边咬牙切齿地瞪他："你们都说什么皇室血脉，皇室血脉哪有那么神奇？能当饭吃还是能当衣穿？还是能刀枪不入吗？谁的主子谁心疼，你一张嘴说完了，好像人就真的不会吃苦遭罪了一样。怎么我家公主就活该受苦受罪？"

这样的话她听得多了，公主从息阳走的那天，她还隐隐约约地听人说，什么公主是惠武帝的女儿，大公无私，舍生取义，真是女子中的楷模，上天一定会庇佑。庇佑什么？若真是庇佑，就不会让公主和亲了，也不会在和亲路上遇见卫澧了。

卫澧比起飞东章王，也就稍稍好那么一点。

殿下因为这层身份，也就小时候落点儿好处，惠武帝驾崩后过得还没那些世家娘子舒心如意，好处没占，责任还得担。未婚夫也靠不住，救人还得趁乱。

她多想她家殿下的夫婿，是个盖世英雄，无论怎样的艰难困苦，他都能在第一时间，突破层层困境，不顾一切地保护殿下。她希望在驸马心里，殿下永远都是第一位的。可事实是，身有牵绊左右摇摆的谢青郁已经是最好的人选了。

她来投奔谢青郁，已经折腾两趟了，还没什么结果，但她没什么能耐，只能仰仗着谢青郁。

小桃深吸口气，觉得自己不应该这么想，谢青郁与公主已经解除未婚夫妻的关系了，若是谢家冷血一些，干脆将她打出来不予招待也无可厚非。

可她就是觉得心酸，殿下怎么就没能有个靠谱的依仗呢？

李青龙被她说得哑口无言，不知应和什么好，只能低着头攥着马缰继续赶路。

谢青郁一行人来到星罗城的消息，自然瞒不过卫澧，宋将军请示道："主公，我们要不要拦住他们？”谢青郁是雍州人，他趁着凭州混乱来凭州做什么？这难免让人怀疑用心。

卫澧自然知道谢青郁是来做什么的，浑水摸鱼呗。父凭子贵，他现在底气足了，腰杆子也直了，敢和谢青郁正面较量一番了，他才不怕谢青郁来呢。

“来了正好，多待几个月都能赶上喝喜酒了，放他们进去吧。”

宋将军于是睁一只眼闭一只眼，将谢青郁等人放进了星罗城。

他发觉，自打卫澧出去一趟回来后，整个人都高兴起来了，神采飞扬，精神奕奕的，说话的语气也轻快柔和不少。

卫澧一抬眸子，都说喝喜酒了，宋将军怎么也不问他到底是喝什么喜酒，他好说自己要当爹了，真是一点儿都不上道。

卫澧记得宋将军是有个女儿的，今年出嫁，既然他不主动问，自己就暗示一下，于是清了清嗓子问道：“宋将军，你女儿哪年生的？”

“欸，主公，属下女儿已经许配人家，不日就要出嫁了。”宋将军绕着圈回答，他心中一颤，难不成这几天的温和以待，就是为了霸占他女儿？

那可不成，卫澧已经有夫人了，他女儿哪能给人家做小？

“瞅你那样，我还能看上你女儿咋的？”卫澧捏捏眉心，颇为嫌弃，“我夫人温柔贤淑，品貌非凡，远胜你女儿千万倍。”

自家女儿自家疼，卫澧这么说，宋将军心里有些许不满，但万一他夸狠了，卫澧真瞧上他闺女咋整？他就这么一个宝贝疙瘩。

于是他只能捏着鼻子，不情不愿地连连称是。

“当初你夫人有孕的时候，咳……”卫澧轻咳两声，脸颊微红，“是怎么个流程？”

这种事情他不懂，总得请教有经验的人。

而且，赵羲姮怀孕这种天大的好事，他总得让别人知道吧，不然自己憋着实在太难受了，但让别人知道，还不能显得太刻意，不然显得他太没见识。

说起此事，宋将军目光飘远，眼波中泛起层层的怀念和慈爱：“属下知道自己夫人怀有身孕时候，自然欣喜若狂，心想若是个儿子，就教他骑马射箭，让他继承父业；若是个闺女，就教她琴棋书画，出落成个大家闺秀。”

卫澧：“呃……”他可听说宋将军的女儿不是什么大家闺秀，射箭跑马比男子还厉害，包括他家夫婿，都是她抢回来的。

“但是她生出来的时候，就那么大一点点。”宋将军感慨地比画着，“那时候所有对她的预想，都不作数了，只要她活得高兴就好，喜欢什么就学什么。”

卫澧内心一触，但还是冷冷地打断他：“我没问你心得体会，我问你过程，需要准备什么？”

宋将军瞪大了眼睛，彼时才反应过来，连忙满脸喜意地向卫澧道喜：“可是主公夫人有喜了？”

卫澧矜持地一扬下巴，被人用这种眼神看着的感觉，甚好。

“恭喜主公，贺喜主公。”

“嗯，低调点儿。”卫澧压压手，示意他不要这么激动，但自己嘴角的笑意怎么也落不下。

宋将军年纪大了，就爱关注这些小儿女的事，大事上嘴严，但这种喜事却忍不住宣扬，不多时，亲信中全部传遍了卫澧后继有人的事，轮番凑过来同他贺喜。

卫澧继大婚之事后，第二次感到身心舒畅，整个人都快飘起来了。

谢青郁到了府门前的时候，守门侍卫将一行人马拦住了。

他们对谢青郁眼熟，知道是主公的大舅子，但谢青郁这人马众多，难免令人生疑。

“我们是前来拜访你家夫人的。”谢青郁出示令牌给他看。

他掌心微微汗湿，从进平洲开始，这一路实在过于顺利了，让他不禁有些忐忑。

“虽是夫人的娘家兄长，但您这声势浩大的……”侍卫难为情地看了眼他身后跟随的人，欲言又止。

谢青郁被那句“娘家兄长”刺得心跳骤停，也是，赵羲姮与卫澧大婚当日，他是作为娘家兄长背人走到青庐的，但凡对婚礼有些印象的人，都该知道。

他竭力保持住完美的笑容：“既然如此，还请劳烦通传一声你家夫人，看你家夫人愿不愿意见我。”

侍卫犹豫再三，还是将他延请至会客厅：“请舅老爷不要带太多人进府。”

然后命人去通传赵羲姮：“舅老爷来了，询问夫人可要见见？”

主公临走时吩咐，不要用小事叨扰夫人，但舅老爷来了，通禀一声不过分吧。

谢青郁的心又被这句“舅老爷”一刺，脸上几乎挂不住笑，带着小桃与李青龙进门。

谢青郁被人请至偏堂的时候，赵羲姮在看话本子，吃酸杏和炒果。

她看得兴起，头也不抬。

话本子里正讲到书生和贵族小娘子私订终身，准备带上钱财私奔，等书生考取功名后再衣锦还乡，此时小娘子自幼的未婚夫跑出来了，与书生争夺小娘子。

虽然写得好一泼狗血，却引人入胜。赵羲姮希望那个小娘子和未婚夫在一起，毕竟书生实在没什么本事，吃软饭倒是有一手，哄着小娘子卖首饰供他寻觅红颜知己，还要同他私奔。但是小娘子遇见危险了，次次他躲得最快，美其名曰：君子不立危墙之下。

赵羲姮摸摸还平平的肚子，“啧”了一声，心有戚戚地说：“崽啊，你要是个女儿，千万别跟这小娘子学，娘跟你讲啊，这书生是个狗东西，虽然长得好看又会甜言蜜语，但不说能不能考上功名，将来指定变心。他但凡有点儿心，就会在考取功名之后来迎娶人家了，现在这名不正言不顺的算怎么回事？”

赵羲姮有点儿担心，万一真是个女儿，将来肯定会继承她的美貌，家里有钱有势的，难保有什么坏东西来勾搭她女儿。赵羲姮越想越心慌，连酸杏和干果都吃不下了。

她绕着屋子转圈，开始杞人忧天。

“夫人在想什么呢？”侍女问。

“没什么。”赵羲姮摆摆手，这种事她就算跟这些侍女讲，她们也没什么办法。

她下意识摸摸脑后，前几天磕的地方已经止血结痂了，偶尔会隐隐作痛，但医师说养些时日就好了。

“夫人，舅老爷来了！您可要见见？”

赵羲姮一时间没反应过来舅老爷是谁：“什么舅老爷？”府上哪有什么舅老爷，她阿耶也没给她生个哥哥呀。

“您的兄长，那位谢郎君。”侍女害羞，扭扭捏捏地道。

舅老爷长得真好看，待人也温和，声音还好听。

前未婚夫忽然变成兄长，赵羲姮略一思索，就知道这事是谁干的，除了卫澧谁也干不出这种事。

但她也没矫正众人的叫法，舅老爷就舅老爷吧，当个兄长也挺好，让谢青郁早早断了念想娶个媳妇，然后生孩子。

她一拍脑袋，眼前冒出谢青郁那张俊美无俦的脸：“见，让……让舅老爷稍等，我换身衣裳就去。”

小桃站在谢青郁身后，浑身发软，腿打飘，忍不住设想自己与赵羲姮再次相逢的场景，她与殿下，自上次分别，已经一年未见。

殿下应该长高了，出落得更漂亮了，也不知道卫澧对她好不好，受没受委屈。

这府里怎么空荡荡的，难道没有人侍奉殿下吗？那殿下日子可要怎么过啊？

李青龙扶了小桃一把，帮她稳住身子。

赵羲姮月份太浅了，才一个半月多，府里现在人手少，面积又大，因此积雪难清，若摔着碰着了不得，因此她不常出门。

若是出门的话，必定裹得严严实实像个球，周围侍女将她严严实实地围起来，以防出什么意外。

她从门外一进来，浑身遮得见不着脸，小桃一时间竟没能认出来。

待赵羲姮解下大氅，小桃眼泪就下来了，当即扑上去，将她抱了个满怀："殿下，我好想你，你怎么瘦了，你怎么这么憔悴？呜呜呜。"

赵羲姮拍拍她的后背，没想到还能在这儿见着她。

怀孕之后她情绪波动极大，眼下也忍不住跟着掉了眼泪："我好着呢，你在外面好不好？天这么冷，怎么也跟着来了？"

侍女赶紧劝她坐下说话。

小桃停了哭泣，见赵羲姮的眼泪止也止不住，忍不住悲从中来，她们殿下，以往在宫里受了多少磋磨，都没真真正正哭过，眼下一见她哭得都快成泪人了，必定受委屈了，天可怜见，也不知道是受了多大的苦难。

赵羲姮哭得正伤感，忽觉胃里一阵抽搐，忍不住掩唇，扶着柱子干呕起来。

侍女们慌慌张张地递痰盂，为她漱口，然后递给她酸杏。

医女嘱咐了，说有孕四十天左右的时候容易孕吐，让她们时时刻刻准备着，今日夫人许是情绪波动厉害，所以孕吐了。

几个人也心疼赵羲姮，夫人怀孕了，偏偏主公又不在家不能陪着。

谢青郁紧张地凑过来，询问她身体如何："他们是怎么照顾你的？往日你身体可十分康健。既然在凭州待着不舒服，不如跟我去雍州吧，那儿水土好，宜居养人。"

小桃也握住赵羲姮的手，用期待的眼神看着她。

赵羲姮眼泪汪汪地含着酸杏，哭也止住了，吐也止住了："让兄长见笑了。近日身体是不大好。"

谢青郁心被戳开了一样漏风，府中侍人称他舅老爷，现在赵羲姮唤他兄长："我……我当不起阿妧这一声兄长。"

赵羲姮摇摇头，看得出，谢青郁对自己不曾死心，他若是死心了，就不会趁乱来找她，想要带她走了："既然兄长给阿妧送了嫁，那这辈子就是阿妧的兄长了。年幼的时候也'哥哥'叫着，没什么不妥的。"

"殿下，去雍州吧，你瞧瞧这府里上下哪儿有点儿人气？怎么能照顾得好你？

现在殿下身体又这样不好。”小桃也劝。

空有个华丽的大宅子有什么用？照顾不周到，瞧瞧殿下这小脸儿瘦的。

赵羲姮轻咳了一声，脸颊有些红，手指放在膝盖上缠在一起搅了搅：“正常的，没什么，你们不要担心。”

她平日里脸皮倒是厚，但让她自己说自己怀孕了，倒是有点儿小女儿家的羞涩了。赵羲姮脸一红，说着这是正常现象，谢青郁眼前发黑，手指紧紧地抠住桌角。

什么正常现象要红着脸说？什么正常现象要呕吐？

答案显然呼之欲出，他张了张嘴，发现自己已经说不出话。

许久后，他才找回了自己的声音，略带沉重：“阿妧，你是不是……”

赵羲姮点点头：“嗯，兄长要做舅舅了。”

谢青郁险些眼前一黑，差点晕过去。他永远晚了一步。

赵羲姮竟愿意为卫澧生儿育女，想必是喜欢极了他。

“那凭州现在？”

“无事，我很安全，兄长放心。”

他明白了，凭州无事，卫澧也无事，说不定此刻正在哪个角落暗暗地观察着他，像看个猴子。

他就说这一路走来为何畅通无阻，依照卫澧那小肚鸡肠的性子，怎么可能半点儿不阻拦呢？原来在此处等着他了。卫澧用孩子套牢了赵羲姮，一点儿都不担心他将人拐走，当真是好计策，好谋算！

他动了动唇，最后扯出一抹僵硬痛苦的微笑：“恭喜了，等孩子出生，我一定备一份大礼。”

“多谢兄长。”赵羲姮点点头，想起自己方才看的话本子，世家小娘子被花言巧语的穷书生给骗了。

她略有些殷切地问道：“兄长，不知伯父可曾催促你娶妻？”

谢青郁迟疑片刻，点点头，他已经二十二岁，三代单传，他父亲自然着急，但赵羲姮问这个做什么？难不成拒绝他后，还要给他做媒？

“兄长年纪大了，也应当择一名贤良貌美的妻子成婚生子。”谢青郁长得当真英俊，将来的孩子必定也漂亮，他若有意的话，他们二人成不了夫妻，倒是可以在子女间定个亲什么的，“将来我与嫂嫂好走动。”

她也不好说得太直白，毕竟刚拒绝了人家，再说这种事情实在有点儿禽兽不如。

赵羲姮没发现，她已经跟卫澧学得，逐渐禽兽不如了。

谢青郁本就不好的面色更加僵硬，手在袖中紧握成拳，但也知赵羲姮说得对，他缓缓地点头："我会考虑的。"停了许久，补充道，"妹妹。"

小桃听二人你来我往一番后，僵住了，一时半会儿说不出话来。

什么"你要做舅舅了"？什么什么？

殿下有孕了？孩子是谁的？她不用脑子想，都知道是卫澧的。

她家殿下要给卫澧生孩子？多疼啊，多遭罪啊。但怀都怀上了，落胎更伤身体，而且殿下看起来好像想留下孩子。

她盯着赵羲姮的肚子好一会儿，然后蹲下，耳朵贴上去，泪眼婆娑地问："殿下，孩子多大了呀？想好名字了吗？小衣裳做好了吗？医师说是男是女呀？"

反正不管孩子的父亲是谁，都是殿下的孩子，都是小宝贝。

赵羲姮被这一系列的问题问得头晕，深觉自己这个母亲不称职，捏捏耳垂："都不知道呢。"

"您父皇母后若是知道要当外公外婆了，这些肯定很早就预备下了。"

赵羲姮想，等卫澧回来后，他们一定要给阿耶阿娘的牌位上三炷香，告诉阿耶阿娘，阿妧要有宝宝了。

谢青郁在府中留住的第三天。

赵羲姮将他留下，不只是热情好客，小姑娘到底不是以前的小姑娘了，她怕他会走漏了卫澧的消息给刘涣等人，恐危及卫澧，所以将他困在府上。

谢青郁夜里思及此事，免不得心酸。忽然听见兵甲躁动之声，还有整齐划一的脚步声，接着府中上上下下都热闹起来。

踏雪的咯吱声一阵接一阵，有人在喊："主公得胜回来了！"

不过半刻，隐隐的呼喊声就没有了，全府上下又重归宁静。

卫澧悄悄地潜入赵羲姮卧房的时候，她正睡得香甜，侧着身，手背压在耳侧。

侍女们说她前几日的时候吐过，卫澧心尖像针扎一样地疼。

他身上沾着尘土与血迹，不敢离她太近，忍住想亲吻她的念头，贪恋地将她的轮廓细细描摹一遍，最后转头离去了。

谢青郁的房门被扣响，他半梦半醒中披衣前去开门，只见卫澧一身尘垢血渍地站在他房门前。

卫澧见他，微微抬了下巴，勾唇一笑："兄长不会介意我在你房中借宿一晚吧？"

他将"兄长"两个字咬得极重，谢青郁还昏沉的脑袋，被自外而来的冷风一灌，霎时清醒了。

“府中没有别处可以留宿吗？”谢青郁撑着门，冷冷地说道。

“阿妩睡熟了，我再盥洗会吵醒她，兄长也见到了，现在府上人手不多，别的院子也没收拾，想必兄长不会如此小气吧？”他一口一个兄长，何尝不是在扎谢青郁的心。

谢青郁深吸一口气，即便卫澧不能扰了阿妩休息，但隔壁主院那么大，怎么可能找不出一处落脚的地方呢？

“请吧。”谢青郁抬手，闪出一道空隙来，让卫澧进来。

卫澧苍白的脸颊上沾着干涸的血迹，言谈举止之间，满是年轻人的锋利桀骜，这种气质放在他身上，显得并不突兀，甚至相得益彰。

他随意找了把椅子坐下：“有水吗？我想洗个澡。”

卫澧扬了扬手里拎着的换洗衣裳。

谢青郁叫了随行的侍人烧水抬进来，供卫澧盥洗。

已经快要子时，他平日作息规律，寅时末起，戌时歇。今日胡思乱想已经耽误了入睡的时辰。他等着卫澧洗漱完出来，人已经困得东倒西歪，但还要撑着自己凛然不可侵犯的谪仙姿态，看起来极为疲惫。

火炕很大，两个人并排躺着，中间隔着三四个人的距离，井水不犯河水，要多疏离有多疏离，要多嫌弃有多嫌弃。

谢青郁安安静静地闭上眼睛，将双手规矩地交叠在腹部，准备入睡。

他睡前最后一丝神志正在思考，自己夜里睡相一贯很好，应当不会在卫澧面前丢脸。已经输了阿妩给卫澧，不能再在别处有瑕疵了，纵然有，在卫澧面前也必须保持完美。

卫澧显然并没有打算放过他。

谢青郁贼心不死，上次言谈恳切地让他照顾好阿妩呢，结果竟然试图在他不在家的时候拐他媳妇，今晚能让谢青郁好过他名字就倒过来写。

卫澧撑着头，懒散地喊谢青郁：“兄长？”

谢青郁灵台登时清明，眼睛骤然睁开：“作何？”

“听闻兄长十三岁就中了探花，真厉害。”卫澧语气淡淡地夸奖道。

谢青郁被他夸得汗毛竖立脊背一凉，可不认为卫澧只是单纯地想夸赞他，他同卫澧的关系，不过表面和气罢了。

卫澧年少流浪，没读过多少书，同他谈论文化高低，无异于自取其辱。他想抓住这个点回应，但下意识觉得未免恶毒。

出身又不是卫澧自己能决定的，他年少读不了书，也与卫澧的出身有关，若是可能，谁不想生来就锦衣玉食安享富贵，在富裕的环境里学书识字？

所谓王侯将相宁有种乎，他拿这点来抨击卫澧，委实不太好，不是君子所为。

谢青郁强忍着睡意点点头：“尚可。”

“那兄长为我和阿妧的孩子取名如何？兄长觉得，孩子会是男孩还是女孩？”卫澧扯起一抹笑，露出森森白牙。

谢青郁猛地喘不上气，他做好人，但卫澧不选择做好人，是他高估了人性，方才就不该优柔寡断。

“都好，你与阿妧是孩子的父母，同阿妧商量吧，阿妧书读得也不差。”谢青郁飞快地闭上眼睛，表示自己要睡了，不想再同卫澧说话。

卫澧今晚上嘴说个不停，有意戳谢青郁的心窝子：“兄长，你说孩子会长得像谁？像我还是像阿妧呢？最好一半一半，你觉得呢？”

谢青郁翻了个身，恨不得将耳朵堵上，又开始心塞。再有半年多，阿妧的孩子就会出生了，是啊，那个孩子会长得像谁呢？总归与他没关系就是了。

“兄长？”卫澧得意地唤他，“兄长，你睡了吗？”

谢青郁又困又难受，外头丑时的梆子已经敲响，他暴躁得咬牙切齿，但还要维持风度：“妹夫，你又要做什么？”

“既然不想给孩子起名，那你觉得这几个小名哪个好听？”卫澧翻了个身，虽然他连夜从星罗城赶回来，但神采奕奕，甚至还有越聊越精神的势头。

赵羲姮以前说卫澧是个大牲口不知疲倦，像村子里给块萝卜吊着拉磨的驴，这话半点儿没说错。

“三花，铁柱，二狗，宝子……”卫澧碎碎念还没完，谢青郁的忍耐已经到了极限，他将被子往自己脑袋上一盖。

卫澧薅一把他的被子：“兄长，你怎么了？别睡啊，咱俩好不容易见一面，你不知道你都半年没来了，我攒了老多话想跟你说了，你不会这么冷血无情吧？兄长，跟我唠会嗑呗？你看你想听点儿什么，是我冬天时给阿妧买糖葫芦呢？还是她喜欢什么颜色的口脂、胭脂？我对你妹妹可好了，把她嫁给我你就放心吧。”

谢青郁攥着被角的手默默地收紧，手背上青筋暴起，实在忍受不住，顶着两个黑眼圈坐起来，指着卫澧道：“滚出去！”

“兄长，你说这话就没意思了啊，这是我家，要滚也得你滚啊，哪有客人指着主人让滚的？”卫澧脸上的笑容冷静下来了，手枕在脑后，轻慢地说道。

“好，我滚。”谢青郁从小到大顺风顺水，哪里受过这等窝囊气，抱着被子气势汹汹地就要出去。

卫澧穿上靴子带上衣服，把谢青郁摁回来：“瞧兄长这话说的，你是阿妉哥哥，我怎么能赶你走，回头阿妉该跟我发脾气了。”

他瞥一眼朦朦胧胧的灰色天空，马上寅时初刻了：“得了，今晚咱俩秉烛夜谈也谈得差不多了，我跟兄长唠得也挺开心，既然兄长要休息，那我就回去陪阿妉睡了。”

说着他将门一把拉开，走出去，留下谢青郁胸口起伏地坐在床前。

几乎一夜未睡，谢青郁脑袋里突突地疼，他按了按眉心，倒回床上去，却怎么也睡不着。

老远看见火炕角落上落着一根头发，又粗又黑又长，一看就不是他的。

他气得站起来，将所有被褥又换了一遍，房间里熏了一遍香才算罢休。

卫澧不怕冷，穿着单薄的亵衣亵裤回去。

赵羲姮睡得还很香。他身上沾着寒气，怕吵醒了她，于是站在炉子边上烤火，将自己烤得暖暖和和。

他刚要往火炕上爬，忽然闻到自己身上一股淡雅的香气，又匆匆洗了个澡换了身衣裳。

谢青郁怎么娘唧唧的，还用熏香？

他要沾着一身味跑去抱人，赵羲姮说不定还以为他在外头招惹了什么不正经的人。

卫澧轻轻地钻进赵羲姮的被子里，将她小心翼翼地圈在怀里，亲了亲她的发顶。

他身上暖洋洋的，赵羲姮忍不住往他身上贴，蒙眬间将眼睛睁开一条缝，在他怀里蹭了蹭，软糯糯地喊他：“卫澧……”

卫澧尾椎骨都发麻，小妖精就是会撒娇，低头亲亲她的额头鼻尖：“我回来了，睡吧。”

赵羲姮脑袋又蹭了蹭，然后睡着了。

她动作间亵衣滑落，露出一只雪白纤细的小臂，莹白细腻，宛如美玉一样在幽暗里散发着莹莹光芒，顺着小臂向下，是纤细的小手，指尖粉嫩。

卫澧看得出神，喉结不自觉地上下滚动，强行把自己目光别开，给她把衣袖拉下来。

她乖乖地睡熟了，卫澧悄悄地抚上她的腹部，还是平坦的，与他临走时候别无二致，这个孩子长得真慢。

他观察着赵羲姮应当不会醒来，于是悄悄地顺着被子往下挪动，头小心翼翼地贴在她的小腹处，听着里头的动静。

但安安静静，什么都没有。

被子里不透风，憋闷得很，充满赵羲姮身上浅浅的栀子花香，他鼻间热出了细汗，但还是用额头蹭了蹭她的小腹。

“听大家说你前几天不乖？嗯？”卫澧小声自顾自地说道，“你乖一点，不要让你阿娘太累，好不好？”

小家伙现在都没有拳头大，怎么能听得懂卫澧说话呢？

但卫澧没在意，依旧将耳朵贴在赵羲姮的小腹上，对着孩子碎碎念，他不在家的十几天，莫名有好多话想跟这个没成形的小家伙说。

但是不能让赵羲姮听到，不然她该笑话了，太丢脸了。

他将手臂轻轻地横亘在赵羲姮的腰腹处，深情地吻了吻腹部，亲着亲着，眼眶有些许湿润。

第十九章 我不该凶你，惹你哭

赵羲姮醒来的第一感受，是热，顺带着将卫澧踢出了被窝。

晚上冷的时候黏人得紧，天亮了就卸磨杀驴。赵羲姮心里给自己竖了个大拇指，干得漂亮。

卫澧一下子疼醒了，他面色几乎扭曲，按住赵羲姮的手腕，压低声音叱骂她："你怎么回事？以后日子不过了？还是你想找个新的。"

赵羲姮小幅度地伸了个懒腰，感觉自己的骨头咔咔作响舒展开了，懒懒地瞥他一眼，轻蔑一笑："不过如此。"

什么？什么就不过如此？

卫澧的脸青一阵绿一阵，扑过去："你有胆子再说一遍？"

赵羲姮继续轻蔑一笑："我说，不过如此！"她的手撑在卫澧的胸膛上，把他推开，"我告诉你，你现在可别碰我。"

她摸了摸自己的肚子。

卫澧气得咬牙切齿，贴在她耳边，咬了一下她的耳垂："赵羲姮，我告诉你，你以后可别后悔，有你哭着求我的时候。"

赵羲姮被咬得有点儿疼，于是反咬回去，在他耳边吐出九个字："滚下去！从我身上，马上！"

卫澧的眼睛不自觉地瞪圆，愣愣地看着她起身，下床，换衣裳。

不对啊？医师说过怀孕后会性情大变吗？这怎么感觉不像一个人？赵羲姮以前说话声音细，除非把她惹哭惹恼了，她是不会对他大声说话的。

他原本都想好了，赵羲姮今早醒来之后，会蹭蹭他的颈窝，跟他说声"早"，然后他给她穿衣裳，两个人开开心心地去找谢青郁吃早饭。

卫澧歪在床上，一时间回不了神。

赵羲姮已经换好衣裳洗漱完出来，卫澧还愣在床上，像条傻狗。

她走过去，一撩拨卫澧的头发："起来吃饭，我饿了。"

卫澧还是难以置信，她怎么能这么对自己？于是捏住赵羲姮的手，问："赵羲姮，我是谁？"

"卫澧啊。"赵羲姮眨眨眼睛。

以往她都是娇滴滴地叫他"主公"的，虽然叫名字好，显得亲切，但卫澧总觉得缺点儿感情，不如喊他"主公"的时候充满依赖。

卫澧心狂跳起来，四下打量赵羲姮，她该不会被谁掉包了吧？难不成这世界上当真有长得一模一样的人？

他试探着问："你头后面的伤好了吗？"

"好了，早就结痂了。"赵羲姮转过去给他看。

伤口的位置一模一样，但这并不能代表什么。

卫澧又问："上次我问你借的那些嫁妆，再给我使使。"

上次，嫁妆？上次那嫁妆不是春宫图吗？

赵羲姮脸一下子红了，抓起一方软枕打在卫澧身上，一边打一边骂："禽兽！畜生！我都这样了你还要看那些东西！"

卫澧一把将她抱住，好险好险，没换人，但这脾气怎么变化这么大？

"赵羲姮，我是你夫君，你怎么能对你夫君这样呢？三从四德你读过没？"卫澧轻轻地拉住她的手，脸红地说道。

赵羲姮掀掀眼皮："我没读过你读过？背两句给我听听。"

卫澧哑口无言，他怎么会读这种书？都是糟粕。

"你不是也没读过吗？问我我哪里知道？"他小声道。

"三从我不知道，四德我倒是听过。"

卫澧面色一僵，她怎么能读过这种东西呢？

"我就说说，没让你真背。"当然也不用遵守这破玩意。

"打不得，骂不得，说不得，凶不得。"她就那么看着卫澧，"你记得遵守一下。"

卫澧被她看得后退两步，他不用脑子想，也知道三从四德肯定不是这种内容。

赵羲姮捏着自己大腿外侧的肉，险险才把将要控制不住的笑憋回去，看着卫澧惊诧地同手同脚走进盥洗室，这才捂着肚子笑出来。

她态度变化这么大，肯定吓着他了。但是活该，谁让他以前对自己那么差劲的。

卫澧把凉水泼在自己脸上，脑子清醒了些许，肯定是怀孕之后情绪不稳定，所以脾气才这么大，他刚起床的时候脾气也大。

赵羲姮平常那么乖，说话都不敢对他大声，总是娇滴滴地喊他主公，能有什么坏心思？怀孕之后身体不舒服发发脾气也正常，男子汉大丈夫，怎么能跟赵羲姮一般计较，那也太不像话了吧？

他思索过后，决定不纠正赵羲姮那所谓的"四德"是错的。

她说是对的那就是对的。

主食是碴条配卤子，酸菜烙饼，鱿鱼饼，配菜有清蒸蚬子和烤野猪肉。

蚬子里鲜嫩甘美的汁水被蒸了出来，最好地保留了海鲜的原汁原味，配着调好的蘸料一口下去，鲜到舌头都能吞下去。

野猪肉原本肥肉就少，长时间的炙烤下连那层薄薄的肥肉和外皮都烤得金黄酥脆，筷子刮上去滋滋作响，油脂大半都被烤出去了，浓郁的酱汁增添些许亮色，半点儿都不腻。

还有些杂七杂八的小菜，爽脆可口。

两人原本与谢青郁是分开吃饭的，但卫澧同赵羲姮打商量："将兄长一并叫过来吧，人多一起吃饭热闹。"

赵羲姮用审视的眼神看着他："你确定？"

确定是人多吃饭热闹，还是只想气气谢青郁？卫澧什么事干不出来？

卫澧点头："自然是一起吃热闹了。"

说完就去隔壁敲了谢青郁的门。

谢青郁顶着一双乌黑的眼眶，冷冷地望着卫澧。他一夜未睡，经过卫澧那么一折腾，就已经到了寅时，他原本该起床的时候，哪儿还睡得着，只能洗漱读书。

"兄长，来一起吃早饭啊。"卫澧笑得阳光灿烂。

谢青郁"砰"的一下将门合上："我不饿，你们吃。"

他有病吗，还要再落进卫澧的圈套里？卫澧明摆着没有好事等着他。

卫澧站在外头，淡淡地勾起一抹笑，不敢就对了。

"兄长，今晚我还想同你秉烛夜谈，不知兄长可方便？"

许久都没听见谢青郁的回应，卫澧施施然地回了院子。

"兄长昨夜不知道是不是做贼去了，脸色蜡黄，眼下青黑，真是可怜，咱们先吃，不用管他了。"卫澧"啧"了一声，用近乎惋惜的声音对赵羲姮道。

他抬手，用生菜包了一块酥脆的烤肉，淋上酱汁，撒上辣椒粉和甜椒，卷起来给赵羲姮。

赵羲姮要抬手接，他躲了过去："咬一口，你别动手，回头沾了一手油还得洗。"

赵羲姮一想也是，凑过去，示意他塞进自己嘴里。

"一口能塞进去吗？"卫澧问，"要不再给你切小点儿？"

"不用！我可以！"赵羲姮一口咬住，含糊不清地道。

"人长得不大，嘴还挺大。"卫澧刺挠她一句。

赵羲姮瞪他，掐了他一把。

她除了前几天吐过一次，一直胃口极好，饭量都比平常涨了一倍。看到什么能吃的，都会不自觉地分泌口水，恨不得上去咬一口。

但是卫澧今天好奇怪。

她都那么反常地对待他了，他怎么半点儿都不生气？反而看起来比平常还有耐心。

obviously，就很不对劲。

难道是上次她磕破了头，让他浪子回头，意识到他自己以前多差劲，所以痛改前非，打算加倍对她好了？好像也不是没有可能。

“我想吃那个腌虾。”赵羲姮干脆将筷子都放下了，等卫澧投喂。

卫澧一见虾就头疼，上次他给赵羲姮剥了一盘虾，剥得手都疼，今天怎么还得剥？

“赵羲姮，我跟你讲，吃多了虾不好，你知道吗？”

“哪个大夫跟你说的？”

卫澧继续忽悠她：“就是上次给你诊脉那个，说虾吃多了……”他顿了顿，“虾吃多了上火，还痰多，嗯。”

“是吗？”赵羲姮瞥他一眼，“那个大夫昨天还跟我说多吃虾，孩子生出来会聪明。”

卫澧的谎言被揭穿，脸带着耳根红了一片，他把虾肉塞进赵羲姮嘴里，恶狠狠地又撕掉一颗虾头。

一顿饭间隙，卫澧逮着空就剥虾，然后堆了满满一盘子给她。

小桃站在一边，发现自己毫无用武之地。

殿下爱吃鱼虾，却嫌挑刺剥壳麻烦，以往这种事情都是她来做的。但是卫澧一个人，就能把这些事情全部包了，而且做得得心应手。

她悄悄地擦了把眼泪，原本以为卫澧这种庸俗粗鲁的人，会对殿下很差，没想到现在看来，人还行。希望他不只是看在孩子的分上，才对殿下这么百依百顺的。

赵羲姮吃掉一只虾，觉得吃饱了，夹起一只喂到卫澧嘴边：“来，啊……我吃一只你吃一只……”

卫澧接过来：“你现在还知道分享了，挺难得。”

“当然，好东西要一起分享，毕竟你对我这么好。”

卫澧被捧得飘飘然，赵羲姮顺势道：“对我这么好的主公，不会拒绝一会儿跟我一起拜拜我阿耶阿娘的牌位吧？我想告诉他们，我有宝宝了。”

她期待地看着卫澧，希望他点头。

卫澧呛了一下，连忙灌了口水。

“一会儿就去吗？”

赵羲姮看他眼神闪烁，游移不定，以为他不想去，心里有些恼火，刚要开口，卫澧就握住她的手。

"等你晌午睡完午觉，咱们去成不成？"赵羲姮眉头一皱，他就知道她要不高兴。

上午去下午去没什么差别，兴许是卫澧有事，所以才显得迟疑。

赵羲姮在正事上从不无理取闹："你若是有事的话，咱们换一天也成，你哪天闲下来告诉我。"

"也不是要紧的事……"

卫澧看着她认真为自己考虑的模样，心神一动，微微敛眸，鸦黑的睫毛如扇，弧度姣好，压住她的脑袋，缓慢低头亲上去。

满室皆是缱绻温柔的氛围，侍女们捂着眼不敢看，却悄悄地露出一条缝隙。

赵羲姮看着他逐渐贴近的脸，下意识地把人往外一推，卫澧一时不察，连人带凳子一并仰倒在地，他不敢置信地看着赵羲姮，指着她："你……你你你……"

"你"了半天都没能说出来一句完整的话。

赵羲姮略有心虚，似乎反应过头了，于是连忙抬手将人拉起来："咳，我不是故意的。"

卫澧还是一副蒙住的样子，见她过来扶自己，甚至主动往后缩了两下。

他实在反应不过来，赵羲姮的力气什么时候这么大了？

那么娇娇软软的人，初见时还会被自己吓哭，难不成怀孕之后脾气会变差，力气也会变大？

赵羲姮心中略有些愧疚，于是捧住他的脸，在他的面颊上轻轻地亲了一口，撒娇道："主公不要生气啦，我不是故意的。"

卫澧眼神闪烁，心中略微松了口气，料想她也不是故意的，不过是自己一时没有防备，他指了指自己另一边面颊："还有这儿。"

"啧，你怎么这么麻烦，事儿真多。"赵羲姮在他另外一边的面颊啃了一口，留下两道浅浅的牙印。

卫澧又怔了怔，拉着她的手起来，带着半脸的牙印，略有些关切地问道："要不找个医师再来看看吧？"

"我很健康，看什么？"赵羲姮抬起眸子问。

卫澧怕她再生气闹脾气，只能点头："你说不看就不看。"

脾气大点儿，力气大点儿，都不要紧，只要身体健康就行。

两人说了会儿话，卫澧便出去了，赵羲姮只当他是去忙正事。

书房盥洗间有一面一人高的铜镜，清晰地倒映出卫澧的身影。他对着镜子，将左耳上那一串闪亮的银耳饰摘下，留下几个细细的耳洞，不细瞧压根瞧不出痕迹。

然后将脑后束着的马尾散下，取了个玉冠，盘腿坐在地上，开始倒腾自己的头发。

往日梳发极为简单，将头发梳顺了再捆上，最多攒几个小辫子固定，哪里会像现在这样繁琐，忙忙活活一阵，额头上都出了细汗，发冠还是不曾戴稳。

卫澧恨不得将这些东西都砸了，但最终还是耐着性子，将横簪取下，叼在嘴里，把头发重新梳一遍。

最后实在烦躁了，只得暂时放弃发冠，先换了衣裳。

衣裳是纯白的袍子，正是赵羲姮去年给他做的那件，赵羲姮觉得他穿着不好看，卫澧也觉得与自己不搭，这衣裳便随手放着从未再碰过。

他穿好衣裳，定了定心神，收敛起烦躁，耐着性子将发冠捡起重新梳发，这次才勉勉强强有个样子。

他对着镜子看自己，掐了一把自己的脸，让自己的面部表情柔和放松一些。

赵羲姮的父母该喜欢谢青郁那样的女婿，他回想着谢青郁往日里的行为举止，学他一笑，两边的嘴角端的一般高，眼睛略弯。

凶神恶煞的年轻人，一时间多了几分不伦不类的和善，那白衣玉冠，笑容亲切的人，让卫澧深感陌生，陌生到他都认不出那是自己。

除了那张脸，整个人似乎年长了许多。

他缓缓地走了两步，步伐放得极慢，倒也有了几分温柔的气度。

卫澧一歪头，变成这样，值不值得？管他值不值得呢？

他要跟着阿妉去真真正正祭拜她父母的牌位，告诉他们，阿妉有了孩子，但他之前的样子，哪里会是他们喜欢的女婿模样？他们会放心托付自己的女儿吗？放心他成为他们外孙的父亲吗？或许谢青郁那个模样，才是他们希望的女婿人选。

卫澧掌心微微汗湿，又看了看镜中的自己。

纵然他学得有些许像谢青郁，但他不如谢青郁俊秀，不如谢青郁有文采，尤其装不出谢青郁从骨子里透出的那股气度。

东施效颦，不过如此。他这样出去，阿妉会不会瞧出他的心思，也觉得他不伦不类惹人笑话？

婚礼上，他虽与阿妉一同拜过了她父母的牌位，但这次到底不同，他没法再穿着喜服遮掩，也不是隔着一层青庐的帷幔。

他要像个丈夫，像个父亲。

赵羲姮晌午睡起来，迷迷糊糊地见身侧多了个人影，一身白，她当是谢青郁，惊得一下子爬起来。

谢青郁怎么会跑来自己的卧房？她再仔细看看，发现竟然是卫澧。他竟然穿了一身白衣？简直一反常态。

赵羲姮笑起来："你怎么好端端地将这身衣裳穿出来了？"

卫澧没应她，只是半低着头，他手掌微微攥着，藏在袖下，始终不肯松开。

赵羲姮扒拉他许久，他才微微将头偏过去。

只见他脸颊与耳根俱是涨红，额间有几丝细汗，原本左耳那一串亮晶晶的银耳饰都不在了。

"不好看我去换了。"他终究是无法忍受赵羲姮打量的目光，心中羞耻万分，几乎是逃一样的要跑出去。

他早知道的，不该这样自取其辱的。

赵羲姮坐起来，一把抱住他的腰肢："好看！你坐下来我看看你。"

卫澧后背被赵羲姮贴着，暖洋洋软乎乎的，他僵硬着坐下，手垂在膝上。

赵羲姮摸摸他一串的耳洞，感叹道："这么多啊。"

卫澧身子又僵硬了几分。

她又摸摸自己的耳垂："打耳洞疼不疼？"

卫澧摇头："不疼。"对他来说自然是不疼的。

赵羲姮眼睛放出光亮来："我也想打耳洞，这样就可以戴漂亮的耳饰了。"

"疼。"卫澧忽然改口，"打耳洞疼，我方才记错了。"

"那就算了。"赵羲姮悻悻的，她有点儿怕疼。

卫澧摸摸她白皙细嫩的耳垂："好看，你不用打。"

这小嘴儿今天下午是抹了蜜？说话怎么这么甜？赵羲姮高高兴兴的，不吝啬地在他鼻尖亲了一口。

自打卫澧换了这身衣裳，脾气像是都被封印住了，赵羲姮问他什么他答什么，半点儿也不呛声。

乖是很乖，但赵羲姮不知道他为什么今日忽然就改了打扮改了脾气。

她起身换了衣裳，上午时候说要一起去祭拜的。

衣裳没穿鲜艳的，只一身青绿色的厚襦裙，外头披着雪白的大氅。

牌位摆放在一间偏堂，合葬的陵墓还在息阳的皇陵，自然无缘祭拜。

卫澧的僵硬和做作在面对牌位那一瞬达到了巅峰，至少赵羲姮是这么觉得的。她忽然知道卫澧今日为何这身打扮了，心中微微有所触动，更多了一点儿酸涩。

其实他不用这样的，她阿耶阿娘又不会嫌弃他，就算嫌弃也打不到他。

两人在牌位前跪下，小桃给他们一人点了三炷香。

赵羲姮与卫澧拜了三拜，将香插进香炉里去。

纵然父母已经去世多年，但赵羲姮每每回忆起两人，还是忍不住难过。

她眼眶里闪着盈盈泪光，咬着下唇憋回去，泪眼蒙眬了视线，似乎看见牌位上，她的父母影影绰绰地坐在上首，对她展开笑，音容笑貌一如当年。

今日是为高兴之事来的，她不好掉眼泪，只是左右翻找也没找到帕子，卫澧将袖子伸过去，在她脸上擦了擦。

赵羲姮顺势抱住他的胳膊，带着笑容，语气哽咽，对着上首一双牌位道："阿耶阿娘，这个人你们上次也见过啦，是你们的女婿。他人挺好的，对女儿也挺好的，不比你们给女儿选的差，你们不要担心了。"

卫澧心脏怦怦地跳，比任何时候都要剧烈。

赵羲姮说他不比谢青郁差，是真的还是假的？

赵羲姮对着牌位碎碎念："女儿今天来就是为了告诉阿耶阿娘一个好消息的，女儿现在也有孩子了，你们快要有外孙或者外孙女了，如果你们还在的话，肯定也会特别高兴。"

她一拉卫澧的手："你们看，女儿女婿都很好看的，孩子将来生出来也一定很漂亮。"

卫澧几乎听不见赵羲姮后来所说的任何字句，脑海里只有一个声音，赵羲姮说他很好，说他好看。

赵羲姮眼眶红红地依偎在卫澧身侧，暗里却掐了一把他的腰："你倒是说话啊。"

卫澧回神，冲着牌位又磕了三个头，他想说的话，都在心里了，岳父岳母听得见。

即便是二月份，凭州的天也黑得极早，两个人从偏堂里出来的时候，天已经黑透了。

赵羲姮对着牌位一边哭一边碎碎念，停下来的时候眼睛肿得像小核桃，卫澧拿手背贴在她眼眶上给她降温。

"你怎么还不把衣服换回来？"赵羲姮抱着他的胳膊，用他微凉的手背贴在自己眼皮上。

卫澧心中涩然，他到底是东施效颦，惹人笑话了。

赵羲姮在他怀里蹭了蹭，圈住他的腰，腻腻歪歪地说："还是你以前好看，这样我都不认得你了。"

她撒娇一样的甜言蜜语，陡然让卫澧心中莫名轻松些，他低下头，摸摸她的脸颊，抿着唇，一言不发。

赵羲姮在心里默默地叹口气，一抬头就吻上了他的唇瓣：“去嘛，换了衣裳咱们两个一起吃饭，我饿了，你难道不饿吗？”

卫澧这才起身离去，赵羲姮唉声叹气，满面愁容地坐起来，小桃也跟着皱起脸：“殿下，您叹气做什么呢？”

“在想如何让一个傻子变聪明。”赵羲姮嘬了嘬嘴，“你去问厨房要一篮子咸核桃来。”

小桃高高兴兴地去了：“吃核桃好，吃核桃补脑，将来生出来的小殿下一定聪明。”

赵羲姮觉得是应该补一补，万一将来孩子的脑子随了卫澧那个不转弯的，那可就太糟了。也不知道卫澧这个年纪吃核桃还有没有用？能不能把脑子补上？

核桃也不能当饭吃，它被放在小几上，当饭后的零食。

卫澧换了衣裳，一身枣红的，看着亮堂顺眼了许多。

赵羲姮满意地去牵他的手：“白花花的衣裳有什么好看的？多寡淡，哪有红色好看？”

卫澧嘴角不自觉地扬起一抹笑来，但嘴上还是道：“你以为我会信你的鬼话？”

赵羲姮声音喊得大，屋外都听得见，自外款款而来的谢青郁面无表情地看了看自己身上的白衣，转身走了，心有怨气。他原本是来告别的，总在凭州待着，他放心不下雍州，且在这儿待着，实在不称心如意。

“早饭有虾，午饭有虾，怎么晚饭还有虾？”赵羲姮看了一眼桌子上的白灼虾，有些奇怪。

虽然每次烹饪的方法都不同，但顿顿都是虾，她也有些吃腻了。

“你自己说的，多吃虾对孩子好。”卫澧这次也顾不上嫌剥虾费劲了，往她碗里堆了虾肉，示意她快吃。

听卫澧这么一说，赵羲姮就知道了，肯定是卫澧吩咐厨房做的，怪不得一日三餐都是呢。

“那我明天不想吃了，我想吃……”

“你要求还不少？”卫澧打断，敲了一下她的额头，“我给你弄龙肉你吃不吃？”

赵羲姮扯扯嘴角，嘲笑了他一声。

晚饭洗漱后，两个人窝在暖洋洋的罗汉床上，小桌被移到另一头了，赵羲姮觉得榻上硌得慌，非要窝在卫澧怀里，头刚刚好倚在他的胸口。

人肉垫子，又暖又舒服。

温香软玉在怀，卫澧自然不会拒绝，甚至乐得高兴，还能顺便搓搓她软绵绵的手和脸。

两人才说了一会儿话，外头便递进来了战报。

赵羲姮摸了两个核桃在手里把玩，把目光投向那一张纸。

卫澧生擒刘涣与王之遥的消息传得极快，飞东章王与那个自立门户的飞东章世子自然收到消息了，生怕卫澧中途折回来再敲打一遍飞东章，于是连忙撤兵，凭州再次大获全胜，陈若江与杨泽笠不日便可回城。

“那现在你打算怎么办？”赵羲姮猫在卫澧怀里玩核桃，问他。

“惹到我头上了，当然是狠狠地敲他一笔。”卫澧道。

她不乐意自己用钳子捏碎核桃壳，费力，于是将核桃递给卫澧。

卫澧的目光还未从战报上移开，顺手接了过来捏开，将肉挑出来放进她掌心，壳扔在痰盂里。

“幽州与清州也一样敲一笔吗？”她继续问。

卫澧开的核桃肉十分完整，没有半点儿损坏。赵羲姮因为这两半完整的核桃肉，心里升起一股满足感。

她将装核桃的小竹篮放进自己怀里，然后一个一个地递给卫澧，让他捏开。

“嗯。”卫澧点头，“我打算让幽州、清州割地来赎人。幽州肯定会同意我的要求，刘涣的大儿子今年才八岁，撑不住台面，他们必定要将刘涣要回去。清州就不一定了，王之遥的世子都二十了，说不定舍不得清州的地，直接把他父亲留给我了。”

温香软玉在怀，脑子里又想着事情，他也没注意自己成了个开核桃的工具，赵羲姮给他一个，他捏碎一个，简直不知疲倦。

赵羲姮把干燥的核桃肉咬得嘎嘣响，在他怀里蹭了蹭，找了个舒适的位置，然后投桃报李地给他喂了口核桃仁，刚好能补脑。

“我觉得王之遥肯定会被他儿子赎回去的，毕竟是自己的父亲，才不会那么狠心。而且如果不将人换回去，这个做儿子的恐怕要被人戳脊梁骨。”

“我觉得不一定，王之遥一死，那清州可就是世子为王了，他不一定舍得让他父亲回去。”卫澧不喜欢核桃那一股怪味，但还是皱着眉头吃下去了，然后钩了钩她的小手指，“要不咱俩打个赌？”

赵羲姮兴致缺缺，核桃吃够了，略有些睡意：“不赌。”反正卫澧全部身家都在她手里了，赢了也没什么好玩的。

她两鬓的发丝垂在脸颊上，自己也懒得拨开，任由它们垂着，眼睛要闭不闭的。

卫澧顺手将她面颊上的发丝拨开，理到耳后。他手指粗糙，刮得赵羲姮面上微微刺痛，她动了动，但没说什么。

“赌吧，你赢了我将你的那匣子信给你。”卫澧低下头哄她。

赵羲姮这才算有了点儿精神，对啊，她阿耶阿娘的信件还在卫澧那儿呢，她抓住卫澧的手，直勾勾地看着他：“那些信，你看没看过？”

卫澧脸一红，他并不擅长撒谎，撒谎也会很快被揭穿，于是点点头。

赵羲姮来了兴致，小声问他：“都看完了吗？”

“没，就看了几封。”他也将声音放低。

“你是不是也觉得我阿耶阿娘感情特别好？写的信都酸溜溜的？”

卫澧缓缓点头，是挺酸的，但看着赵羲姮放光的眼睛，他心里一阵忐忑：“你也想要个和你阿耶一样的夫君？”

“也没太想要。”赵羲姮小声道，她阿耶阿娘当年的故事令人称羡，她不过就是也想让别人羡慕自己罢了。

卫澧略有沉思，想起他当时在东营，赵羲姮给他写的信了，他当时是不是应该给她回一封，满足一下她的愿望？但是也太酸了吧？

赵羲姮还真就喜欢这种酸溜溜的夫妻相处方式，他要不试试？

“你光说我赢了怎么办，那你赢了呢？”赵羲姮戳了他一下，卫澧回神。

卫澧脸一红，赵羲姮隐隐觉得不好，他缓缓地低下头，在赵羲姮耳边说出几个字。

赵羲姮脸瞬间爆红，感觉自己要熟透了，人也不困了，反身咬上他的脖子。

“你禽兽！”

“什么禽兽？”她咬得有分寸，虽然疼但不会破皮流血，卫澧搂住她，小心翼翼地避开她的腹部，在她耳边吹气，“不是正常的吗？”

“你这样叫孩子听见了不好。”

“没事，现在还听不见。”卫澧死不要脸地抱着她。

“禽兽，畜生！”赵羲姮一边咬他一边骂他。

次日卫澧带着一脖子一脸的咬痕去了地牢，将刘涣和王之遥提审出来。

两个人自然是破口大骂，骂他阴险狡诈，骂他禽兽不如。

卫澧捏着两个人的下巴，冷飕飕地威胁：“既然好好的一条舌头不想要，那我也不必替你们两个怜惜。原本以为你们还有点儿野心和骨气，结果还不是一鼓动就上钩了？”

“你们愚蠢，难道还要怪我？”

“我已经传信到幽州与清州了，看你们的属下舍不舍得将你们换回去了。”

卫澧这次狮子大开口，向清州和幽州要了三分之一的城池。

不出所料，幽州后继无人，世子还未长成，他们舍不下刘涣，再三商议后，最终还是用与凭州接壤的六座城池将刘涣接回去。

至于王之遥的清州那边，就迟迟没有消息，卫澧将刘涣送走后，只剩下王之遥一人孤零零地待在地牢中了，卫澧时不时地刺激他。

“你养个儿子也不过如此，连换你回去的意思都没有。”

王之遥眼睛猩红，自然不相信自己的儿子会漠视自己的性命。但左等右等，一直过了大半个月，清州那边还是没有消息。

卫澧等得不耐烦，传信去催促，若是一日不同意，便断王之遥一肢。

没过几日，清州举办了继位大典，推举王之遥的儿子王封疆为清州王，这意思就是要舍弃王之遥，生死随便卫澧了。

卫澧自然不能让清州好过，于是将王之遥斩断了四肢，拔掉了舌头，打包成礼物送去清州，权当给新清州王的继位礼物。

清州之后怎么混乱，也就不关卫澧的事情了，王封疆估计得被清州百姓戳脊梁骨。

飞东章拿出了以往的不要脸，只派人来道歉，割地的事半点儿不提，反正他们又没有人质在卫澧手中。

杨泽笠立功心切，自动请缨，愿长驱直入飞东章。

卫澧于战事上接连取胜，一路顺风顺水，又夺了幽州六城，搅得清州不得安宁，难免意气风发，对亲征跃跃欲试。

他近日来兴致很高，整个人也欢快不少，连和赵羲姮拌嘴都少了。加上谢青郁早早告辞，他整个人都身心舒畅。

为庆祝这次大获全胜，宋将军在军营中准备了庆功宴。

为赴今晚庆功宴，卫澧挑了几身衣裳，挨个换了给赵羲姮看：“你看今日我穿哪身？”

无非还是红的黑的，只款式略有不同。

“第三套不错。”赵羲姮倚在罗汉床上，淡淡地点头。

卫澧凑过来，在她额头上重重地亲了一口：“我也觉得第三套好。你怎么今天不高兴？你男人这么厉害，一下子兵不血刃地拿下幽州六座城呢。”

“厉害，你最厉害了。”赵羲姮不吝夸奖，真诚极了，她这时候不能打击卫澧的积极性。

她只是心里觉得有些不安，卫澧这几天跟条脱缰的野狗似的。

“等着下个月我取下飞东章给你看。”他眼睛亮晶晶的，神采飞扬，满是少年意气。

赵羲姮当他是在开玩笑，飞东章又不是个什么唾手可得的玩意，娇笑着推了推他：“那我等着，你收拾好了就去吧，别叫宋将军他们多等。”

卫澧手撑在小榻上，倾身过去，在她下巴亲了一口：“那我走了，晚上别等我，早点睡，我不定什么时候才能回来。”

他欲起身，赵羲姮想起他以往喝过酒后的样子，抓住他的前襟，把人往下一带，认认真真地叮嘱：“你少喝点儿酒，听见没有？”

卫澧与她不过隔了一拳的距离，看着她认真的模样，嘴角勾起来，缓缓地贴近：“这么舍不得我？”

“你别靠过来了，我交代完了，你走吧。”赵羲姮红着脸往后躲，卫澧右手扣住她的后脑勺，冰凉顺滑的发丝倾泻在他指缝，低头去吻她。

许久，赵羲姮被他吻得喘不上气，身子软绵绵的，连忙抗拒着把人推开：“别耽误了。让你少喝酒，但也不是不能喝……”

卫澧与她抵着额头平复呼吸，最后在她嘴角一啄，哑声道：“这次真的走了。”

他走后，赵羲姮还是略有不安，卫澧最近的状态令她担心。

“小桃，我将钥匙给你，你取我阿耶的手札来。”

赵星列的手札在顺和帝一家眼里都不值钱，因而得以好好保留在赵羲姮手中。

赵羲姮对这些手札十分重视，常常拿出来翻晒，以防发霉返潮。

赵星列的手札上记录了他那些年南征北战的点点滴滴，有感悟心得，还有兵法的变通应用。但对于没上过战场或没参与过政事的人来讲，读起来略显晦涩。

当夜篝火通明，营中欢声笑语不断。

借着气氛欢快，所有人酒意正浓，宋将军起身规劝。

“主公，属下听闻您有亲征飞东章的打算？”

赵羲姮叮嘱不让他多喝酒，卫澧很听话，只浅浅地酌了几杯，好在也没有什么不长眼的人敢劝酒，眼下拿了牛骨棒在逗营中养的狼狗。

“是，宋将军有何要说的吗？”他撑着头问。

场面还是喧嚷的，大多数人并没有被两个人的交谈吸引。

宋将军拱手，说了什么，卫澧神色一变，将酒杯扔在地上。

一瞬间，场面变得安静起来，一些人连忙打圆场，替宋将军向卫澧赔礼道歉，又拉着宋将军出去醒酒。

宋将军原本是打算在卫澧酒酣时候提出的，但没想到卫澧反应如此强烈，失落地跟着人出去了。

宴会后半期虽然依旧热闹，但气氛总是奇怪，像是都憋着一口气，又像是盛夏乌云滚滚山雨欲来前的燥热。

原本庆功宴预计要到子时的，但因为大家兴致不高，在戌时末就散了。

“你怎么这么早就回来了？”赵羲姮见卫澧气冲冲地回来，忍不住站起来问道。

卫澧见赵羲姮，神色稍缓，他道：“我沾了酒，洗漱完了出来同你说。”

不多时，他依旧是气冲冲地钻出来，见赵羲姮面前摊着一本书，随手拨弄了一下，挨了赵羲姮一爪子，瞪他：“你小心点儿，别碰坏了。”

她继而将书小心合上：“谁又惹着你了？”

“宋桓！”就是宋将军。

“我前几日透露出想要发兵飞东章的意图，他今夜当着众人的面竟然阻拦我，半点儿脸都不给我留。”卫澧气愤得一锤桌子。

赵羲姮惊诧：“你真的要攻打飞东章？现在？”

卫澧点头问：“不行吗？飞东章频频在我手下落败，又因为飞东章王和世子分江而治势力削弱，现在我军中士气正高昂着，怎么不能打？况且飞东章王一点儿道歉的诚意都没有。军中其他人都赞同，偏偏那个老匹夫要拦我。”

赵羲姮更惊诧了，她原本以为卫澧说要发兵飞东章就是一句戏言，但想想他对外自大好战的性子，也觉得合情合理：“你如今发兵，有几成的把握？”

“七成。”卫澧将她的手拉过来摆弄，胜率还是很大的。

“那你预估伤亡在多少？”

卫澧答不上来，他单知道举凭州兵力，是能将飞东章尽数攻下的：“如今清州与幽州元气大伤，即便凭州伤亡惨重，也没有后顾之忧。”

赵羲姮眉头蹙起，心里并不赞同。

卫澧这样不将人命当成人命，只当成取胜的筹码，实在不好。

阿耶的手札中有写，他往年在幽州与烛阙开战的时候，时值冬日，大雪漫天，北风萧瑟。人虽不缺吃穿，但马匹食用的干草紧俏，将士们虽然英勇且意志坚强，但到底都是人，也会觉得严寒。

守城的时候有许多人冻掉了耳朵、冻坏了四肢，最后不得不截去。

幽州都如此，何况更加严寒的凭州呢？若此时举兵，恐怕不但有人会冻坏，更有甚者会冻死。

按着卫澧不拿人命当人命的使唤方式，也不知道要额外折损多少人。守还成，攻的话最好还是从长计议。

宋将军是老将，他经验丰富，劝谏自然是有他的道理。

“幽州新得的六座城池你安置好了？”她问。

卫澧脸上表情一僵：“有陈若江呢……”

安抚民心这种细致活，他做不来，但是陈若江擅长，他跟个老妈子似的。

“这次伤亡是多少？抚恤金你发了没？”赵羲姮将手从他掌中抽出来，抓了把瓜子把玩，压住心中逐渐升起的怒火。

卫澧坐下，干干巴巴地说道：“陈若江在弄了……”

赵羲姮眉头皱得更深了：“那凭州现在的粮草足够支撑吗？”

他舔舔干涩的下唇，摆弄自己的手指：“我问问陈若江。”凭州粮草定然是足的，但具体几何他不知晓。

“新占的城池没安抚好，抚恤金没发，粮草几何不知道，一问你就陈若江陈若江陈若江。陈若江是你爹还是你娘？整天跟在你身后给你擦屁股。”赵羲姮气得把瓜子往盘子里一扔，刚才她都恨不得扔在卫澧头上，她气卫澧一味地就知道扩疆，而对守土半点儿不上心，但临了还是忍住了。

“宋将军说得对，现在不是发兵的好时机。”

卫澧什么时候被人这么指着鼻子骂过？

他面色并不怎么好看，但看在骂他的是赵羲姮的分上，还是耐着性子没翻脸，只是放在桌上的手已经默默地紧握成拳。

“那怎么着？就看着飞东章一次一次挑弄凭州，我还要忍着他吗？”

赵羲姮深吸一口气，自己刚才的语气是冲了点儿，再那样说几句，估摸着卫澧就该气跑了，更不会听她讲话了，于是将语气放缓。

“冰冻三尺非一日之寒，你要攻飞东章还是徐徐图之。待暖和些的时候，草长了出来，也不那么冷了再说。”

她将桌上的手札推过去给他：“你看看这个。”

接连被驳了面子，卫澧回来原本是要赵羲姮安慰他的，结果被骂得狗血喷头，正在气上，哪有心情看这些东西，随手抓起来就要撕，什么破烂玩意。

“你撕！你敢撕！这是我阿耶的手札，你撕了咱俩就完了！”赵羲姮一拍桌子站起来，刚刚压下去的火一下蹿了起来。

卫澧把手札往桌子上一拍，倒是没撕：“完了就完了，谁稀罕，你当老子要这么大地儿是干什么的！老子离了你也能活！”

他转身就走，大步流星，没有任何留恋。

赵羲姮看着他远去的背影，眼眶一酸，泪水模糊了视线，以前也不是没跟卫澧吵过架，这次心里莫名地难受。他说了爱她，就是这么爱她的？

她站着怔了一会儿，趴在桌子上抽抽噎噎，眼泪跟珠子似的噼里啪啦地掉下来。

混账东西，好心当成驴肝肺，就该让他去，反正凭州的将士是他的将士，凭州未来怎样，都是卫澧一手促成的，她管他做什么？

听不进去话的混账东西。

卫澧已经走出寝房了，听见赵羲姮呜呜咽咽的哭声，身子像是被定住了一般，半步都挪不开。他心猛地刺痛，疼得脸一阵煞白，最后认命地折回去。

“我看，你别哭了。”他对着趴在桌上的赵羲姮道。

“滚，谁要……谁要理你。你爱看不看，好心……好心当成驴肝肺。”

她哭得说话都不利索了，卫澧觉得自己心脏出了毛病，一绞一绞地疼，原本的羞恼和怒气，也都被暂时扔在了脑后。

他赶忙弯下腰，去摸她的脸，从背后将她抱在怀里：“别哭了，别哭了，我错了。”

要命了，赵羲姮一哭他就心疼得喘不上气。

赵羲姮挣扎不开，一抬手，一巴掌扇在他脸上，两个人同时蒙了。

赵羲姮以为他会生气，没想到他只是摸摸她的脸，继续说：“别哭了，还生气吗？我以后再也不说那样的话了，刚才就是气急了，你要是还生气，就继续打。”

当然生气了，他刚才说的是什么鬼话。

她继续把头埋下，抽抽搭搭地说：“你气急了，你气急了什么气急了？你有……你有什么脸生气？”

卫澧抿了抿唇，不说话，将她从小榻上横抱起来，她最近力气大，他怕她挣扎的时候摔了，于是把人箍紧了，小心翼翼地放在空置的床里头，将四周的帘子都放下来，形成一个隐秘的小空间。

赵羲姮埋着头，依旧抽噎着不理他。

卫澧板板正正地跪在床上，拉她的手：“你看看我，别哭了。”

他跪得很端正，看起来像是有了很好的认错态度，赵羲姮却将他的手甩开："我不看，你现在压根就不知道你错哪儿了。"

卫澧小声念叨："我不该凶你，惹你哭。"

惹媳妇哭是他不对，他觉得作为男人还是应该有气量，被骂两句就骂两句，反正是自己亲媳妇。

"你错的是这儿吗？"赵羲姮掐他腰上的肉，说道，"我生气是这么简单的原因吗？"

卫澧抓住她的手亲了亲："你说我错哪儿了？我改。你别哭了，哭对孩子也不好。"

"你别碰我。"赵羲姮把手从他掌中抽出来，"你都凶我了，不听我说话了，打算当个短命鬼了，还管我哭对孩子好不好？"

"什么短命鬼？"卫澧一惊。

赵羲姮一边捶他的胸口，一边抽噎着骂他："凭州的事你半点儿都不上心，什么都交给别人，一问三不知，就这样还打算去打仗？"

"兵马未动粮草先行的事情连我都懂，你却连粮草几何都不知道，一味地往前冲，兵马不饱，你是能以一当十，那你能以一当百以一当千不成？"

"天这么冷，抚恤金没发，伤亡不预算，你还打算拿人命往里头填？你怎么不想想人家家里失了亲人多难受？若是换我跟孩子没了，你心里不难受吗？"

"你这样不重视人命，早晚会遭报应的。"

卫澧听她这话，心中一紧，连忙抱住她："乱说什么话？你和孩子怎么会出事？我会好好保护你们的，"

"照你这样没轻重下去，我娘俩早晚要死在你手里的。说什么保护？攘外必先安内，你凭州内里都安抚不好，莽撞地只顾着开拓土地，我们能安全吗？"

"你是个听人命令的小将军也就罢了，不用你想那么多，只管去领兵打仗。但现在你统帅着整个凭州，却连最基本的治理州府，安抚百姓，判断得失都做不到，前些日子读的那些书都读到狗肚子里去了？"

"幽州与清州是元气大伤，西边的烛阙难道也不足为惧？我阿耶死在烛阙人手里，你要我丈夫也死在烛阙人手里吗？"

这么一想，赵羲姮眼泪往下掉得越发快了，她一边打他一边骂："我好心给你我阿耶的手札，你看都不看，还凶我。不过就得了一点儿地方，张狂得没头没脑了。"

卫澧沉默了，原本只是心疼的表情多了几分凝重，心像是被狠狠地敲过又碾碎了一样，热烈了几天的情绪忽然平静下来。

他回顾原本的计划，不禁冷汗涔涔。

若只有他一人，他大可放肆地去开战，总归他多捡了十几年的命，热血洒在疆场也算酣畅淋漓，但赵羲姮和他的孩子还在呢，他不能不管不顾。

陈若江与杨泽笠还年轻，与他一样热血上了脑，恨不得把整块北部一并打下来。

阿妧劝他，他狂傲自大地听不进去，还凶她，她心里要多难受？

这样莽撞，没什么活头，早晚会折了，到时候留下他们娘俩孤苦无依的。卫澧一想，抱着她的手忍不住收紧，低头轻轻地吻了吻她的发顶。

"阿妧，我真的知道错了，以后不再犯了，你以后跟我讲，我好好听，我会懂的，你不要生气。我不该不听劝，糟蹋了你的好意。我也不该说那样的话，卫澧离得开谁都离不开赵羲姮，他知道错了，以后你怎么骂他，他都不会犯浑了。"

"我是你的先生吗？我自己懂多少我能与你讲？不过学些我阿耶的皮毛，现在能与你讲讲，回头遇到别的事情我不懂了，你要听谁讲？还不是要你自己摸索？现在没脑子，以后也没脑子，什么都不考虑，早晚得死。"

他怎么说，都显得不那么有诚心。卫澧下了床，红着脸，去跪在冰冷的地上："我发誓，今后一定三思后行，绝不莽撞，好好上进，再也不惹夫人生气了。"

卫澧低着头，像是被人扒光了衣裳游街示众，巨大的羞耻心包裹着他。

他这么一跪，今后在赵羲姮面前，就越发显得卑微了。

但他也顾不得什么了，自尊心与赵羲姮伤心生气比，到底还是她更重要些，况且帘子都放下了，除了赵羲姮没人会看见。

他往地上一跪，赵羲姮的气就消了，她从床上爬起来，抽抽噎噎地连忙拉住他的手："你自己发誓的，将来违背誓言是要天打雷劈的，你起来吧，地上凉。"

他那么死要面子的一个人，又有点儿敏感自卑，能做成这样，赵羲姮万万没想到。

她抱住卫澧："其实不用这样的，你好好道歉，知道错了，我就原谅你了。下次我也和你好好说话，不凶你了，我今天也有不对的地方，我没好好和你解释，光骂你了。"

卫澧回抱住她："你骂吧，骂得凶一点我才长教训，以后都不会犯了。"

他急于求强，却忘了求稳。

卫澧让自己变得更强大，是为了让赵羲姮过上好日子，不用担心有别人会来把她抢走，或者像之前和亲那样送来送去，不是让她更加担心的。

赵羲姮刚想说话，忽然胃一抽搐，反胃感涌上来，这种感觉熟悉又陌生。

她推卫澧没推动，直接吐在他身上了。

“阿妧，阿妧。”卫澧也不嫌她脏，用袖子将她唇上的污渍擦掉，连忙去喊人，“叫医师来！”

还是如上次那般，并没什么大碍，只是情绪激动引发孕吐而已，平日里尽量保持心情平稳舒畅就可。

赵羲姮吃了几个酸杏，才算将恶心劲压下。

她面色蜡黄，卫澧心疼极了，给她和自己都换了衣裳，缩进被子里去抱她，从后面将她圈在怀里，亲亲她的发顶：“还难受吗？”

“还好。”赵羲姮闭上眼睛，窝在他怀里。

卫澧身上还是一股冷雪松针的清新气息，但被他灼热的体温一蒸，莫名舒适，像是冬日里围炉赏雪的温暖。

他温热的手掌贴上她的小腹，继续一下一下地亲吻她的发顶：“小家伙一点儿都不乖，惹你不舒服。”

赵羲姮闭着眼睛道：“你不要以为孩子现在听不到就把锅随便往人家身上扣，明明是有个混蛋惹我生气惹我哭才会吐的。”

卫澧心虚，捏捏她的手：“现在这个混蛋知道错了，能原谅他吗？”

“看表现。”赵羲姮昏昏沉沉地睡着了，逐渐没了什么意识。

第二日卫澧起得比往日都要早些，他带了桌上的手札出去，小心翼翼地摊开在书桌上，磨墨铺纸，开始一笔一画地照着书写。

他老丈人的字他以前见过，这上头的无疑是亲笔，横折弯钩间铁画银钩，下笔雷霆万钧之势，一看执笔之人就是胸有乾坤。

卫澧做不到像他老丈人写得那样漂亮，只能力求横平竖直工整。

宋将军原本被请了出去，以为自己惹恼了卫澧，要坐冷板凳了，不想晨起的时候，就收到了卫澧府中大张旗鼓的赏赐，嘉奖他在星罗城一战中的勇谋。

这不由得让宋将军感到惊奇，他昨夜算是令卫澧好没脸，卫澧这样睚眦必报的人，竟然还能给他赏赐？

紧接着，便是卫澧通知营中的百户千户与小将，挨家挨户为战争中牺牲的将士家属发放抚恤金，送粮送炭，并且安抚家属情绪。

不只宋将军，就连陈若江听闻此讯的时候，都狠狠地掐了一把自己，以为在梦里。

第二十章 你男人当然厉害

征伐飞东章一事往后推了，卫澧除却吃饭睡觉的时间，几乎都闷在书房里了，除却陈若江和几个亲信的将领往来送公文信件，旁的都不曾见过。

赵羲姮怕他憋出病，也怕他现在用劲用猛了三分钟热度，这样的日子过了几天后，她有点儿忍不住，带着人去书房找他了。

桌上乱糟糟地堆着公文、书简，卫澧坐在桌子前，一见她进来，涩然地看了看乱糟糟的桌子，然后急忙收拾起来。

赵羲姮哭笑不得，也不说他，只是搬了把椅子，坐在一边剥了个橘子给他，一瓣一瓣地塞进他的嘴里："你这些天都看什么了？连房门都没出一步。"

他前几天跟条脱缰野马似的，这几天实在太安静了。

卫澧一口一口地吃橘子，觉得很甜。他搬来了一摞册子给赵羲姮："你看看。"

赵羲姮翻了翻，全部是她阿耶的手札内容，一共十本手札，每本誊抄十遍。

她皱眉，字是真丑，但卫澧正眼巴巴地在一边看着她，赵羲姮也知道这些东西是谁抄的了，她当然不能伤他的心说字丑。

仔细瞧瞧，还有些照猫画虎临摹出来的错别字，难道平常与陈若江他们通讯都是靠画图吗？他们就没说卫澧字写得不好？

卫澧挑了盘子中最大的一个橘子，剥开后吃了一瓣，似乎比方才那个更甜，甘美微凉的汁水顺着喉咙滑下食道，整个人都被治愈了。

他摘干净丝络，喂给赵羲姮："我尝过了，这个甜。"

赵羲姮受他的投喂已经形成习惯，一边吃一边看册子，卫澧钩钩她的小手指："你看，我每本都抄了十遍，我很认真地在看，而且都背下来了。"

赵羲姮略吃惊，他递过来的橘子瓣也忘吃了："你全部背下来了？"

十本手札少说也有几万字，不到五天，卫澧每本抄了十遍，还全部背下来了？

"自然，写两遍不就都背下来了吗？"赵羲姮的吃惊让卫澧很受用，他微微扬起下巴，用一种若无其事但充满炫耀的语气道。

"求夸奖"三个大字都印在他脸上了，赵羲姮随便挑了一本，考问他："最后与飞东章一战，设立凭州，用了三十六计中的哪几计？"

"反间计，反客为主，声东击西。"卫澧对答如流，他甚至还能结合《孙子兵法》与凭州当年的情况一一做出解释。

赵羲姮眼睛一亮，又随手捡了几个问题问他，不想每一问他都答得上。

才短短五天的时间，不说能不能吃透理解，单是能记住，就已经很不错了，可见他头脑还是挺聪明的。

卫澧脸上的得意更甚，几乎憋不住了，赵羲姮安抚地起身抱抱他，亲亲他的脸颊："真棒，主公变得越来越厉害了，我和孩子将来就靠你了。"

他显然是很吃赵羲姮这一套的，脸颊和耳朵都红红的，心情也激荡："你男人当然厉害，将来会变得更厉害的。"

赵羲姮欣慰之余，觉得有些心酸，卫澧不笨，若是能投胎在个富贵人家，想必也不会养成这样的性子，至少以他的聪明，会是个才学渊源，胸有沟壑之人。

但是现在这个字啊……

赵羲姮磨了墨，将毛笔塞进卫澧的手中："你坐好，不要看我。"

卫澧捏着笔杆，有些奇怪，但还是乖乖地听话。

"你写个富裕的裕字给我看看。"赵羲姮站起来，在他身后吩咐。

让他写字？卫澧思及自己那狗爬一样的字，脑海中不自觉拿自己的同赵星列来对比，简直一个天上一个地下，顿是一个头两个大："要不不写了吧，我累了。"

赵羲姮推推他的手臂："写啊，只写一个字，累不到你的。"

卫澧没办法，又犟不过她，只能一笔一画，像龟爬一样地在纸上写下一个"裕"。

他飞快地将纸揉成一团："这次不算，我重新写一个。"

他不知道为什么，方才手抖得厉害，分明前几日誊写手札的时候都没这样紧张，赵羲姮的目光落在他的脊背上，似乎能给他灼出个洞来。

卫澧提起笔，试图稳当当地落在纸上。

而赵羲姮的目光如有实质，好像又顺着脊背，落到了宣纸上，卫澧不自觉地将身体压得更低，来遮挡她的视线。

他像个初进学堂，写字姿势不规范的学生。

一连作废了好几张纸，卫澧的耳根已经红到快要滴血，赵羲姮抬手摸了摸，给他降温，心里好笑，这家伙，又害羞了。

给她看那十遍誊写稿的时候，狗爬字也拿得出手了，当着她面写就不好意思，真是……像个小孩子一样。

她一摸他的耳朵，卫澧身子不由得一颤，最后自暴自弃似的，也不遮掩了，将写好的字露出来给她。

"就写这样了，你笑话也没办法……"他看着赵羲姮扬起的嘴角，垮下了肩膀，"你想笑就笑吧。"

赵羲姮觉得他现在可爱极了，从背后抱住他，亲亲他的耳尖，然后把着他的手，在纸上一笔一画写了个"裕"字。

“你看到没有，这里这笔是不能出头的。你当时读书写字是谁教你的？”卫澧既然字写得不好，赵羲姮就要教，旁的她不会，至少教人写字这种活，她做得还是得心应手。

卫澧是因为年幼时的经历，所以知识跟不上，赵羲姮觉得自己不能凶他，要好好地教，不自觉地将语气放得更柔软了。

卫澧没回应，他现在已经麻木了，浑身上下都动弹不了，也说不出话，脑袋里原本运转飞速的思维一下子糨糊住了，僵硬得像是一座石碑。

他只能体会到赵羲姮温热甜暖的气息，吹拂在他颈侧耳郭的皮肤上，酥酥柔柔的。还有她方才亲过的地方，滚烫得要烧着了一样。

她的身体软绵绵的，贴在他的脊背上，两个人的体温相融，而她的手正包着他的，一点一点地在纸上挪移，软糯的唇时不时轻轻擦过他的耳郭，令他浑身的血液逆流，耳朵里嗡嗡的，最后连她问了什么都察觉不到。

分明平日里，两人更亲密的肌肤相贴都有，但总觉得这次不一样……

书房是正正经经的地方，天大亮着，窗半开着，外头有走来走去的脚步声，而他们紧密相贴着，四周充满了暧昧。

怪不得那些人都喜欢红袖添香，卫澧喉结上下滚动，往她怀里靠了靠，软绵绵的。

他思绪不知道飘去哪儿了，脸红了一片。

赵羲姮说得很认真，她是准备好生给卫澧当个习字先生的。

一低头，看见他在出神，忍不住用笔杆敲了一下他的脑袋：“我刚才跟你说的你听见了没有？”

卫澧眨眨眼睛：“能再讲一遍吗？”

赵羲姮眯了眯眼睛，耐下心来，把着他的手在纸上又写了个“裕”字，他人太高了，她从背后抱着并不怎么方便，只能尽力把身体压低。

卫澧这个做学生的，一边占着先生的便宜，一边听课，世上再没有比他更快活的学生了。

赵羲姮问他：“我刚才说这个竖出头吗？”

卫澧迷迷糊糊，色令智昏，只知道点头：“出出出。”

赵羲姮扯他的耳朵，骂道：“出什么出？出你个大头鬼出！我什么时候说这个竖要出头了？你耳朵里是不是塞驴毛了？我刚才跟你讲话你都听哪儿去了？到底出不出？”

卫澧耍无赖地抱住她的腰，却不敢使劲，脸不知道往哪个柔软地方贴：“阿妉，我累了，我们现在去睡午觉吧，等明天我再写。”

他其实听懂了，就是想多亲近亲近她，让她多握着自己的手写点儿字。

但见赵羲姮要生气了，连忙哄道：“我真的会了，不信我写给你看，写完了咱们俩去睡午觉。”

他连忙挽袖，落笔工工整整地写了一遍，倒是没什么错处，就是不怎么好看。

赵羲姮见他的确是会了，气稍微消了，看了眼天色，是已经过了晌午了，洗了手后擦干：“是应该睡午觉了。”

卫澧颠颠儿地跟着她要一并出去。

“我说要跟你一起睡午觉了吗？好好教你写字你不学，把那个字给我抄一百遍！不然晚上也不要回去睡觉了！”赵羲姮转身走了，将书房的门摔上。

卫澧当然不能死缠烂打地再跟上去，生怕晚上也不能抱着人睡觉。失魂落魄地坐回书桌前，准备完成赵羲姮布置给他的任务，千分万分的不情愿，早知道就好好回答了。

赵羲姮去而复返，卫澧眼睛一亮。

她仰着下巴说道：“以后我给你检查写字功课，写不好就不要回房间睡觉了。”

卫澧的眼睛又黯淡下来，他抓抓头发，愁容满面。

写字能看懂不就行了吗？干吗非要半点儿不差。

“那你明天还要这样教我好不好？”但是如果有额外的福利，他还是很乐意的。

“这样一点儿效率都没有，我明天给你写字帖你照着描！”赵羲姮转过身，隔着窗子骂他。

卫澧连忙将窗子打开，扒着窗框，半个身子探出来，像个看见肉骨头正吐舌头的大狗：“别啊，我保证好好学习，好好练字。阿妉，你要是不那样手把手教我的话，我肯定练不好的，我不爱描字帖，我喜欢你带着我写。”

赵羲姮从地上捡起块小石头，顺着窗扔进去，但还是有分寸地避开了他的脸：“你爱写不写，当我求着你写的？回头写字写错了丢的是你卫澧的脸，又不是我赵羲姮的脸。”

她走出两步，这才想明白了，合着卫澧不是听不懂，是刻意在占她便宜。

刚才把着他手写字的时候，两个人贴得近，他脸红成那样，一副神游天外的模样，一看就是没想什么好事。

这么一想，赵羲姮的脸也跟着红了，细细回想那一幕。

完了，要是让别人看见，还不知道有多羞耻呢。她将手背贴在两颊上降温，不一会儿，手背也变得滚烫了。

他一天天脑子里都在想些什么？那么聪明的脑子不知道往好地方去用。

她红着脸睡的午觉，半睡半醒之间，被人搂进怀里了，因为气味熟悉，所以只微微睁了睁眼，也就继续睡过去了。

醒来时她是在卫澧怀中，他睫毛一颤一颤的，睡得香甜。

赵羲姮看了他一会儿，想起晌午羞窘的那一幕，折腾他的心思起来了。

她抬手，捂住他的口鼻，卫澧瞬间惊醒。

“你跑进来做什么？字都写完了？”赵羲姮在他怀里动来动去，诚心不想让他继续睡。

卫澧被她折腾也不生气，顺势亲亲她的掌心，从一边拿起好几张宣纸给他：“你看，我都写完了。”

赵羲姮扫了一眼：“我觉得不太行，你回头应该再写一百个。”

其实已经很板正了，但她就是不想让卫澧好过，而且字这种东西，熟能生巧，多练总比少练要好看。

赵羲姮觉得自己做得不错。

卫澧听得出她在成心折腾自己，气得在她头上弹了个脑瓜崩：“你怎么回事？成心不让我好过是不是？”他写这一百遍几乎用尽了耐心。

赵羲姮捂着额头滚来滚去哀号道：“卫澧打人了，他字写不好不仅不让人说，还打人，简直不讲道理。”

卫澧连忙捂住她的嘴：“谁打你了？不讲道理的明明是你。”他就轻轻地弹了一下，很收着力气了。

赵羲姮跟卫澧闹起脾气来，哪管讲不讲理，把他的手一把从自己嘴上撸下去：“我不管，你就是打我了。”

“那你打回来！”卫澧把脑袋伸过去，“你打回来总成了吧？”

他碎碎念：“现在跟个祖宗似的了，说也说不得。”

他自己主动要求的，赵羲姮也没收着力气，重重地往他头上弹了个脑瓜崩，清脆作响：“你家小祖宗现在要吃饭了。”

卫澧如今得了幽州将近一半的地，实打实地算是北地最大的霸主了，赵明晨没想到，他不仅没借着刘涣与王之遥的手除掉卫澧，反而促使他吞并了幽州六座城池，顺便搅浑了清州一池水。

现在谁不知道清州的王封疆是个畜生，为了名利权势，连他父亲的性命都不要了。

王封疆的弟弟们借着这个引子，试图逼王封疆让位。

清州百姓也心寒，一个连生父性命都不顾的人，难道会将他们的性命放在眼里吗？

清州虽半寸土地未失，但已然内乱。

卫澧对安抚人心并不擅长，幽州六城他虽想要亲自安抚，有点儿参与感，却思考不出什么法子彰显自己贤德可靠。

他练字、读书、练兵之余，都在思考这个问题。

赵羲姮觉得卫澧对他自己产生了错误认知，他就不该走什么贤德的路子，谁不知道他杀了养父，新掌权的时候暴政连篇？现在开始表现贤德，谁都会觉得是装的。

他还不如表现得果断强硬，表明自己有能力守护一方安宁来得靠谱。

“真的吗？”卫澧听完赵羲姮的分析后，对此表示质疑，“百姓不想要个贤德的首领吗？”

“那你装仁慈贤德能装到什么时候？”赵羲姮真诚地对他发问，“不是我不信任你，而是贤德这种品性，跟你半边搭不着。”

卫澧仔细想想也是，万一他哪天当街砍了人，所谓的“贤德”品质就彻底崩塌，立了还不如不立。

两人最后嘀嘀咕咕了一宿，终于敲定了该怎么去巡视那些新城，以示所属。

卫澧没有亲自去，若是亲自去，倒显得对那些城中的豪绅多看重了，只让杨泽笠与宋将军去巡城。他们一个英勇，一个沉稳，倒相得益彰，不会出什么事。

他们进城的那一天，黑甲如云，列阵汹汹，整齐划一的军队几乎能将地面踏平，踩得寸草不生。也暗示了那些有异心的人，若想逆反闹事，总得掂量掂量能不能打得过这样的军队。

自幽州并入凭州籍的百姓纷纷在茶楼上或是家中暗暗窥视，都不免被这样的阵仗震慑得心惊肉跳。

震慑之余，他们自然也不禁慨叹，有如此雄壮之师守卫，他们何愁会被人侵略呢？战火流离之苦，他们已经不想再感受。

卫澧吓唬人很有一套，知道怎么做出声势来会让人畏惧，就如与赵羲姮重逢时，他借着雪山，将整个送亲队伍吓得屁滚尿流，瑟瑟发抖。

他如今只是发挥了自己的所长，一边威慑新归附的城池里的望族，一边开仓对百姓施粮，多了几分恩威并施，有了几分领主的模样，不像个小打小闹的小破孩了。

隔壁城池的热闹刘涣无缘参与，那原本该是他的土地。

刘涣原本心思窄，卫澧又刻意气他，让宋将军等人把声势闹得足些，没过两天，原本就气虚的刘涣一下子吐血晕厥，但他不知去骂谁，难道要骂妻子和属下将他赎回来了吗？

清州与幽州衰败，北边只剩凭州一家独大，华尚乐深知自己的冀州没有对抗卫澧的实力，况且清州与幽州的事他也掺了一脚，如此只能牢牢地抱住卫澧的大腿，唯他马首是瞻。

冀州别的不多，山多，矿多，钱多，盛产金银与火药，也盛产烟花，什么“云上天梯”“盛世江山”“千娇百媚”“王母花园”这种名字土气，但一听就很华丽的烟花，也是冀州发明的。

临近上元佳节，华尚乐为了表示友好，送了好几车的烟花给卫澧，说是给他放着玩，增添些节日气氛。

“听说今天是上元节。”卫澧脸颊微红，吃饭的时候暗示她。

“嗯，你还知道上元节？”赵羲姮略感惊奇，“你不是不让凭州百姓过节吗？”

卫澧霎时奓毛：“那都多久的老皇历了，你还提？”他早就不这样干了，他有家有业的，过年过节多舒服，热热闹闹的，赵羲姮还会给他做新衣裳。

“多久的老皇历也是皇历。”赵羲姮认认真真地道。

“咱把老皇历这一茬跳过去成不？想想今天上元节……”他胳膊撑在桌子上，试图引起赵羲姮的兴趣，“上元节啊，多热闹，你不想去？”

赵羲姮想去，但卫澧看起来比她更想去，她有意逗弄，于是冷着脸说：“有人说，我要是敢踏出院子一步，就要把我的腿打断。”

卫澧焦躁地抓抓头发：“你怎么又翻旧账？这又是过去多久的事儿了，我嘴上这样说，我真做了吗？赵羲姮，你有没有心？”

陈若江说上元节、七夕节，都是年轻男女约会的好时候，没道理别的情人成双成对地在山下看烟花看灯，他俩缩在山上吃完饭就练字睡觉。

而且华尚乐给他送了那么多烟花，总不能摆着看不是？

赵羲姮不看，他留着也没用。

“出去玩啊，我让你出去了。”卫澧又推推她的胳膊道。

赵羲姮咳嗽了两声，准备再拿拿乔，卫澧从背后抱住她，轻轻摸摸她的小腹：“三个月了，现在不出去玩，等回头再出去的话，孩子会变得很大，走路也不舒服。”

“你要是现在不出去，今后就没什么机会了，而且我最近吐得很辛苦，你就当陪我玩吧。”

卫澧抱着她的腰左右摇晃哄道。

说起来也奇怪，赵羲姮该孕吐的时候倒是没怎么吐，反倒是卫澧时常脸色煞白的，晨起要吐，闻见腥味要吐，活脱脱一副孕相。

医师来诊脉说，不是身体出了毛病，是心里的毛病，应当是太过紧张了，这例子不是没有，只是不常见。

丈夫在妻子怀孕这段时间，因为太过紧张担忧而产生了一系列诸如孕妇才会有的反应，不但精神上为妻子分忧，身体上也感同身受了。

赵羲姮表示并没有感同身受，她可没有卫澧吐得那么厉害。

但没想到卫澧平常好像很轻松的样子，实际上心里这么紧张她怀孕。

“好啦，去。”她抬头亲亲卫澧的下巴，也不再逗他了。

最近他真是很辛苦了，不仅要管着凭州，还要身体遭罪。

侍女端了鲫鱼汤来，卫澧正说着话，闻见那味一下子脸就白了，捧着痰盂开始干呕，难受的样子不亚于上次喝药。

赵羲姮给他顺背，皱眉，略有些严肃：“谁让这些天做鱼的？主公闻不得鱼腥味都不知道？”

卫澧一边干呕，一边摆手，示意她们将鱼汤放下。

侍女第一次被赵羲姮这样凶巴巴地训斥，连忙解释道：“是主公吩咐做的，说给夫人补身体用的。”

“那也拿走。”赵羲姮眼眶一酸，感觉有热热的液体要滚下来，心里暗骂自己怀孕之后眼眶子更浅了，“以后别听你们主公的，他说什么都别管他。”

卫澧按住她的胳膊，抬起头，捍卫自己的尊严：“我好歹是一家之主，怎么就不能听我的了？而且我都吐成这样了，你不喝一口对得起我吗？”

赵羲姮照着他脑袋打了一下：“家里钱都在谁手里你不知道吗？谁是一家之主你心里没点儿数？”

侍女将汤飞快地盛出一碗递给赵羲姮：“主公说得也没错，吐都吐了，夫人再不喝，主公不就白吐了？”

赵羲姮一想也是，连忙吹了吹浓白的鲫鱼汤，豪迈得像是喝水一样灌下去，然后赶忙让人把剩下的汤汤水水带走。

窗外的寒风往屋子里一吹，虽有些冷，但鱼汤的味倒是都散了，卫澧擦擦嘴漱完口，一副没事人的样子。

赵羲姮没想到，自己没主动折腾人，卫澧自己就能把自己折腾得够呛，瞧瞧这小下巴尖的，都能戳死人了，小脸也煞白的。她要是多生几次孩子，他估计半条命都能搭里头。

“我感觉不像我怀孕，你更像一些。”赵羲姮怜爱地摸摸他的脸颊，决定对他更好点儿更温柔点儿。

卫澧偏过头去，不让她摸自己，凶巴巴地说：“赵羲姮，我告诉你，那个庸医就是医术不好，随便编个幌子来搪塞你的，你还真信了？我就是最近肠胃不好，你该吃吃你的，管我干什么？”

赵羲姮哄孩子似的点头：“好好好，人家是庸医，你就是肠胃不好。”

全府上下都知道他“孕吐”了，还要强行维持着面子不许人家说，又气人又可爱。

听她这么说，卫澧神色才不那么别扭了。

好在除却一些特定的食物会引发呕吐，卫澧的胃口没太受影响，甚至吃得更多了。

卫澧把自己喂饱了，脸色也不那么白了，精神头也足了，还劝赵羲姮多吃点儿，兴致勃勃地说：“你怎么半碗饭都没吃下？现在不吃饱，一会儿哪有力气玩？”

要不是情况不允许，他都要冲上去替赵羲姮吃了。

赵羲姮幽幽地看他一眼：“你不会吃饱了吧？”

卫澧点头，眼睛发亮又急切地催促她快点儿吃饭，吃饱了好有力气去玩。

赵羲姮瞧了瞧，他吃了将近一盆的米饭，比平常饭量还要大些，不愧是正在长身体的年轻人。

她欲言又止，想说点儿什么，终究还是顾及卫澧那脆弱的面子，没开口。

卫澧的确是不常出去玩的那种人了，一点儿经验都没有。

谁家出去逛夜市看花灯要把自己喂得饱饱的？现在吃饱了，到时候街上那么多好吃的东西，他都没法吃了。

算了，等下次再出去玩儿，他就有经验了。

既然是过节，就要打扮得喜庆些，林北貂场新贡上来的貂皮，卫澧选了一些好的，让人给赵羲姮做了披风和外衣，她穿白的好看，因而白貂皮都做了外衣或者马甲，衬着浅色的罩里，格外清新亮眼。

这样冷的冬季，大多人都是穿深色的衣裳，浅色的倒是很少见。

白色外衣罩在身上，绒毛爹起，显得她圆滚滚的，赵羲姮难得与“富态”这个词沾上了边。同色貂皮围脖圈在赵羲姮脖子上，也很暖和，挡了她半张脸，外头吹风也不怕。

她坐在凳子上等卫澧换完衣裳出来，她一动不敢动，一动就要热得出汗，却不想把衣裳脱了，省得一会儿再穿费事，她催促卫澧："你快一点儿。"

"马上。"卫澧闷闷地应她，"你别催了。"

不一会儿，他从里头钻出来，怀里抱了件黑底金纹的披风，身上穿着的同样是黑底金卷云纹的圆领曳撒，与上次在郡守府的款式相似，华贵之余不显得沉闷，倒是很亮堂，与他相称。

赵羲姮的目光被披风上领子处的几条小指粗的金链子吸引住，那物什既是装饰，又是固定用的，她咽了咽口水，觉得自己不可免地也变得庸俗了，觉得这黄白之物甚是好看。可能是她看惯了卫澧觉得他好看，连带着对这种东西也看顺眼了。

小桃扶着门框目送两人，离老远还碎碎念地叮嘱着，不要吃这个不要吃那个，不要往人多的地方去，也不要独自在人少的地方逗留，要不是人家小夫妻两个去约会，她都恨不得寸步不离地跟着赵羲姮。

赵羲姮听得耳朵都要起茧子了，连忙拉住卫澧的手往外跑，吓得小桃眼睛都要瞪出来了。

百姓中鲜少有见过卫澧真实相貌之人，加之人人都忙着过节，充其量对这一对容貌姣好的小情人多看几眼，并不会给额外的关注，因此两个人钻在人堆里，还算自得。

两街的阁楼上拉着一串一串的红灯笼，整个不咸城主街道都被热烈的红光以及鼎沸的人声包裹着，像是一块蜜三刀，外头是甜的，切开后，里头滚出香甜浓稠的蜜汁来。

热闹的气氛会感染人，卫澧与赵羲姮的心情不自觉都跟着一并好起来。

玄武街中央的空地上摆着丈高的擂台，擂台上一只只走马灯、琉璃六角宫灯、竹灯都被整整齐齐码放着，四周围着人，等着一会儿猜灯谜。

奖品有竹盐、澡豆、帕巾、大米、豆油，猜对五十个以上的，可以抽奖灯笼一只。虽然奖品看起来抠抠搜搜的，但重在参与，要的就是个热闹的氛围。

这种重大节日的活动，都是由官方组织举办的，如今在台子上讲话的，正是不咸城的官员。

烟花一簇簇地炸开，让他不禁扯着嗓子开始喊，喊得面红耳赤。

赵羲姮已经很多年没有参与过这样热闹的节日了，以往她阿耶阿娘在的时候，每到上元节，一家三口都会去宫外玩，那时候她年纪还太小，只能记得阿耶阿娘的笑脸，挤挤挨挨的人群，还有红彤彤的灯笼，现在回想起来恍如隔世，好像又近在咫尺。

“你要去吗？”卫澧见她看得出神，晃晃她的手问，“你要去的话我在下面等你。”

赵羲姮读的书多，应当会喜欢这种场合。

他没有应对这种热闹场面的经验，所以对一切都显得无知，只能强装镇定。当这份无知面对赵羲姮的时候，他总是刻意遮掩，但仍旧显得底气不足。

卫澧肚子里几斤墨水，赵羲姮早就摸透了，她怎么可能丢下还在“孕吐”的半文盲丈夫，没心没肺地去猜灯谜呢，这么一想，她也太不是个人了吧。

而且她对这种活动也没什么兴趣，只是喜欢凑热闹罢了。

她抱住卫澧的腰：“我才不去，人太多了，万一挤着我你忍心吗？”

卫澧想了想也是：“那我送你上去。”

平常与她互撑的时候倒是机灵，脑袋转得挺快，小嘴儿叭叭的，现在就成木头了，赵羲姮掐了一把他的腰：“那我也不去，我饿了，咱们去找点儿东西吃吧。”

她一说饿了，卫澧就有话说了，开始数落她：“我是不是临走时候跟你说多吃点儿？你就吃那点儿猫食能不饿吗？赵羲姮，你这么能折腾，也就我受得了你了，换别人家早就把你赶出家门了。”

他一边数落一边护着她，避免人群冲撞，往东市里去。

进市之前，人手给发了一份地图，上头标注了小吃街的位置。

赵羲姮听他念叨，龇了龇牙，还不是为了他？好心当成驴肝肺。

东市的小吃街绵延得有六七百米远，站在街头都能瞧见滚滚热浪蒸腾，这里算是除却玄武街中央最为热闹的地方了。

赵羲姮咽了咽口水，原本不饿，也被勾出馋虫了。

她扯扯卫澧的衣襟：“你怎么样，还行吗？想不想吐？”

卫澧摇摇头：“还好。”

“那你能吃下什么吗？”

“呃……”

他特意吃饱了来的，但是看到这么长一串的小吃街，隐隐有些后悔了。

“夫人来根糖葫芦啊？”街头的小贩热情地招呼她。

赵羲姮看着那红彤彤圆溜溜的小东西，疯狂地分泌口水，对卫澧道：“我想吃。”

“橘子、山楂、草莓、葡萄、黄桃、香蕉，圆的扁的方的应有尽有，夫人您要哪个？”

“要山楂的就好。”

卫澧将糖葫芦接过来，一摸兜，没钱……

他偏头看向赵羲姮，伸手："拿钱来。"

"你不是一家之主吗？一家之主竟然没钱？"赵羲姮有意揶揄他。

小贩还在搓着手眼巴巴地看着他们两个，等着俩人掏钱。

毕竟看两个人穿着打扮非富即贵，不像是没钱的主儿，那夫人身上拔下来撮貂毛都足够换根糖葫芦了。

卫澧被人家看得脸红，赶忙咬牙道："你是一家之主，你是一家之主成不成？赶紧掏钱吧。"

他平日里应酬都是跟赵羲姮打个招呼直接拿钱，从来没遇到过她不给，或者说身上钱不够用的时候，哪里被人这么眼巴巴地盯过？

赵羲姮很满意他的答复，准备掏钱。但是掏了半天，半个子没掏出来。

赵羲姮愣了一会儿抬头，用水汪汪的大眼睛看着卫澧："我也没带。"

赵羲姮记得自己是带了的……

两个人的脸都一同像是被烧着了一样，小贩看两个人的眼神变了，目光扫过卫澧的手："既然没带钱，那郎君这糖葫芦……"

他欲要伸手夺回来。

卫澧哪里能丢这种脸，扯了一把前襟上钉着的金链子，叮叮当当地薅下来一串儿，从上头解下来一扣，扔进他手里："金的，够了吧？"

小贩眼睛一亮，连忙接过来咬一口，是金的！

但转瞬又犯愁："郎君，我找不开啊。"

"不用找了。"

有这等好事，小贩自然跟送财神爷似的将两个人送走了，别说财神爷了，就是当祖宗一样供着都成。

赵羲姮眼睛发亮地凑过去，要啃一口糖葫芦，卫澧把它举高，挑眉问："现在谁是一家之主？"

"你是，你是。"赵羲姮很没有骨气。

卫澧满意地点点头，将糖葫芦送到她嘴边。

糖葫芦一串五个，上头的最大，往下依次变小，赵羲姮当然要吃最好的，抱着他的手啃下来一个，吃得腮帮子鼓鼓的，外头糖衣晶亮酥脆，里面的山楂去了核，酸得人头皮发麻，赵羲姮却觉得刚刚好。

她满足地眯起眼睛。

"糖葫芦给我吃一口。"卫澧跟她打招呼。

“吃吧，吃吧。”她不是什么小气的人，而且糖葫芦是卫澧买的。

糖衣嘎嘣的声音作响。

她觉得不太对劲，一抬头，眼泪就忍不住从眼眶里滴答滴答往下落了，委屈得嘴都瘪了：“你说就吃一口的。”

卫澧嘴不大，但现在使使劲，跟饕餮似的把剩下四个全吃了，腮帮子隆起老高，几乎含不住，然后扬扬空空的小棍，含糊不清地道：“我就是只吃了一口啊。谁规定一口不能吃四个的？”

“那我就只吃了一个，你怎么还能跟孕妇抢东西吃？你没有良心。”赵羲姮吸吸鼻子，眼泪要往下掉，可怜巴巴的模样委屈死了。

卫澧用手背给她擦干眼泪：“别哭了，回头眼泪冻脸上，生疼的。你吃一个尝尝味得了，大夫前月还说尽量不让你吃山楂，山楂活血，不好，偶尔吃一两个解解馋还行。你这个月吃山楂的份额用完了，想吃等下个月再吃。”

他哄得很不尽心，至少赵羲姮没被安抚到。

赵羲姮仔细想想，医师是说过这样的话。怀孕之后一孕傻三年，加上周围有人时时刻刻帮她记着，她也就忘了这码事。

赵羲姮气得扑进他怀里捶他胸口，吃一个哪够解馋的，反倒是将她的馋虫全部勾出来了：“不让我吃早说啊，你给我买做什么？”

卫澧扣住她的腰，坏心眼地贴在她耳边道：“因为我想吃啊。你要实在馋，我回去再吃两根给你看，我吃就等于你吃了。”

赵羲姮气得踩了他一脚，愤愤将人推开，自顾自地往前走去。

地上还结着冰，卫澧怕她摔倒，也顾不上疼了，连忙追上去，从她袖口里轻车熟路地掏出一块帕子，将从身上拆下来的金链子放进去，然后系起来，放在她手里：“行啦，别不高兴，钱都给你，想吃什么就买什么。”

赵羲姮半推半地收下来，这才算高兴点儿。

“高兴了就给爷笑一个。”卫澧挑起她的下巴，像个地痞流氓似的。

“滚！”赵羲姮骂他。

“你怎么翻脸不认人？笑一个还不行了？”卫澧搂着她的腰碎碎念。

“不行！现在谁兜里有钱你又忘了，是不是？”有钱令人膨胀，有钱令人腰杆直。

前车之鉴，赵羲姮一路上想吃什么之前，都得问问卫澧她能不能吃，好在除了摊子上卖的桂圆糖水，别的都没犯什么忌讳。

烤豆皮香香辣辣的气味沿街飘散，她买了五十根豆皮，她吃两根，卫澧吃一根，豆皮吃完了，整条小吃街也就逛完了，赵羲姮沿路还吃了桂花芝麻汤圆。

摊主没说芝麻汤圆里有黑芝麻和白芝麻，她不爱吃白芝麻的，总觉得白芝麻的汤圆没有黑芝麻的醇香。

咬开一个是白芝麻的，就喂到卫澧口中，是黑芝麻的就自己吃掉。

“赵羲姮，我觉得我现在像是一个泔水桶。”赵羲姮又往他嘴里送了个白芝麻汤圆，卫澧打了个饱嗝，然后抱怨道，“你能不能给我点儿好东西吃，别把你不想吃的给我了？”

“怎么不是好东西了？上元节就要吃元宵的。”赵羲姮认认真真地看着他，“而且你怎么回事，爱人家的时候叫阿妧，现在叫人家赵羲姮，是不是不爱人家了？”

卫澧耳根一红，连忙捂住她的嘴，朝四周看了看：“什么爱不爱的？大庭广众说出来也不嫌丢人？我什么时候说爱你了？”

“呀！有人说了不敢承认，我那天从墙上掉下来，在床上躺着的时候，明明听到你说爱我爱到不行，很久很久之前就爱我了。”她将他的手从自己嘴上扒拉下来，娇滴滴道。

卫澧尴尬地用手指抠桌子：“你当时都昏迷了，肯定听错了，我什么也没说。”

“我才没昏迷，就是麻药劲没过，所以没力气睁眼罢了，你不要以为我什么都听不到。”

卫澧快熟了，整个人像是烧开了的热水壶一样咕嘟咕嘟地冒着蒸汽。他当时以为赵羲姮昏迷着，害怕极了，所以……结果全被听到了。

他捂着耳朵，掩耳盗铃似的不想听赵羲姮说话。

赵羲姮偏不要他好过，强行扒开他贴在耳朵上的手，凑过去问：“那你说，你现在到底还爱不爱人家？”

卫澧已经沸腾到极点了，脸、脖子、耳朵红得都能往下滴血。

他迟迟不说话，赵羲姮戳戳他的胳膊，噘嘴抱怨：“好啊，人家孩子都要给你生了，你现在变心了。”她像个悲戚的小怨妇，眼角眉梢都写着失落，“我可真可怜，上元节得知了丈夫变心的噩耗，同床异梦，同……”

“爱，行了吧。”卫澧打断她，像是鼓足了勇气似的，但表情还是恶狠狠的。

“那有多爱？”赵羲姮不放过他，继续问。

“别问了，马上要放烟花了，去江边看烟花。”卫澧拉着她站起来。

赵羲姮勉为其难地放他一马。

不咸城的江是鸭绿江的支流，江面宽广，隔岸就能望到飞东章，现在江面上结冰了，却是观赏烟花的圣地。

江面明亮如镜，洁白如练，当绚烂的烟花在天空绽开的时候，江面也会倒影出色彩，那是一种天地共鸣的瑰丽。

而且就算烟花迸溅，落在江面上也不会引起火灾。

两个人来得早，占据了江岸边的阁楼。

卫澧早将烟花等交付给府衙，也不知道华尚乐送的烟花是什么样的。

直到天空上银白、金黄的栀子花花团相继绽开，他的表情出现了一丝裂缝。

华尚乐不知道从哪儿打听到卫澧的夫人喜欢栀子花，且卫澧对他的夫人十分爱重，于是让人连夜赶工，制造了这些栀子花图案的烟花，希望能投其所好。

赵羲姮兴致勃勃地站在窗口看烟花，可见十分喜欢。

卫澧对着她的背影想，其实赵羲姮知道自己爱她也没什么大不了，不爱他也没什么大不了。她现在愿意留下来，生下这个孩子，他就已经很高兴了。

如果再不自量力地想一想，她愿意生下他的孩子，说不定也是有点儿喜欢他的，而且赵羲姮还带他去拜了她父母的牌位，为他们正式介绍了他。

“卫澧。”他想得正入神，赵羲姮忽然转头叫他。

她的眼睛亮晶晶的，像是盛满了星子，远比外面绽放的烟花更加绚丽。

“哎。”他不自觉地放轻声音应了她一句。

“明年我们还出来看烟花好不好？”她兴致勃勃地问。

卫澧轻轻地点头：“好。”只要她不走。

“那等孩子大一点，我们就抱他出来一起玩好不好呀？”赵羲姮又问。

明年这个时候带孩子出来恐怕不行的，小家伙还太小。

赵羲姮与他说未来。她粗浅地约定出了明年、后年，甚至许多年以后的今天。

卫澧喉结上下滚动着，眼眶忽然一热：“好啊，都听你的。”

她又转过头去了。

卫澧在心里回答那个被他搪塞过去的问题，当然是很爱了！

昨夜两人子时才回的府，匆匆洗漱后便躺下了。

赵羲姮第二日醒来时，已经临近晌午。

卫澧已经不在，这个点儿他应当在书房练字，毕竟赵羲姮定下了规矩，晌午之前练字不满二百个，晚上就不能回房睡觉。

她困倦地揉了揉眼睛，在温暖的被窝里滚了滚，深知不能再继续躺下去，否则夜里该失眠了。

虽然没有卫澧身上的担子重，但赵羲姮也有自己的事情要完成。

自两人举行婚礼后，不明不白的夫妻生活算是走上了正轨。府中上下人员调配，资产打理，以及迎来送往，赵羲姮闲着的时候一点一点都拢到了手里。

她近来记性不算太好，于是将久违的日记本子翻了出来，往上头涂抹些规划和容易遗忘的事情。

赵羲姮翻开本子第一页。

“安定元年六月十三日，卫澧说，‘我要是有个闺女，早上天不亮就把她薅起来练功，零食糖块都不许吃，一年只做四件衣服。她哭我也不心疼。’”

赵羲姮无意识地摩挲着上头的字迹，想起当时的场景，忍不住出神。

这都是去年的事情了，原来时间过得那么快，再过三个多月就又是六月了。

“殿下笑什么呢？”小桃在一边剥柚子，摘掉细细的丝络发问，她指指赵羲姮的脸颊，“脸也红了，笑得跟吃了蜜一样。上头写了什么好东西，给我也瞧瞧。”她抱着柚子倾身就要来看。

赵羲姮手忙脚乱地将本子翻了一页：“没什么，想起昨晚吃的烤豆皮了，香辣劲道。”

她连忙收敛思绪，提笔记事。

四月各城郡太守会携家眷来不咸城纳贡，需得早早地收拾府上，作为安顿。好在此处原本是镇北王修建的行宫，如今也只开辟出了东边作为居住场所，等改日将西府收拾出来，用作待客便可。

凭州如今虽未明言脱离大豫，但早已不向朝中上贡，反而要接受各城拜谒，已是自成体系。

马上换季了，要为侍者准备春衣。

卫澧穿衣裳费，上次做的那些又破旧了，穿出去实在不成体统，该做些他的新衣了。赵羲姮思及此处，忍不住托腮，手肘撑在桌面上，多了几分懒怠姿态。

上次写给他的那些大字，都描得差不多了，该重新给他写了。

她提笔懒懒散散地记下。

唔，还有生日，两个人至今都没有互通生辰呢，改明日要问问他。

记下来，记下来。

赵羲姮再想想，记得自己还不曾见过他身上的全部文身，他都将自己全看光了，自己连他上半身都未看全，实在吃亏，文身这事要想着点儿。

她咬了咬笔杆，飞快落下一串工整的字。

上次打赌输了，他提的条件自己还没兑现……

赵羲姮脸一红，手腕按捺不住地用力，墨渍在纸上洇出一团。

算了，既然他没提，那就当没有过这回事吧，债主都不积极，她这个欠债的何必上赶着。

“殿下脸怎么又红了？”小桃柚子剥了一半，粉嘟嘟的肉正堆在红玛瑙盘子里，亮晶晶水润润的，饱满晶莹。

赵羲姮做贼心虚，连忙否认：“才没有，是屋子里太热了，快给我吃一块柚子。”

小桃连忙将盘子递过去，刚想问话，赵羲姮打断她：“换个盘子，粉色的柚子肉放在透明的水晶钵里更好看些，像上次葡萄纹的那个就很好看。”

小桃的注意力果然被转移了，思索一下，赵羲姮说得有道理，去换了盛具来。

卫澧在书房连打了几个喷嚏，他烦躁地将窗关上，继续对着那些头疼的字帖发愁，时不时地绕着地上隆起的舆图踩一踩，将小旗帜从这头挪到那头。

在他心里，早都想好了下一步该往哪儿发兵，怎么攻占城池。只是最近反寒，听说鹿场的鹿都冻死了一大批。

卫澧叹口气，挪动完了小旗，又慢吞吞地回去对着字帖，撕也撕不得，丢也丢不得，这些都是赵羲姮亲手为他写的。

但他实在不爱练字。

他若是知道赵羲姮正准备给他写新的大字，估计跳江的心都有了。

卫澧等着、盼着，盼望陈若江拿着紧急突发事件来找他处理，这样他就能躲过今日的练字了，大抵是陈若江与他心有灵犀，不一会儿真的来了。

上午落了雪，陈若江踩在雪地上咯吱咯吱的，他进来时候忘擦干净鞋底了，光洁的大理石地面上满是化开的雪水污渍，令他有些羞窘。

他红着面皮，在外求见卫澧，赵羲姮打发小桃去回他消息。

小桃一挑帘子就见他脚下那一摊雪水了，忍不住掩唇一笑，弄得陈若江脸皮更红。

“主公现在该在书房练字，小将军去书房找找人吧。”

陈若江几乎是落荒而逃，跑到一半又折回来：“桃娘子。”

这称呼很新奇，小桃倒是第一次听，放下撩起一半的帘子，用疑惑的目光询问陈若江。

陈若江被她看得更臊得慌了，连忙从袖口掏出信：“早上驿使来营中送信，我见有往主公这儿寄的，寻思着早晚要来，就给捎带上了，一看是有人寄给你的……”

小桃家里已经没什么亲眷，自然不会有人寄信来：“哪儿寄来的？”

“像是西边。”陈若江道。

“劳烦小将军帮我处理了吧。”小桃拜托道，最后谢了他一番，送他往书房去了。

西边，雍州在西边，她也就同雍州谢家那些人有接触了。

小桃认得清楚自己的身份，虽与殿下感情好，却不是个什么要紧人物，谢家人不至于会给她写信，能写信的也只有那个李青龙。

他隐隐对她透露出点儿意思，但她没瞧上。

三月初了，陈若江是来给卫澧送这一年的凭州事务汇总。

这一年总体没什么大的发展，农业牧业不用提了，冬天没处种地放牧，林业平平无奇，渔业还算过得去，因为战乱，貂皮、鹿茸、人参内外贸易都不景气，略有囤积，实话实说，今年收入比去年要差些。

卫澧原本以为陈若江是来救命的，不想他是来催命的。

“东西囤积了怎么不降价卖？”卫澧头疼地捏捏眉心问。

陈若江哪里知道这些：“听说已经降一些了，不能再降了。”

“为何？东西都囤积了，攒到明年卖不出去就旧了，那不就更不好卖了？”

卫澧这么一问，陈若江也不知道该怎么回答，他是跟着卫澧搞军事的，又不是搞民生的，他也不懂这些，这些问题该抓个先生来给卫澧讲。

也是他不好，忘了卫澧没读过多少书，肚子里文化浅，没提前找个通晓商政的先生来。不过若是现在找，恐怕也不好找，当初镇北王世子的先生一大摞，有声名远扬的大儒教其文墨，也有致仕的旧臣教其如何治理地方，以及御下之术。

明摆着陈若江也给不了什么主意，卫澧只能耐着性子来读这些汇总。

每年各地的州郡按照本地情况各自发展产业，然后进行贸易，随后根据当年发展情况，对明年发展计划作出调整，最后把今年情况以及计划汇总起来上报不咸城。卫澧得到这些汇总后，决定可行与否，在三月中旬之前回复“准”或“驳回”。

最后计划在谷雨之前一定要拟定，不然会延误春耕。

因凭州气候严寒，四月末才开始春耕，所以卫澧决策时间还算宽裕，若换作南边，末茬水稻一收，就要着急忙慌地拟订来年计划了。

卫澧看这些东西就已经耗费了他全部的智慧，加之这些太守不知是为了显得自己有文化还是在凑字数，一份份汇总写得又臭又长，卫澧硬着头皮读了一份，洋洋洒洒地写了十张纸，他没有一目十行的本事，怕漏了关键，只能一字一句地读过去。

好家伙，整整两张蝇头小字，都是歌功颂德，夸赞卫澧英明神武，才令凭州蒸蒸日上风调雨顺，几乎要把他吹成神明下凡。

卫澧气得一把给扬了，踹倒了下头的一排椅子花瓶，陈若江忙不迭地捡起来，整理好堆在书桌上。

“写的什么破烂玩意！”卫澧暴跳如雷，都要以为那些太守是刻意在为难他了，“以后谁再把这些写得糟心烂肺的东西往我身边放，给我砍了他！”

陈若江默默地站在一边当花瓶，什么都不敢说，往年都是这样的，汇总之前先歌功颂德一万字是心照不宣的旧例。

“主公若是不耐烦看，不如找个人来帮您圈画重点，您就看重点然后给回复……”待卫澧不那样急躁了，陈若江弱弱地建议。

卫澧用审视的目光扫向他，陈若江汗毛一竖，把后背贴在墙上，恨不得与环境融为一体。

别找我，别找我，别找我……他心中默念。

“把你那副死了人的表情收起来，我怎么可能找你看？你肚子里有几两墨我还不知道？”卫澧半讥半讽道。

陈若江表示受到侮辱，他就算书读得再少，肯定比卫澧多啊。

第二十一章

你过来我掂掂你多沉

宽敞的书桌上，左边摞着半人高的汇总，右边摞着一沓字帖，卫澧从中间露出一张绝望的脸。

陈若江怕卫澧抓着他干活，人早就跑了。

卫澧满脑子都是："好烦啊，不想干了，毁灭吧。"

但他想想赵羲姮和即将出生的孩子，还是硬着头皮翻开一份汇总。

是方集郡的。

卫澧在方集郡住过些日子，方集郡守多多少少知道卫澧那点儿狗脾气，知道他不爱看字，于是言简意赅地问安后汇报了方集郡这一年的情况，平平无奇没什么大变化，于是打算继续沿用上一年的发展规划，以农业为主，最好多种点儿大豆、玉米之类的，榨油储粮。

"嗯……"卫澧托腮沉吟一番，试图思考这样做的合理性。

应该没问题吧，他翻过去看了看方集郡去年的收支情况，不错不错，没亏，那就按着去年的计划来吧。他一怔，去年的计划是什么来着？侧重点是啥？玉米、大豆、水稻收入各几成来着？

他暴躁得头发几乎要根根竖立，不看了，回家吃饭！

卫澧几乎裹挟着一阵风进来的，他深知不能将情绪带给赵羲姮，勉勉强强从烦躁里拔出来，露出点儿笑意。

但赵羲姮跟他生活一年多了，把他狗脾气摸得透透的，他嘴一噘，就知道他要说什么屁话，现在明摆着是不开心，很烦躁，像是即将拆家的大狗。

"你怎么了？"赵羲姮柔声问。

她要做个好妻子，做个好母亲，要当好贤内助，说话要温柔，对孩子胎教也好，这样孩子将来会是个温柔的人。

卫澧从背后抱住她，将脸埋在她颈窝深吸一口气，闻着她身上淡淡的栀子花香，若无其事地道："没事，不用你操心，你安心养胎就是了。"

赵羲姮一挑眉，他现在磨磨唧唧的怎么回事？平常撑她不是挺痛快的？

关键是她也没少操心啊？操心他字写不好被人笑话。而且他现在这个语气很欠揍啊，她忍不住想扇他一巴掌。

赵羲姮耐着性子问："说吧，有什么烦心事儿就说出来，我看看能不能帮上你。"

卫澧被问得丢脸，他一个男子汉大丈夫还要媳妇帮忙不成？怕她继续追问，于是语气不耐地敷衍："我能有什么事？男人家的事你们女人少管，话这么多呢？吃饭吧。"

"吃什么吃呢？又给你脸了是不是，卫澧？嘴不需要就捐给有需要的人，长一张嘴是让你嘚吧嘚来气人的吗？什么叫男人的事女人少管？什么叫我话多？关心你问你两句还问出错了？耷拉着脸进来的是你，一脸委屈样，完了问也不让问，你有什么毛病？”

她一拍桌子，震得桌面上的碗筷一跳。

赵羲姮原本是想好好做个贤惠妻子温柔母亲的，看在卫澧最近“孕吐”辛苦，以及努力练字的分上，她暂时不折腾人。

但卫澧总能在她心境平和的时候轻而易举地挑起她的怒火，逼她在心里骂人，她现在心火远比之前更大，半点儿气都受不了，更别说卫澧一张嘴欠得恨不得让人上去扇他两巴掌了。

说实话，她已经修身养性，在怀孕之后很少在心里骂人了，怕带坏孩子。

昨晚他跟自己抢糖葫芦吃，赵羲姮姑且觉得那叫情趣，而且她也真的不能多吃山楂。现下赵羲姮气急，话没过脑子，一下子就蹦出来了。

她转而一惊，自己柔和的品性彻底在卫澧面前崩塌的，又一想，崩就崩呗，反正她现在不怕卫澧了。

卫澧才刚坐下，被她这么一拍桌子，下意识地弹起来，手规规矩矩地贴在大腿外侧，不可置信地看着赵羲姮。

她有孕初期的时候脾气暴躁，但这一个月里和以往一样温柔，他以为暴躁期过了，没想到怎么现在更暴躁了？骂人骂得这么狠？

“我……我我我……”卫澧惊得一时间不知道说什么好，最后只憋出来一句，“你怎么能骂人？”

赵羲姮深深地吐出一口气：“我就骂了怎么着？谁让我骂人的？我忍你这张嘴很久了，从青丹第一次见面开始，就恨不得把你这张嘴割下来撕了。”

骂人真舒服，她还要骂人。骂人就如同欲望的闸门，一打开就难以刹住。

卫澧彻底目瞪口呆。

赵羲姮又扶着肚子狠狠地拍了一下桌面：“说！到底什么事，你耷拉个驴脸给谁脸子看呢？”

“没……没什么大事。”卫澧惊得都有些结巴了，“就是陈若江把凭州一年的汇总给我拿来了，太多了我有点儿烦。”

赵羲姮眯眼上下打量他，最后用一种轻蔑的语气嘲笑道：“是有点儿烦还是看不懂？”

卫澧脸臊得一红，大声辩解：“就是烦！不是看不懂！”

他肚子里有多少墨水，赵羲姮给他当了这么久的老师，怎么可能不清楚？兵法上一点即通，别的地方蠢得跟头驴似的。

她刚想再嘲讽两句，但终究还是顾及卫澧的脸面，没有开口。

问题解决了，骂完人气也消了，赵羲姮施施然地坐下，冲他温柔一笑："吃饭吧，我饿了。"

卫澧战战兢兢地坐下："我能吃饭？"他问完之后，忍不住想扇自己一巴掌。

问的这是什么屁话，说出来好像他多怕赵羲姮一样，吃个饭都要看她的脸色，分明他才是两个人之间强势的那一方，赵羲姮要倚靠他，他才是一家之主。

赵羲姮温温柔柔地给他夹了块红烧排骨，倒也不辜负她那张娇美的面容。

她一笑，灿灿如朝阳初升，明光万里。她娇滴滴地嗔道："主公说什么呢？人家怎么会不让主公吃饭呢？是主公当初自己承诺的，要人家狠狠地骂你，怎么现在就不承认了呢？"

卫澧舔了舔嘴角，感觉脊梁一凉，哪儿说不上来的阴森。他是说过这种话，但他当时也没想到赵羲姮会骂得这么狠，原以为上次就是极限……

卫澧心里毛毛地吃完饭，又歇完晌，穿了衣裳，打算去书房继续跟那堆汇总死磕。

一只纤细白嫩的藕臂从被褥里探出，钩住他的手腕，五指柔白细嫩。

赵羲姮睡眼迷离地顺着卫澧的臂膀缠上，云鬓微乱，粉面桃腮，亵衣半敞着，露出粉雪风光，像是话本子里勾魂摄魄的妖精，于无形间撩拨人。

"你等等，我和你一起去书房。"

她小声喃喃了两句，然后趴在卫澧肩头缓神。

说实话，中午那一场，卫澧至今还心有余悸，但美色当前，色令智昏，骂人怎么了？美人多骂几声也使得，骂人的美人也好看。

而且他已经三个多月没和赵羲姮亲近了，不撩拨还好，一碰就像着了火一样，平日里他有避讳，但今日她主动贴上来的。

他拇指剐蹭着赵羲姮才睡醒的粉红的脸颊，低声贴近："你去做什么？"

"帮你看汇总，你不是嫌烦吗？"赵羲姮轻轻地打了个哈欠，努力睁了睁眼睛，沁出点点泪花，眼中水波荡漾，纤长的睫毛上也沾了泪。

卫澧的拇指已经抚上了她的唇瓣，摩挲揉搓着，说不出的靡色。

他低头啄上赵羲姮的嘴角，手已经从唇瓣顺着锁骨往下，滑进了她松散的衣领中。

赵羲姮脸泛红潮，将他往外推："不行。"

再起来已经过了一个时辰，两人衣衫散乱，房内是一股说不出的甜腻之气。

赵羲姮爬起来，狠狠地瞪他一眼，连忙穿衣裳。

卫澧将衣裳接过去，仔仔细细地给她穿好。赵羲姮继续瞪他，眼睛像是雪亮的匕首，恨不得从他身上剜下来一块肉。

她骂了一声，不得不再次感叹，那十三本书卫澧真是没白看，他但凡学别的时候能有这种举一反三的脑子就好了。

“你不是也很喜欢吗？”卫澧贴近了，轻轻地说道。

赵羲姮的脸一红，啃住他的脖子：“闭嘴！”

赵羲姮对着桌上那半人高的汇总也皱起眉：“你确定这只是凭州的？”

凭州一共才四十个郡城，这么能搞出这么多？她阿耶的折子都没这么多。

卫澧对那些东西眼不见心不烦，把头转过去，肯定道：“是。”

他拖了把凳子给赵羲姮在一边坐下，然后递给她一份。

赵羲姮不比卫澧，她略略扫过去，就知道大概是讲些什么的。

卫澧看着她翻阅的速度，又咽了咽口水。她飞快翻过三页，眉头皱得更深了：“言之无物，浪费时间。”

卫澧拼命地点头附和，表示赞同：“是。”

赵羲姮把手里的往一边一放，然后撸起袖子：“挑，把像这样的都挑出来，谁写的就罚俸三年，打回去让他重写，杀鸡儆猴。”

卫澧略微震惊地看着她，赵羲姮点点头，看懂了他眼神中的意思：“没问题，就算罚奉三年他们也能活得好好的，平常给点儿补贴就当发俸禄了，杀鸡儆猴得杀得狠一点。”

她比画了个手势，打一巴掌给个甜枣的法子虽然卑劣，但运用得当就是个好法子。

“打回去重写”五个字，给卫澧开辟了一个新思路。

对啊，凭州他第一，他想让谁重写，写成什么样都是他说了算。

原本他打算发愤图强，照着这些东西死磕，但明明换个法子就能解决问题了。原本哪儿都放肆的人，忽然因为重视一件事变得守规矩了，才导致自己陷入了困境。

既然有人给他创造了困难，把创造困难的人解决掉就没有困难了。

卫澧搂着赵羲姮，亲了一口，眼睛里几乎写满了“媳妇真棒”。

赵羲姮努了努嘴，感觉有点儿头疼，卫澧好像除了打仗，什么都不太会的样子。

他不会没什么关系，底下人会就行了，他懂一些，不被人骗了就好，但很明显，他手下那些亲信，没有几个于这方面精通的。

她现在能给他看看，因为凭州地方小，她看得过来，又没有什么太复杂的事，等到将来地方大一些了，总不能还是她帮着弄。

虽然卫澧很大方地放权给她，有利于她地位的稳固，就算卫澧哪天变心了，赵羲姮也不怕。但赵羲姮自认自己不是什么女中诸葛，能顶半边天，没有那金刚钻就少揽瓷器活，回头闹心不说还弄得自己身心俱疲。

她自己要管着内宅，虽然卫澧没养什么小老婆很让她省心，但一大家子上上下下人也不少，轻省不起来。

依照现在的势头来看，卫澧所占的疆土必然会越来越大，虽然她一边觉得卫澧性格能力都不太合适，但一边又觉得他越来越强，自己的日子就会越来越稳当，没什么不好。

想这么多也没用，赵羲姮弹了卫澧的脑门一下："快点儿跟我一起挑。"

卫澧不情不愿地操起折子，开始一个字一个字地看，赵羲姮看完五本了，他还在看第一本，时不时遇到笔画多的字，还要皱眉好好想想。

赵羲姮冷不防抬头扫他一眼，见他眉头紧锁，心中隐隐有预感，就算把每份折子缩成短短一张，他看起来也费劲。

多年缺失的文化素养，不是一朝一夕就能弥补回来的，纵然他聪慧，但每日要忙的事情那么多，哪有太多的精力来弄这些零零碎碎的？

她轻轻推了推卫澧，一边看汇总一边道："不如在凭州准备一场科考，选拔些人才吧。凭州自立已经一年了，除却各地的官员，你身边围着的几乎都是武将，他们对这些也一知半解，有些文人在你身边也好，经济才是国家稳定的根基。有钱有粮，百姓安居乐业，才能无后顾之忧。宋将军他们虽细心，但不是专司其职的，一心不可二用。"

卫澧细细分析，觉得赵羲姮说得有理："那我今晚就发下通知，去让他们筹备。"

现如今科举，一般先由乡里推举品学兼优人才，然后进行层层筛选，最后再由卫澧亲面选拔。

"告诉他们选些有真才实学，了解百姓疾苦的，别回头都选些花架子出来。"卫澧又将目光投向手里的汇总，郁郁道。

若都是像这样的，他日日对着酸腐学究的叨叨，恐怕都要怄死了。

赵羲姮欣慰地看着他，活脱脱像看一个终于懂事了的小兔崽子。

她的目光如此饱含深意，卫澧一口气上不去下不来，最后凑过去，狠狠地在赵羲姮脸上嘬一口。

“别闹。”赵羲姮推他一把，“你要是闲得慌就多看点儿。”

四十份汇总，除了卫澧看得慢，赵羲姮扫一眼就知道水不水，不到一个时辰就挑好了。

这其中长篇大论赘述的不说九成，也有八成八。

卫澧命人将这三十几份打回原郡，连带着降责罚奉。

手下快马加鞭，七日将这些文书都送到了，得了责罚的不免战战兢兢，重写汇总之余，昼夜冥想该如何讨好卫澧，令其消气。

四十份里刨去了三十多份，剩下的一只手就能数完。

既是关乎了一郡整年的安排，自然不能应付了事，得细细地看，赵羲姮将其分成两半，她看一半，卫澧看一半。

卫澧撑着头，坐在一边，一开始还勉强应对，到后来眼前的字都成了一个一个模糊的圈，令他昏昏沉沉，虽然一直撑着精神，但内容偏就不进脑。

“你清醒清醒。”赵羲姮闲时推他，推他一把后又继续批阅折子。

卫澧挺直腰板，干脆站起来抱着看，一瞧外头都擦黑了。

阿妉既然都帮他分拣完了，他不能再不要脸地让她帮自己看了。

一个男人不能让媳妇享福，而是跟着日夜操劳，那他就是无能的男人。阿妉看一份半份还行，这都坐了一下午了，到底是他的活，还是阿妉的活？

卫澧如此想着，将赵羲姮拉到一边去，像打了鸡血似的夺过她手中笔墨：“你坐着吧，剩下的我来看。”

赵羲姮把“你行吗”三个字咽回去，他既然有斗志，就要鼓励，不能泼他凉水。

卫澧看这些东西看得不顺畅，多看看自然心里也会有所感悟。

小桃一天剥了两个柚子，难剔的丝络都干干净净地剔了，半点儿没伤着果肉，用赵羲姮说的那件白水晶葡萄纹钵盛着端了来，并着一些别的水果送来。

赵羲姮剥了块橙子吃，酸酸甜甜的，汁水丰足。

她又剥了块，顺势递到卫澧嘴边，温声细语地道：“慢慢看，时间还早。”

卫澧怔了怔，目光看着赵羲姮，然后小心翼翼地把橙子肉叼走。

灯下的赵羲姮浅浅笑着，娴静柔美，但晌午那两下拍桌子，宛如晴空一记惊雷，劈得卫澧现在还如在梦里，心有余悸，以至于不知道哪个才是真正的她。

他实在想不到平日里温柔胆小娇怯的妻子，生气了最多是撒撒娇哭哭啼啼的夫人，上个月即便心情不好也只是言语奚落他一番，今日怎么这么凶……

卫澧仔细想想，多年之前赵羲姮执着鞭子闯进山洞里，嚣张跋扈的模样他至今记忆犹新，她身后跟着战战兢兢的一群人，那时他觉得整个人都战栗起来了，恍若见到神明降临。

那时她肆意飞扬，兴许这些年寄人篱下太压抑，才变得乖顺。

这样一想，她就算张扬些也没什么，不柔顺也好，总归随她高兴。

骂人也行，就是少骂他。

“你怎么这么看着人家？”赵羲姮羞答答地戳他一下。

卫澧咽了咽口水，将折子放在一边，握住她的手，旁敲侧击，生怕她再拍桌子：“阿妧，你最近是哪儿不舒服吗？医师每三日来请一次脉，说没说有什么异常？”

“没有啊，怎么了？”她身体好着呢，能吃能喝的。

“等回头孩子生下来，我带你去后山打猎骑马吧？打猎打够了就随便去哪儿玩。”卫澧喉结上下动了动，只要别总像今天这样骂他。

她活动活动，别总压抑着，压抑久了不好。

赵羲姮眼睛亮起来：“好啊。”

她生产预计是九中上旬，等坐完月子才十月，那时候凭州虽冷，但山里动物都忙着储存粮食，肯定很热闹。那时候也不知道医师让不让她活动。

小时候她的马术是阿耶手把手教起来的，自然不差，自阿耶去后，她就没什么机会纵马了。

卫澧见她高兴，心下松了口气，高兴就好，高兴就不会骂他了。

他继续去看那些汇总，虽然磕磕绊绊，但全部过了一遍后，倒是能分出谁优谁劣，谁用心谁不用心。

“这个好像还挺好的。”他将其中一份给赵羲姮看，略微提出了一些意见，但并不确定。

赵羲姮细细看过后，觉得此人言简意赅，针砭时弊，是个可用之才。

卫澧听她也这样说，略松了口气，他也不是半点儿进步都无。他实在担心自己再这样烂泥扶不上墙，赵羲姮会厌弃他，转头去找别人。

这是江东郡呈上来的，卫澧将江东郡郡守暗暗记在了心里。

今日定了许多事，这个月有的忙了，赵羲姮先教人将西府收拾出来，在东府与西府之间起了一堵墙，彻底隔开两边。

科举选拔人才的召令已下，各乡推举优秀人才至郡中考核，每郡择优挑选十名人才至不咸城考试，最后留下二十人由卫澧亲选。

一遭流程走下来，满打满算要三个月。

赵羲姮翻了翻记事的本子，趁着闲时问卫澧：“你生日是什么时候的？”

“六月一日。”卫澧略微思索后道。

赵羲姮记在心里，心里冒出疑问，他不是没有父母吗？怎么还知晓自己生日？但转瞬又想，谁规定生日一定要一点儿不差的，随便挑个喜欢的日子也没什么。

“你怎么不问我什么时候生辰？”她道。

卫澧脸略红：“我知道，十一月三十。”

赵羲姮冷不丁地想起去年十一月三十日，卫澧提着酒来找她。

她掩唇一笑：“什么在凭州初见的纪念日？你当时就是想给我过生日是不是？”

卫澧耳根更红了，别过头摆弄手指，不去看她。

当时两个人吵架，他是个要脸的人，怎么可能低头说是给她过生日才来的，那显得他一点儿骨气都没有，像是求和似的。

他当时还不知道要不要喜欢赵羲姮，自然不能低头。

六月一日，是赵羲姮执着鞭子，在山洞出现，将他带出来的日子，自那一天开始，卫澧才真正有了生命，作为人活在世上。

十一月三十日，赵羲姮的生日。他明明说着讨厌赵羲姮，恨她恨到骨头缝都疼，但还是默默地去搜集一切关于她的消息。

他脸一红，赵羲姮就知道自己猜对了，她佯装愤怒道：“给我过生日怎么只拿一点酒来，你心里是不是没我？”

“闭嘴吧，我能记着就不错了。”卫澧恼羞成怒，直接去捂住赵羲姮的嘴，“不对，谁说是给你过生日的，别自作多情了。”

“那你是怎么知道我生日的？”赵羲姮把他的手从嘴上扒下来，穷追不舍地问道。

“知道就知道了，你问这么多干什么？”卫澧坐立难安，干脆站起来，像是逃避什么似的快步走出去了，“我还有事，先去处理了。”

赵羲姮看着他近乎落荒而逃的背影，“扑哧”一声笑出来。

她似是想到了什么，摸摸自己的小腹，这个小家伙就是在她生日那天来的。

大豫年轻人并不崇尚过生辰，一般只有年过六十的老者，才会每年大肆庆祝，因而赵羲姮倒也不生气卫澧只给她带了酒。

卫澧路上遇见了一队侍女，她们嘻嘻哈哈地往厨房方向去，见着卫澧连忙收敛笑容。

“笑什么笑？很好笑吗？都滚去扫地！”他眉眼间满是烦躁，甩袖走了。

地上跪着的侍女们面面相觑，不知道主公又发什么疯，分明这几个月与夫人琴瑟和鸣，堪称神仙眷侣，已经修身养性了啊？

四月拜谒述职，三月下旬的时候，各地太守就已经陆陆续续带着家眷到来了，尤其是那些年终汇总被打回去，又罚了俸的，他们惴惴不安，生怕来得晚了再惹卫澧发怒。

还有新收并的原幽州郡城的六位太守，也早早来到了，毕竟比起凭州其他太守，他们算是外来户，还没摸准新主子的脾性，又与新主子没半点儿情谊，谨慎小心讨好是应该的。

人一多，难免吵吵嚷嚷的，尤其对卫澧这种讨厌闹腾的人来说，他这几日脾气都很暴躁。

吃过晚饭后，西院的热闹几乎掀翻了锅，传到东院的时候细听还能听着点儿诸如蚊子嗡鸣般的声响。

卫澧气依旧没消，踢了踢椅子，随手指了个侍女："去！告诉西院，让他们老实点儿！别出声！一天天都要烦死了，再吵都滚出去！"

侍女战战兢兢地走了。

赵羲姮将目光定在他脚边的凳子上，然后目光又幽幽地落回他的脸。

卫澧顺着她的目光看向凳子。

凳子是赵羲姮妆奁台的凳子，被他踢倒了。

他连忙弯腰，将凳子扶起来，嘴里碎碎念："啊，怎么倒了？还好我给扶起来了。"

赵羲姮的脸色还没好，他又轻咳两声，用袖子擦了擦凳子上压根没有的灰。

然后凑过去，跟赵羲姮转移话题："怎么这么乱糟糟的，他们有病吧？带那么多人来，你不觉得吵吗？把他们都赶出去吧，省得耽误你养胎。"

"赶出去睡大街？"赵羲姮虽然也觉得他们带的家眷实在太多了，但人家人丁兴旺，一家和乐还不让？

"睡大街就睡大街，反正又不是我睡。"卫澧解下腰带，把外衣随手一扔，动作利落潇洒。

赵羲姮跟他说话了，那就是不介意他将凳子踢倒这件事了，他站在火炕上，一身雪白的里衣，打开手臂，对着赵羲姮道："来，抱一个。"

"不抱！"幼稚死了，多大的人了还亲亲抱抱，"你没洗澡。"

卫澧下意识地闻了闻自己身上，一点儿异味都没有啊，然后又凑过去："我身上不臭，你闻闻。"

"不要。"赵羲姮滚进被褥里，蒙着脸不见他。

卫澧一边往隔壁室内的温泉里去，一边威胁赵羲姮:“赵羲姮，你好好给我等着，等我出来揍你，现在还敢嫌弃我了。”

赵羲姮从蓬松柔软的被子里探出头：“我就等着了，你能把我怎么着？”

卫澧脸一沉，他是不能怎么着，赵羲姮现在就是个小祖宗，他十分怀念之前那个每天软糯糯的小姑娘了，他怎么捏都不会反抗他。

他一咬牙，钻进去洗漱。

没一会儿，他带着满身的水汽出来，站在炕下头，迫不及待地伸出手：“我洗完了，来抱抱。”

赵羲姮满脸都写着抗拒。

“抱！”卫澧执拗地朝她伸出手，“来，你过来我掂掂你多沉。”

这次不待赵羲姮拒绝，他长腿一跨，踩上来，揽着赵羲姮的腰和背把人带下来。

赵羲姮吓得护住肚子，惊呼一声，待反应过来，低头狠狠地咬了他的脖子。

卫澧疼得闷哼一声，但始终不愿意撒手：“你不给我抱打算给谁抱？”

自打歇晌起来那次，他有些没分寸，闹了她将近一个时辰，赵羲姮就好久都不让他碰，捏捏小手指都不让，更不要提抱抱了。

他没别的心思，就是想抱一下。

他轻轻照着她肉多的地方拍了一下：“你怎么这么凶？”

赵羲姮羞愤得脸都红了，换了个地方又咬了一口。但是刚才那口咬得牙都酸了，这次咬人更像是小猫舔舐人，痒痒的。

卫澧收起心猿意马，单手搂着她，下意识地捏了捏自己发热的耳垂。

“赵羲姮，你长高了。”他上下打量一番，忽然道。

身高一直是赵羲姮的执念，她以前想长到卫澧的下巴处，但后来发现她长卫澧也长，这个愿望有些难以实现，于是就改了，改成长到卫澧肩头那儿就成。

“你是不是糊弄我？”她松了口，虽是这么说，但语气中带着些许期待。

“真的。”卫澧将她放下来，与自己贴着，用上次量身高的法子来给她比量了一番，的确是长高了，这次已经到卫澧的肩膀了。

赵羲姮惊喜地贴贴他，照着这样长下去，说不定真的会长到卫澧的下巴处呢。

卫澧顺势摸摸她的腰:“怎么高了也没见沉？肚子里还有孩子呢，腰怎么也没变？”

“怎么没变的？”赵羲姮忙不迭辩驳，拉着他的手往自己肚子上放，“这个月大了好多，不信你摸。”小家伙现在已经四个月多一点儿了，怎么可能没变化。

她急于解释，忽略了卫澧嘴角那一抹阴谋得逞的笑。

“你都快一个月不让我碰了，我上哪儿摸去？我哪知道长没长大？”卫澧这样说着，手掌却轻轻地贴在了她的小腹上，上下摸了摸，小心翼翼地从上衣下摆钻进去，滚烫的掌心贴着她小腹的皮肤。

赵羲姮一缩：“痒。”

卫澧揽住她，与她额头相抵，温柔道：“我就摸一小会儿。”

“嗯，就一会儿。”赵羲姮做出了一点点让步，毕竟小家伙也是他的。

“咚”，四周是寂静的，这一声是卫澧脑中一根弦崩断的声音。

他脑海里，现下不亚于山崩海啸，巨浪滔天。继而“嗡”的一声，神志全部丧失了，眼前白光阵阵，浑身颤抖起来，眼眶不自觉红了。

许久，他才找回自己的声音：“赵羲姮……”

卫澧声音带着哭腔，他不想这样的，但他止不住。

赵羲姮也呆住了，一时间不知道怎么办好，抚上自己的小腹：“卫澧，动了。”

医师说小家伙四个月的时候，就已经会胎动了，只是不明显，若是不仔细感受，很容易忽略。这是第一次在动，小家伙很懂事，知道要让爹爹娘娘都感受到。

卫澧与赵羲姮一直期盼着这个孩子降生，他们知道这个小宝贝正安安静静地在赵羲姮肚子里逐渐长大，却是第一次，他们真切感受到小家伙是个会活动、会闹腾的生命。

这种感觉，让即将成为父母的两个人激动又心悸，几乎喘不上气来。

赵羲姮去看卫澧，却发现他眼睛红得像个兔子，睫毛都颤颤巍巍地沾了泪珠，死死地咬住下唇，好像一副强迫自己不哭出来的样子。

“你是不是高兴得都要哭了？”赵羲姮牵牵他的手。

卫澧没敢说话，怕自己一松口就哭出来，只能摇摇头，倔强地将下巴抬高，表示自己才不会哭。但真实反应是骗不了人的。

赵羲姮将脸埋在他胸口处，环抱住他的腰：“我不看你，就抱抱你。”

卫澧没有亲人，连父母是谁都不知道，这个小家伙是和他唯一一个血脉相连的人，她知道他激动，想哭就哭，她又不会嘲笑他。

卫澧这才将她回抱住，下巴搭在她的肩头，松懈下来，眼泪大滴大滴地往下掉，他怕自己哭出声，死死地咬住拳头。

他会好好努力的，赵羲姮和孩子都要好好的。

两人因为第一次胎动激动到半夜，但孩子再也没什么动静，像是打个招呼又睡着了。

赵羲姮也不能不睡觉硬挺着，逼着自己强行入睡，怕影响小家伙正常发育。

卫澧搂着她，一下一下地摸着她的腹部，像是在摸什么稀世珍宝，又像是个刚得了新鲜玩具的孩子。

赵羲姮睡梦中觉得痒，迷迷糊糊地提醒他："别摸了，我要睡觉。"

卫澧亲亲她的嘴角，果然收了手没再继续动作。

第二日清早，她一睁眼就瞧见卫澧撑着头，见她醒来眼睛一下子就亮了。

他的脸比往日更苍白些，但眸子黑亮得吓人。

赵羲姮不自觉地揪了揪被角："你不会一夜没睡吧？"

"我是那么经不住事的人……"他说到一半的话戛然而止，赵羲姮的手正掐在他的腰上，慢慢地收紧。

"把脏话给我收回去。"赵羲姮凶巴巴地抬头看他，"别教坏了孩子。"

卫澧默默地闭上嘴，想起小家伙有胎动了，说不定能听见他讲话，他这样说话对孩子影响不好。

"那我再摸摸他。"卫澧跟赵羲姮打商量，"我再摸摸就去练字看书。"

赵羲姮小气地躺平："就摸一下下。"

卫澧摸了一会儿后，心满意足神清气爽地去书房了，半点儿看不出是个一夜没睡的人。

那些太守的家眷一来就派人来打探赵羲姮的作息，预备寻个时间拜见她。

赵羲姮放了口风，这几日都有空，让她们随时都可以来。

卫澧凶名在外，连带着赵羲姮都让人战战兢兢，小意奉承，生怕一不小心得罪了。

这倒是和卫澧之前和她结缡时候口是心非的想法一样。

"一荣俱荣，一损俱损。"他的名声什么样，连带着赵羲姮的名声就是什么样。别人对他什么态度，也就对赵羲姮什么态度。

赵羲姮没被他带着人人喊打。

卫澧从正院到书房的一路，都能瞧见大大小小的生面孔同他请安，他心下了然，这些估摸着就是已经住在西院的太守们，沿路蹲他呢。

他一大早心情好，见着第一个的时候，尚且没什么感觉，但两个三个四个，走到一半就耗尽了他的耐心，这些或年轻或年老的东西，打过招呼之后总试图逮着他多说几句话。

卫澧不胜烦躁，直接指着人骂："滚回西院去，谁准你们在东院瞎溜达的？没事别让我再看到你们！"

这些太守忙不迭地滚了，既然卫澧这儿突不破，找不成好感，只能从赵羲姮那儿下手。

是以赵羲姮还在吃早饭，外头就已经等着好几口的家眷。

衣香鬓影，暗香浮动，兼之环佩叮当，一个个女眷将发髻梳得高耸入云，赵羲姮下意识觉得自己这个主公夫人太素气些了。

赵羲姮如此觉得，下面那些太守家眷自然也觉得，她们原本以为会见到个华贵非常的女子，毕竟是天家公主，还是卫澧的妻子，怎么着也不会比她们打扮得寒酸。

但纵然一身清减，赵羲姮端坐上首，容貌和气度都远在众人之上，那一眉一眼瞧着盈盈娇弱，却不是个可欺的模样。

简单寒暄后，众人依次落座，侍女挨个为她们奉茶。

都不熟悉，但这些夫人各个游走在交际场上，都是人精，自然有好的切入点。

“妾身是昌黎郡太守的妻子王氏，听闻夫人怀有身孕，这是妾身早年孕育一双儿女的时候，家母特意找人开的方子，有助顺产，今日特地献给夫人，还请夫人笑纳。”一落座，便有人表明身份，抢先捧上一只匣子。

礼不贵，但有用。

赵羲姮点头致谢后收了，其余人暗暗心焦，于是争奇斗艳地献礼，生怕开口开得晚了，赵羲姮对其印象不深，场面一时热闹起来。

无论送的什么，赵羲姮皆是淡淡地照单全收，不惊不喜，也不做什么承诺，但总归收了，让那些夫人略感心安。

夫妻一体，既然赵羲姮肯收她们的东西，那就是卫澧对她们的丈夫并没有过于不满。

赵羲姮抿着茶，心下暗叹，上次被这么争先恐后地奉承，是什么时候来着？

她都记不清了，那还是阿耶在的时候。

这些人不是自己来的，多半还带着年轻的女儿，女孩们坐在夫人身后的绣凳上，年纪与赵羲姮都相仿，一个个娇嫩鲜艳，规规矩矩的。

话说到一半，有些人将女儿从身后拉出来了。

“夫人正当鲜妍，妾身年老，恐与夫人说不上话，若是夫人不嫌弃，闲时可召我家小女儿来说话，好歹是个解闷的。”

她们说得真诚，赵羲姮便回了一些场面话：“小娘子们与我年纪相仿，我见着也很喜欢，若是有空，来我这儿玩玩也好。”

她一半真心，一半敷衍。

赵羲姮自幼都没什么亲近的朋友，在凭州，陈若楠算一个，但同其他女子比起来实在太少，多交些同龄的小娘子做朋友倒是挺好的，关键她们一个个生得漂亮，很让她喜欢。

但这些夫人见她都战战兢兢曲意逢迎，小娘子们有样学样，恐怕对她也亲近不起来，跟她们交朋友，赵羲姮也没抱太大期望。

江东郡守汇总折子写得不错，赵羲姮特意留意了一下他的夫人。

她颧骨高耸，一双吊梢眼里透着精明，却并不正派。赵羲姮看了几眼，将目光收回，对江东郡守多了一些迟疑。

人呼呼啦啦地来，呼呼啦啦地走，赵羲姮绷着身子，待半点儿声响都听不见了，肩头这才一垮，招呼小桃她们来："快点快点给我揉揉腰。累死了，迎来送往真不是人干的事。"

她懒懒散散地倚回榻上，将鞋子踢掉，恨不得补眠。

她现在一想到自己阿娘当年不仅要每月月初应付那些命妇，还要管理后宫，比自己还要累上好几倍，不免有些心虚，当时她年纪小，不懂事还总给阿娘找麻烦，真不应该。

夫人们回去，与自己的丈夫将消息一对，关起门来嘀嘀咕咕一阵。

昌黎郡太守指了指自己的脖子道："我今日见主公脖子上有咬痕。"

他夫人王氏一惊："我看他夫人肚子都有些起来了，俩人还那啥呢？"

"年轻人身体好，主公身边又只有一个夫人，有时候难免……"

"你说一个亡国公主，怎么就能将主公拴得这么牢呢？"

王氏拍手道："哟，你是不知道那夫人生得多好看，我若是个男子，必定也偏宠她，况且小两口刚成婚，三年之内都得腻歪着，说不让纳妾，那自然就不纳妾了。"

两人觉得此话有理，趁着赵羲姮还得宠，先巴结着吹吹耳边风，等大豫彻底亡了国，赵羲姮那时不新鲜了，容貌也不复现在盛丽了，又没有强势的娘家做依仗，还不知道日子要怎样呢。

王氏心下暗叹，又暗骂自己想这些有的没的做什么？赵羲姮若此番一举得男，就是主公的嫡长子，也是第一个孩子，即便将来新人顶上旧人，看在孩子的分上，也不会太差。

这夫妻两个看得清楚，他们是不预备在赵羲姮盛宠的时候没眼色往夫妻俩中间塞人的，要塞人吹枕头风，怎么也要避过这几年，等卫澧主动纳第一个妾，她们再送人去。

赵羲姮不过随口敷衍的话，却让一些人当了真。

有的是真实诚，小姑娘憨憨厚厚的，她跟其说说话还不算厌烦；有的则是抱着不纯的目的。

一次两次逮着卫澧在的时候来叫巧合，三次四次必定就是刻意为之了。

赵羲姮将目光幽幽地投向洗牌的卫澧，卫澧浑然不觉，他还在暴躁地埋怨："赵羲姮，你怎么老叫我洗牌？"

两个人今晚打了十七八次，全部是卫澧洗的。

"刘家小娘子来了。"

"今儿就是我娘来了，赵羲姮，你也得给我洗一次牌。"卫澧烦躁地把牌往桌子上一甩，回身吩咐人，"叫那个什么刘家小娘子滚蛋！"

赵羲姮勾起嘴角一笑，往后一倚，随手抓了张牌："人家可是年轻貌美的小娘子，还是太守的嫡幼女，来过好几次了。"

卫澧一怔，听赵羲姮说那小娘子来过好几次了，忙问："你喜欢她？我让人把她再叫回来？"

叫回来也不是不行，这样正好就有人来给他们两个洗牌了。

"不喜欢。"赵羲姮摇头。

"那你提她做什么？别说太守家闺女了，她爹都不知道让我骂几回了，我还在意他闺女？"卫澧跟着她抓牌，"你不喜欢就别让她来了，估计也不是什么好东西。"

赵羲姮心里舒服点儿了，拿了个樱桃喂给他："这次你先出牌。"

卫澧受宠若惊，甚至心里有点儿慌："你不会出千了吧……"

"呸！"赵羲姮小声呸了一句，嫌弃满满，"我行得端坐得正。"

卫澧捏她的脸："你怎么回事，不让我说脏话，你自己说？"

"我哪儿说了？况且你刚才骂人的时候，我也没拦着你。"赵羲姮把他的手一把拍开。

第二十二章 她的占有欲

刘家小娘子被卫澧好一顿羞辱，哭着跑，她穿着粉白色的襦裙，妆容精致，梳着灵蛇髻，原本明媚的脸蛋一塌糊涂。跑出去的时候遇见结伴而来的谢小娘子、王小娘子，皆是盛装打扮，不像是来陪赵羲姮说话的，倒像是要去逛庙会的。

不是所有人都是宋将军，舍不得闺女去做小。

卫澧年轻俊美，风头正盛，是能问鼎中原的前几号人物，有人瞧不起侧室妾室，有人却觉得这是个能带着全家翻身的好机会。

能给卫澧送美人的时机寥寥无几，能逮着赵羲姮有孕他们把人塞到卫澧身边的机会更是寥寥无几，甭管送多少美人，都不如送自家女儿显得诚心诚意。

但凡有点儿心思的，呼呼啦啦地都拥上来了。

年轻小娘子经不起鼓动，听阿耶阿娘吹嘘，卫澧多好多好，看他一下子就多了些光环。尤其世人慕强，嫁给强者，总比嫁给碌碌无为的懦夫要好。

赵羲姮觉得人趋利避害无可指摘，但是以前对卫澧避之不及，现在发达了，上赶着送人来，这事做得实在不好看。

她辛辛苦苦养的树，现在有人想来摘桃，卫澧刚才若真敢让那刘小娘子进来，赵羲姮当场就能撂脸子。

好在卫澧虽然是个狗脾气，但狗脾气也有狗脾气的好处，让人安心。

赵羲姮又打了两把，忽然觉得没什么意思，将牌撂了，要去睡觉。

好比一碗面，你辛辛苦苦地做好了，喷香扑鼻的，结果原先同你和这碗面都没什么关系的人凑上来了，跟你说："面分我一半呗。"

眼神里却赤裸裸地写着——最好能全给我。简直气得让人摔筷子。

就算这碗面现在还是她的，半根都没少，赵羲姮还是觉得不舒坦。

赵羲姮这个人不显山不露水的，但占有欲很强。她嘴上不说，却不乐意自己的东西被人碰，或是别人碰过了的东西，再珍贵她也不稀罕。

卫澧就好比这碗面，有人觊觎他，赵羲姮觉得不舒服，恨不得将他打上标记，不准人觊觎。

卫澧将牌收拾了："刚才说要玩的是你，现在不想玩的也是你，你一天天咋那么难伺候呢？"

赵羲姮没说话，就那么盯着他，卫澧被看得汗毛竖立，忍不住抬高声音："你别这么看着我，我没说错，你就是难伺候。"

她径直扑过去，压在他身上。

卫澧心惊胆战地将她接住，搂紧了她尚显纤细的身躯："你干什么？不要命了？

万一摔了怎么办？”

“反正你会接好我的。”赵羲姮顺势坐在他的怀里。

“你就是惯的。”卫澧使劲捏了捏她的脸颊，“下次我不在怎么办？”

“你肯定在的。”赵羲姮嘟着嘴小声念叨，双臂钩在他脖子上。

“我就不在，摔死你拉倒。”卫澧和她顶嘴。

“在的在的。”赵羲姮小性子上来，摇晃着他。

两个人为这个吵架也不知道有什么意思，反正年轻小夫妻觉得有趣就是了，吵架也吵得腻腻歪歪的。

赵羲姮还是不怎么高兴的表情，卫澧与她抵着额头，捏她的脸颊：“怎么还不高兴？”

“我现在怀孕了，你想不想纳妾？”赵羲姮问他，眼波含水，不像说笑。毕竟以前她方便的时候，两个人算是夜夜笙歌，卫澧重欲，黏着她不撒手。

卫澧浑身一颤，赵羲姮果然是厌烦他了，不想同他相处，如今拿着怀孕的由头来试探他，让他纳妾，借此好远离他，不与他相处。

他平日里愚蠢又无知，还总是烦她，想必她早就受不了了，恨不得把他推给别人，来图个安宁。

“赵羲姮，你埋汰谁呢？即便是讨厌我，把我赶出去睡，我说你什么了吗？你现在拿这种事情来侮辱我？我说爱你，你就是这么作践我的？让我娶小老婆？你拿我说话当放屁啊？”

他暴躁地斥道，声调拔高，又急又厉，急于表明忠心，恨不得摇晃赵羲姮看看她心里、脑子里到底有没有他一点儿影子。

她没回答，忽然凑上去，轻轻地舔了一下他的喉结，然后用无辜的眼神看着他。

卫澧浑身一紧，热血上涌，又爱又恨，恨不得掐死她：“你干什么？你别以为这样我就会原谅你，你埋汰我这事咱俩没完。”他噼里啪啦地喋喋不休。

赵羲姮倾身，吻上他的唇，将他剩下的话全部堵回去了。

卫澧心中发出“轰隆隆”的巨响，这是赵羲姮第一次吻他的唇，他呆怔着，什么话都忘说了。

赵羲姮咬住他的耳垂，在他耳边呵气：“真棒！你要是敢点头，我就不要你了。”

她当然知道卫澧这种狗脾气，说爱她就绝对不会有第二个人，但她就想惹他生气，听他亲口说。

赵羲姮话说得很霸道，卫澧心头莫名冒出一点甜，她这么想霸占自己，是不是心里也是有他？毕竟若是不喜欢他，他就是养三千个小老婆她也不会管的。

他语气软起来，带了些自得："当然，赵羲姮我跟你讲，男人要是把心思都放在那二两肉上，是没什么出息的，我是有大出息的人。谁说功成名就得娶小老婆了，做男人还得守身如玉严于律己……"

卫澧没说完，赵羲姮沿着他尖削的下巴亲了一口，他的声音戛然而止，赵羲姮细白的指尖摩挲上他突出的喉结，唇沿着下巴，吻上他的眼角。

"赵羲姮，你别闹……"卫澧声音发颤。

赵羲姮指尖在他喉结上画圈，惹得他呼吸急促，喉结上下滚动，脸颊也浮上绯色。

她凑近了，含着卫澧的耳垂娇滴滴地说道："那你轻点。"

卫澧一下子炸开了，与她十指交扣倒在柔软的被褥上。

最后还是没成，因为赵羲姮不干了。

卫澧气得头发快要根根竖起："你刚才自己主动的，现在又不让了，你是不是成心玩我？赵羲姮，我疯了才听你糊弄我。"

他不死心地继续："阿妉，阿妉，你别这样，你帮帮我。"

"你刚才自己说的，男人要是把心思都放在那二两肉上，是没什么出息的，你是有大出息的人。"赵羲姮狡黠一笑。

"你就是折腾人。"卫澧算是看明白了，这是谁今天惹她不高兴了，拿他撒气呢，"是不是谁今天跟你说啥有的没的了？你生气往我身上撒算什么本事，你有对付我的本事，你去对付他们啊？"

卫澧语调中不自觉含了委屈，眼睛更红了。

他翻身下去，要去洗冷水澡，赵羲姮钩住他的衣领："别嘛，我错了，给你摸摸行不行？"

卫澧极好打发，转头又回去了。

赵羲姮脸颊红红地抬眸看他："你将衣裳脱了，我瞧瞧你身上的文身，我都没瞧过完整的。"

"不……不给你看……"

"给我看看嘛，又不会掉块肉。"赵羲姮同他打商量。

他倔强地咬着下唇，摇头："不……"

卫澧拢共两条底线，一条是不能让赵羲姮知道他是那个斗兽奴，另一个就是身上的文身，这两条底线一扒掉，他在赵羲姮面前就真的赤条条，被打入尘埃里了。

他还想有勇气、有脸面去面对她。

卫澧现在可怜得要死，赵羲姮轻咳一声："真是拿你没办法。"

谁教她心软的。

卫澧寻思着，赵羲姮但凡心软，就不会今晚给他弄这一出，还不是有谁惹她生气了，她又迁怒给自己了，坏女人心可狠了。

但他命在赵羲姮手里呢，他第一次虚与委蛇，抚摸着她的脸颊夸道："阿妧真好，阿妧救救我。"

谢小娘子和王小娘子虽见刘小娘子哭着跑出来，但都走到这儿了，不能半途而废，还是硬着头皮请见，侍女只上下打量她俩一下，然后叫她们等着。

这一站就是大半个晚上，俩人腿都站麻了，才有人出来，说夫人与主公不方便，两位请回吧。

三个小姑娘败兴而归的事，没多大一会儿就传遍了西院。

西院地方虽大，但眼下住的人多，处处都是眼线，各家一举一动都互相盯着。

他们嘲笑三个小娘子遭人嫌弃之余，免不得要想，到底是赵羲姮善妒不许人接近卫澧呢，还是卫澧自己没瞧上这些小娘子？

三人姿容算是上乘，比起赵羲姮来，虽不够看，但也不差，男人都是贪新鲜的，即便身侧有个天仙，也不免对野花野草动花花肠子，他们思来想去，倒不觉得是卫澧守身如玉洁身自好，而是三个小娘子不入他眼罢了。

人总是习惯以己度人，他们当个小小的太守就已经左拥右抱妻妾成群，当然不信卫澧不想坐拥齐人之福。

只不过，卫澧到底是不喜欢三人的长相呢？还是不喜欢她们的性格呢？

卫澧与赵羲姮再次沐浴完，已经是半夜了，他从后将整个人圈在自己怀里，下巴垫在她肩上，一下一下地亲着她的脸颊。

"谁惹你不高兴了？拿我撒气。"

"你自己拈花惹草不知道？"

"赵羲姮！"卫澧惊呼出声，让赵羲姮一个激灵惊醒了，他继续道，"你不能这么没良心，我什么时候拈花惹草了，我天天除了书房、军营就是围着你打转，泼脏水也不带你这样的。"

"扑哧……"赵羲姮一下子笑出来，她掩掩唇，"那我错啦，不该这么说你，主公不要生气。"

卫澧这才心满意足地继续把下巴搭在她肩膀上，他也不笨，稍一思索，就想到了西院那些莺莺燕燕。

他就说那些人来虽是拖家带口，但怎么带的全是些女的，原来打着坏他清白的主意呢。

今晚那什么刘小娘子，怕就是其中的一员。

“照我之前说的，就该将他们赶出去睡大街。”卫澧怒道。

“行了，再过几天述职完，办个宴会送走他们就是。”赵羲姮把手伸过去，撒娇一样地放在他掌心，“主公，我手酸，你给我捏捏。”

卫澧声势不自觉地就弱下来，给她揉了揉手指。

她的手素白如玉，柔若无骨，指尖与骨节处都是淡淡的粉色。

“那就让他们把那些女人都送回去，省得你碍眼。”

“这倒不用，你没那个心思，他们还能强迫你不成？你要是有那个心思，我就是把府里上上下下搞得连只母蚊子都没有，也照样拦不住你。”赵羲姮懒懒地说道，她对卫澧是放心的。

凭州地广，若让那些小娘子们独自启程回家，万一路上遇见危险可不好。而且若是就这么将人送走了，他们指不定嘀咕是她怕了呢，就该让他们瞧瞧，可不是她不大度，是卫澧自己不想要的。

卫澧听出她言语中的信任，心里又酸又软，像是泡在了温水里一样，亲亲她的指尖，别扭地转过头去。

这种场景他应该说些酸溜溜的话才是，但他实在说不出来。

但是一想到上次与赵羲姮谈话时，她是很想要像他阿耶那样能说酸话能写酸信的夫君，卫澧臊红着脸，头皮发麻地用深情的目光凝视着她，然后像念稿子一样道：“阿妉，你是这个世界上最好最好的妻子，我这辈子肯定不辜负你。”

他说完之后，恨不得找个地缝钻进去。

赵羲姮浑身一哆嗦：“有病看病，没病发什么疯？”她神色复杂，又补充道，“好油腻好做作啊。”

卫澧整个人都要裂开了，他以为赵羲姮会很喜欢很感动，没想到这么嫌弃：“不是你喜欢这样的吗？”

“谁说我喜欢的？我不喜欢。”又酸又油，卫澧以后要是还对她做这样的事情，她怕是会疯。

“你上次自己说的！”

“哪次？我可不记得我说过。”

赵羲姮虽不赶这些人走，但卫澧将这些人禁足了，一个都不许从西院踏出来，更不用说到赵羲姮面前硌硬人了。

赵羲姮对他们不生气，但不代表卫澧不气恼，毕竟这些人给他惹了麻烦，但都是有用的人，他又不能杀掉，真麻烦，他叹气。

方集太守过了四五天才到，算是来得最晚的一拨人之一，不是他有恃无恐，而是路上马车坏了，耽搁了行程。

他一来就被西院前的阵仗吓着了，这是来述职呢，还是来坐牢？心里战战兢兢，觉得不愧是卫澧，这么久不见，脾气还是依旧不好，行事还是依旧残暴。

他女儿此遭也跟着来了，小姑娘原本想拜会一下赵羲姮，但连门都出不去，心里难免酸涩。

她又觉得赵姊姊配那个卫澧实在可惜了，他太凶了，连门都不让人出，也不知道对赵姊姊好不好？想必是不好的，当初走的时候就对姊姊不好，一个劲地吼她。

现在姊姊怀孕了，希望卫澧别那么凶了，也不知道自己给的那个护身符有没有保佑她。

谢青郁在雍州和凭州来回折腾的两趟，一趟比一趟打击大。

第一次赶上了赵羲姮与卫澧成婚，他做了次娘家哥哥把人背过门；第二次他走在卫澧府上，所有人都冲他喊舅老爷不算，而且真的要当舅舅了。

他自凭州回来后，卧床病了一场，发誓这辈子都不想再踏入凭州，但给赵羲姮和未出生孩子的礼，他还是精心挑选后命人送了过去，顺便带了两三个嬷嬷。

谢青郁见赵羲姮身边都是年轻的小姑娘，觉得不大放心，特意让自己母亲选的人，又传信给赵羲姮，这些人让她放心用就是，他没插什么眼线，也没做什么手脚。

这话说出来，虽诚心实意，但不免有些酸涩卑微之感，令人唏嘘。

谢家主见谢青郁病过一场人又稳重许多，旁敲侧击地与他提起娶妻之事，这次谢青郁没有像往常一般断然否决，而是沉默了一会儿，继而点头："看缘分吧。"

那就是不拒绝的意思。

赵羲姮既然已经在凭州安家，他纵然心里不甘，也只能放手。希望他遇到个合适的人，然后能敞开心扉好好对她，别既辜负了赵羲姮，又辜负了别人。若是遇不见合适的人，那就是命，从旁支里过继个孩子继承衣钵，也没什么大不了的。

谢青郁总是这样，在两方之间衡量端平，试图做到十全十美万无一失，希望哪一方都不辜负，但最后导致处处差强人意，终究两件事都辜负了。

前车之鉴已经给足了他教训，他不敢再如此了。

一年半的时光，赵明心从飞扬跋扈的少女，成为飞扬跋扈的少妇人。她除了在卫澧和王之遥手中受过一段折辱，便再也没受过什么委屈。

飞东章王也不知道看上了她哪点，对这个小娇妻唯命是从，不仅掏出一半的国库给赵明心在宫内搭建息阳风格的小镇，还为她放言要改立世子。

赵明心虽对这个老头十分不满意，但不得不虚与委蛇。

原本赵明瑾安慰她，让她牢牢地把持住飞东章王后之位，利用飞东章的兵马，协助他攻克凭州，飞东章王虽色令智昏，但还不至于糊涂到这种地步，为赵明瑾打江山，他图什么？但他不想让自己的小王后失望，于是才有了那次刘涣与王之遥围攻凭州，他在一边煽风点火。

若说赵明心的一生之敌是谁，那必然是赵羲姮，她对赵羲姮的执念，远比她做不做公主要强许多，她这辈子最想要的，就是能将赵羲姮踩在脚下，看她翻不了身。

原本赵羲姮被卫澧这个乱臣贼子掠夺走，她以为赵羲姮这辈子算是爬不起来了，结果她被嫁给一个老头子，卫澧却屡战屡胜，相比之下，也不知道是谁爬不起来了。

赵明心又急又气，但她在北飞东章，与凭州隔着一条江，与不咸城更隔着千万重，见不着赵羲姮到底是什么情况，抓心挠肝地难受。

她整日没事的时候就祈祷赵羲姮过得不好，要是流产就好了，一尸两命更好。卫澧看着也不像个会疼人的，说不定赵羲姮现在偷偷哭呢，这么一想，赵明心畅快许多，虽然飞东章王年纪大，但疼她不是？

但她并不晓得，现在天逐渐暖和起来了，卫澧那颗被按下的、征伐飞东章的心也跟着逐渐暖和的天气复苏起来。

他做了两张小纸条，给赵羲姮抓阄，南北飞东章，赵羲姮抓着哪个就先打哪个。

好死不死，赵羲姮手中纸条一摊开，上头写了个“北”字。

卫澧日日记挂飞东章，但科举和述职两件事堵着，他委实抽不开身，于是连睡觉的时候都忍不住梦呓。

赵羲姮是一贯觉深的，无论多嘈杂都能睡得沉，现在月份稍大一点了，夜里常觉得沉甸甸的，睡眠也没有往日好，卫澧这时候说梦话就显得有些烦人了。

虽然卫澧也就十天半个月能说一次梦话，最多喊的还是赵羲姮的名字，但赵羲姮一烦躁起来，自然觉得他哪儿都是错的，一巴掌拍在他脑袋上。

“起来！”她气道。

卫澧迷迷糊糊地醒来，抱着她下意识地亲亲额头：“怎么了？”

“滚出去睡！”赵羲姮烦躁地捶他，“你说梦话你知不知道？”

“那我不说了。”卫澧随口应道，才不想出去睡书房。

“不行！你出去！”赵羲姮见他又要闭上眼睛，连忙推他，她眼泪大滴大滴地往下掉，一边哭一边骂他，很不讲理的样子。

两个人叽叽歪歪了好一会儿，最后还是卫澧低头，灰溜溜地卷着铺盖出去了。

她现在脾气怪得很，卫澧一时半会儿摸不透，有时候生起气来，一边哭一边骂人。

卫澧走了之后，赵羲姮看着冷冷清清的屋子，又觉得难受，她不知道怎么了，就是一股难受劲上来无理取闹。

要说西院住着的那些人，烦人是真的烦人，卫澧不让他们出门活动，他们就没事趴在墙头上盯着，整日跟蛆一样盯着人家内帷里的那点儿事儿，巴不得人家两口子过得不好，他们好逮着缝隙塞进去个人。

眼下卫澧半夜被赶出去睡书房，他们没一会儿就得了消息，开始阴暗地揣摩两个人是不是吵架，毕竟卫澧出来的时候，可是一脸的不高兴。

这些天他们照着卫澧的传召依次去述职，将各地这一年里的情况大大小小进行汇报，然后卫澧提出问题，他们作答。卫澧对每个人都很平淡，看不出多偏爱哪个，或者说对哪个都不怎么满意。

明日就是宴会，待宴会结束后，他们就得收拾包袱滚蛋，到时候再想有点儿小动作或者得点儿好处就不容易了，闺女带都带来了，总不能原原本本地再带回去。

照卫澧的话，他们就是一天天什么能耐没有，还不往好上赶，他都不想搭理他们，他们还一天天觉得自己可能耐了一个个地蹦跶老高。

但凡他手里不缺人，早让他们滚蛋了。

好在这次科举正在有条不紊地进行，但愿有些可用之人。

第二天天才蒙蒙亮的时候，卫澧顶着露水回去了，赵羲姮最近情绪不稳定，他格外担忧。

不想赵羲姮一见他就哭了，眼泪一下淌出来，止都止不住，抓着他衣襟哭：“卫澧，我不是故意要无理取闹，也不是我想哭的，我就是控制不住自己。”

卫澧用袖子给她擦眼泪，拍拍她的后背，不知道怎么安慰，于是故作轻松道：“你看你，多大点儿事，还值得哭？我又没跟你生气，你哭什么哭？别哭了，再哭我就笑话你了。”

没什么哄人的话，赵羲姮却听着很踏实，眼泪也不流了，只是一抽一抽的："那我以后控制一点儿，不冲你发脾气了。"

卫澧捏捏她的脸："你不冲我发脾气，你是想冲哪个野男人发脾气？"

赵羲姮"扑哧"一声笑出来，抬起头，泪光点点地望着他。

卫澧给她抹抹眼角的泪，又亲亲她的发顶："赵羲姮，咱俩生完这一个以后就不生了，太遭罪了。"不仅赵羲姮遭罪，他也遭罪，到现在四个半月了，他还是每天早上起来都要吐一遍。

赵羲姮软软糯糯"嗯"了一声，转头又一想："万一是个女儿，你真的不打算再要个儿子啦？"

别人家都是要男孩继承家业，不知道卫澧是不是也这样想的？

"不要了，你看宋将军那个女儿，不是也很厉害吗？"

"是啊，毕竟你都说了，将来要是有个女儿，肯定天不亮就把她薅起来去练功，那她将来出落得一定很厉害，会是个女中豪杰。"赵羲姮揶揄他，小家伙还没出生，卫澧就喜欢得不得了，要是出生了，不要说严苛对待了，估计说一声重话都舍不得。

卫澧脸一红，觉得赵羲姮总是哪壶不开提哪壶，但临了，还是嘴硬："是，我说的，女中豪杰。"

赵羲姮摸摸他的手指，吸了吸鼻子，卫澧的手掌滚烫滚烫的，这股子热意，像是能顺着他的掌心，一直传递到她的心里。

卫澧说话不好听，但大多时候口是心非。

无论他嘴上怎么坏，行为举止都让人很有安全感。赵羲姮与他在一起，像是飘蓬有了着落，有什么不开心的都可以同他说，就算他给不了什么安慰的话，就这么一直握着她的手，她心里也就安宁了。

阿耶死后，她从未想过，世上还有别的男人能这么靠得住，能这么爱她。

她爱不爱卫澧，她自己不知道，或许没那么爱，如果将卫澧与阿耶阿娘和孩子摆在一起，她一定首选的不是卫澧。但她知道，自己可能喜欢他，同他在一起就很开心，日日都想见他。

夜里宴会设在水榭，是镇北王当时兴建行宫时，专门留下来作为举办宴会的场所。

赵羲姮不喜欢奢靡，照着卫澧的风格来装，他必定是哪个贵用哪个，像个土财主，所以她将水榭装点之事全部揽下了。也没怎么饰以金银玉器，多以汉白玉装点，保留了原本简单硬朗的风格，看起来极为庄重，甚至不像个会有靡靡之音的地方。

赵羲姮觉得既然要办宴会，府上缺些舞姬，自然要从教司坊请些来表演。

卫澧问："你喜欢看歌舞吗？"

赵羲姮摇头，她不喜欢，每次看都昏昏欲睡，但正正经经的宴会，怎么能没有歌舞呢？

"那就不请了，惯的他们，在自己家还没看够跑这儿来看了？军中有战前舞，你看过没有？"卫澧兴致勃勃地问道。

赵羲姮摇头。

"那我让陈若江他们准备战前舞给你看，特别激昂，你会喜欢的。"

赵羲姮觉得很好，又觉得哪儿不对劲，这不是给诸位太守的送行宴吗？怎么卫澧专问她喜不喜欢呢？主宾皆欢才是正经的。

宴会上表演战前舞是令诸位太守及其家眷没想到的，他们原本以为能趁着宴会和乐的气氛扯扯皮，结果场面气氛硬生生整得格外肃杀。他们连筷子都不敢下，直挺挺地正襟危坐。

卫澧端坐高台，还难得好心地招呼他们："诸位怎么不喝酒啊？"

战鼓擂，惊天骇地，他们能喝进去酒心得多大？这到底是送行宴还是鸿门宴？

卫澧咧唇一笑，露出白森森的牙，不敢喝就对了，一天天地给他找不痛快，他断不会让他们也痛快了。

场面气氛凝重，赵羲姮暗暗地掐了一把卫澧："你故意的是不是？"故意将气氛搞得这么凝重折腾人。

卫澧故作疼痛，给足了她面子："夫人说什么呢？"

她原本以为战前舞既然搬到宴会上，就是简化了的，没想到弄得杀气腾腾的，宾客坐立不安。

"换下去，别闹了。"好在她提前做了准备，请了山下教司坊的舞娘在台后备着。

鲜妍的舞娘上场之后，气氛陡然缓和，显得有几分其乐融融了。

卫澧和赵羲姮都不喜欢看，便专注在饭菜上，宴前两人用过饭了，但赵羲姮一人管两个人的份，眼下又饿了，卫澧将菜挨个尝了一遍，挑了些容易入口的给她。

方集郡守家的女儿一直暗暗看着上首的情况，忍不住松了口气，卫澧对赵姊姊，看起来还是不错的。她安心下来之后，就开始对着案几上的美食使劲。

赵羲姮孕后想念息阳的菜色，卫澧于是花了大价钱，从南边请了许多厨子，做什么菜系的都有。

卫澧低头剥虾，赵羲姮扫视下面一圈，问："你见过江东郡的太守了？"

“见了，贼眉鼠眼，不堪大用的模样。”卫澧道，他还是略有失望的。

四十份折子里，除却三十二份打回去重写，剩下的八份里，七份平平无奇，也就江东郡的汇总写得能入人眼，原以为会是个人才，但没想到一见平平无奇。

赵羲姮也觉得惋惜，那汇总折子写得很不错，当日她一见江东郡守夫人心里就有些打鼓，总感觉他夫人如此，江东郡守估摸着也不会好到哪儿去。

“我问了他几个问题，他答得并不怎么好，那折子活脱脱像是别人代笔的一样。”他脱口而出。

寂静一刹，两人对视一眼，不约而同心里有了个猜测。

他们说什么，下头自然是听不见的，只能瞧见夫妻两个其乐融融，卫澧亲自剥虾给赵羲姮吃，可见亲昵宠爱，像是谁也插不进去的模样。

只听卫澧忽然喊道：“江东郡太守何在？”

席上慌慌张张地跪出来个麻杆一样的中年男人：“臣在。”

赵羲姮扯扯卫澧衣襟，对他低语了几句，卫澧点点头。

“江东郡太守今年的汇总写得不错，给在座诸位讲讲是如何写的，让大家向你学习学习。”

卫澧扬扬下巴向下首那麻杆似的中年男人开口。

男人瑟缩着身子，战战兢兢地立在那儿，两撮山羊小胡子一翘一翘的，两只漆黑的豆眼滴溜溜地转。

“好！”下头有人忽然爆发出一阵呐喊，然后啪啪地鼓掌。

所有目光都被吸引过去，一瞧正是方集太守，他见没有应和的，老脸一红，讪讪地停了捧场。

他夫人暗地里掐了一把他的腿根，低声骂道：“你快闭嘴吧。”

那江东郡守脸更是青一阵白一阵，好不热闹，支支吾吾了半天，最后道：“这……这是下官……下官应该做的……等，等宴会结束了，下官……下官亲自写……写出经验，给诸位，诸位同僚鉴阅。”

“等宴会结束干什么？趁现在有空，说吧。”卫澧本就不是个多有耐心的人，眼下被他一番支支吾吾弄得火上头，要不是赵羲姮摁着，他早起来打人了。

他眼下只能摆弄着手里的酒樽，分散注意力发泄。

男人浑身又是一抖，强撑着镇定：“江东……江东郡中百姓多，臣反反复复想，多种些粮食，百姓吃得饱，才能安居乐业。”

“是吗？我怎么记得，你折子中写的是，粮食虽重要，但郡中更应该多发展商业呢？”卫澧抬起眸子，似笑非笑地看着他。

“是，是吗？那就是臣记错了。”男人擦擦额头的冷汗，“的确，发展……发展农业，也……也不能忽视了商业，是该并重……并重……”

卫澧与赵羲姮心下明了，周遭人也都皱起了眉，自己写的东西，虽记不得每字每句，但像这种关乎一郡生产的东西，又是总结性的内容，怎么还能记错呢？

卫澧将手中酒樽扔出去，直直地砸在江东郡守脑袋上，砸得他鲜血横流，他捂着脑袋哀号，却不敢太大声：“主公饶命，主公饶命。”

“那折子真是你写的？”卫澧将赵羲姮手边的酒樽也捏在指尖，“我就糊弄糊弄你，你还当真了？上头明明写的是兴修水利，多种稻米，稻田中养鸭！”

江东郡守跌坐在地上，冷汗涔涔，眼见着事情败露，连忙磕头：“主公饶命，主公饶命。”

好像他只会说这四个字了。

座下其余人也不知说什么，找人代笔是轻省，他们其中也不是没人干过，但你好歹也得把稿子背下来吧，就算背不下来，你也不能写得太好。写得好了这不就打眼了？

卫澧手中的酒樽狠狠地掷在他的头上，又一处头破血流，然后他缓了缓语气，朗声道：“你走近些。”

江东郡守连摔带爬，上了台阶，跪在卫澧脚下，哆哆嗦嗦请罪：“主公饶命，的确……的确不是小人亲笔……”

卫澧站起来，将他狠狠踹下去，然后厉声骂道：“爬上来。”

如此折腾两次，人滚来滚去，头破血流，声泪俱下，看起来好不凄惨，赵羲姮都看不过去了，扯他袖子：“你罚就罚，这么侮辱人就算了。”

众人见卫澧正在气头上，额头上青筋都鼓起来了，赵羲姮这时候没有眼色地开口，指不定要受到迁怒。

卫澧还是直直地站着，拧着眉头，赵羲姮见他不动弹，以为是自己声音小了，干脆拽他坐下。一拽没拽动，两拽也没拽动。

赵羲姮一皱眉，牵着他的袖子把人往下使劲一拉，卫澧一个踉跄坐在熊席上。

他怒气冲冲地转头，看着赵羲姮。

赵羲姮也没想到自己用力用大了，颇有些不好意思。

众人不忍直视，她好端端地发什么善心，恃宠而骄也得有个度啊！当年镇北王也有一名宠妾，爱得走哪儿带哪儿，但还不是因为没掂量清楚几斤几两，也是如此在宴会上为罪人求情，最后一并拖出去了？

赵羲姮虽然是正室夫人，又有身孕，卫澧不能拿她怎么着，但这么违逆他的意思，还将他拽了个踉跄，失宠是肯定的了。

赵羲姮手钻进他的袖子里，去寻他的手，握住了后，与他十指相握一点点相扣住，肌肤相触的温软，让卫澧冲她努了努腮帮子："你干吗？"

"刚才不是说好了，别太生气。"赵羲姮摇摇他的手，"你打骂他就算了，但是让他这样爬上来滚下去的太侮辱人了，当着这么多人的面呢。"

"我自然生气，他连自己郡中什么情况都没搞明白，怎么能治理好一郡？欺上瞒下，我最讨厌有人欺瞒我了。"卫澧依旧眉头紧锁。

"那你骂他，别这么把他踢来踢去了。"赵羲姮点点头，然后要松开他的手。

卫澧一把握住她的手，回扣住，不想松开："你自己主动握上来，现在又抽回去是什么意思？"他顿了顿，"可不是我想牵你手的啊，是你非要让我牵的。"

众目睽睽之下呢，赵羲姮在心里默默念叨，不想牵你倒是松手啊。

但她人前还是打算给卫澧留点儿脸，刚才将他拽下来坐着已经很让他丢脸了。

下头人见两个人嘀嘀咕咕半天，卫澧也没发作，反倒嘴角微微翘起。他们心底暗叹不得了，卫澧不但不生气，竟然还笑了。

"既然你说是旁人代笔，那就将那个人带上来！"江东郡守被踢傻了，战战兢兢地说不出一句话，卫澧看向他的媳妇，问道："你知道吧？"

江东郡守夫人原本老老实实地缩在角落，没想到被点名，连忙摆脱责任："妾身也时常劝他不要这么做，但是夫君不听妾身的劝告，这与妾身不相干……"

"闭嘴，让你说这么多了？我让你把人带上来！"卫澧打断她。

江东郡守夫人连忙点头，吩咐了自己的侍女，侍女应下去了。

她战战兢兢地要坐下，卫澧拍桌："你跟你丈夫一块跪着！你还能跑了？"

江东郡守夫人苦着脸跪下，但对比自己已经成了猪头的夫君，还是心中暗喜的。

不多时，一个瘦弱的年轻人被带上来，说是瘦弱都夸大了，分明瘦得只剩了把骨头架子，伶仃干瘪得像根竹竿。

他低着头，战战兢兢地跪下："草民沈都安拜见主公。"

卫澧见到他，语气稍微和缓一些，让人将关于江东郡的折子递下去给他："这是你写的？"

赵羲姮细细打量那个叫沈都安的青年，他眉宇神态中都透着懦弱，目光却很清澈。

沈都安战战兢兢地将折子看完，请罪道："是小人所写，不知怎么让主公看到了，是小人的错处。”

“既然写出来了，就讲讲是怎么想的吧。”

“小人拙见愚钝，说出来恐污了贵人耳目。”沈都安并不是在谦逊，他是真真正正觉得，他写得不好，像是一坨狗屎，“都是小人的错处，写出此等东西惹了主公不快。”

卫澧气恼，这人怎么磨磨唧唧的？

赵羲姮拦下他，缓声问道：“谁同你说你写得不好？”

江东郡守身子一颤，沈都安还不等说话，郡守夫人就抢先道：“主公，夫人，您明鉴呢，沈小郎君年少时就是十里八乡的神童，这老东西见着人家奇货可居，便花了钱从他父母那儿将人买了，请先生培养。又怕他翅膀硬了不听摆弄，所以日日圈在宅子里不让见外人，让那些先生言语贬低沈都安，说他写的东西狗屁不通。一日还好，连年这样下来，他当真觉得自己一文不值，任凭差遣了。”

“天可怜见的，这老东西年年的汇总都是沈都安给他写的，次次都得夸奖，那些得到了的奖赏，也都归了这老东西。”

“妾身老老实实地讲了，还请主公与夫人放妾身一马。”

沈都安瞪大眼睛，眼中全是茫然，看向一侧的夫人，惊恐地摆手：“夫人，您，您说笑了……我一文不值。”

赵羲姮心下默然，好像明白点儿了什么：“既然觉得自己写的东西狗屁不通，就讲讲自己是怎么写出这狗屁不通的东西。”

“承蒙郡守抬爱，小人资质愚钝还能赏口饭给小人吃，让先生教小人学问，还将江东的各类文书都拿给小人看，把小人当作亲儿子一样照拂。”

“小人见去年粮食交易暴增，但各种非必需品的交易很少，觉得应当是时局令百姓减少了非必需品的购买，转而囤积粮食以备不时之需，所以觉得不该再开展珠宝、滋补品等贸易，而是该多种粮食。”

“江东虽然水土丰厚，但年年都会有轻微的虫灾，导致水稻收成欠丰，所以觉得在稻田里养鸭，一边消灭害虫，一边鸭粪也能作为肥料，田里还可以养鱼……”

他说这些话的时候，眼睛都在发光，熠熠生辉，转瞬亮光又灭下去：“但先生说我被郡守养得不知人间疾苦，这法子根本就不成，鸭苗会啃噬水稻，还会吃鱼苗。”

“瞎扯！”下头有人发声。

赵羲姮将目光扫下去，只见方集太守满面涨红，被他夫人捂着嘴按下去，见众人目光都打量过来了，他夫人也不好再捂他的嘴。

“鸭子一般以杂草、田螺和昆虫为主食，除非饿极了，怎么可能啃食稻谷？只要控制鸭子的数量，这个方法，大半是可行的。”他信誓旦旦地说道。

沈都安眼睛瞪得老圆，还是一个劲地强调：“先生与大人不会骗我的，大人供我吃穿十几年，对我有大恩。”

卫澧一踢桌子：“你要真是一点儿用都没有，他疯了，白养你十几年？还走哪儿都把你带着？”

下头人也忍不住开始窃窃私语，怪不得每次江东郡都能评“优”呢，原来都是扒人皮扒的，早知道有这样的好处，他们也都学着点儿了。

赵羲姮忍不住揉了揉眉心，觉得这年轻人太可怜了，给口吃的就叫好，若他真有这样的才能，不说吃饱穿暖了，要什么没有？

她心里也生气，江东郡守这种行为当真丧了良心。一边埋汰人，说你这不好那不好一无是处，一边又要借着人家的才能为他所用，天底下怎么会有这么没心没肝的人？

“他还让你干过什么？”赵羲姮压着脾气问。

沈都安显然还没从江东郡守利用他这件事上缓过神，茫然地摇摇头：“没……没干什么了。”

一旁的江东郡守夫人连忙举手：“妾身知道，妾身一五一十地都告诉您，只求回头能放妾身一马，此事妾身可没有参与，并非从犯。虽有知情不报的嫌疑，但看在妾身自觉举报的分上，饶过妾身吧。”

夫妻两个这是大难临头各自飞的典型代表，一方有难，另一方连忙撇清关系保全自身，只可同富贵，不可共患难。

赵羲姮与卫澧对他们两个的夫妻关系震惊得不得了，但还是点头应允了。

卫澧默默地抓紧赵羲姮的手。

“平日里下头递上来的公文，都是沈都安批阅的。还有府上花草的修剪，厨房打下手，但凡沈都安不用听课、批阅公文，他都得干。沈都安是义子，一个月应该有一两银子的零用钱，但这老不要脸的全给他扣下了，就是在外请个短工也要钱啊，沈都安就是个免费的劳力，哪里需要哪里搬，还顶好用。”

江东郡守夫人噼里啪啦地说了一大堆，生怕说晚了显得不够诚恳，喘了口气，最后揪揪沈都安的衣裳：“这件衣裳还是前年做的，都洗白了。他每天早上寅时起，子时歇，一年三百六十五天没有休息。”

沈都安迷迷糊糊地背诵道：“这是福报，也是对我的锻炼。种下善因必有善果，老天会眷顾勤奋努力诚恳不求回报的人，我现在做的小小努力，将来机缘成熟，自然会得到回报。”

卫澧已经听得麻木了，忍不住闭上眼睛，甚至怕多听一个字自己都要受到荼毒。

赵羲姮忽然心里涌上一阵心酸，狗屁的福报，这十几年如一日的洗脑，这年轻人自己都分不清什么是真话什么是假话了，就是头驴也得有萝卜吃才能不停地拉磨干活吧。

全年无休，不给发福利，不给发工钱，光是一想想就让人发指。

“折子让他批，汇总让他做，你该干的事全让他干了！这个江东郡守你还当着干什么？不如这个位置也给他！混吃等死白吃饭？养头猪还能过年拉了出来吃肉，养你能干什么？”赵羲姮气得把酒往江东郡守身上泼，“你是不是把左脸皮揭下来贴右脸皮上了，一边不要脸一边脸皮厚！半点能耐没有尸位素餐，真是泥鳅沾点儿盐拿自己当海鲜了，干不了就滚！”

卫澧目瞪口呆，安抚她赶紧坐下：“方才你还让我冷静，怎么现在自己不冷静了？”

但是他还挺开心的，终于不只他一个人挨赵羲姮的骂了。

“我刚才就不应该拦着你，就应该让你多踢几脚这个畜生。”赵羲姮情不自禁地代入自己，一想都头皮发麻。她已经很忍耐没有骂脏话了，毕竟人前还是要维持些自己的颜面。

不只卫澧，下面人也全部惊了，他们万万没想到，赵羲姮看着柔柔弱弱娇娇怯怯的，骂起人来一套一套的，他们老脸一红，自我代入，感觉自己也是蘸了盐的泥鳅。

但是赵羲姮这样泼辣，自己的女儿若是真送给卫澧了，说不定在她手下都活不过半年。

这江东郡守也实在太没脸没皮了吧，活脱脱一个扒皮鬼，白干活不给钱不说，还给人家说什么福报？多干活得福报，那他自己怎么不干？

再这么说下去，就彻底没有翻身的余地了，江东郡守抹了一把自己的脸，努力辩驳：“臣认了沈都安当儿子，儿子侍奉老子，也是……也是天经地义的……”

“你是生他了还是养他了？给口吃的就拿自己当祖宗了？就算给吃的，那也是人家自己干活换来的，是你该给的。”

他还想辩驳几句，被卫澧打断了：“别说话了，江东郡守尸位素餐，德行能力皆不配位，欺上瞒下，目无王法，拖出去吧。”

赵羲姮这次也没拦着，毕竟有人开了个坏头，若是不从严处置，将来会有更多人有样学样。

到时候不仅人才全被郡守扣下为他们所奴役，令他们举办科举收效甚微；这种欺压旁人的行为更会带坏整个凭州的风气，也会使权贵进一步垄断官场。

“主公……小人……”沈都安跪下，欲言又止，他被压榨了这么多年，头一次有人告诉他，他这样被对待是不对的，他暂时难以置信，也反应不过来，下意识地就要维护江东郡守。

卫澧点头：“你放心，将来不会让你没活干的，你的福报要多少有多少。”

沈都安一时情绪激动，呼吸凝滞，一下子晕了过去。

不久后，水榭外传来凄厉惨叫，卫澧目光淡淡，扫过下方众人：“谁敢如他一般，他的现在，便是你们的将来。今年的科举好好办，我就不信每个郡拿不出一个趁手的人才来。”

众人战战兢兢，无不称是。

卫澧心满意足，向来只有他压榨别人的份，怎么能让像沈都安这样的人才留在别人手里被别人奴役呢？

一场闹剧结束，也已月半中天，宴会也该散了。

有些人压根没想着往卫澧身边塞人，抹抹嘴准备散了，一些人见识了赵羲姮骂人时候的泼辣，也打了退堂鼓，但总有少数极端分子，抱着赌徒心态，打算尝试。

“主公留步！”一位大人推了自己的女儿上前。

“这是妾身特意为主公和夫人做的点心，还请主公与夫人笑纳。”那位小娘子美目盼兮，磕磕绊绊地前来，将盘子奉上。

赵羲姮点点头：“放在桌上。”

下头那大人拼命朝女儿使眼色，小娘子红着脸红着眼，瞄了一眼卫澧，咬唇羞涩道：“妾身仰慕主公许久，只求能常伴主公左右，哪怕没有名分也愿意。”

一般来说，有这种主动投怀送抱的美人，若是看上眼了，收了便是，尤其这还是臣属的女儿，即便不算太满意，但为了顾全臣属脸面，也会勉为其难收下，毕竟已经说得这么露骨，不应实在有些不近人情。

但是所有人都没看卫澧，而是将目光投向赵羲姮，期待她的反应，会不会站起来直接给这个女子一大耳刮子？

卫澧也看着赵羲姮，赵羲姮讪讪地说：“你别看我啊，看我也没用。”

她觉得这小姑娘年纪轻轻的眼神不好使，爱慕谁不好要爱慕卫澧？这是个狗东西她家里人知道吗？在他身边心不大的人容易被气死。

她知道卫澧不会应下，多半还会掀桌，但还是忍不住心里冒起些不高兴，是自己所有物被人觊觎的怒意。

赵羲姮顺手捏起那姑娘放在案几上的点心，粉红色的，十分精致好看，细细闻着还有奶味。

“尝尝？人家都做了。”赵羲姮微微眯起眼睛，递到卫澧嘴边。

她的动作是一回事，眼神里透露的又是另一个意思：就算我喂的你也不能吃，敢吃就死定了。

卫澧哪敢呢，刚才就是怕赵羲姮生气，才偏过头去看她的，才想说话，呼吸间尽是一股羊奶的腥膻味。

只见他脸色煞白，一下子扶着桌子忍不住干呕起来，赵羲姮连忙给他顺背，递水给他漱口：“都四个多月了，怎么还没好？”

这是她万万没想到的，卫澧很少对什么东西闻着就犯恶心了，这里头掺了什么，他反应这么大？

赵羲姮细细嗅嗅，奶味里包着点儿腥味，大约是羊奶。

卫澧艰难地将那一碟子点心扫下去：“拿走！滚下去！”

小娘子脸色煞白，哭着掩面跑下去跪着：“主公恕罪。”没想到他不吃就算了，闻见就犯恶心，这不是在鄙视她的厨艺吗？

“今日主公身体不适，诸位都散了吧。”话毕，赵羲姮连忙带着卫澧从后绕走了，其余人这才陆陆续续地散了。

留下那小娘子还在地上跪着哭哭啼啼。

卫澧与赵羲姮坐在池塘边的栏杆上吹风，植物的清新之气顺着湖面扑过来，略微缓解了卫澧的不适感。他将脸埋在赵羲姮的颈窝，搂着她的腰，软着声音抱怨：“阿妧，他们都欺负我。”

明知道他是装的，赵羲姮还是心软，抱着他拍拍后背，给他吃块酸角糕。

暗处，卫澧咬着牙，狭长的目中满是阴鸷。在他与赵羲姮之间挑拨的人，都该死。

“人家虽然做得不好，但不至于伤人家性命，听见没有？”赵羲姮一拍他的脑袋，像江东郡守那样的该惩治要惩治，在其位不谋其政，欺压无辜，罪有应得，但是这小娘子倒不至于，把有心思的敲打敲打就是了。

卫澧一惊，狭长的眼睛瞪圆，赵羲姮怎么知道他在想什么？

第二十三章

现在都离不开他了

赵羲姮既然这样说了，卫澧就算有心动作也没有施展的余地，况且她既然已经清楚了他的心思，他再有动作，赵羲姮第一个怀疑到的就是他。

人若是真死了，她必定要生气的，往后连好脸估计都不会给他。

世上再深厚的感情都经不起消磨，赵羲姮对他恐也没有情爱，更别提消磨了。

卫澧竭尽全力去维护这一段关系，讨她欢心，以至于不让现在的平静温馨土崩瓦解，零落成泥。

一开始的时候，卫澧当着赵羲姮的面都不惧，可劲折腾；后来他背地里不让赵羲姮知道，偷偷地折腾；到现在，他连在赵羲姮不知道的地方折腾的勇气都没了，主要是承担不起赵羲姮知道事情后的后果。

诸如谢青郁，他再讨厌这个人，都不能真正对其做出伤害的事情。

所有人都值不得让他现在的生活破灭。

赵羲姮也没有盯着卫澧，她知道自己既然说了，卫澧就不会再有动作。

大抵是被偏爱的人有恃无恐，觉得卫澧不会为了泄愤而令她不快。

沈都安没留在府上，而是让陈若江带回去了。

照卫澧的话说是："我见他丧着一张脸，就觉得晦气。"

他的意思是让陈若江先带带，等回头各郡的试子来不咸城考试的时候，把沈都安塞进去一并考试。

虽然看着像是给沈都安开了个后门，但回头与其他人放在一起比不过人家，丢脸都能丢到姥姥家。

沈都安在陈若江家，先是哭了好几天，不知道是哭自己还是哭那个已经死了的扒皮主，饭也不吃觉也不睡，一边哭一边干活，不让他干活他晚上就睡不着。陈若江谨记卫澧的教诲，人死不了就成，也没管他。

按赵羲姮的话来说，得给些时间缓缓。

但他哭得陈若楠睡不好吃不好玩不好，气得去找他算账，后来一看人瘦得跟个麻杆似的，也就骂不出来了，干脆端了碟花生打糕，坐在他炕边边吃边跟他碎碎念。

沈都安的事陈若楠听陈若江讲了，那扒皮的江东郡守利用他还打压他，把他写的东西批判得狗屁不通，整得人精神都不正常了，最后却拿他写的东西换赏赐夸赞。

"吃点儿？你说你光哭也不吃饭，我都怕你背过气去。"陈若楠盯着他，趁他擦眼泪的间隙将打糕递过去。

沈都安瑟瑟发抖，往炕里一缩："我，我不能吃这么好的东西。"他不配。

完了，真傻了。陈若楠一拍脑袋，在屋子里转了一圈，过去拽他的手："走吧。"

出去溜达溜达，听说他十岁以后就被圈养在郡守府，再也没出过门了。

兴许人溜达溜达也就精神了。

“陈娘子，男女授受不亲……”沈都安像是被烫着似的连忙要将手扯回来，只是他太瘦了，弱鸡一样，哪里抵得过像假小子的陈若楠，几番挣扎下来，原本惨白没有血色的脸浮起一抹红。

陈若楠松了手，上下打量他一眼：“把你那鼻涕泡擦擦，埋汰死了。”

沈都安的脸更红了，颤颤巍巍地从怀里掏出帕子擦鼻涕。

两个人一前一后地出了门。

沈都安忽然站住不动了，眼眶一红：“陈娘子，你家的柴我还没劈完呢。”

赵羲姮最近陆陆续续地收了几封信。

一封是谢青郁写来给她的，顺带着送来了几个嬷嬷，信里表示了慰问和关切，并且解释了这几个嬷嬷的用处。

谢青郁对于自己的歉疚和善意，赵羲姮不知道说什么好。他诚然是喜欢自己的，但更多的是没有完成责任的歉疚和不甘。

赵羲姮为他送上真切的祝福，希望他能早日觅得良人，阿弥陀佛，别的她实在也做不了了。

另一封是她的表姑母送来的，这位表姑母就是赵羲姮许久前说的那位养了二十几个面首的公主，封号“河昭县主”，不过那都是将近二十年前的桃色事件了，后来这位表姑母遇到了真爱，遣散后宫，且生了女儿，女儿正与她同岁。

信中内容倒是叫赵羲姮大吃一惊，河昭县主大限将至，自觉不能照顾女儿，于是托孤给了赵羲姮，语气卑微诚恳，充满了哀求和绝望。

上头满是药渍血渍，字迹略有扭曲，倒像是个病入膏肓之人的临终绝笔。

赵羲姮掐指一算，两个人将近十年没见面了，想不通河昭县主为什么会将女儿托付给自己，她丈夫不是还在人世吗？况且她与那位不知表到哪儿去的表妹年岁一般大，哪里需要她来照顾？

信中处处透着古怪，赵羲姮派人去河昭县打探，传回来的消息的的确确是河昭县主上个月才病故，但丈夫草草为其下葬，不久后就迎娶新欢入门，新欢是个寡妇，还带着一双儿女。

赵羲姮细想想，也理解河昭县主为何将女儿托付出去了，但奇怪的是，打探消息的人一路都不曾遇见河昭县主的女儿。

出了河昭县后，齐嫣令人改道，偏离了行往凭州的路线。

“娘子，县主临终前不是嘱托我们去投奔敬城公主吗？”侍女们惴惴不安，扯着齐嫣的袖子劝她去凭州。

齐嫣生得娇俏，妖妖娆娆又柔软入骨，得了河昭县主十分美貌，这样的人，即便做个没有主见的菟丝花也能过得十分好，偏她是个有主见的，性子执拗。

她又重复了一遍：“去陵城。沿路留下痕迹，别教父亲派来的那些杀手跟丢了。”

河昭县在雍州，也就是谢青郁的地界，谢家本家在陵城，谢青郁也在陵城。

她要的可不是去投奔赵羲姮，过过安稳日子那么简单。母亲满脑子情情爱爱，最后让人害死了也只是说不怪那个男人，甚至还天真地以为她是那个男人的女儿，那个男人就不会伤害她。

做梦吧，在那个父亲眼里，她不过是个孽种罢了。齐嫣咽不下这口气，她要留在雍州，然后踩在她生父头上。

齐嫣弄不明白，既然当年为了荣华富贵主动舍弃了未婚妻投入母亲的怀抱，为何又觉得是母亲拆散了他的姻缘，不但偷偷地将未婚妻在外养着生了孩子，而且下药毒死母亲，如今还要派人来追杀她？

母亲分明问过他愿不愿意的，若是不愿意也不强求。

赵羲姮怕齐嫣出事，于是派人一路搜寻，却在半月后又接到了来自雍州的信件。

看完之后，赵羲姮长舒一口气，将人手都召集回来。

河昭县主的女儿，那位齐娘子，眼下正受了伤，在谢青郁那处调养。

镇北王原本在的时候，一边嫌飞东章烦，有心发兵；一边又因自己年老渐肥，不能再领兵上阵，又不肯放自己儿子历练，怕翅膀硬了不服管教。

另一方面，清州与幽州对他虎视眈眈，他若举兵讨伐飞东章，难保会有损失，于是一直坚持着，三方维持在一个稳定局面上。

但赵明瑾推了一把，这种稳定局面被打破了。

幽州刘涣势弱，清州内乱不止，卫澧便能腾出手，不必太过惦念后方。

六月中旬才在不咸城进行科举，现在才四月中旬，他觉得若是往飞东章去一趟，也赶得回来看科举。

卫澧去找赵羲姮商量，许久没动过兵了，他心中发痒。

两个人夜里坐在小花园里说话，明月高高挂，澄澈皎洁，四周草木横生，颇多幽静趣味，有几分月下幽会的情调。

但是卫澧的嘴在一边叨叨个不停，这让赵羲姮着实生恼，好好地看月亮不行吗？白日里那么多时候不说，偏偏要挑着看月亮的时候说。

卫澧叨叨一顿完了之后，问她："你觉得怎么样？"

"我不管，你自己决定。"

"我觉得行的，而且我就算留在这儿也看不懂。"卫澧一本正经玩着她手指道，"而且不还有你在吗？我在你在都是一样的。"

他抬头看了眼月色，觉得这样的场景，比较适合煽情，上次他说情话的时候被赵羲姮骂了，估摸着就是时机没把握好，气氛不对。

吸取上次经验，卫澧带着感情背诵抄写过好几次的情话，他抑扬顿挫地道："你就是我，我就是你，我们两个永远不分离。"

听说，每个夫妻之间都要说些私房情话，这是感情稳定的阶梯。

没风吹来，赵羲姮忽然浑身一哆嗦，牙齿都软了，比吃了一筐酸杏还要酸，她嫌恶地甩开卫澧的手，卫澧还要去拉她，她又甩开，嫌弃道："你别过来！酸死了。"

卫澧又羞又恼，气得拍桌子，身后马尾乱晃："赵羲姮，你怎么这么难伺候？你自己说要肉麻会说情话的丈夫的，我做了你又嫌弃我！你爱找谁找谁去吧，我不伺候你了！"

他一下站起来。

"你现在要丢下我走吗？"赵羲姮眨巴眨巴眼睛，望着他。

"走！不管你了！"卫澧绷着腮帮子说道。

"哦，那你走吧。"

卫澧瞥一眼赵羲姮，试探着踏出一步，她没反应，便道："我真走了！你别想着回头亲一口就能把我哄好，我现在不吃你这一套了。"

赵羲姮不搭理他，抱着膝盖窝在藤椅上继续看月亮。

"我真走了！"卫澧不甘心，又扯开嗓子强调一遍。

他随手从旁折了根树枝，泄愤似的往地上有一搭没一搭地抽抽打打。

赵羲姮不耐烦地挥挥手，示意他快走，别再发出噪音了。

卫澧觉得自己要是再不走，真是半点儿骨气都没有了，赵羲姮该觉得她将自己吃得死死的了，他一家之主的地位和尊严摔在地上，捡都捡不回来，绝对不能这样。

他踌躇地看了两眼赵羲姮，然后把树枝一扔，一步一步地往花园外的方向挪，大声宣告："赵羲姮，你别后悔，我真的走了！你就搁这儿喂蚊子吧，一会儿你自己回屋，可没人陪你。"他觉得威慑不够，"我以后都不理你了。"

两个人要出来赏月，侍女们自然懂事地没跟着，怕扰了赵羲姮与卫澧的情致。

卫澧说完之后，再看看赵羲姮，她要是再不把握机会，就算到时候撒娇，抱着他亲好几口，都不能挽回他了。

赵羲姮还是没反应，像是真的不在意他，卫澧鼻子一酸，咬了咬薄唇，一下子没影了。

也是，他话多，爱叨叨，赵羲姮恐怕早就嫌他烦了，巴不得他走了，她好落得个清净，自己能一个人赏月。

安静了许久后，月明星稀，风朗气清，赵羲姮抱着膝盖倚在藤椅上，看着月色，幽幽地叹了口气，语气略微惆怅："卫澧，我冷了。"

"冷了就回屋，你叫我也没用。"她话音还没落，一个声音就从角落里传出来。

赵羲姮一下没憋住，捂着肚子，在藤椅上笑得东倒西歪："你不是回去了吗？哈哈哈。"

暗处，月光照不到的地方，卫澧将半撩起的枣红色袍子掖在腰际，防止弄脏了衣角，人蹲在地上，咬了根狗尾巴草，正好能看见在藤椅上乐不可支的赵羲姮，他脸色一青，刮了自己一个耳刮子，嘴贱呢，她说话就非得回应？

即便是这样，卫澧也掩耳盗铃似的，誓死不肯从暗处露出一角衣襟，好像这样，就能维持住他摇摇欲坠的自尊心了。

赵羲姮笑得眼泪都快出来了，好不容易缓过来，觉得自己刚才笑得实在太过分了，难得有点儿愧疚。

这个死小孩，就是嘴硬心软，他才不会不管她。

赵羲姮的心像是被"狗蛋儿"踩了似的，酥酥麻麻的，她悄悄地在心里说一句："卫澧太可爱了。"

她才不会当着他的面说，不然他肯定奓毛，他才不愿意别人用可爱来形容他。

两个人恢复安静，像是刚才那一幕压根没发生。

又过了一会儿，赵羲姮换了个姿势，又说道："卫澧，我冷了，我真冷了。"

卫澧没有回复，还因为他的自尊心而耿耿于怀。

赵羲姮一直叫唤，像猫叫似的，连绵不绝，大有他不出现就不停的意思。

卫澧终于被她喊得耐不住了，把草吐在地上，拍拍衣裳从角落里钻出来，走过去，仰着下巴不看她，倨傲地说道："刚才我是不是让你跟我一块回屋来着？"

赵羲姮仰起头，漂亮的大眼睛眨巴眨巴地看向他："那我现在冷了。"

卫澧还是别着头不看她，一副高不可攀的模样，左脸写着"你真烦"，右脸写着"麻烦精"，然后别别扭扭地朝她伸出手，哼唧了一句，"牵着走"。

说完之后，不待赵羲姮怎么样，他的耳根就率先红了。

“可是天还早，人家不想回去。”赵羲姮觉得自己已经暗示得很明显了，她挪了挪，在藤椅上空出些地方，继续眼巴巴地看着他。

“不愿意回去就搁这儿待着吧。”卫澧不耐烦地蹙起眉头，嫌冷又不肯回屋，这不是有毛病吗？他身上的衣裳也不能扒下来给她穿。

赵羲姮小小“啧”了一声，舔舔唇，真是该解风情的时候不解风情，不该解风情的时候瞎解风情。

她伸出手，握住卫澧干燥而温暖的大掌。

卫澧下意识地瑟缩了一下，她手指凉得像冰块一样，细细软软地往自己掌心里一杵，他下意识地握紧了：“冻死你得了……”

他剩下的话噎在嗓子眼里来不及吐出，赵羲姮抓着他的手，一把将他带到藤椅上，也不知道她力气怎么那么大，吊起的藤椅被他这么一跌，晃晃悠悠地荡起来。

卫澧去看赵羲姮，她的眼睛明亮灿烂，像是装着星河，一时间话也说不出了，觉得自己栽在她手里，好像也不亏，至少她漂亮，不是吗？

但是……

他另一只手抓着藤椅一侧的扶手，又羞又急红了脸：“你做什么？”

赵羲姮握着他的手，顺势倒在他怀里，紧紧搂着他劲瘦的腰，然后长舒一口气：“这样就暖和了。”

卫澧脸骤然变红，一直从脖子红到脸，再从脸漫到耳朵尖，他僵硬着身体，一动不敢动。

赵羲姮把他的手摁下，搂在自己后背，卫澧真的浑身都暖洋洋的，即便是在微寒的春夜穿得很少，也是个好的火炉。

“要抱就直说……绕那么大一圈，我又不是不给你抱。”卫澧语调轻快，透出几分不屑，但更多的是压抑着的羞涩。

在室外的花园里，赵羲姮主动抱他，这就已经很刺激了。

他忍不住缩了缩手，把脸低下，搭在赵羲姮的肩膀上，她颈窝上栀子花的香气淡淡的，哄得他不知道东南西北。

他觉得这样抱着像做贼一样，自己媳妇他抱就抱呗，还怕谁看了？

卫澧把手贴在赵羲姮后背，上下撸了撸，表示自己抱得很正大光明。

赵羲姮在他腰间蹭了蹭，抬起头，发现他发顶落了片叶子。

她一抬手，卫澧以为她要摸自己的头，连忙要躲：“赵羲姮，男人的头不能随便摸！”

“刚才有人说要丢下我走了，不理我了。”她此话一出，卫澧难免怔住，赵羲姮顺势将他发顶的叶子取下，然后得寸进尺地一撸他的头发，滑滑凉凉的感觉好极了。

她将手里的叶子摊开给他看，卫澧脸更红，觉得自己刚才实属自作多情。

“你当我想理你？要不是怕你不小心伤着肚子里的孩子，我才不会回来呢。”他梗着脖子，丝毫不认输，顺势将手滑向赵羲姮的肚子，表示自己真的是为了孩子才没走的。

赵羲姮的肚子已经五个月了，但与平常妇人比起来，还是要小一圈，动作也很轻便，若是穿着略微宽松的衣裳，谁也瞧不出这是个有孕的少妇，只当是个少女。

卫澧的手才贴上她的腹部，小家伙就很给面子地踢了一脚，好让两个人都能感受到。

赵羲姮已经从一开始的惊奇，变得习以为常，这个小家伙身体健康，也很活泼，生下来一定很好养活，她翻了个身，干脆躺在卫澧怀里，他从后面将人抱着，胸膛暖洋洋的。

他将两只手搭在赵羲姮的小腹处，迟疑地说道：“赵羲姮，要不等孩子生下来，我再走吧。”

现在走，他根本不放心。

赵羲姮嗤笑一声：“你快别想了，等回头孩子出生你更舍不得走了，再拖下去就明年了。趁着我们还没从一个人变成两个人，你动作快一些，争取在九月份回来，还能陪我坐月子。”

赵羲姮这么一想，好像是挺合理的。如果卫澧去征讨北飞东章，那就不像是上次抵御刘涣和王之遥了，一两个月就能回来，说不定要耗上四个月甚至半年。

“那我早去早回。”卫澧拍拍胸口，“我都那么多次把飞东章打得屁滚尿流了，这次也没事的，就是时间长短而已。”

这大概是第一次两个人分别那么久，赵羲姮还有点儿舍不得。

他要是不在家，没人给她暖手暖脚暖被窝；没人跟她一起吃饭，没人给她剥虾；没人跟她一起逛街；人家能过的七夕、中秋、重阳、端午，说不定她都得一个人孤零零地过，对着冷清清的房间……

赵羲姮越想越难受，越想越觉得自己可怜，忍不住掉眼泪，扭过头去，把眼泪蹭一蹭，擦在他的胸口：“呜……反正你早点回来。”

她现在怀孕呢，哭和矫情，都不是她的本意，都是孩子影响的她，她才没有想哭。

“你说以前没我的时候，也没见你哭，过得不还是好好的，怎么我现在就是出去几个月都哭成这样？”卫澧抬起袖子给她擦眼泪，言语间都是骄傲。

嗯，赵羲姮现在都离不开他了。

他袖口的金线刮得赵羲姮脸生疼，她一把把人扒拉开：“那我不是和你玩得最好，舍不得你吗？你都要去打仗了，都没有人哭着送送你，你不觉得你混得太惨了吗？陈若江出征的话有他妹妹哭，杨泽笠有他老娘哭，你就我这么一个媳妇，我不哭谁哭？我也是没有办法，不能让你显得太可怜。”

卫澧气得心堵，把她的脸当面团使劲地捏搓：“我明儿就走，别枉费你哭一场了。”

四月十六饯行，四月十七出征。

卫澧在城头下，一身亮银色盔甲，骑着一匹枣红色骏马，天光破晓后落在他身上，冷冽的眉眼处都被镀上一层金光。

他的头发被紧紧地束在脑后，绷得眼尾越发上挑，然后面无表情地转头，向上去看。身后是几位将领，连接着黑云般的兵马和辘辘战车，战旗如鳞，声势浩荡，惊得地动山摇。

他还年轻，气质在少年的锋利桀骜和青年的稳重之间拿捏得当，比起冬天初见时候，更像个能挑起大梁的人了。

赵羲姮和陈若楠等妇孺家眷站在城墙头上，与他们遥遥挥手。

卫澧的唇动了动，冲她做出个口型，然后转头，勒紧马缰，带着人浩浩荡荡地出城去。赵羲姮听不见，却看懂了，是让她等他回来。

今日风大，墙头的旌旗被吹得舒展，猎猎作响，像是几十面牛皮鼓被敲响，鼓噪得人心底发颤。

远处渐行渐远的军队模糊成一条黑色的长龙，蜿蜒着一点一点地擦过山脊，所到之处惊起飞鸟成片，野兽逃窜，最后这条黑龙逐渐消失在地平线上。

从天亮一直站到天擦黑，城上掌了灯，赵羲姮的脸被吹得通红，腿也僵硬得水肿，走一步便发颤。一同随她送人出征的妻子们也没有一个想要离开，只盼着天亮一点儿，再亮一点儿，还能最后看一眼他们的影子。

这是赵星列死后，整个凭州乃至整个大豫境内，第一次主动挥师。

虽然有战争就会有牺牲，说不定今日死的是别人家的儿子丈夫，明日死的就是自己家的儿子丈夫，能多看一眼就是一眼。

但她们也深谙世上哪有千日防贼的？

飞东章像是阴沟里的老鼠，赵星列死后这几年养足了元气，频频骚扰凭州边境，只防不攻谁都咽不下这口窝囊气。对付这种国家，就要打他，把他打狠了打怕了才好。

好在对这场战事人人都觉胜券在握，墙上倒是没有人过于悲切，也没有人流泪痛哭。

小桃将赵羲姮手里的暖炉换了炭，赵羲姮回过神："走吧，回去。"

一众人纷纷劈开一条路，目送赵羲姮下城去，目光中隐隐带着忌惮和艳羡。

她们忌惮和艳羡什么？自然是赵羲姮能以女儿身执掌凭州。说明主公对夫人，不仅仅是宠爱，更是尊重和信任。

卫澧临走前，将凭州守备军的虎符、调动各司的令箭都交给了赵羲姮。他不在，见赵羲姮便如亲见他，换言之就是将整个凭州交付给她。

在座众人无不震撼，有人劝谏卫澧三思而后行："从古至今，从未见女子掌权，夫人代政，恐怕有不妥。"

赵羲姮神色不变，只淡淡地说道："从今往后，你便见着了。"说话的语气和模样，都有了卫澧的三分嚣张傲慢，让人不禁一噎。

众人将目光重新转向卫澧，只见他淡淡地点头，表示赞同。

卫澧言出必行，凡事既已决定，就没有回旋的余地，他们再觉不妥，也只能听命行事。

凭州运行如常，赵羲姮将各郡呈上来汇总最后阅览一遍，装订成册，封存在书房。

陈若江这个万能的帮手被卫澧带走了，好在宋将军的女儿宋璇巾帼不让须眉，是个厉害的人物，暂且能给赵羲姮充当助力。

宋璇自己是个女子，自然不会轻视同为女子的赵羲姮，两个人合作极为融洽。

赵羲姮再次深深感受到了凭州制度的不完善，偌大一个不咸城，作为凭州主城，相当于一国国都的地位，来来回回就是那么几个人管事，剩下的全是小官小吏，即便不能复刻中央官制，但也不该这么粗简。

赵羲姮只盼着时间走得再快些，六月中旬的科举能选些顶用的人才。

兵才列在北飞东章的边境，飞东章王的书信就忙不迭地送到卫澧手中了，信中言辞诚恳地道歉，表示自己以后必定不再骚扰凭州，并且愿意馈赠金钱、粮食、美人。

对飞东章这种贱兮兮的行为，抢完了开始道歉，不说卫澧，就是别的将士们也觉得恶心。卫澧当着使臣的面，将求和书撕碎，甩进了火盆里，然后微微抬起下巴，冲他阴鸷一笑："拖出去。"

飞东章王得知使臣被斩，心下明了卫澧是不肯撤兵了，急得四处求援。

但他不可能只对着某一个邻居贱，周围大大小小的邻居，多多少少都被飞东章抢过，巴不得看他挨打，甚至必要的时候，他们还能痛打落水狗。

西边的烛阙王作壁上观，用一副看热闹的架势看飞东章和凭州。

“大王，我们要不要趁此机会，坐山观虎斗，等时机成熟将凭州和飞东章一并拿下？”帐中，烛阙王拓跋迦高坐上首，年迈的宰相哑声建议道。

中原幅员辽阔，历史悠久，烛阙在与大豫交战的数年中，也逐渐浸染了汉族文化，中央官制沿袭大豫官制。

拓跋迦略有迟疑，他与赵星列最后一战中，虽杀死了赵星列，但最后也落下了病根，一年里将近半年都卧病在床。这些年的烛阙好不容易休养生息恢复元气，他身体和精力都大不如前，并不宜开战。

宰相像个被掐了脖子的鸡，瞪着眼睛尖声道：“大王，卫澧可是赵星列的女婿，赵星列死在您手里，这是血海深仇！今日他能将剑锋对准飞东章，难保他强大起来，不会将剑锋对准您！”

身体的病痛到底消磨了拓跋迦的雄心壮志，他摆摆手，绿眸浑浊无光：“不过是个女婿，赵星列并无儿子。卫澧他既然有心争霸中原，就该知道我烛阙不是他能轻易触碰的，他该将锋芒对准中原内部。”

飞东章油滑，直到五月末的时候，这场战事才从你追我赶，逐渐变成真刀真枪的碰撞。

卫澧不但错过了六月初一自己的生辰，也错过了六月中旬的科举。

因江东郡守被杀鸡儆猴，各郡县皆不敢私纳人才，尽数上交，那些向来有抱负却难以施展的寒门子弟也能分一杯羹。

他们身处下层，自然对民间苦楚和百姓需求更了解，写出来的策论较为踏实；而富家宦官子弟，因家境优渥自幼教养良好，策论更大胆富有创造力。

原本考官只要在八百份中择取五十份上呈给赵羲姮阅览，留取人选就是，没想到挑花了眼，最后递上了一百份。

沈都安也在其中。

他的策论既不占踏实中肯，也不占大胆创新，大概是十几年都封闭在府中的原因。但他心细如麻，加之江东郡守常利用他阅览奏疏，汇写策论，他议论政事的经验比旁人都多，且于农业上很有见解，倒是显得很出类拔萃，于一百人中占第三。

赵羲姮共甄选五十余人，留用二十人，其余三十几人放归郡县，由太守等人任用。

既然手边有熟悉政事的，就得先提溜上来用用，例如中了榜还在陈若江家里劈柴的沈都安。

他正在劈柴，被宋璇提溜着上了山，去见赵羲姮。

“精神头好了很多。”陈若楠别的不在行，吃吃喝喝有一套，连带着沈都安最近都胖了不少，气色也不错。

沈都安羞答答地点头：“还好。”

“听陈若楠说你最近天天在做活，一天闲下来就难受？”赵羲姮指指椅子，示意他坐下。

沈都安脸微红，继续点头。

虽然这些天他已经彻底接受了江东郡守骗他且奴役他的事实，但多年以来的习惯还是让他一刻都闲不住，只要闲下来了，就觉得抓心挠肝地难受。

赵羲姮觉得沈都安可真是个做官的好材料，头脑聪明，吃苦耐劳，凡事亲力亲为，力求完美，多好啊！就是单纯了点儿，委实好骗，但这些都不要紧，历练历练就行了。

她激动地一拍掌：“如今我有任务交给你，沈都安。”她从抽屉里拿出一块新打的令牌，锃新瓦亮的，然后交给他，“你现在就是凭州新的户曹。”

沈都安懵懵懂懂地将令牌接过来，询问赵羲姮：“户曹隶属丞相府，那丞相、丞相司直等人都是谁？”

说起这个，赵羲姮略有些尴尬地咳了一声，这个问题问得，叫她老脸一红，她声音略微放低一些，强行解释道：“咱们凭州这么小，设立这么多官职怪招人笑话的。”

“就是处处空虚的意思了？”

沈都安不会人情往来，说话太直，赵羲姮只觉得脸上挂不住，强调道：“这说明你的升职空间很大。”

“你先别管这些了，今年凭州主战，粮草需得供给充足，我们又与清州、幽州交恶，只靠着冀州一个出口向南进行贸易定然不够，且天下不安，除了粮食外的贸易想必更不会长远，今年凭州主要还是以粮食种植为主。”

“山下是一片参场，我将其中四分之三停种，那四分之三的人手由你调度，在不咸城内选一合适的地址，将你折子中所提的水稻种法实验一年，若是可行，明年就在各郡县进行推广。”

沈都安眼睛发光，呼吸急促，他的手都在抖：“夫人，我……我……”

他像是又要发表什么凄切的感言，赵羲姮浑身一个激灵，连忙打住：“别别别，年纪轻轻别跟个怀才不遇的老学究似的，现在，马上，带着你的令牌，出去！”

沈都安晕晕乎乎地走到门口，赵羲姮在里头追着说道：“你一年俸禄百石，别忘了领。”

听闻此言，沈都安脸都涨红了，眼泪不自觉地掉了下来，一边用袖子抹眼泪，一边风一样地跑出去。

他有俸禄了！他有俸禄了！

沈都安在农业方面展现的才能较为突出，赵羲姮很好为其找寻去处，其余十九人，自然要等琼林宴上再细细地揣摩专长，将职位定下来。

赵羲姮下意识地想找卫澧商量，忽然惊觉他已经去了战场两个月，至今未归。

只有陆陆续续的信件传递。

她想了想，还是觉得别用这些事情打扰他了，他在战场上也给不出什么建设性意见，问了只会让他心烦。

“报！”宋璇高亢的声音从外传来，接着是一阵匆匆的脚步声。

她像风一样急急忙忙地旋进来，三步并作两步，将战报递给赵羲姮，俊秀的面容上满是喜色。

“夫人，主公前日攻下阿勒泰、富裕两城，却退飞东章一百里。”

阿勒泰和富裕是飞东章最重要的两道防线，原本是靺鞨部落的领地，后来飞东章统一东北七个少数部落，建立起了以濊貊、扶余、鄂温克、靺鞨、契丹五族为主的统一国。

这两座城几乎占据了北飞东章三分之一的领土，将这二者取下后，夺北飞东章便容易许多了。

赵羲姮将捷报看了一遍又一遍，最后确认自己不是在梦里，重重地松了口气。

若行进得顺利，大军大抵在九月之前就能回来了，她的产期在九月初至九月中旬。

两个月的高度紧绷，今日一遭取胜，军中上下松了一口气，更兼欢欣鼓舞。卫澧下令犒赏三军，修整两日，以至于营地外几里都能听见欢呼声。

卫澧带人进驻了富裕府。

杨泽笠受了伤，正在疗养，陈若江带人在富裕和阿勒泰张榜巡视，以示归属，宋将军则是去抚慰伤兵，兼之准备晚上的庆功宴了。

卫澧一圈一圈往肩头缠纱布，纱布上渗出粉红色的血水，他像是觉察不到疼痛，面不改色，最后用牙撕开尾端，绑好，然后穿上衣裳。

铜盆里的水已经被浸染成红色。

这对他来说，不过是小伤，没什么打紧的。

这一场仗打得说容易也容易，说不容易也委实不容易。

飞东章的行军作风与他们的外交作风一致，畏畏缩缩上不得台面，将人撩拨得怒火四起，然后再像老鼠一样灰溜溜地鸣金收兵。

令人怒火中烧之余，不免士气受挫。

如此反复几次之后，卫澧佯装气愤，对其正面发动猛烈进攻，实则暗度陈仓，绕后包围，这才一举夺下富裕和阿勒泰。

艰难的是耗时过久，一无所收；容易的是飞东章军队战力不强。

卫澧将水倒掉后，卷着被子躺在床上，盯着头顶的双蝠纹饰，久久难以入睡，然后又抱着被子坐起来了。

他想知道赵羲姮什么时候起床的，什么时候吃饭的，吃了什么，孩子长到多大了，胎动了几次，有没有人欺负她。

这种碎碎念似的，毫无营养的想念，从他还未自不咸城离开就已经开始蔓延发酵，随着时间的积累，一天比一天变得迫切沉重，几乎难以克制。

归根到底一句话，他想赵羲姮了，他离不开她。但即便思念如潮水，涨势一次比一次凶猛，卫澧在信里，也从来没有写过一句想念她。

他是想写出来的，但觉得不好意思，难得怯懦。

他又想起不久前自己嘲笑赵羲姮父母往来的信件肉麻，就更不敢落笔写下想念了。

算算日子，距离他上一次写信给赵羲姮，已经过去三天了。这三天里，他又攒了好些话想跟她说，但是这么频繁地写信不好吧？

卫澧眉头蹙起，把被子团成一团，尖削的下巴垫在被子上，长腿搭在床沿，露出一截苍白劲瘦的踝骨，有种禁欲的美感。

他用手指扒拉扒拉，当年赵羲姮她阿耶和她阿娘写信，是两个月一封。

幽州距离息阳，大概是富裕距离不咸城的六倍，按照这么算下来的话，他应该每隔几天写一次信，才不至于密度超过了赵星列夫妻俩呢？

写得太勤了显得腻歪，也显得他像离不开赵羲姮了似的，容易让她恃宠生骄。

这些都不是最关键的，关键的是，上次赵羲姮回信问他，行李里塞的那沓字帖他描完了没有？他一个字都没动呢，谁家将军上战场还要描字帖？

他眉头快打成一个结，他看个折子都费劲，更别提算这些东西了，他左算右算，都没算出个结果，最后苦着一张脸，从衣袖里掏出一张纸，用笔蘸了墨，在上头记下他今天想对赵羲姮说的话。

隐隐约约窥见纸上的话已经列了长长的数条。

卫澧吹干墨渍后，将纸又塞回袖子里，那今日暂且忍耐着，就不写信了，等到明日再写。

明日将这些攒下来的话一并写了传递过去。

这样碎碎念之后，他更是一点儿睡意都没有了，在屋子里转了一圈。

外面光影正好，栽种在院子里的桂花树风骨亭亭，隽秀遒劲，叶子郁郁葱葱的。阳光从枝叶缝隙里透过来，洒下斑斑光影，树下是一套石桌石凳，落了几片桂树叶子。

若是一家三口在夏日的夜晚或是晌午，坐在树下看月亮、乘凉，不知是多温馨的场景。

等孩子稍微大一点，就绕着树跑来跑去，孩子撒欢累了，就缠着父母要抱，然后母亲温柔地为孩子打扇。

卫澧胳膊撑在窗棂上，半个身子探出去，或者等到九月十月的时候，一家人在树下打桂花，将打下来的桂花做成花蜜和糕点。他看了看这桂花树，觉得应该在他和赵羲姮的院子里种上一棵，反正院子足够大。

赵羲姮生孩子就在九月，她不能出来打桂花，但是他可以。

等明年九月的时候，她就可以抱着孩子看他打桂花了，再过几年……

卫澧掐着手指头算，嘴角咧开一个好大的弧度，像是个傻子。

“主公？”陈若江小心翼翼地喊道。

他一进来就瞧见卫澧傻乎乎地在笑，还以为中邪了。

卫澧连忙将表情收整起来，用眼梢去瞥他：“安排你的事都做完了？这么早回来？”

陈若江忙点头：“做完了，做完了，主公放心。”

卫澧撇撇嘴，下巴扬向院子里的那棵桂花树：“等回去，你也找棵桂花树在我院子里栽上。”

陈若江的表情几乎裂开，在凭州种桂树？

“院子里？”他反问一遍。

卫澧点头。

陈若江觉得卫澧不是在难为他，是在要他的命，在凭州露天种桂花树，疯了吧？

“主公，这株桂花树是富裕府的主人，一掷千金从清州运来的，一路上耗费了无数人力物力，就为了看一次桂花开。”

这话说得卫澧不爱听，怎么，富裕府的主人还能比他更有钱不成？

陈若江看卫澧显然是没听懂他说的什么意思，连忙举起一个指头比画道：“一次，就能看一次，这棵树，不出意外，今年冬天就会被冻死。桂花树要在清州或者清州以南的地方才能活，凭州冬天都能冻死人了，别说桂花树。”

卫澧的脸色一时间变得难看，不只是因为他所设想的一切围绕着桂花树下展开的美好幻想破灭了，更是因为陈若江这么大剌剌地说出来，令他很没脸，显得他没有文化。

他沉着脸，一脚踹在陈若江的屁股上：“滚出去，这个月都别让我再见到你。”

陈若江扶住树干，险险才没倒下，屁股生疼，卫澧这一脚，就算他屁股上肉厚也不禁造啊！

“主公，咱俩不出意外，今晚上还得见。”说完之后，陈若江捂着屁股，连滚带爬地走了。

卫澧的脸青一阵白一阵，狠狠地踹了一脚边上的凳子，种不成桂花树，种别的不行吗？反正得种树！

凳子晃晃悠悠稳住了，卫澧又踹了一脚，这下子彻底倒了。

早晚要把清州打下来，整个带桂花树的院子！

他气鼓鼓地站在床边，从底下抽出条薄毯子来，想了想，将毯子叠成一只小臂长短，两手腕宽的长条。

看起来像个什么玩意，又实在说不出到底像个什么玩意。

卫澧看着那圆滚滚的长条，舔了舔嘴唇，忘记陈若江带给他的不愉快，将袖子挽上去，尝试着将这条状物体轻柔地抱起来。

他先是伸出两只手，将它用掌心托起来，继而皱了皱眉，好像不是这样，这样不安全，容易滚下去。

卫澧把长条往里滚了滚，滚到臂弯里，这样安全了，但姿势过于僵硬，他试图用手掌拍拍这个在臂弯里的毯子，但很无奈没法触碰到。

当他还在为什么姿势正确而苦恼的时候，宋将军将门推开：“主公啊！”

卫澧做贼心虚，一个哆嗦几乎将叠成条的毯子掉下去，又下意识地将其抱紧了。

宋将军目光缓缓地落在卫澧怀中的毯子上，露出若有所思的神情。

卫澧抿抿唇，脸和耳根都要烧起来了，连忙将毯子抖搂开，问：“宋将军会叠毯子吗？”

宋将军摇摇头，眼神中充满着慈爱和笑意：“属下不会叠毯子，但属下会抱孩子。”

卫澧面色一僵，手中的毯子掉在地上。

第二十四章

他一天比一天想赵羲姮了

卫澧急切地辩驳，颇有些欲盖弥彰的味道：“会抱孩子有什么用？我问你会不会叠毯子。”

宋将军将掉落在地上的毯子捡起，也不生气，反倒是笑呵呵的，然后将毯子卷成短小的条状，熟练地将抱婴儿的方式展示给卫澧看。

“想当年阿璇生下来的时候，我与她母亲都是第一次为人父母，她母亲小心翼翼的，根本不会抱孩子，但是属下精明，提前跟人学了，就甩了她母亲好大一截，属下现在还能记得阿璇母亲看我抱孩子时候那惊诧的表情。主公马上就要当父亲了，也可以提前学学，到时候抱孩子玩。”

卫澧死鸭子嘴硬，明明已经被人看破了，还要维持着脸面，大马金刀地往床边上一靠，语气不善：“会抱孩子有什么用？我也用不上，老话讲抱孙不抱子，而且有赵羲姮带孩子就够了，我管那么多干什么。”

宋将军语气中带着颇多感慨和怀念，然后不理会卫澧的话，继续说道：“抱孩子是这样的，要先轻轻托起他的头，然后手插到他背后，最后再小心翼翼地抱起来，贴着胸口，小孩子的骨头脆，不小心一点儿容易闪着。”

卫澧听他细细讲解，觉得很有用的样子，下意识地伸头去看，眼睛睁得老圆，宋将军凑近点儿，一点一点地展示给他看。

“主公看明白了吗？没看明白属下再演示一遍。”

宋将军问了一遍，卫澧瞬间回神，连忙将头偏过去，脚尖一下一下地踢着地面，懒懒散散地往后一倒，骂道：“我都说了我不抱孩子，宋将军就算再演示一千遍一万遍我也不会看的，现在我要休息了，你出去吧！”

“那属下出去了，主公好好休息。”宋将军很善解人意地没有将毯子抖搂开，而是小心翼翼地放在了床头，然后给卫澧带上了门，表示“您请自便”。

宋将军所有的举动都像是无声在说：主公不要害羞，练习抱孩子又不是什么羞耻的事情。

卫澧气恼地看着宋将军的背影，恨不得将他撕成碎片，该死的，就算看出来，说出来做什么？没有眼色。

他恼羞成怒，抓着身侧的枕头往门上一扔，然后枕头软软地掉在地上，没什么声响，半点儿不能泄愤。他还想扔些别的东西，顺手又抓住宋将军放在床头的毯子，才要扔出去，却忽然停下，下意识地将它收回来，然后放在膝盖上。

卫澧盯着卷成一条的毯子，忍不住红了脸，他看了好一会儿，好像能从这白花花的羊毛毯子里看出个小孩来。

他不自在地干咳一声，跑去将门闩上，确定院子里是安静的，没有什么人了。

赵羲姮让他看那本书，什么行来着？

三……三人行……然后必有一个老师，就那个意思。

卫澧一拍脑袋，想起来了。

他觉得，书不能白读，他其实可以稍微贯彻一下……

反正多会一门手艺不丢人，而且他到时候学会了，赵羲姮不会，他就能在赵羲姮面前炫耀了。

卫澧学着宋将军的样子，尝试着将毯子抱起来，觉得自己这样实在有点儿傻。

琼林宴也在水榭举办，赵羲姮虽然觉得她举办的琼林宴不是什么正经的琼林宴，只是凭州这一个小地方的，但还是努力把它办得像模像样，至少不能让人看轻了。

她怀着身孕，不宜晚睡，若是按正常的点，戌时开宴，宴会散就该子时了，她实在熬不了，因此下午天还亮着的时候，人就已经陆陆续续地到了。

这届的魁首是个身材瘦小的年轻人，皮肤白净，眼睛大大的，看起来极为清秀，又有些男生女相，坐在第一个位子，面对众人的打量，没有半点儿不适和忐忑，反倒兴致昂扬，神采奕奕。

其次是个身材颀长的年轻人，面容平平无奇，但腹有诗书气自华，举手投足间的气派不容忽视。

赵羲姮依次看下去，单从举止气度上来说，皆是不错。观他们衣着，有出身富贵的，也有出身寒门的，各占一半。出身寒门的大多不卑不亢，出身富贵的也没有趾高气扬。

二十个人今后皆是要一起共事的，免不得推杯换盏客气一番，及至宴会过半，皆是酒意半酣，也都熟络了许多，场面不似刚开始时候的沉闷拘谨，逐渐多了一些欢声笑语。

赵羲姮邀他们赴宴的时候，特意嘱托了，没有太多规矩。

其中几个人大着胆子，将卷案拼在一起，聚成一堆，以筷箸敲击装着水的盛具，发出清脆嗡鸣声充当乐器演奏，然后以歌相和，唱的大多是《诗经》或《楚辞》。

虽是带着酒肉臭的宴会，却意外地多了些风流雅致，他们的歌曲调轻快，隐隐能听出欲展抱负的踌躇满志，还有一朝及第的神采飞扬。

见赵羲姮只坐在上首，冲他们点头示意，更多人也有模有样地集会起来了，场面无比热闹。

小桃贴近赵羲姮，同她笑道："还是一些读书人呢，现在竟像是进了菜市场。"

宋璇问道："要不要让他们停下？"

赵羲姮也笑着回道："别管着他们，这样挺好的。"

她看向下首，就连沈都安那样腼腆的人，都难得活泼起来。

"他们将来都是要一起共事的。"赵羲姮摇摇头，笑容明媚，"说共事也不准确，是要一起帮卫澧打天下的，凭州就一个小小的地方，将来若是疆域越来越大，他们说不准就是第一批文臣，等到时候功成名就回想起来，想必感慨颇多。他们现在其乐融融，也不知道将来其中哪些人还在，哪些人不在，哪些人又与哪些人决裂。"

赵羲姮叹口气，觉得自己怀孕之后，感慨也变多了。

宋璇听赵羲姮这么说，忍不住将目光再次投下去，看着那些眼睛里都在发着光的人，一时间百般感触涌上心头，又热又烫。

凭州这小小的一块地方，她生长的地方，与以前相比，大不一样了。它不只是一块州那么简单，而是初具朝廷的骨架了。她正感叹着，一个侍卫从侧跃上来，小声在小桃身边耳语一番，小桃神色一凛，低声道给赵羲姮听。

"那就将人带上来吧。"赵羲姮听完之后，神色也不悦起来，"正好当着大家的面，光明正大地讲明白，其中若是有什么冤屈，也别委屈了谁。"

侍卫低头应下，又连忙小跑出去，不久后，一个中年男人几乎是扑跪在大殿上。

他身着青衫，头戴纶巾，是书生打扮，下巴和唇上蓄着胡须。

"草民有事禀告！"他声音尖利，几乎是咆哮出来的。

热络的场面一瞬间安静下来，变得落针可闻，那些举子纷纷将目光投向那地上跪着的中年男人。

中年男人见此情此景，不由得更激动起来，浑身发抖，脸色涨红。

赵羲姮抬抬手，示意他继续说下去。

青衣书生义愤填膺，拱手道："小人是本次科考中的第二十一名李景显，按照这次考试的规矩，本该回到原籍，在当地郡府就任小吏。"

他喘口气继续道："但小人本该是第二十名，因为此次科举中，有人一路蒙蔽考官，跨入了前二十的行列中。小人左思右想，觉得冤屈，于是特来揭发。"

"是有人舞弊？"

那二十个举子面面相觑，忍不住小声议论。

李景显隐隐听到大家都在讨论这件事情的声音，并且每个人的语气中都带着浓浓的不屑和鄙夷，他忍不住松口气，得意起来："这个欺上瞒下之人，就是本次的第一名孙昭逊！"

倒吸凉气的声音一声接着一声，众人俱是发出不可思议的感叹，怎么可能是孙昭逊？孙昭逊可是从乡里就一直一路是榜首啊！他若是舞弊，是怎么做到次次万无一失不被发现的？

赵羲姮将目光投向本次的榜首孙昭逊，只见他清秀的脸蛋绯红，狠狠地咬着牙关，眼睛瞪大，手紧握成拳落在膝上，整个人都紧绷到了极致。

“李景显，说话要讲证据，你是如何知道孙兄舞弊的？你又有什么证据？”这些举子好歹都是过五关斩六将一层一层地筛选出来的，没有被三言两语就扰动了心弦，有人站出来率先发问。

第二十名和第二十一名的差距可大了去了，意味着你是能留在丕咸城于主公面前就任，还是被放归郡中，由郡守或县长安排差事，这是天差地别的待遇。

若是被放归郡中，那就不知道要什么时候才能晋升。

因此难保这李景显是为了挤掉一个人，自己留在丕咸城就任编造谎话。

“我何时说过他舞弊？我说的不是舞弊！”李景显面容狰狞扭曲起来，“我说的是他欺上瞒下，伪造身份！原本我今日就要走了，结果在中午退房之时，竟然意外得知，我们这次的榜首孙昭逊，竟然是个女子！”

他此话一出，全场哗然，这远比舞弊来得更为刺激。

大豫不是没有过女子为官的先例，最后一个外朝女官是在八九年前，在朝中担任谏官，那时候没有太多繁文缛节，对女子的束缚也不多。后来顺和帝登基，实行新政，复兴儒学，将三纲五常那一套东西又重新捡起并且加固了，把人的嘴和言行都束缚起来，以达到集中皇权的目的。她虽占着谏官的位置，却形同虚设，于是其愤然辞官归隐，不过半年便因忧思过度而病逝。

四年前倒是也有个女子做男人装扮，考中了进士。但被人以伤风败俗、不守妇道、牝鸡司晨为理由弹劾，最后顺和帝将她发落，游街示众，算是变相警示天下女子安分守己，不要肖想与男人并肩。

那女子随后投缳。自此后，女子不能参加科考，就成了众人心中约定俗成的规矩。

所有人将目光定格在孙昭逊身上，只见她的身体已经紧绷到极致了，脊背与肩胛绷成两条垂直交叉的线，贴着衣衫，透出纤细的骨骼线条，又像是只誓死不低头的天鹅。

她猝然跪下，微微低着头，并不说话，垂落的发丝贴在两颊上，能看见她的后槽牙已经咬紧，腮帮子微微鼓起。

李景显瞥她一眼，继续说道：“小人并不欲将一弱女子逼上绝境，小人家中也有幼妹，家慈自幼教导她要温婉恭顺，勤俭持家，只希望孙娘子今后，也能做个贤妻良母，而不是想着与男子相争，毕竟这世道，还是男子主宰的……”

“我不是弱女子。”孙昭逊掷地有声打断他，带着颤音，像是从灵魂里发出的呐喊，她终于将头抬起来，看向上首的赵羲姮，冲她磕了个头，“小人虽是女子，却自认不弱。小人不需要男人的怜惜爱惜，只希望有错如男子般同罚，有功如男子般同赏。”

李景显脸上冒出的油汗，在烛光下微微反着光，他用袖子擦了一把，略有些气急败坏：“女人怎么可能与男人一样？”

“女人就是与男人一样！你难道不是母亲生养的？还是说你有爹生没娘养，所以才对女子如此仇视？”孙昭逊定定地看着他。

李景显方才还顾忌着上首坐着的赵羲姮也是女子，言辞不敢过于激烈，但被孙昭逊一番言论激得乱了心神，开始叫起来：“天下女子，无不是要依附男人的，男人生来就比女人要高贵些，不然为什么孩子要随男人姓？女人为什么又要嫁到夫家去？给你们口饭吃就要平等？可笑！”

“若是将来哪一天男人能生孩子了，你们女人压根就没有存在的必要了！女人也并不适合做官，她们心胸狭隘，只拘泥于小情小爱，不如男子见识广博，能纵观大局。”

这话未免过激些了，周围的人家中无不是有父母姊妹的，听闻李景显的言论后，都露出不可思议的表情。

赵羲姮心里有股火“蹭”的一下冒了出来，但还是强行克制着，面不改色，听他继续说下去。

孙昭逊咬牙切齿，恨不得扑上去将他撕碎了，又嫌看他一眼都脏污，只将目光别过去。她原本还能据理力争，但此人连这种极端言论都能说出来，想必思想已经歪曲到极致，不是什么好东西，与他争辩，都嫌费口水。

见孙昭逊不出声了，李景显觉得一定是自己说对了，才让她无法辩驳，于是松了口气，声音越发高亢起来，甚至还对着周围的人问:“大家说是不是这个道理？”

周围众人纷纷将头转过去。

李景显于是将目光投向赵羲姮：“夫人，您既然能成为主公的夫人，又是公主，那就是天下女子的楷模，想必您也觉得女子该温婉贤惠，好好居家过日子，对不对？”

赵羲姮没接他的话，而是将目光投向下面众人：“你们呢？你们觉得他说得对不对？”

“小人等觉得有些偏激了，自古先人都强调阴阳调和，男女共同构成了人。所谓万物并育而不相害，道并行而不相悖。连道与万物都要和谐相处，何况是男女，因此哪能轻而易举说出这种话呢？”其中一人站出来，拱手道。

其余众人纷纷点头，表示自己也是这么认为的。

“小人觉得，这位李景显郎君，不像是读过太多书的人，读书使人明智通达，他言论如此偏激，实在不妥。”

李景显被辩斥，脸上挂不住，因而愤道：“我现在说的是孙昭逊她欺上瞒下，身为女子却参加科举！你们扯这些没用的做什么？”

“布告中明明写着：凡年满十五周岁，德才兼备，有意于仕途之人，皆可参加本次科举，并未强调男女。我今年二十岁，自认德行无亏，自幼饱读圣贤之书，又于仕途有意，为何我就不能参加？”话题既然又被扯回来，孙昭逊便顺势道。

“上一个如你一般想的女人，坟头草都三米高了！”李景显得意地呛道。

殿上余下那十九个学子与孙昭逊是同届考生，又见她才华横溢，虽是女子，却忍不住起了惺惺相惜之意，委实不忍她落得个凄惨下场，于是纷纷跪下。

沈都安紧张得结结巴巴，却还是道：“法未明言女子不得参加科举，且多年前有女子为官先例。”

他算是其中分量最重的一个人了，前二十名举子中，如今唯有他得了封授。

“法律只规定了刑罚，但仍有公序良俗不记入法中，难道就不需要遵守了吗？”

“女子参加科举，难道就是违背道德，需要谴责的行为吗？”

赵羲姮看大多数人虽没明说到底支不支持女子参加科举，但他们都看不惯李景显轻视女子的态度，这让她心里略微舒坦了，可见她的眼光还是不差的，选出来的这二十个人都不错。

赵羲姮见吵得差不多了，所有人的立场都明确了。

“将这次科举在乡中张贴的榜拿一份来。”赵羲姮吩咐道。

不久，宋璇拿了份布告来，大声同他们念道：“今兹凡年满十五周岁，德才兼备，且有意于仕途之人，皆可参加本次科举。”

“所以，凭州的布告中，并未说女子不得参加科举，只要求参加科举的是个人，难道女子就不是人了吗？”赵羲姮垂眸，淡淡地瞥向李景显，“你方才说话的语气和内容，我十分不喜欢。”

赵羲姮一开口，便是将事情定死了，孙昭逊像是脱力一般，身子一下子软了下去。

“你口口声声瞧不起女子，不是照样要向我跪拜，恭恭敬敬地对待我吗？你不过就是欺软怕硬罢了。”

“礼教将女子束缚在内院，大多都不能读书，时间久了，一些人只能依附于她们的丈夫，地位也因此不如男人高。凭州女子的地位高些，能与男子一般劳作贸易，很大一部分是因为恶劣气候条件和礼教不盛行。”

“你也许生长在礼教盛行的地方，享受惯了身为男人带来的福利，你可以稳稳地压榨你的母亲姊妹。”

“但是现在突然冒出来一个女子，你觉得她原本是与你同一阶层的，甚至你可以压她一头，她却将要反把你压制住，于是你恨不得把她拽下来，踩在泥里。”

李景显舔了舔干涩的嘴唇：“我……”

“你别说话了，刚才我已经听够了，也容忍你许久了。别忘了我也是女子，我不是你娘，捧着你惯着你，你当着我的面贬低女子，和当着孩子面骂娘有什么差别？”赵羲姮摆摆手。

“孙昭逊身为女子，能在不公平的教育环境下次次名列第一，说明她的天资与勤奋远远超过男子许多，你还因为性别而瞧不起她？你算老几，你还敢瞧不起她？你考第一了吗，就敢瞧不起她？”

孙昭逊肩膀耷拉着，眼泪一滴一滴地往下掉，却无暇擦去，只任由它们滴落在地面上，汇成一个小水洼。

其余举子也是抿着唇，略有羞愧。

贵族子弟反思，自己可以说是受到了最好的教育，却只学成这个熊样，要是孙昭逊生在他们家，说不定成就更甚呢。

有些寒门子弟觉得，自己总想着与贵族子弟所受的教育有差距，心有不甘，但孙昭逊身为女子，受到的打压更大，她都能名列榜首，自己还有什么脸面抱怨？今后应该多往自己身上找原因，而不是将原因归咎于外部。

“我一直想在不咸城开办个女学，如今钱有了，先生有了，还缺些做杂役的，我看你就很不错。好歹开在不咸城的女学也是官学，你在女学中做杂役，也是吃官家饭，是个体面差事，不是想留在不咸城吗？给你个机会。”赵羲姮拍手道。

她觉得此举甚好，甚至相当体贴：“孙昭逊，往后你便是女学的山长了，我把这个李景显配给你的学院做杂役，不要让他离学生们太近，我怕他荼毒了年轻小娘子。”

李景显大惊失色，要他做杂役？还是在孙昭逊手下？还不如在郡中做个小吏呢！

“我不服，我要见主公！”他厉声尖叫起来。

“你确定要见主公？”赵羲姮语气中充满了疑问，“主公忙着打仗，没空见你，凭州现在我说了算。”

卫澧一向都听她的，她说什么是什么，他才不会反驳。李景显要是非找卫澧主持公道的话，估摸着卫澧会嫌他烦，还不如她的处罚来得人道呢，八成死无全尸，曝尸荒野。

不咸城要兴办女学，女学的山长也是个女子，且兼任太常博士，主管凭州教育，这可真是个好消息，意味着女子的地位进一步提高。

正如赵羲姮所说的，凭州男女平权算是整个大豫最好的。

一是气候条件恶劣，几乎半年都处在冬天，能活下去，活得好，都是有本事的人。无论男女，一样值得尊敬。

二是民族多，大多不是汉人，并未太受刻板礼教的熏陶，有一套自己的行事规矩。

在凭州兴办女学，比起在息阳，要容易得多。

但赵羲姮下此政令的时候，也有几个人不满意，试图谏言阻拦，反应却不敢太强烈。

也就这一件事，赵羲姮做得令他们不满意了。且不说不咸城现在机构几乎完备，运转较之前流畅不少，就是山下那一大片试验田长势喜人，他们也不敢过于强硬对赵羲姮进行置喙。

“这么大的事，总得等主公回来，让他决断吧。”

“是啊，兴办女学，让女子担任太常博士，不是说着玩的，这是件大事。”

赵羲姮扫他们几眼，道：“若我说在不咸城兴办太学，男子为太常博士，你们还会阻拦吗？”

学院已经开始兴建了，大抵在九月中旬就能落成，到时候凭州的女学才算是开了个好头，诸如孙昭逊等女子才能不被埋没才华。

座下几人面面相觑。

赵羲姮又掏出一封信来，上下折了折，只露出一段话：“此事我已经传信与主公知晓，他说全凭我做主，诸位若是不信可以上前来看。”

卫澧的字迹，说句不客气的话，谁也仿不出来，个人风格太明显了。

赵羲姮收到信件的第一反应是：他肯定没有练字！字写得跟蚯蚓爬一样！

第二反应：话好多，他是怎么足足写了六张纸的？

座下众人继续面面相觑，他们倒不觉得赵羲姮会拿这种事情欺骗他们。

卫澧于他们来说，就是煞星修罗一样恐怖的人物，他们敢驳赵羲姮的话，但哪里敢驳卫澧的脸？于是只能捏着鼻子悻悻散去。

他们在心中暗暗嘀咕，主公也太过胡闹了吧？这偌大的凭州，当真就让一个女子掌权了？

他们哪里知道，卫澧的凭州是为赵羲姮守的，仗是为赵羲姮打的，可以说凭州算是赵羲姮的私有财产，她想怎么摆弄都成。

说他是昏主也好，庸君也罢，他都不在乎，毕竟他色令智昏也不是一天两天了，老毛病，也没打算治。

被议论的卫澧远在富裕，打了个喷嚏，周围人心惊胆战，连忙围上来嘘寒问暖。

"主公，你没事吧？"

"主公，你要不要喝点儿热水？"

"主公，歇歇吧，您都已经连着三天没合眼了。"

放旁人身上，感冒打喷嚏是小病小痛，但放在卫澧身上可不得了，他不常生病，一病起来就必定要丢了半条命那种，例如上次高烧。

眼下正到了攻打北飞东章的关键时期，主将若病了，势必要耽误进程。

卫澧将他们都挥开，揉了揉鼻尖，厉声斥道："都滚开！一个个没眼色的东西，都围上来干啥？"

众将心知主公这些日子脾气逐渐暴躁，于是不再说话，纷纷退开。

卫澧脾气越来越差，凶得吓人，脸一天比一天阴沉，快能黑得滴出水。

苍白的面容，阴郁的气质，鸦黑的发和睫毛，细长微挑的眼角，薄唇紧抿，一笑也不笑，都为其增添了几分可怖，走到哪儿都是黑云滚滚的衰样。

旁人都以为他是不耐烦与飞东章纠缠才恼火的，于是时常壮着胆子劝他，很快就能将飞东章攻下了，不要过于生气。

卫澧是气飞东章不假，但更重要的是，他一天比一天想赵羲姮了。他整日食不下咽，睡也睡不好，一闲下来满脑子都是她，想她今天在做什么，有没有想他，想摸摸她的头发，亲亲她的嘴角。

卫澧抓心挠肝地想见人一面，几乎要到了魔怔的地步，但是隔着那么老远呢，回去一趟黄花菜都凉了。于是赵羲姮给他布置的字帖他一张没描，反倒是她的名字，他又写了千遍，睡不着的时候写，闲下来的时候也写。

他孕吐之后好不容易长上的二两肉，这么一折腾，又给掉光了，还倒搭进去好几斤，显得眉骨鼻梁越发突出，整个人更锋利了。

但他不会告诉这些人，他是想媳妇想得，这些大老粗懂什么叫爱吗？他说出来就是对牛弹琴。而且想媳妇想成这样，多没出息。

任谁也想不到，卫澧脑袋里没事业没版图，全部是情情爱爱。

卫澧心中焦急，按照这种进度，估摸着回去都九月初了，没几日就要赶上赵羲姮生孩子，卫澧深觉这样不行，最迟也要八月中旬回去。

战线再往北挪了挪，原本就压抑的飞东章王宫更陷入一种焦灼的气氛，不少宫人卷细软跑了。飞东章王急得满嘴燎泡，传信给自己那个大逆不道分裂出去的儿子，让他来救援自己，但消息没等传过去，就被截获，再无音讯。

赵明心已经开始打包细软，准备跑路了。

她实在没想到，卫澧都快将兵线推到飞东章王城了，飞东章王真是个又老又挫的废物，半点儿都指望不上。

赵明心在心里骂骂咧咧的，明面上还得将人奉承好了。

现在自身安危要紧，她也顾不上诅咒赵羲姮了，只是心里还是气不顺，凭什么天下什么好事都让赵羲姮占了？

都是要亡国了的公主，偏偏赵羲姮的丈夫年轻有能耐，她的就不尽如人意，老天真是瞎了眼。

自卫澧走后，许是旁人觉得有机可乘，近来不咸城倒是抓了许多细作。

赵羲姮早就料到会发生这种事情，卫澧还在的时候，她就已经布置上人手了，半月后顺着探子的踪迹，竟将线索查到了华尚乐头上。

原本她是不信的，华尚乐几次三番襄助卫澧，怎么会做出如此不轨的举动呢？但事实摆在面前，也由不得她不信，不是探子，难不成是华尚乐派人来走亲戚的？

华尚乐既知自己的人被抓，一时间在破罐子破摔和求和之间来回摇摆。

是人都有野心，好了还想更好，他原本夹在幽州与清州之间，只求图个安慰，后来是安稳了，又忧虑北方卫澧一家独大，将来难免会起了吞并他的心思，与其让人吞并他，不如他趁其不备率先动作。

只是才将探子派去，就被赵羲姮截住，抓了个现行。

他若是现在举兵攻打凭州，输赢不定，但若是不打凭州，依照卫澧睚眦必报的性子，回来之后少不了他的好果子吃。

犹豫再三后，他还是决定给赵羲姮写封致歉信。

只是派了几个探子去试探，虽然不太光彩，但还不至于就让人给灭了州，他言辞稍微诚恳点儿，赵羲姮就算再难说话，也肯定比卫澧好说话，他再拿点儿钱赔偿一下。

总之没有完全的把握，他对谁都不敢撕破脸，冀州屁大点儿地方，经不起他折腾。

若说华尚乐此人最大的优点，那就是谨慎，绝不做没把握的事。但有些时候这谨慎的优点也给他添了不少牵绊，例如做事瞻前顾后束手束脚。

华尚乐预备给赵羲姮二十箱黄金，让她将此事轻轻放过，赵羲姮狠狠地讹了他五十箱金子才算了事。

华尚乐觉得这夫妻俩一个比一个黑心肠，卫澧上次要了他两座金矿，他两个月食不下咽，赵羲姮现在又掏了他五十箱黄金，又得肉疼好一阵。

宋璇看着这一箱箱入库的黄金，微微感叹："冀州山多矿多，年年金子、煤炭产出最多，可真是只大肥羊。"

赵羲姮听这话，若有所思，脑袋中有灵光一闪，连忙拊掌命她再去一趟冀州。

华尚乐才心疼地送走了黄金，凭州的使者又来了。

他肉疼地开口："这次是要些什么？"

宋璇作为使者，笑呵呵地道："我家夫人听说冀州矿产丰富，矿工更是娴熟老手，是不可多得的人才，想问您借个五十个人，您瞧……"

她顿了顿，沉吟看着华尚乐，意思很明显了——让他交人出来。

之前便说了，凭州地处东北，几乎半年时间都处在寒冷中，需要大量的煤炭。

在大豫尚未分裂的时候，一直仰仗着从别的州府购入煤炭，来满足一冬所需，因此凭州的煤山并未进行开采过，自然也没有精通矿业开采的人。

但赵羲姮觉得眼下形势不好，凭州今日与这个打，明日与那个打，南下的商路几乎都要堵死了，若是买不到煤炭，凭州冬天就不好过了。

像是去年冬天时，幽州和清州将商路都堵死了，只靠着冀州一处贩运煤炭，现在华尚乐也有了异心，冀州商路恐怕也不顶用了。

老话说得好"爹有娘有不如自己有"，问华尚乐要些人，学完煤炭开采就给放回来。

冀州多山多矿，是靠着采矿发家的，有经验的矿工就是冀州最宝贵的财富，赵羲姮一下子就要借五十人，华尚乐别提多心疼了，试图讨价还价道："三十人，不能再多了。"

宋璇眼睛一亮，同他握手："成交！那就说定了！三十个人，一个都不能差！"

夫人果然精明！

她们计算，向冀州借二十个矿工就足够了，但赵羲姮告诉宋璇，往大了要，要五十个，然后跟他讨价还价。没想到华尚乐这人心眼还挺死的，一下子借出了三十个。

一见宋璇这样子，华尚乐就知道自己是被摆了一道，但三十个人是自己说的，大丈夫一言既出驷马难追，只能硬着头皮点出三十个有经验的采矿好手，送去凭州。

“我从冀州借来了三十个矿工，准备开采凭州的煤矿，这样每年就不用再向别处购买煤炭了，而且那些都是技术熟练的矿工，很有经验，肯定不会发生塌方。”

卫澧迫不及待地将赵羲姮新传来的信件打开。

他横竖看过来，将每个字都咀嚼透了，却连半分思念都没看出来，全部是些政事。

什么今天要去采矿山，明天要去办女学，后天又觉得太霜山下那块试验田长势喜人，连那二十个举子的安置去处都要详细地写一遍。

倒是最后像是补救一样填上了几个字：孩子最近长得很快。

卫澧将纸张对着强光看，还是原来那样，他“啧”了一声，不死心，放在烛火上烤了烤，想看看到底有没有什么隐藏内容。

他就不信了，赵羲姮当真一个“想”字都不同他说吗？

但事实的确如此，他想再拿醋泡一遍，又怕将字迹晕开，毁了信，只能作罢。

卫澧一时很难接受，颓废地将信纸折起来，趴在桌上长长吹了口气，将额前垂下的一缕细发吹起来，反复如此，乐此不疲。

宋将军叫他去吃饭，他也一点儿都提不起精神。

难道思念丈夫，竟然不比做这些事情还要重要吗？他每日在军中忙成狗，都不忘抽出时间来想她。

卫澧撇了撇嘴。就算不思念他，难道孩子就不想念他这个父亲吗？他要是再不回去，恐怕赵羲姮都忘了有个丈夫而不是个上司在外头。

北飞东章的首都在伯力，那地方比凭州还要冷得多。

在军队攻入伯力之前，卫澧收到了飞东章王不下十封的信件，刚开始是诚恳道歉，加了许多筹码希望他退兵的，到了最后，是一封降书，希望以飞东章成为属国的代价，请求卫澧撤兵。

飞东章若是成为凭州从属国的话，那就省下力气，不用再攻打它了，众人喜出望外，看向卫澧，希望他做出决断。

“凭州自己还不是个国呢，要什么属国？”他利落干脆地将降书撕毁了，“而且老王八就说北飞东章成为凭州属国，那南飞东章呢？”

飞东章的行事作风所有人都见识过，卫澧吃一堑长一智，自然警惕。

卫澧说，凭州自己还未立国，言语中也没有称帝的意思，这令众人略有惊讶，他此番若是攻下北飞东章，转头再打南飞东章就如同探囊取物了。

如此一来，卫澧一人所拥有的土地面积，就超过了分裂前大豫总面积的四分之一，整个东北都是卫澧的。

到时候他所占有的土地远比赵明瑾所占有的土地广袤数倍，可他竟然没有称帝的意图？

卫澧像是看出他们的疑惑，扯扯嘴角，长腿往桌案上交叠一架，略微不屑地笑道：“屁大点儿地方，瞅你们稀罕的？没见过好东西咋的？”

杨泽笠眼睛放出光芒，不愧是主公！有大志向！连这么大的疆土都不放在眼里，他也要向主公学习，胸有沟壑才好。

陈若江不由自主地抽了抽嘴角，主公又开始装模作样了。好家伙，听这话说的，咋的地盘在你眼里就跟大白菜似的，囤一筐嫌丢人，非得囤一窖才算脸上有光是呗？您这能耐，我就瞅着你的地方能多大！

照他这说的，赵明晨已经称帝了，他那地方都没卫澧这屁大点儿地方大，合着人家那眼皮子得多浅，埋汰人都没个边。

但是此时卫澧需要一个捧场的，不然下不来台容易犯病，他于是点头，用最热情洋溢的和最充满崇敬的语气赞扬道：“是，是属下等眼光短浅，格局太小了，怨不得您是主公我们不是。”

他一开口，众人反应过来，连忙跟着捧哏：“对对对，陈副将说得对！”

卫澧眉头一挑，心满意足：“明日就攻伯力，打完了早点回家。”

他们还在下头无休止地吹捧，只期盼卫澧连日阴云的脸色能转晴。

而卫澧在桌子底下掰着指头算，现在已经七月多了，赵羲姮怀孕七个半月了，他收拾完北飞东章，八月之前大概就能回去陪她生孩子。

他都走了三四个月了，就这屁大点儿地方耗他这么长时间，早知道不自己来了。

等赵羲姮坐完月子十一月了，打南飞东章是不能打了，答应了陪她上山打兔子的，回头做不到她得在心里埋汰他。

卫澧想了想，抬起头，煞有介事地点点头，这么安排很合理。

众将哪知道他心里想啥，见他点头了，脸色也好了，以为他们的吹捧奏效了。好话不要钱地继续往外倒。

女学建在太霜山脚下，有了孙昭逊的点灯引路，就意味着女子也能做官，光耀门楣，不少达官显贵都试图将自己的女儿送过去。

孙昭逊请示赵羲姮该怎么做，赵羲姮并未管太多，她近日最紧盯着的还是矿山："既然你都是太常博士了，教育这方面自然你看着办就行，谁若是闹，就让他来山上找我闹。"

有了赵羲姮的保证，孙昭逊也就不用惧怕权贵富绅的威胁了，她定下规矩，凡是年满十周岁的女子，按考试成绩择优录取。

除却入学考试，还有月考、末考、半年考、年考、升学考，若有舞弊代笔者，罚银千两，违纪者及其子女终身不得再入官学。

直接祸及下一代，算是断绝了考试舞弊的行为。

一切都在有序地进行着，凭州的运作逐渐走上正轨。

赵羲姮只要一想着这几天飞东章那边捷报频传，凭州内也蒸蒸日上，她就从内心涌起一股愉悦、满足、自豪交织的情感。

这块越来越好的地方，有她出的一份力，她也是促使者！这简直太让人有成就感了。

原本对于凭州，她只当是嫁来的地方，重新开始新生活的地方，现在为它付出了心血，看它一点点地壮大，赵羲姮对这片黑土地有了感情，对黑土地上生活着的人也有了感情。

她站在山上，遥遥向下看去的时候，能看到山下炊烟袅袅，一个人像是小黑点般地移动，那是她的子民，正在安居乐业，正在完成和她不一样的人生。

这样一想，她心里就悸动到想哭泣，她一定要让凭州变得更好才行。

卫澧算得一毫不差，赵羲姮的肚子现在有七个半月了，原本前五个月还不算太大，遮能遮住个七七八八，从第六个月开始，小家伙就像吹了气一样，好像每天都会变大一点。

直到赵羲姮揉揉眼睛，打算从床上坐起来的时候，忽然发现自己坐不起来了。

她摸摸肚子，发现像是扣了一个小锅盖，眼睛稍微往下一瞥，只能看见肚子尖尖。

总之就是……好丑……

她莫名涌起一阵悲伤，连当母亲这种喜悦都冲淡不了的悲伤。

她后知后觉地伸出胳膊，抬抬腿，再捏捏脸，发现全身都长肉了，还不是一点儿。皮肤还是白白嫩嫩的，但白色显胖，她现在肯定像个圆滚滚的糯米糍。

赵羲姮蒙着被，"嗷"的一下哭出声来，她不好看了！

这一阵太忙，导致她都没有时间发现自己身上的变化。

她不想活了，一边哭一边骂："卫澧，你个王八羔子，你个挨千刀的王八蛋，我剁了你的狗头，你不干人事，呜呜呜……我变得这么丑……你在外面逍遥快活……"

赵羲姮哭的声音太大，一众人连忙从外头跑进来，慌慌张张地一个推搡一个，吓得腿脚都麻了，这该不会出了什么事吧？

走近一听，才听清赵羲姮在骂人，骂的还是卫澧……

她们心想，这大概是没什么事了，兴许是梦里梦见主公了？主公在梦里干了什么人嫌狗憎的事？

小桃连忙将被子掀开："殿下，您哭什么？"

赵羲姮看了她片刻，忽然又将被子蒙起来："我变胖了，变丑了，你别看我！"

要不是卫澧，她怎么会变成这样？

小桃算是弄明白了赵羲姮为什么在哭着骂人了，她连忙将镜子取过来，拉赵羲姮起来看镜子："殿下，您看看嘛，哪里丑了，明明就很好看，气色皮肤都比之前还要好呢。"

"骗人……"赵羲姮在被子里闷闷地道。

"真的！小桃什么时候骗过您？起来看看。"

侍女嬷嬷都走上来，笑着劝赵羲姮起来仔细看看自己，不丑，还是个大美人。

赵羲姮半信半疑，人没探出来，倒是伸出一只手，将镜子夺进被窝里，悄悄地掀起被角，露出点儿光对镜自照。

好像……没胖多少，她刚才太害怕了，所以自己吓自己，觉得胖了挺多。

脸颊上长了点儿肉，美人的长肉不叫胖，叫丰腴，她稍微丰腴些了，皮肤白里透粉，是气色很好的样子，主要孩子不磨人，没让她受多少苦。

眉是眉眼是眼的，甚至比之前还长开了，不像个小姑娘，有些妇人的娇艳模样了。

第二十五章

孕吐和产前焦虑

孕妇中后期会格外容易饿，也不是单纯的饿，是又饿又馋，若是吃不到想吃的，就要心酸得要哭了。

好在谢青郁送来的那几个嬷嬷都很有经验，赵羲姮随时随地都能从手边得到吃的，而且除却一日三次正餐，还有各种滋补汤水，那些嬷嬷还生怕她不爱吃，特意将糕点、瓜果弄成花卉和动物的形状。

她捏了捏自己的脸，觉得这些肉长得真是半点儿不冤。

不能再继续吃下去了，在美丽和食物之间，赵羲姮果断选择了美丽。

她将嬷嬷们端上来的糕点、瓜果往外一推，嘴一噘，带着点儿无理取闹的意味："我不吃了，你们都拿走。"

嬷嬷们大惊失色，以为是她们做得不好，所以赵羲姮才不肯吃，忙问："夫人想吃什么？奴等这就去给您做。"

赵羲姮好不容易才将目光从那些精巧的点心上移开，咽了咽口水："没有，只是我觉得现在整日吃，胖了太多……"

她的话还没说完，那些人就一个个尖叫起来："哪里胖了？夫人瘦得很呢，只有现在养好了身体，到时候生产才有力气。"

"医师说，吃多了孩子长得大，孩子大了不好生产。"赵羲姮娟秀的眉头皱起，煞有介事地解释道。

医师是这样叮嘱没错，却没说赵羲姮孩子养得太大了，只是让她多注意一些。

嬷嬷们在她身上打量一番，快八个月的肚子了，是不小，但还是对赵羲姮话语中的真实性表示怀疑，她们负责夫人的饮食，怎么不见医师同她们说？

但赵羲姮既然说不吃，那就不吃，等回头想吃了，再端来给她便是。

孕妇身子重，体又热，难免心焦些，此刻再不顺着她的心意，恐会更烦躁，于是不再烦她，依次安静地退下去。

眼下正是七月半，凭州最热的时候，赵羲姮热得身上直滴汗，但房里要遵照医嘱，不能摆放太多冰盆，她就只能倚靠在窗边，借着院子里的过堂风解热，但如隔靴搔痒，汗水沾湿了轻薄的衣料，贴在她皮肤上，雪白的皮肤在薄纱下若隐若现。

她的头发全拢起了，用一根碧玉簪子固定，露出纤细的脖颈。

但赵羲姮无论如何也解不了热，心里烦躁更胜，将扇子一把扔了，站起来："主公的信到了没？"

侍女都不敢惹她，只有小桃上前："门房说了，这几日并未收到主公寄回来的信。"

赵羲姮拾起团扇，用手撕了撕，泄愤似的骂道："好啊，当真是在外头翅膀硬了，信都不知道往回寄了，谁知道在外头招惹了什么莺莺燕燕，听说飞东章的女子一个个能歌善舞，漂亮得紧。”

她右手托着腰，左手扶着肚子，快步绕房内走了一圈，那么重的身子，看得人心惊胆战，于是呼啦啦地都团在她四周拥簇。

赵羲姮不耐烦起来，将她们挥开：“太热了，离我远些。”

她继续碎碎念：“原本还知道每隔三天往家里寄一封家书……”

“您前一阵不是还嫌主公家书寄得太频繁了吗？”一名侍女小声道。

赵羲姮脸上表情一滞，半刻说不出话来，反应过来后，气鼓鼓地辩解道：“那我嫌弃是一回事，他做不做又是一回事，态度总是要有的吧！”

几个人偷偷笑起来，小夫妻就是这样，明明心里想念对方，偏偏不肯好好表达，总是用这种别别扭扭的方式。但愿主公早些回来。

她们连忙握着扇子，纷纷给赵羲姮摇扇，一边开解她心中烦忧：“夫人，这样凉快些了没？”

“凉快是凉快些了，你们若是累了，就歇歇。”赵羲姮语气不由得放缓，她也知道自己最近脾气不好，难为她们一直迁就，“等回头教人给你们涨月例。”

夜里赵羲姮一睁眼，四周黑漆漆一片，伸手不见五指，赵羲姮是被饿醒的。

她想吃云吞鲜虾面，里面撒一些葱花和芫荽，热气腾腾的，面条一根一根又细又韧，骨汤浓白醇厚，云吞里塞着大只的新鲜虾仁，煮的时候沁入了汤汁，咬一口滚烫的汁水裹挟着鲜嫩的虾肉爆炸在口腔中。

她想吃刚烙好的海苔米饼，外皮金灿灿的，用筷子一刮，能听见刺啦刺啦的声音，外酥里嫩，也可以掰成一小块一小块地泡进云吞面的汤里，然后呼噜呼噜地吃掉。

赵羲姮越想越饿，越想越馋，但是转念思及自己胖了，不能再吃，饿和委屈这两种情绪在黑夜里酝酿到极致，一瞬间爆发开，她咬着被角哭起来。

因为月份太大，她只能侧身躺着，眼泪顺着眼角往下淌，一点一点地沾湿了被褥。

她越哭声音越大，想要翻身，却陡然发现自己背后多了点儿什么，滚烫滚烫的。

她吓得一瞬间安静了。

“哭什么？哪儿不舒服？”

虽然对方嗓子哑得不成样，但熟悉的语气，熟悉的动作，还有熟悉的淡淡铁锈味。

卫澧头痛欲裂，撑着身子坐起来，眉头几乎打结，想用手背给她擦眼泪，但思及自己的手粗糙干裂，最后拽着袖子，往她脸上一抹。

赵羲姮怔住了，躺在床上，连哭都忘了。

“哪儿不舒服？”卫澧慌忙下去点灯，又问了一遍，没敢碰她的肚子，她现在这个样子，他真要被吓死了。

赵羲姮挺着这么大一个肚子在哭，她怎么了？他该怎么办才好？卫澧的脑袋嗡嗡作响。

他有些后悔，北飞东章有什么要紧的？这几个月，她不知道受了多少苦，赵羲姮一向娇气得要死……

卫澧手都在发颤，烛火一摇一摇的。

他要跑出去叫人，赵羲姮抓住他的手，忽然“哇”的一声大哭出来：“我饿了。”

烛光下两个人对视，卫澧脸颊瘦削得快没人样了，原本殷红的唇变得苍白，翻出一道道死皮血痂，眼睛还是又黑又亮。

赵羲姮丰腴了不少，也漂亮了不少，她眼睫上沾着泪，鼻尖红红的，粉白的皮肤吹弹可破。

卫澧忽然不敢看她，匆匆端着灯出去，脚步在门口处一顿，又低着头，折回来，将灯放在屋里，然后只身出去。

他又走到门口了，忽然再折回来，问：“吃什么？”

“鲜虾云吞面，海苔米饼……”赵羲姮抽抽噎噎地道。

他这次真出去了，外头传来一阵细弱的交谈声，接着是脚步声，院子西侧小厨房的门被“咯吱”一声打开了。

卫澧站在外头，看着天边的一弯月亮，分明不太冷，他却忍不住打了好几个寒战，忽然不敢进去。

他摸了摸自己的脸，来去匆匆的，胡楂还未刮干净，腮上和眼窝都凹下去了，眼下肯定是青黑的，像只鬼一样。

赵羲姮又变得漂亮了，他却变丑了……

卫澧忍不住搓了搓手，然后蹲在廊下，难得有种近乡情怯的忧愁腼腆。

嬷嬷们做事很麻利，不一会儿，就将热腾腾的云吞面和米饼端来了。

卫澧让开门口，说道：“送去给她吧。”

“主公不送吗？”嬷嬷问。

卫澧眼神游移，嬷嬷继而补充道：“夫人很想您的……”

他忽然站起来，将托盘接过，转身进去了。

赵羲姮想他……

赵羲姮想他。

赵羲姮想他！

卫澧扶着她坐起来靠着软枕，搬了个小炕桌来给她，然后将筷子塞进她手里，说道："吃。"

赵羲姮把筷子一摔，抿唇，眼眶红了一圈："你刚才什么意思？"

卫澧懵懂地看她。

"你是不是见我丑了，不想见我所以躲出去？"她越说眼泪就跟珠子似的越往下掉，"我怀的孩子又不是我一个人的，你还嫌……唔……"

话还没说完，卫澧就倾身将她的唇封住了，留下一个绵长的吻，他唇上的干裂蹭得赵羲姮嘴疼，他的眼神更像是饿狼一般，恨不得将她吞下去。

卫澧七日前将伯力攻下，实在等不及了，当场就甩下人策马往回赶，不说参加庆功宴，就连身上的伤口都没来得及包扎。

他不爱穿重铠，嫌动作不方便。

战场上刀剑无眼，或多或少都落了伤，加上旁人的鲜血，经过风一吹，衣裳变得硬邦邦的，散发着并不好闻的腥臭味。

卫澧一路上换了四匹马，没日没夜地跑了七天，其中只有三天夜里是在沿路驿站里换马小憩，剩余时间全部在路上了。

他只要一想到赵羲姮还在家中等着他，就半点儿都不觉得累，反倒涌起无限的精力。他停在府前的时候，已经是深夜，月挂中天，门房昏昏欲睡，巡逻的将士一见他，眼睛都亮了，甚至怀疑是不是看错了人。

待确定之后，几乎要张嘴喊出来。

卫澧利落地翻身下马，眼前有一瞬漆黑，但并不碍事，将马缰扔给他们，嗓子哑得几乎听不出原声："闭嘴，拴马。"

他悄悄地进了卧房，赵羲姮熟睡着，被褥里露出一个脑袋，就那样安安静静地躺在床上，呼吸均匀，卫澧知道自己身上沾着的血迹多难闻，却迈不开腿。

卫澧站得腿都麻了，视线却一点儿没舍得从赵羲姮身上挪开，好在理智尚存，闭眼咬牙冲进了温泉，不到一刻钟就跑出来了。

他那么想她，忍着疼跑了好几天跑回来的，她竟然说他是嫌她丑所以躲出去？

"赵羲姮，你有没有心？"卫澧掐着她脸颊上的嫩肉，咬牙切齿地阴阳怪气道，"我嫌弃你，所以大半夜跑回来，我可真嫌弃你，嫌弃死你了，你也这么嫌弃嫌弃我呗。"

“疼。”

“疼死你拉倒。”他气道，手却撒开了。

卫澧想她想得快要疯了，别说赵羲姮现在说话戳他肺管子，就是扇他两巴掌，他也得抱着人啃几口稀罕稀罕，反正他皮糙肉厚也不觉疼。

赵羲姮揉揉眼睛，显得眼眶更红了几分，细皮嫩肉的，脸颊上带着卫澧刚才掐出的红印，昏黄的烛光下显得更柔弱温婉了几分：“你怎么现在就回来了？伯力安顿好了？”

卫澧的语气也不自觉地放软了，抬手揉了揉她脸颊泛红的皮肤：“反正有宋将军他们呢。”

他手上的皮肤太粗糙，赵羲姮那块皮肤反倒越揉越红，她甚至被揉得龇牙咧嘴。卫澧讪讪收了手，把碗往她面前推推：“不是饿了吗？先吃饭。”

哦，这是害羞了，转移话题了，想她就直说，她又不会笑话他。

赵羲姮心存善念，没有拆穿他。

她捏着筷子的手指圆了许多，不是胖的，是孕后期手脚水肿。

见卫澧将目光落在她的手上，赵羲姮脸一红，将手指往袖子里缩了缩，忍不住凶道：“看什么看？”

男人的嘴骗人的鬼，还说不嫌弃她胖，眼睛里的震惊都快掉下来了。

她实在饿极了，现在没工夫跟卫澧计较这些，低头去捞面。

隆起的肚子挨着小桌，要多别扭有多别扭，弯下腰的时候，胃也不大舒服，她只能缓缓地吃。

将碗端起来的话是方便些，但她嫌烫，只能这样慢慢地吃，半晌才吃了一口面、一只云吞，赵羲姮抬头看看他：“你要是困的话，就先去睡吧。”

等她吃完估计要很久了。

肚子变大是个循序渐进的过程，她动作的不方便也是一点一点积累起来的，不是一下子让生活变得不方便，因此赵羲姮没察觉自己变化多大，她身边的人日日面对着她，自然也觉不出来。

卫澧却是三四个月都不曾与她在一起，他知道怀孕的人肚子会变得很大，但是不知道会对生活影响这么大，连吃口饭都不方便。

“你干吗？”他去拿她面前的碗，赵羲姮立马皱起眉头，嫌她吃得慢也不能不让她吃啊！她连半碗都没吃完。

卫澧低着头，没应她，拿勺子在汤里搅了搅，吹了吹，赵羲姮正要骂人，他忽然将抬起眸子，眼眶也是红的，跟她方才哭过后没有什么区别。

“吃。”他捞了只云吞，吹凉，然后递到她嘴边，没说什么煽情的话。

赵羲姮狐疑地接过来，明明刚才两个人还在拌嘴，卫澧怎么忽然温情脉脉起来了？

“你怎么对我这么好？”她还有点儿羞涩，方才是她以小人之心度君子之腹了。

她这话一出，卫澧原本红着的眼眶里头霎时泛起了点儿晶莹，他斥道：“这就叫好了？赵羲姮，你也太没见识了吧？”

什么对她好？喂口饭就叫对她好了？她愿意给他生孩子都没说啥呢，没出息。

“欸，好好说着话呢，你怎么又哭了？”赵羲姮惊奇道，卫澧很少哭，好端端地哭什么，自己也没说什么话刺激他呀？

她抬手，用手指给他擦了擦眼泪，像是调笑似的说：“你是小哭包吗？到时候孩子会跟你学坏的。”

卫澧将她的手拍开：“我哪儿哭了？吃你的饭！”

他撕了块米饼来堵她的嘴。

“想喝汤。”赵羲姮清清嗓子支使他，他这次没犟嘴，乖乖地试了汤的温度，喂给她。

她在低头乖乖吃饭，卫澧忽然凑过去，在她脸颊上狠狠地亲了一口。

太可爱了！她吃得腮帮子一鼓一鼓的，眼睛又大又水灵，睫毛长长的，像是小扇子一样。

然后卫澧把目光放在她隆起的肚子上，如果是个女儿，一定要和赵羲姮长得一样。

赵羲姮瞪大眼睛，连咀嚼的动作都忘了，他这是干什么？

卫澧眼睛里放出一种猫见了耗子似的光，又凑上去亲了赵羲姮一口，上瘾似的，趁着她不注意，用鼻尖亲昵地蹭蹭她的脸颊。

他好想将赵羲姮一口吃掉，这样就永远都不会分开了。

赵羲姮吓得双下巴都要出来了，卫澧方才对她的一系列动作，不是她常撸“狗蛋儿”时候做的吗？

下一步就该啃她的头了。

赵羲姮越想越恐怖，在头被啃之前，提前制止了他的行为，一掌打在他脑袋上：“你干什么？深更半夜发什么病？”

一顿饭吃完再漱口，已经是后半夜了，卫澧原本撑着精神，打算等她睡着了再睡，但这些日子疲于奔波，实在没撑住，先于她睡着了。

他半张脸埋在被褥里，眉头紧皱，下巴尖削锋利，充满着侵略性。

赵羲姮在虚空用手指描摹他鼻梁的弧度，发现不仅自己长开了，卫澧与之前相比变化也很大。小家伙似乎也没睡，像是感应到父亲回来了似的，轻轻一踢，赵羲姮摸摸他，表示安慰。

她和卫澧，一定会努力做一对好父母的，不吵架，不打架，尽量表现得恩爱一些，为孩子营造积极和谐的家庭氛围，让他童年幸福。

卫澧的唇干裂起皮，渗出血来，血迹干涸在唇上，赵羲姮侧身，在床头的小柜里翻了翻，找出自己的润唇膏，用银匙挖出一大块，厚厚地覆在他的唇上。

自打她行动不方便后，这些零碎又常用的东西，就都在床头备了一份。

他像只警惕的猫，半睡半醒间抬了抬眼皮，见是赵羲姮，又将眼闭上，顺势抓住她的手放在掌心。

“睡吧，睡吧。”赵羲姮安抚他，将他唇上的膏脂涂匀，连着涂几天，干裂就能养好了。

小桃第二日来为赵羲姮端水洗漱的时候，一见到卫澧，吓得一踉跄。

昨晚不是她守夜，卫澧竟然昨夜回来了！

卫澧将被子捂紧，不露出一寸皮肤，冲小桃翻了个白眼，骂道：“滚出去，谁让你进来的！”

他还没穿衣裳呢！

小桃在心里骂人，但是表面还是恭恭敬敬的。她跟着殿下的时候，他还不知道在哪儿呢，狂什么？

赵羲姮的手在被窝里掐了一把卫澧的腰，使劲一扭，小声道：“你骂她干什么？她是我的人，又给你脸了是不是？”

卫澧瘪瘪嘴——她是你的人，我难道就不是你的人吗？

但他也不敢对着赵羲姮呛声，只是不情不愿地将语气放缓一点儿，对小桃道：“你将东西放这儿就行了，我来，你可以出去了。”

小桃将信将疑地看他一眼，怀疑他能做好吗？最终她还是退下了。

卫澧兴致勃勃地从被子里钻出来，将热水和香胰子给她放好，又将竹盐放在牙具上，然后凑过去扶她的腰：“赵羲姮，快来洗漱了，一会儿水都凉了。”

他是第一次帮人洗漱，像是得着了什么好玩的东西似的，兴致极高，恨不得把牙具塞进赵羲姮嘴里替她刷牙。

这让赵羲姮惊得一愣一愣的，问他：“你又犯什么病了？”

他这一趟回来，她就觉得很不对劲，格外地黏糊腻歪，简直像是被掉包了。

卫澧亲亲她的脸颊，在她脸上糊了一层润唇膏："没有，我高兴，我乐意。"

赵羲姮心里铺开了大草原，一把薅住他的领子，将人拉低，强迫他与自己平视："我刚洗好的脸！你给我糊了一层油！"

卫澧一抹嘴，是有一层膏一样的东西糊在嘴上，再看赵羲姮脸上亮晶晶的，他讪讪地闻了闻："这不是你之前睡前涂在嘴上的东西吗？怎么在我嘴上？"

"你怎么知道这是我以前睡前涂嘴的？"赵羲姮哪好意思说这是她昨晚给他涂的，没接这茬，急中生智地反倒抛了个问题回去。

卫澧果然脸上一红，他总不能说，是以前偷亲她的时候，糊了满嘴吧？

这玩意的味道他至今记忆犹新，闻着一股花香，触到舌尖却一股苦味。

"当然……"卫澧一扬下巴，强行解释，"我博闻强识，过目不忘。"

侍女将被褥叠好了，卫澧吃完饭，一溜烟似的跑回去，将衣裳解开，被子抖开披在身上，然后拍拍身侧的位置，喊道："赵羲姮，快来。时候还早，咱们再睡个回笼觉！"

他一扬唇，露出一口灿白的牙，虎牙尖尖的。

赵羲姮看了眼时辰，嗯……已经辰时了，回笼觉睡起来估计都晌午该吃饭了。

"不睡，你爱睡自己去睡。"她拒绝。

"来吧来吧，昨晚睡得太晚了！"卫澧不等她拒绝，长腿一迈，下床将她抱上去。

赵羲姮惊呼一声，下意识地环住他的脖颈。

卫澧已经回来七天了，该得到消息的已经得到消息，该送礼的送来贺礼。

按理说，他应当随着凯旋的大军一并回来，像个英雄一样接受百姓的欢呼崇敬，但他一向不爱这种活动，那些人用打量探究的目光看着他，让他觉得自己像只猴。

好在凭州他最大，他乐意做什么也没人管得了。

华尚乐战战兢兢好些时日，食不下咽夜不能寐，生怕卫澧操戈向冀州。但卫澧正忙着呢，哪有空理他？

卫澧自那夜回来，就半步都没踏出过屋子，恨不得拿根针把自己和赵羲姮缝在一起，黏黏糊糊得像团糨糊，连她洗澡起夜，都寸步不离。

赵羲姮第一次见识到"小别胜新婚"的威力有多大。

她双眼无神，仰躺在床上，目光直直地盯着帐子上乳白色的栀子花，任由卫澧像啃骨头一样啃她的脸颊、脖子。

她细皮嫩肉的，卫澧有时候控制不好力道，她就照着他头上拍一掌，他便哼哼唧唧地放轻动作。

卫澧现在每日要睡三觉，早上吃过饭后的回笼觉，养足精力的午觉，还有晚上的正觉，美其名曰是养身体，但实际上帐子一拉，隔绝了外面的视线，他就能借机行不轨之事，当然大多数时间还是睡觉的，赵羲姮也不知道他哪里来的这么多觉。

她并不想陪他耗费时间在床上，但卫澧要命地磨人，见她出去就号，一遍一遍地喊她的名字，搅得整个院子都能听见，然后在房间里踱来踱去，嬷嬷和侍女们纷纷偷笑。他不要脸，赵羲姮还要脸，只能认命地和他厮混。

卫澧搂着她的肩，道："阿妉，你好软啊。"

赵羲姮一下子睁开眼睛，含糊不清地问："你再说一遍？！什么软？"

卫澧不知道自己惹她生气了，抬起头，眼尾猩红，很不知死活地道："哪里都软。"

赵羲姮掐着他脖子把他掀翻过去，眼中饱含泪水："你娘的！"

卫澧眼睛瞪得老圆，仿佛受到了很大的惊吓，却不敢动作："你怎么了？"

"你闭嘴，不许再说我胖了！我不胖！就算胖也是暂时的！"赵羲姮揪着他的领子，拧眉道。

"我哪里说你胖了？"这人怎么现在还不讲理了？

卫澧才不怕她，直起身子就要和她理论，赵羲姮将他推倒在床："你说我软，不就是肉多吗？只有肉多了才软！你别以为我听不出你的弦外之音，你记好了，往后都不准在我面前说类似的话，不然我撕烂你的嘴！"

说完，她松开卫澧的衣领，坐起来，将衣裳披上，拍拍胸口下了床。

赵羲姮现在最忌讳的，就是自己长肉这件事了。

卫澧倒在床上，头发散乱，目光呆滞，死死地揪住自己的衣襟，不让文身暴露半寸，仿佛受辱的良家少妇，他现在心中有两个疑问——

一、他什么时候说赵羲姮胖了？她好不讲理。

二、她力气怎么那么大？

但是自己躺在床上是万万不能躺的，卫澧连忙爬起来，追着赵羲姮道："那我不说了，咱俩再睡会儿。"

"睡你个头！"赵羲姮一见他那张脸，就忍不住想起他刚才的话。

"阿妉，你好软啊。"耳边一响起这句话，她就忍不住想自己长胖了这件事，不由得一阵心酸。

卫澧要抓她的手，她躲开了："吾日三省吾身……"

"为人谋而不忠乎？与朋友交而不信乎？传不习乎！"卫澧连忙接上，这句他背得可熟了。

“字帖描了吗？书读了吗？政务处理了吗？”

卫澧听她说完，脸色一僵，猛然想起临走前赵羲姮塞在他行礼里的字帖，他一张没动呢。

“我才回来，你就不能让我好好休息？”他纵然心虚，但语气还挺强硬。

就算是软话也得硬说，不然还显得他怕了呢。

两个人默默对峙着，卫澧将头撇过去，嘬嘴：“读读读，我这就去。”

他穿上衣服，将头发随意绑成个马尾，忍不住道：“你没事儿别老生气，哪个王八羔子敢说你胖，老子就弄死他。”

卫澧现在恨死那个说赵羲姮胖的人了，恨不得把人抽筋扒皮。

他凑过去，在赵羲姮脸上亲了一口：“哪儿胖了？非得瘦得一把骨头架子才好看？”

他语气里的宠溺很明显，赵羲姮搅搅手指头，语气也不如方才强硬，小声抱怨道：“那人家小娘子都是苗条的。”

“那叫芦柴棒，那不叫苗条。”卫澧说得煞有介事，“真的，我老早就想跟你说了，你以前就瘦得跟那芦柴棒似的，但怕你生气没敢说，现在还带着水肿呢才这样，等回头水肿消下去也胖不到哪儿去。”

“你你你……你别过来……”赵羲姮眯着眼睛乜他，后槽牙咬紧，卫澧见事情不好，连忙跳着跑出去。

跑出去后趴在窗框上对房间里头的她道：“你一天天别老除了生气就是想着打我，过俩月带你去打猎。”

赵羲姮还是耷拉着脸，他“啧”了一声：“别不高兴了，来，笑一个！”

赵羲姮看他贱兮兮的嘴脸就气不打一处来，摸起桌上的苹果扔出去：“滚！”

卫澧真滚了，只是滚老远还能听见他嘱咐：“他们送政务文牒来，都让他们往书房放，我看哪个眼瞎的再往你跟前堆。”

赵羲姮揉了揉脸，想将扬起来的嘴角压下去，却怎么也收不回去，她又换成搓脸，把脸颊上的肉都挤在一起。

明明自己都要当娘了，怎么突然像是怀春少女似的？

卫澧有毒吧？还没说两句话呢，自己怎么就笑起来了？思及此处，赵羲姮不免羞恼，不能笑，不能笑。

卫澧出了院子后，周身的气氛由晴转阴，眼里光淡下来，微微敛眸，舌尖扫过虎牙，随后叹口气，眉眼间被压抑住的郁色浮起。

真是……烦死了……明明才离开不到半刻钟，他就想回去了。

才抱了几天，又要开始干活了！

赵羲姮的身孕已经八个半月，一般来说，还有一个半月就要生产了。

这一个半月，说短也短，说长也长。

卫澧这次回来总黏着赵羲姮，一部分是因为许久不见想念得难受，另一部分是因为他看着赵羲姮的肚子便觉得害怕。

这种生产前的焦虑，随着时间的推移愈演愈烈，他以肌肤相贴的方式来缓解这种焦虑。但他不肯告诉赵羲姮，怕将这种焦虑传递给她。

托镇北王的福，与书房相连接的藏书阁里，什么书都有，上到编年史册，下到妇科偏方。

下头人还未将今日的政务文牒送来，卫澧钻进去，挑了几本书出来，又将府医叫来。卫澧杀的人多，自然而然就清楚人体结构和经脉穴位，因此笔下圈圈画画，倒是还算流畅，至少比他练字背正书要强许多。

府医趴在榻上，卫澧用笔杆指了指他后背两排："按这儿是吗？"

医师忙点头："是是是。"

卫澧下手，顺着他脊椎两侧上下推动："这样？"

"稍微轻一点点。"

府医年纪大了，被这样一按，舒服地呼噜呼噜睡着了，卫澧一脚踹在他的小腿上，铁青着脸："还睡上了？谁让你睡的？"

"嗯，嗯？"府医迷迷瞪瞪地醒来，看见卫澧火燎了尾巴似的表情。

他倒是没继续踢人，而是烦躁不安地在房间里走来走去，这种行为府医见得多，大多发生在临生产前的孕妇身上。

她们莫名感到焦躁忧虑，因此脾气差，精神恍惚，喜怒无常。

如果他没判断错，应该是产前焦虑。

他问："主公最近作息有没有什么变化？饮食可有变化？是否常觉得空虚、烦闷、愤怒……"

如果大半日都在睡觉和忧虑算是的话，那他承认这个老头子说得很对。

卫澧用漆黑的眸子看着府医，隐隐透出"你怎么知道"的意思，府医觉得自己判断准了。

既然主公都有过"孕吐"了，那"产前焦虑"就不是很稀奇了。

府医万万没想到，要生孩子的夫人每天只会因为自己长肉和天气闷热而生气，而不用生孩子的主公却实打实地产前焦虑了……

“主公要不请个菩萨拜拜吧，听说城北寺庙的送子观音娘娘很灵，生孩子前拜拜，能保佑母子平安。”

这种事情又不是吃药能解决的，只能找精神寄托，反正生孩子的又不是主公，他焦虑对孩子没什么影响，挺到把孩子生出来就好了。

府医捋了捋胡子，继而产生了担心，孩子生下后，主公不会产后抑郁吧？

卫澧觉得府医这个建议十分傻，并不准备接受。

信神佛，这是最愚蠢的人才干得出来的事，万事求人不如求己，况且他也不愿对着那么个泥胎三跪九叩。

但是他最近情绪焦虑越发严重，以致寝食难安，性情也逐渐暴烈，甚至有些影响赵羲姮了。

所有人都忙忙碌碌，脚步声杂乱无序，侍女、医师、产婆来来去去，侍者在院子里端着水盆进进出出，盆中是鲜红的血。

忽然有个婆子大喊道：“夫人不好了！”

卫澧脚步虚浮地冲进去，只见赵羲姮躺在床上，脸色煞白，身下的血一直流，将整个床单都染红了，卫澧去抓她的手，却怎么也握不住。

“阿妉……”他哭着喊她。

赵羲姮张张嘴，血噎住喉咙，咔咔发出响声，主动握住他的手，纤白的手背上青筋暴起，眼中满是灰败。

她说什么，卫澧压根听不清，于是凑上去，将耳朵贴在她的唇瓣。

她唇间吐露出灼热的呼吸喷洒在他的耳郭，却令他心悸，他哭得简直不能自已。

卫澧真的害怕，才同她在一起不到两年，说好了去后山打猎，明年元宵节要一起过，未来还要带着孩子去看花灯，他们两个的日子才刚刚开始，还有好多好多事情没有一起做，她怎么就能丢下自己走了呢？

他这辈子，除却她，就没什么念想了。

卫澧五脏六腑疼得像是被撕裂，几乎要生生呕出一口血。

赵羲姮指甲狠狠地嵌在他的手背上，瞪大眼睛，用最后一丝力气道：“你……”

“什么？”

“你字帖……描完了吗？”赵羲姮恶狠狠地问。

卫澧一下子从床上弹起来，胸口剧烈起伏着，喘着粗气，眼泪直直地往下掉，脆弱痛苦到了极点，号出声来，将睡在一侧的赵羲姮一把抱住："阿妩，呜呜呜，你别死，我不要你死。"

赵羲姮被他的哭声吵醒，原本气得想骂人，但见他如此悲伤，连忙回抱住他，拍拍他的后背："不哭不哭，我在呢，我没死，我才不会死。"

看这样子，卫澧是做梦被魇着了，他这是做梦梦见她死了？唔，他哭起来还怪可爱，跟个受委屈的狗似的，下巴搭在她的肩上。

卫澧一时间分不清梦境和现实，浑身颤抖着，良久不能回神。

许久后，他情绪平复，赵羲姮正轻柔地拍打着他的后背。

卫澧身体僵住了，他刚才，似乎是哭得过分了。他，一个大男人，扑在自己媳妇怀里哭，要脸不要？

赵羲姮见他没动静了，偏头看了看他，卫澧迅速将眼睛闭上，装睡。

她歪歪头，觉得卫澧实在奇怪极了，但还是将他放下躺倒。

卫澧的手紧紧地攥成拳，不能让赵羲姮发现他装睡的事情，不然肯定会引来她的刨根问底和嘲笑。

好在赵羲姮也没深究，而是侧躺着睡着了。

卫澧不敢回忆梦中的场景，只一想起那满屋子的血，他便后背汗湿，浑身发凉。

城北的老和尚说，杀孽过重的人，是要遭报应的。他不信神佛，也不信报应这一说，但忍不住害怕，万一真有这回事呢？

府医之前提议他请一尊送子观音娘娘回来，卫澧骤然觉得这个建议也不是太傻了。

他亲自去寺庙捧观音，临走前方丈将一串细佛珠子缠了三圈，绕在卫澧手腕上。

"施主将此佛珠佩戴三年，可保全家无虞。"

卫澧扯了扯佛珠下的穗子，略有嫌弃，他一个杀人的，让他日日手上缠着佛珠，可笑不可笑？心中虽如此想着，但忍不住思量，万一呢，要不就戴着算了，反正也没什么损失。因而也未将佛珠摘下，双手捧着蒙了黄绸的送子观音走了。

方丈看着他的背影，露出愉快的微笑，双手合十，念了声："阿弥陀佛。"

天道好轮回，去年卫澧将他的寺庙拆了，虽出家人以慈悲为怀，但开罪了佛祖，略微戏弄他也不为过。

卫澧去年拆寺庙，不敬神佛，这是众人都知道的，今年他手上戴了佛珠，倒是自打自脸。

此事自然瞒不过赵羲姮，卫澧将送子观音放在偏室，让人安排了瓜果香烛。

赵羲姮推门一见烟火缭绕，吓得下巴上的肉都出来了。

卫澧抿抿唇，略微不自在，希望她看见了也别多说话。

“世上哪有什么神佛，不过都是骗人的，即便有神佛，这天下有求于他们的人多了去了，神仙哪会管人间的闲事？”赵羲姮学着卫澧当时轻狂不羁的语气，将他往日的话复述了一遍，有意埋汰他。

卫澧更尴尬了，是，这话是他说的不假，现在翻出来，打脸不要太疼。

“我多加香火钱，神仙也是要过日子的，有钱能使鬼推磨，自然也能让神佛满足我的要求。”他将下巴一扬。

赵羲姮淡淡道：“你当着观音娘娘的面说这种话，她听见会不高兴的。”

卫澧脸色一变，下意识地看一眼桌上的观音像：“你闭嘴，别说了。”

“那你许了什么愿望，说出来让我听听。”赵羲姮轻咳一声，摸摸肚子问道。

既然拜的是送子观音，那自然就是求的生育上的事情，卫澧就算不说，赵羲姮也都知道，母子平安嘛，但是她坏心眼地就想看卫澧难为情。

卫澧磨磨牙，赵羲姮那坏心思自然瞒不过他。

“求一举得男。”他一字一句，反过来气她。

“哦。”赵羲姮点点头，煞有介事道，“你说这不是巧了吗，府医也说这胎最有可能是个儿子呢，主公你要得偿所愿了。”

“真的假的？”他眼瞪得老圆，连忙在心里呸，他方才瞎说的，世上若有观音，可千万别把他方才的话当真。

“真的，我能骗你吗？”赵羲姮这倒是没骗他，府医说脉象强劲有力，像是个男孩，卫澧自己说想要个儿子的，不管是不是心口一致，恐怕要应验了。

他打定主意这辈子就和赵羲姮生一个孩子了，其实男孩也行，反正都是赵羲姮生的，男孩也皮实，扛摔打……

卫澧默默地想。

佛堂里烧着香，烟大，卫澧怕熏着她，于是护着她的腰往外走。

外头阳光极好，他像是眼睛出了问题一样，遥遥看见一个穿着红裙子的小女孩，与赵羲姮生得有八分像，才到人小腿肚那么高，小女孩踉踉跄跄地朝他跑过来，娇娇嫩嫩地喊他：“阿耶！”

“花花！”女孩抬起手臂，掌心是一朵小粉花。

再一回神，哪有什么小女孩，地上空荡荡，只有缝隙中一簇野草茁壮生长罢了。

太阳太晃人了，卫澧眼眶都被它晃得酸疼。

他最近焦虑得睡不好，神经也有问题，总做梦，现在白日里都出幻觉了。

“那若是生个儿子，叫什么？”赵羲姮扶着他的手问。

一算起来，还有不到半个月就要生了，孩子的名字还没起呢，衣裳倒是做好了，鹅黄的、天青的、嫩黄的，男孩女孩都能穿，料子很软，穿着一定舒服，赵羲姮想起卫澧还未见过那些可爱的小衣裳，于是拉着他的手往寝房里走。

卫澧略有些失神，随口道：“卫勇？卫猛？”

听起来太敷衍了，赵羲姮掐住他的耳朵狠狠一拧：“孩子是捡来的吗？”

“我再想想，我再想想。”卫澧龇牙咧嘴，回了神。

嬷嬷和小桃她们手都巧，赵羲姮前一阵忙着凭州庶务，她们就已经做了满满一抽屉孩子的衣裳，还有一抽屉的尿布、玩具、鞋子。都过了好几次水，软软的。小小的一件衣裳，还没有她两个巴掌大，每次见都觉得可爱得不得了。

她一件件地摊开在桌子上，给卫澧展示：“你看，都好小，好可爱。”

卫澧看看赵羲姮的肚子，看看只有他巴掌大的小衣裳，小心地放在手上晃了晃。

这么小，也不知道生下来该是多娇嫩脆弱的小东西。他有种战栗的恐惧，还有一种对待新生命降临的迫切渴望。

赵羲姮又将鞋子拿给他看，像个大黄米汤圆那么大，两口子兴致勃勃地摆弄着这些小玩意。

“卫澧……”赵羲姮攥着孩子的小红肚兜忽然不动了，急切喊他的名字，带着恐惧的颤音。

卫澧一把握住她的手，冰凉的。

“卫澧，我肚子疼。”赵羲姮也不敢动，咬着下唇掉眼泪。她是不是要生了啊？

九个多月了，若是孩子养得好，不足十月生产也是正常的。

卫澧吓得不敢呼吸，手忙脚乱安抚她：“你别怕……别怕……”

他一向滚烫的手也像块冰似的凉了。

“来人哪！来人！”他一只手抓住赵羲姮的手给她安抚，一只手掀开窗，冲外吼道，脖子上青筋凸起，显得狰狞。

他不能慌，赵羲姮现在害怕呢，他不能跟个废物似的一起害怕。

九个月后，为了防止赵羲姮随时发动，医师、产婆都住在隔壁厢房，一听动静，有条不紊地跑进来。

医师先给赵羲姮诊脉：“这是产前的阵痛，大约在今日夜里，或者明日凌晨就要发动了。”

第二十六章

他有女儿了

此话一出，两人的脸霎时都白了，交握的手不断收紧。

距离生产，还有将近半天的时间，这其中自然煎熬。侍女、嬷嬷们纷纷添置物件，煮了汤汤水水来为赵羲姮补充体力。

每隔大约一炷香的时间，就会宫缩坠痛，疼痛并不是最可怕的，而是生产时候的未知。

虽然产婆、医女都配备齐全，但谁能保证途中不发生什么意外呢？

此时的疼痛，赵羲姮尚且能忍，且现在已经九月份，天气不算过于炎热，身上也未出什么汗。

卫澧扶着她，在屋子里走来走去，以助生产。

小桃将鸡汤端来，劝她喝了补充体力。

谁都没说话，一阵焦灼的气氛在四周无形地蔓延。

赵羲姮才喝了一半，肚子就又疼起来，此时天已经黑下来，她折腾了一天，筋疲力尽，咬着卫澧的肩膀，浅浅地睡了过去。

卫澧却不敢合眼，生怕出了什么差错，他一只手托着赵羲姮的脑袋，另一只手臂搭在她头下作枕头。他听着外头子时的梆子隐隐敲响，掐算着时候快到了，教人再煮碗参汤，等赵羲姮醒来时给她灌下去。

又过了一个时辰，赵羲姮呜呜咽咽地醒过来，指尖掐在他的皮肤里，原本小小的哭泣声逐渐放大，呼吸也粗重起来，说话上句接不上下句："卫澧……疼……疼死了……"

卫澧低头亲亲她被汗水洇湿的额角，外头坐在椅子上昏昏欲睡的产婆、医女都进来了，将被子掀开瞧了瞧，喊道："主公，现在出去避着吧。"

于是进进出出的人就多了，手上端着热水白巾子，将床围起来。

小桃嫌卫澧碍事，将人扒拉开。

卫澧见这一幕如此熟悉，正是他许久前的梦境，不免浑身战栗起来，冷汗涔涔，没了意识，只能呆滞地看着她们忙乱。

赵羲姮闷闷的哭喊声敲在他心上，他去抓她的手："阿妧，我在呢，你不要怕。"

"呜呜呜，卫澧……"赵羲姮回抓住他的手，因为疼痛，皮肤上一寸一寸突出青筋，"我要是难产了，你保大保小？"

"你瞎说什么？根本不会发生这种事情！"卫澧被她问得一哆嗦，连忙往地上呸了三口。

"你说！你不说，我就不生了！"她执拗地看着他，咬紧了牙关。

“保大保大！”卫澧连忙道。

“呜……”她一口咬在卫澧手腕上，“你是不是都不疼我的孩子？那我还生他做什么？”

卫澧慌得没工夫口是心非，脑里心里想了什么，顺嘴便吐露出来了：“你都不在了，我带着孩子活有什么意思？你俩肯定没事的，我在这儿陪着你。”

他甚至顺势坐在床边。

赵羲姮喘了口气，冲他喊：“问题回答完了，你就滚出去吧！别在这儿待着妨碍我生孩子，我现在看你就烦，要不是因为你，能遭罪吗？别在这儿猫哭耗子假慈悲！滚出去！”

卫澧惊得目瞪口呆，一时间忘了言语，被几个嬷嬷嫌碍事，联手推出去了。

“产房中原本就人多手杂的，主公在里面待着除了碍手碍脚也没有旁的作用，还不如在外头静静地等着。”

嬷嬷面无表情地说完后，“砰”的一声将门关上了。

赵羲姮要生产这么重要的事情，耳聪目明的自然听到了风声。

于卫澧那帮子手下来说，他们自然希望赵羲姮一举得男，让卫澧后继有人，也给他们一个定心丸。

卫澧什么德行，陈若江是知道个七七八八的。

一个合格的副将，就该在方方面面为主公排忧解难，他拎着贺礼去陪伴卫澧，为他疏导情绪。

陈若江带着陈若楠匆匆赶去主院里，正迎上卫澧被人推搡着赶出去的场景，陈若江连忙上前将人扶住。

“主公，不要担心，夫人吉人天相，定然不会有事的……”

他叨叨地说了一大堆，卫澧冷冷地瞪他：“你说完没有？”

陈若江把嘴闭上了。

陈若楠像是根钉子似的，站在门口，又惊又怕，第一次知道生孩子是这么凶险的事情。

赵羲姮那么漂亮温柔的人，可千万不要出事，她双手合十，对着漆黑的天空拜了拜。

“主公，你怎么了？”忽然听见陈若江的叫喊声，陈若楠一回头，便见卫澧脸色煞白，额头冒汗，扶着自己腹部，站都快要站不稳了。

卫澧咬着牙，摸着腹部：“旧伤复发罢了，无碍。”

陈若江呆呆点头，旧伤复发？他不记得卫澧曾伤过这处。

卫澧只觉得腹部宛若刀割，又像是有人拿着棍子在他肠子里搅动。

他是将带倒刺的箭矢从肩上生拔下来都不皱眉头的人，自然不觉得这样的疼痛有什么，但一想，赵羲姮生产时候的疼痛，若是也如他现在的腹痛一般，便觉得难以接受。

她与自己不一样，那么娇气瘦弱的人，怎么能遭这样的苦呢？卫澧越想，越觉得胆寒，腹痛一时间被放大无数倍，因而流了汗。

赵羲姮在里头疼，他在外头，也将她所受的苦遭受了一遍。

“夫人，夫人，不要喊，攒攒力气，使劲。”有经验的嬷嬷一边为赵羲姮擦汗，一边为她鼓劲。

产婆在床尾，大声喊道：“头露出来了，很顺利，很顺利……”

赵羲姮咬紧牙关，心里骂了卫澧无数遍，每多骂一句，就有了一分力气。

她原本就不是什么孱弱的小娘子，能摸鱼也能上树的，虽是头胎，胜在力气足。

丑时发动的，午时孩子才落地。

嘹亮的哭声响彻在整个产房，众人都松了一口气，赵羲姮一听见哭声，登时脱力，闭眼睡过去。

产婆连忙出去报喜：“生了，生了……”

卫澧乍闻这消息，没等到她说是男是女，便一下子仰倒过去。

里头忙着给大人和孩子擦洗，外头又乱作一团，将卫澧抬去偏室，又是灌水，又是摇扇，好半晌才醒来。

他睁开眼第一句问：“赵羲姮呢？”

“夫人好着呢，现在睡着了。”

卫澧下床，匆匆地穿上靴子就去产房了，轻手轻脚地进去。

血腥味已经散了，熏了清甜的果香，帘子帐子全部拉着，不透光，暖和得像个小动物的巢穴。

赵羲姮睡着了，额上包着抹额，下唇被她自己咬得渗出血丝来。

卫澧的手都在抖，下意识地将手指放在她鼻子下，去探量她的鼻息。人是温热的，是会喘气的，是有呼吸的，真好。梦里那般可怕的场景并没有变成真的。

他一时间眼眶又红了，匆匆将眼泪抹掉，然后抓住赵羲姮的手。

这一年里他掉眼泪的次数都快赶上前半生的总和了。

嬷嬷将孩子抱过来，弯下身子，给卫澧看：“恭喜主公，是个漂亮的小娘子。”

她一边说，一边打量卫澧的神色。

世上男人大多喜欢儿子，她怕卫澧也不能免俗。

“漂亮的什么？”卫澧眼瞪得溜圆，问道。他手脚不知道往哪儿摆放，赵羲姮不是说是个男孩吗？是个女儿哎！

“漂亮的小娘子。”看样子不像是失望，嬷嬷着重强调了一遍，再次同他道喜，将小家伙的脸露出来给他看。

小姑娘还在闭着眼睛睡觉，脸蛋小小的，还没有一个苹果大，皮肤红彤彤皱巴巴的，像个猴子，露出的半截小手，像是鹌鹑爪子，又红又嫩，几乎透明得能看出血管。

卫澧嘴唇动了动，忽然抬头：“什么的小娘子？”

“漂亮的小娘子。”嬷嬷继续重复，看看，当阿耶的都高兴傻了。

卫澧神色复杂，这些人睁眼说瞎话都不怕遭报应吗？

看看还在熟睡的赵羲姮，他问：“夫人看过孩子了吗？”

“还没呢。”

“先别让她看了。”

看完了多半要哭死。

都是他的错，他没有在家，没有好好照顾阿妉，说不定孩子长得这么丑，就是因为阿妉太累了。卫澧咬着下唇，觉得很愧疚，一边握住赵羲姮的手，一边下定决心，就算女儿丑，也是赵羲姮给他生的，是凭州最娇贵的小娘子，谁也不能笑话她。

卫澧短短半刻钟，就经历了人生中的大起大落。

有了女儿，女儿不像赵羲姮……

一时间悲喜交加，他已经很克制对女儿长相的悲哀，嬷嬷因此一时间没有察觉卫澧的难过。

他现在最担心的是，赵羲姮醒来后看见孩子这么丑，会骂他，而孩子将来长大看着自己的脸会难过。

“主公要抱抱小娘子吗？”嬷嬷问。

她真小啊，还没有他的小臂长，虽然丑，但娇嫩得不像样，和他演练抱孩子时候的毯子不一样，是个活生生脆弱的小东西，卫澧伸出手，却连碰都不敢碰她，于是摇摇头。

他就这么一个崽子，万一碰坏了怎么办？

赵羲姮醒来第一件事，顾不上卫澧的殷切寒暄，忙问：“孩子呢？”

卫澧支支吾吾，说不出个所以然。

赵羲姮心凉半截，不会……不会生下来就夭折了吧？

“你说话啊！别逼我揍你！”赵羲姮攥住他的领子，也不知道哪来的力气。

卫澧被她薅得喘不过来气，忙握住她的手：“你见了可不兴哭。”

太丑了，丑得他都不想认。

赵羲姮呆了，该不会真有什么问题吧？反正看他这表现，就不像是个好模样。

赵羲姮已经做了最坏的打算。

“夫人醒了，来看看小娘子。”两人正维持一个诡异的姿势僵持着，嬷嬷轻手轻脚地抱着孩子进来，将说话嗓音也放柔，时不时地轻轻拍打怀里的包被。

生怕惊醒了孩子。

赵羲姮这才知道，她生的是个女儿，连忙坐直，因为动作疼得龇牙咧嘴：“快来给我看看。”

但是心落下了一半，这么一瞧，孩子还活着，活着就好活着就好。

嬷嬷教导着她如何抱孩子，赵羲姮还是不敢碰，只小声说：“嬷嬷，你先抱着给我看看，我不敢抱。”

“欸。”嬷嬷忙点头，夫人和主公不愧是两口子呢，连不敢抱孩子时候的战战兢兢都一样。

不过第一次当爹娘，都这样，等熟悉熟悉就好了。

她将孩子轻轻地放在床上，攘了攘包袱，整张皱巴巴的小红脸就露在赵羲姮眼前了。

小家伙睡得十分香甜。

赵羲姮心都在发颤，这是她的女儿。

“卫澧，你看，咱俩的女儿！”她转身，像是见着什么宝贝似的同他道，眼睛里放着光。

还没等卫澧说话，她又转过头去，手指在女儿脸蛋上轻轻地戳了一下。

好软好嫩啊！

心要化了，赵羲姮低头，在女儿小脸上亲了一口，然后用食指钩了钩她的手，这么可爱的小宝贝竟然是自己生出来的，自己可太了不起了。

等到小家伙长大一点点，就给她扎漂亮的小辫子，穿漂亮的小裙子，戴漂亮的小花花，她肯定是全天下最可爱漂亮的小娘子！

卫澧疑惑了，赵羲姮为什么看起来这么高兴这么感动？这么丑她是怎么亲下去的？赵羲姮主动亲过他几次？将来她会不会喜欢女儿超过喜欢他？

她好像一直就没有多喜欢他……

“好可爱啊！”她轻轻地感叹一句。

卫澧不可置信地站起来往床上看了一眼，还是个皱巴巴的小猴子，跟方才见的时候没什么两样。

闭上眼睛再睁开，她还是只皱巴巴的小猴子。哪里可爱了？还是说他瞎了？

卫澧自然不肯承认自己瞎，连忙比画，试图让赵羲姮直面问题：“赵羲姮，你看她脸是红的，皮肤是皱的……”

他越说，声音越小，最后彻底闭嘴。

围着孩子笑吟吟的一老一少两个女人同时转头，连表情都如出一辙，嘴抿成一条线，眼尾耷拉着，眉头皱起正看着他，全然没有面对那个小丑姑娘时候的慈爱。

“你再给我说一句？”赵羲姮要不是刚才动作太大导致身上疼，都能撸袖子去掐他脖子，“我女儿，就是最可爱的！你看她鼻子、眼睛、眉毛、嘴，哪里都好看。”

不敢，他哪敢瞎说，但是本来就丑啊！赵羲姮是不是见到孩子这么丑受刺激了所以指丑为美？

嬷嬷也很严肃：“主公，小孩子刚生下来的时候，大多都是丑的，但是不出半个月就会变得又白又嫩，奴见过那么多孩子，小娘子绝对是个小美人坯子。”

赵羲姮哼了一声，表示赞同。

卫澧不相信生下来丑得不忍直视的小姑娘，变漂亮能漂亮到哪儿去。

他下意识地想犟嘴，但看到赵羲姮脸颊还没什么血色，嘴唇都咬破皮了，心头一悸，不和她争论了。

“我不知道这事，我不该说她丑，她是世界上最可爱的女儿了。”他殷殷地瞧着赵羲姮，然后道歉。

生这么个小家伙差点儿要赵羲姮半条命，就算丑也是宝贝，只要当娘的不嫌弃，他这个当阿耶的闭着眼说好看，这有什么难做的？

其实他就是单纯觉得丑，没有嫌弃的意思。

“我能抱抱她吗？”卫澧搓搓手道。

孩子父亲要抱孩子，那当然行了，嬷嬷指导他该用什么样的姿势。

孩子落在他怀里的那一刻，分明是软绵绵轻飘飘的，他却觉得犹如千金重，他真的成为一个父亲了，比起作为丈夫，更多了一重责任。

“呜啊。”小姑娘忽然软绵绵地喊了一声，然后闭着眼扯着嗓子号啕大哭。

卫澧吓傻了，嬷嬷连忙将她抱过来检查一番：“是尿了，奴去给小娘子换个尿布。”

卫澧目送着嬷嬷的身影出去，直到看不见了才收回目光。他在屋子里转来转去，搓了搓手，然后给赵羲姮倒杯水：“来喝水。”

“赵羲姮，小孩儿生下来真全是这样的吗？”他眼巴巴地问。

“大多数是这样的。”她就着他的手喝了半杯水。

“你不要骗我。”他没读过这方面的书，也没见过人家家孩子啥样的。

“我骗你干什么？傻……”她默默地把不文雅的话收回去，改口道，“傻子。”

卫澧勉强相信了她们的话，对女儿稍微有了点儿希望。孩子现在太小，还看不出到底像谁。希望女儿能像赵羲姮，送子观音娘娘保佑，他在心里默念。

“还喝吗？”赵羲姮咕咚咕咚地喝了两杯水，卫澧担忧地问道。

“不喝了，我再睡会儿。”

卫澧扶她躺下。

“你干什么？”赵羲姮看他在解腰带，呵斥住。

“陪你睡。”他已经一天一夜没合眼了，正好赵羲姮睡觉，他还能一边照顾她一边眯一会儿。

“滚出去！”赵羲姮静了一会儿，指着门让他出去，“我现在就想自己睡觉，你别打扰我。”

“我不打扰你，我就和你一起睡觉。”

“你现在喘气已经是在打扰我了。”她将被子一蒙，不再说话。

下身还疼着，她又疼又烦躁，不要说跟她一起睡觉了，他现在就连在她身边活着都是一种过错。

卫澧下意识地屏住呼吸，一步一步地挪出去。自己睡就自己睡，他都二十多的人了，还不能自己睡怎么的？

嬷嬷还在隔间给女儿换尿布，拍打着她睡觉，卫澧又跑去看了一眼。

别说，虽然丑，但丑着丑着丑习惯了，他还觉得挺可爱的。

陈若江昨天回去后，早将赵羲姮生女一事小范围传开了，宋将军等人接二连三地送上贺礼，搅得卫澧连找个空屋子补觉的机会都没有。

但他有女儿了，这些人是为恭喜他有女儿才来的。

卫澧不仅不生气，甚至被打扰后脸上还不由自主地带着笑容。

卫澧看看陈若江，鲜少亲切地拍拍他肩膀，眉飞色舞地道：“你可能不太理解媳妇给你生了个女儿是什么感觉，你看像宋将军就能和我一样感同身受。”

要不是俸禄高，陈若江不想丢饭碗，早就一拳抡上去了，他埋汰谁？找优越感找到他身上来了？但他还得靠卫澧吃饭呢，只能作揖赔笑：“是是是……”

“主公既然得了女儿，那女儿红就要早早埋下了。”

“是啊是啊，等将来属下等来喝喜酒。”

他们七嘴八舌地建议。

卫澧脸上笑容没了，女儿红他肯定是要埋的，别人家女儿有的，他闺女也得有，但还是照着提出这个建议的人身上狠狠地踹了一脚：“老子女儿刚出生，你就说嫁人？要不要命要不要命？”

那人捂着屁股连忙道歉。

动作之间，卫澧手腕上缠了三圈的佛珠露出一角，引来了大家的注意，他连忙将其塞回袖子里。

卫澧意识到这种行为太欲盖弥彰了，又大大方方地将佛珠露出来，扬起下巴给他们展示：“城北老秃驴给的，说什么保平安，本来不想戴的，但你们也知道我夫人关心我，死活让我戴着……”

“理解理解。”

“主公夫人关心主公安危。”

“伉俪情深，百年好合。”

“哈哈哈……”

甭管到底戴着干啥的，卫澧既然这么说了，他们就得信。

他们一走，卫澧脸和耳朵都烧起来了，恼羞成怒地要将佛珠扯下来扔掉，这种东西简直有损他的形象。

“佩戴三年可保全家平安。”老秃驴的话就跟扎根在他耳朵里了似的。

卫澧只得将它再往袖子里塞塞，反正他们也不敢笑话自己，戴就戴着呗。

新生的孩子都是要在各地登记上户作为记录的，作为编户齐民，除却皇室由宗正单独记录，卫澧新得的小女儿自然也不例外。

不咸城的司户觉得卫澧的面子肯定大，于是带着贺礼还有当地的户籍登上门。

“恭贺主公得千金！”

“嗯。”卫澧淡淡地点头，示意他自己找地方坐。

说实话，不咸城的户籍他平常没怎么管，自然跟这司户没什么交集，但既然上门来贺喜的，那肯定说的都是好话，好话他乐意听，就把人放进来了。

司户寒暄完了，从发髻上拔下毛笔舔湿，将户籍摊开：“不知小娘子名讳是……”

小花、娇娇、金凤，诸如此类的名字在卫澧脑中飞速地滑动。

毛笔上的墨渍又干了，司户下意识地放在舌尖又舔了舔：“主公，名字……”

说话间，可见舌头上一竖黑色墨迹若隐若现。

卫澧不耐烦地瞪他一眼，他还不知道名字怎么的？可是名字……名字还没起呢。

司户怯懦地往椅背上靠，缩了一下。

卫澧目光从户籍挪到桌上堆着的贺礼，又从贺礼挪到司户身上，最后在毛笔上停住：“你平常都用唾沫当水化墨的？”

“事急从权，事急从权。”司户讨饶致歉，神色略微尴尬，“平日里鲜少如此……”

“你今天埋汰着我了，我嫌恶心，你过几天再来吧。”卫澧掸了掸衣角，微挑起的眼角带了几分倨傲冷淡。

司户一颗心上蹿下跳，几乎要跳出嗓子眼，急忙跪下道歉：“主公饶命，主公饶命。”

他狠狠地一拍脑袋，这脑袋瓜子年纪大了就不好使，那卫澧的姑娘能跟别人家的一样吗？那名字得拿金粉银粉兑了山泉水磨出来的墨汁写，他这个不长眼力见的老东西，咋就顺手舔墨抬腕子就要写呢？

要命了，要命了。

卫澧食指抬了抬：“出去吧。”他总不能说自己还没起好名字吧，那只能往司户身上找原因，让他改日再来了。

不过他也是挺硌硬司户用唾沫蘸湿毛笔这种行为的。

司户忙感恩戴德地谢道：“谢主公，那臣改日再来。”

他今儿能捡条命回去，亏得卫澧仁慈了。司户走出门后，腿脚发软，用袖子拭了拭额上的汗水。

卫澧头疼地揉了揉眼睛，上哪儿去取名字？

赵羲姮现在还没醒。

他在椅子上坐了会儿，不知不觉睡着了。再醒来时天已经黑了，他睡得腰酸背痛。

侍女在外头敲了敲门，说夫人叫他去吃饭。

饭桌安在火炕上，满满当当地摆着饭菜，多是滋补物。

因赵羲姮说要自己喂奶，因此饭菜少油少盐，对她好对孩子也好。卫澧跟着赵羲姮吃，对他来说就淡了一些，嬷嬷给他调了碟蘸料。

用麻酱、腐乳、韭花酱、葱碎、芫荽沫调的，再加了海鲜熬出的浓汁，用来沾黄勺焖鸡里的鸡肉、焖好的猪蹄都添滋味。

虽然炖得都软烂香糯，但缺盐少油的滋味的确不好，赵羲姮不大喜欢吃，喝了小半碗汤加吃下小半个猪脚就放了筷子。

嬷嬷催她："您再多吃点儿，既然要自己喂孩子，吃少了不好下奶。"

这年头没什么富贵人家主母不喂孩子的讲究，幼儿夭折概率本就大，孩子喝亲娘的乳汁才能长得壮。

赵羲姮眼巴巴地看着卫澧碗里的蘸料："那我能加点儿蘸料吗？"

嬷嬷冷了脸，死活都不肯松口。

她是有经验的老嬷嬷，坐月子的妇人的饮食一克一毫都得按照标准来，多半点儿都不成。

卫澧挟了一大块猪蹄，往蘸料碗里一裹，炖得软烂的猪蹄在筷子间颤颤巍巍的，带着棕色的蘸料，顶着碎碎葱花，可想而知在唇齿间是多软糯弹牙。

"你去拿碟小米椒来。"卫澧指使嬷嬷，"味儿太素了。"

嬷嬷犹犹豫豫，怕她走后赵羲姮偷吃。

卫澧眼尾一挑，冷戾极了："我亲生女儿，我难道会不为她好？会不比你上心？"

嬷嬷一寻思也是，再三叮嘱："主公千万看好夫人，多半点儿盐都不能沾。"

这嬷嬷是专管赵羲姮饮食的，与上次负责照看孩子的嬷嬷不是一个。她但凡知道卫澧说过自己孩子丑，就不能走得这么痛快了。

珍珠帘子被撩起的脆响在耳边，卫澧飞快地将自己碗里蘸了料汁的猪蹄夹起来，伸到赵羲姮面前："快吃。"另一手端着蘸料碗，防止它掉了。

猪蹄鲜糯，沾着的料汁晶莹剔透，一滴一滴地缓慢往碗里掉。

赵羲姮咽咽口水，看了眼门口，没人。

"这不好吧，她说不能吃咸的，奶不好。"她还是犹豫。

"那不是还有奶娘吗？饿不着。"

卫澧劝来劝去，脚步声由近及远又由远及近了。

赵羲姮来不及多想，"啊呜"一口咬下他筷子上的肉，头一次知道咸味是多重要。

"又不是让你抱着盐罐子蘸咸菜吃，医师说要是不喂奶的话多少吃点儿咸的没事。"卫澧小声道。

看在这些老婆子办事儿细心、出发点是好的分上，卫澧没打算跟她们吵架也没打算赶她们走，只将人暂且遣出去了。

这些老太婆忒死板，办事都是照书的。

嬷嬷端着小米椒碎进来，赵羲姮的猪蹄还没咽下去，连忙喝了口汤，装作自己很听话。

“今日司户来了，要给女儿上户籍，咱俩该给她起个名字了。”饭后两人闲谈，卫澧道。

赵羲姮恍然，是啊，他们好像还没给孩子起名。

“那你想叫什么？”她问。

“小花？”卫澧小心翼翼地说出一个名字。

赵羲姮怒道：“小花是什么正经名字？听起来小家子气死了，怎么也要叫大花！听起来多霸气！”叫什么卫小花？听起来和个丫鬟似的。

“你说得有理。”卫澧表示赞同，是他格局小了，要取就要往大了取。

“但是叫大花是不是有点土了？”赵羲姮皱眉。

卫澧连忙数算自己脑袋里的名字，为赵羲姮提供灵感：“金凤，娇娇，牡丹？”

“我女儿将来要雍容华贵、仪态万千，成为全天下最漂亮、最幸福、最有钱的小娘子，重要的是一生平安，顺顺利利。”

卫澧点头，对赵羲姮的畅想表示赞同，于是取了笔墨来：“那你说，我写，起几个，然后慢慢挑选。”

“雍容、风仪、富乐、安康，你那个牡丹、娇娇什么的也算进去。”

拢共六个名字，摊开在两人面前，供挑选。

小桃脸上表情木然地听着夫妻两个的话。谁也不知道，她这小桃的名字是赵羲姮亲自取的。别人家公主的侍女都叫什么“琅嬛”“锦绣”“瑶光”，她叫小桃。

原先和她一起共事的姐妹叫小宝，前几年出宫嫁人了，对，都是她家殿下干的。

殿下的猫叫“狗蛋儿”。就这种起名水平，和卫澧半斤八两，难道真有人指望着她能给小娘子起个什么正经名字吗？

赵羲姮与卫澧对着这六个名字，实在选不出了。

“你去找几个竹签，在上头刻上这六个名字，再将我阿耶阿娘的牌位请来，让他们帮忙抉择吧。”赵羲姮推推卫澧。

卫澧觉得这个主意实在不错，连忙将自己老丈人和丈母娘的牌位恭恭敬敬地搬来，然后把六个名字放进签筒。

赵羲姮对着牌位一阵碎碎念：“阿耶阿娘，你们有外孙女了，今天女儿女婿给你们外孙女取名字，摇到哪个算哪个，求你们天上保佑，给女儿一个好名字！”

她捧着签筒，在额前郑重地贴了贴，然后睁开眼睛，上下摇晃。

屋子里所有人都紧张地看着签筒，气氛越来越凝重，卫澧连呼吸都停滞了，手指紧紧地攥着衣摆。

上下摆动的竹签跟成了精似的，参差冒出，却愣是没有一根掉出来，赵羲姮手都酸了，最后只能神色复杂地把签筒放下。

卫澧气都卸了，肩膀塌下来，深深地吸口气，挽起袖子："你劲小，换我来试试。"

他对着牌位虔诚地拜了拜，然后举起签筒一阵摇晃，只听噼里啪啦一阵声响，六只签，跟下雨似的，没一根儿留在桶里，全掉地上了。

"你劲大，饭吃多了劲大，能耐死了……"赵羲姮奚落他。

但总而言之两个人都不顺利，小桃却悄悄地松了口气。

"唔，大概是阿耶和阿娘现在睡着了，所以才没抽出个名字……"赵羲姮又晃了晃签筒，"那咱们今晚再想想，明天再问问他们。"

小桃嘴一抿，确定是天家和娘娘睡着了，而不是他们嫌这些名字土，所以一个都没看中？

天家名讳赵星列，听着多好听，有种天地星宇的大气；殿下叫羲姮，羲和姮娥，天神仙子，到了小娘子这儿，就叫什么大花雍容的，也太土气了。

牌位又被恭恭敬敬地送回去。

卫澧在赵羲姮床边加了一张榻，榻边就是小娘子的摇床。

纵然有嬷嬷和侍女们，两个人还是愿意一点一点地学着怎么照顾孩子。

赵羲姮叹口气，看着微弱烛光下睡得依旧香甜的女儿，脑袋里想着的全是她的名字。

连着几天，无论他们怎么在牌位前摇签，愣是一点儿结果没有，赵羲姮也对这几个名字起了质疑之心，横看竖看都觉得不好了。

司户来来回回好几趟，都被卫澧拿各种理由打发了，足足半个月，小家伙户籍一直没上成。

原本红彤彤的小家伙却一天一个样，逐渐变得白白嫩嫩，卫澧看着她的变化，觉得神奇，原来小孩真会逐渐长开啊。

不过她眼睛黑得有些过分了吧？不太像赵羲姮……他心里隐隐有了不好的预感。

小桃喜气洋洋地带人捧着几盆花进来，石榴花和栀子花各三盆，看样子是精心培育的，九月份竟都开着花呢。

"谢郎君听闻您生了小娘子，快马加鞭送来的贺礼。"

赵羲姮喜欢栀子花，谢青郁自是知道，所以特意送的，石榴花含子孙满堂之意，也有恭喜的意思。

“端过来我看看。”这时候能看见还开着的石榴花和栀子花实在难得，赵羲姮来了精神。

花绕过小女儿床边的时候，她忽然攥着拳头，对着一溜的花转了转眼睛，然后发出一阵奇怪的叫声。

众人皆是惊喜万分：“小娘子会发声了，是喜欢花呢？”

赵羲姮将栀子和石榴各采了一朵，兴致勃勃地招手：“把她抱来认认。”

才十几天的小孩，并不能看清东西，自是哪个鲜艳就喜欢哪个。她冲着火红的石榴花盯了好久，大人自然就觉得她更喜欢石榴花一些。

赵羲姮灵光一闪。

这名儿可是她自己喜欢的。

石榴？卫石榴？是不是稍微土了点儿，跟个伺候人的小丫鬟似的？

赵羲姮拿花逗了逗她，小家伙又困了，张了张嘴，歪过头去又睡了。她才出生不久，除了吃就是睡，要不是长开了变得玉雪可爱，实在没什么意思。

安石榴、金罂、金庞、涂林、天浆、若榴、丹若、山力叶、珠实，都是石榴花的别称，赵羲姮将其中两个字的挑出来，让卫澧做了签子，再请牌位来摇。

拢共七个，她是很喜欢“丹若”这两个字的，听起来灵秀，像个娇俏的小姑娘。

这次极为顺利，七根签里，“叮当”落下一根。

卫澧捡起来，翻给她看：“不是丹若，是涂林。”

他又道：“你要是稀罕丹若那个名字，咱们就叫丹若。”

“别别别。”赵羲姮把住他的手，念叨了一阵，卫涂林，倒是比丹若更经念叨，天然一种毓秀落拓之感。

“涂林也很好。”

卫澧是听不出什么好不好的，他心里想着，这名儿还不如叫石榴好听。

石榴听起来就喜庆，像个脸蛋红红的小姑娘。就算叫不成石榴，叫丹若也热闹，涂林虽然也是石榴的意思，但字里行间都冷清。

赵羲姮略有可惜地看着手里的两朵花：“她喜欢石榴不喜欢栀子呢。”

她叹口气：“要是她喜欢栀子花的话，叫栀栀也可爱的。”

“那就叫栀栀！”卫澧很随意，赵羲姮喜欢什么就叫什么。

“栀栀？”

“嗯，栀栀。”

“这么可爱，就当小名叫着吧，栀栀，栀栀。”

两个人念了几遍，都忍不住笑起来，这个名字读起来真可爱。

司户来的第六趟，他身上揣着罐金粉，一根墨，一方砚台，半盏清泉水，上好的狼毫笔，户籍册，万事齐全，总算是请到了卫澧他闺女的名讳。

他初初听闻时一惊，被卫澧眼锋一扫，不敢再有置喙，连忙低头记下。

卫澧瞥了一眼，字迹算是工整，三个字沾着金粉写的，因此流金溢彩，分外夺目，这才肯将他放走。

小儿降生后，要举办“三朝”“满月”“百日”“抓周”。

三朝就是第三天接受各方的祝贺，关于栀栀三朝的贺礼已经陆陆续续收了，在库房登记造册，算是将来给她的私房钱。

满月时候也要摆酒庆贺，赵羲姮坐双月子，卫澧不让她出去。

外头人多脏污，也不将栀栀抱出去，他只在外头喝几杯酒，收了礼就算了，毕竟有了女儿，不比往日，要多攒家底。

卫澧在给女儿攒家底，手下官员将领正愁着到时候的百日宴与抓周宴要怎么做，才能送上卫澧可心的礼物。

司户将栀栀新做好的照身帖给卫澧，上头写着生辰籍贯，父母亲族。

并着一只核桃大，纯金的印章，是给栀栀做满月礼的，在一堆满月礼中，唯独这小印章做得最精巧出挑。

卫澧宴散了后，揣着照身帖与装印章的盒子给赵羲姮看。

印章做的是个圆滚滚石榴的样子，整个金子铸成的成熟石榴从一侧裂开，露出几粒红玛瑙镶嵌的石榴籽，在烛火下灿灿生辉，很是漂亮，极适合小女孩把玩。

石榴底部削平，用篆书阴文刻着四个字：“赵涂林印。”

赵羲姮一惊，对着烛火细细看，“赵”和“卫”她还是分得清的，她叫道：“司户粗心，名字给刻错了。”

卫澧没出声，她下意识地抬头去看，就见着他耳朵红红的，举着灯，坐在一边。

赵羲姮觉得不对劲，又拿起女儿的照身帖，上头写着的竟也是“赵涂林”三个字。

她再将惊诧的目光落回卫澧身上的时候，卫澧已经把烛台放回去了，手下意识地揉着自己衣摆。

“赵涂林？”赵羲姮把照身帖举起来，指着那三个字，反问卫澧。

“赵涂林就赵涂林呗，你大晚上瞎叫唤什么？”赵羲姮看他脸更红了几分，卫澧不自在地站起来，像只憋了尿的老狗，在屋子里踱步转圈。

“赵涂林，不是卫涂林。”赵羲姮又重复一遍，“女儿没跟你姓，你是要女儿跟我姓吗？”

“跟你姓就跟你姓呗？反正她是你生的，姓赵还是国姓呢，我又没委屈她。你不爱让她跟你姓拉倒，那跟我姓。”卫澧将照身帖一把夺过来，“跟我姓跟我姓。”他别别扭扭地转过脸，不敢看她。

他都让栀栀跟赵羲姮姓了，这种时候，换正常人就该说些柔情话，拉近夫妻俩的感情，但死鸭子的嘴都没他嘴硬。

赵羲姮心头一动，挺起身子，在床上跪坐着，冲他招招手：“来！”

“什么？”

“好东西，你来！”

卫澧奇怪，她怎么不继续问姓名的事了？但不问也行，问了他也不知道怎么说。他的姓氏也不知道哪儿来的，他爹娘是谁都不知道，哪儿知道自己姓什么？

不过是流浪时候有人随意给他起的姓名，旁人家要子女随父亲姓，承继香火，栀栀跟着他姓，承袭的也不知道是谁家的香火，还不如跟着赵羲姮姓，续他老丈人家的宗庙。

反正拜天地的时候拜的也是她父母的牌位，便是他丈人、丈母娘不认他是赵家人，他强买强卖还不行吗？

卫澧一步一步挪过去，站在床边：“什么？”

赵羲姮飞快钩住他的脖子，猛地啃上他的嘴。

速度快了，力道大了，卫澧一下子被她撞得牙龈生疼，嘴唇流血，身子也忍不住往后踉跄了两步。

见此情景，赵羲姮略有些尴尬，傻笑了一下，松开卫澧的脖子打算就这么算了。

“卫澧，只有入赘人家的孩子，才会跟母姓。”赵羲姮摸了他一头浓密的秀发，略带思索，“你这意思，是不是你入赘了？”

卫澧僵住了，自己知道是一回事，被赵羲姮这么说出来又是一回事，就连粗重的呼吸都停滞了片刻，滚烫的身体跟浇了盆冷水似的。

“但是你是因为喜欢我，所以才让栀栀跟我姓的是不是？”赵羲姮话锋忽然一转，卫澧吊着的那口气一下子落下来。

“你知道我是喜欢你才这样做的就好。”卫澧又将脸往她颈窝处埋了埋，“谁家大好男儿入赘？我又不是靠媳妇吃饭的小白脸。赵羲姮，我跟你说，你可千万别仗着我的宠爱恃宠而骄。”

赵羲姮揪揪他发红的耳朵，好笑地应和他：“好吧，看在你喜欢我到连女儿都能跟我姓的分上，我温柔贤淑一点点。”也不知道他跟司户说孩子叫“赵涂林”的时候，司户是个什么表情。

除却没什么能耐的人，大豫几乎没有男人愿意让自己的孩子跟妻子姓。

大婚时候拜她父母的牌位，赵羲姮还能说是因为卫澧没有父母才如此安排的，又让栀栀跟着她姓。

一件事一件事串起来，他几乎在说：我入赘了，我是你们赵家的人啦！

他脸皮薄，这已经是很露骨的表达了，赵羲姮也不会把他的遮羞布整个扯下来，你知我知就好了。她又捏捏卫澧的耳朵，忽然表情一变，连忙推他：“起开起开。”

赵羲姮脸上露出些许痛苦之色。

“怎么了？”卫澧连忙撑起身子。

赵羲姮哪好意思说，捂住泛红的脸：“你去把栀栀抱来。”

“栀栀碎了……不是，是睡了。”卫澧咬咬她的耳朵，紧张得大舌头唧箕的。

“那把她叫起来。”赵羲姮依旧捂着脸闷闷地出声。

“叫起来也没用，她吃饱了。”他漆黑的眼睛亮晶晶，瞄向她的脸，但目光有些羞赧地微微躲闪。

“但是，那个……我可以帮你……”他清清嗓子。

他脸跟着了火似的，赵羲姮也快熟了，捂着脸死活不敢看他，非常抗拒：“不行！”

“行的，医师说行的。”卫澧悄悄地解开她的扣子，他将四周的帐子都放下了，围出一个密闭的空间。

烟花隐隐的响声传进地牢中，被铁索拴在墙上的老飞东章王缓缓地睁开眼睛，干涸的嘴唇上下碰了碰：“水……”

迟迟没有人应他。

过了许久，才有一个狱卒端着饭菜和水来，饭是大白菜和窝窝头。飞东章王也顾不得难吃，呼噜噜地吃得香甜。

卫澧自打生了女儿后，就越发抠门了，以前时不时地还能让牢里的人沾点儿肉末荤腥，现在整日清水煮的白菜土豆，抠搜下来的钱一半投在军备，一半收进私库里。

外头几个狱卒说话的声音隐隐传到他的耳朵里。

东北这片民族多，语言也多，他是扶余族人，自幼除却要学扶余话，还要学汉语、鞣鞨语，自然也听得懂狱卒们说什么。

今日原来是卫澧女儿的满月宴，怨不得这么热闹。说起卫澧的女儿，他又免不得想起自己的世子，那个带人在南飞东章独立的儿子。

他原本对那个儿子充满了怨怼和恼怒，现在只有深深的思念和期盼。

想到大军进城前，自己的王后打晕自己携细软逃跑了，他觉得自己以前一定是被辣白菜蒙了心，才说出要废掉世子那样的话。

希望他的儿子能不计前嫌，救救他这个老父亲。

飞东章世子对这个父亲也的确算是颇有孝心了，他但凡当时再狠一点儿，干脆带人逼宫篡位也算痛快，但最终还是不忍心，只分了南飞东章。

他还是怕自己老父亲死的，于是同卫澧再三商议，将两地交界的休邱划给凭州，用来交换飞东章王。

卫澧不同意，寻思这么点儿地方是打发叫花子呢，要么从寒城开始分，要么就干脆别分了。南飞东章本就不大的地方，从休邱到寒城几乎占据了一半的疆土，真听卫澧的话给分出去，那剩下的地方就跟不咸城没差多少了。

卫澧只是最近既要忙着陪媳妇坐月子带孩子，又要忙着盯矿山的进程，还要去看沈都安在山下种的一片水稻，最后还得收验新建成的女学，忙得跟个陀螺似的滴溜溜转，实在抽不开身，不然就不同他扯皮，直接一鼓作气地将南飞东章攻下了。

矿山不是一日能开采出来的，前几个月只构建结构，定做设备，真正能开采出煤来，也得是明年。

至于山下的那片水稻，沈都安整整三个月的时间恨不得住在水稻里，每日记录水稻、鸭子的长势，又尝试在一片稻田中养鱼。

最后收割晾晒，统计出结果，每亩能产三石八斗水稻，并且养成十六只鸭子、再产出将近四百条鱼。

鱼、鸭子、水稻，共同组成一个可循环的养殖系统，只要控制好鸭苗和鱼苗投放的数量，就不会破坏水稻，并且还能清除虫灾铲除杂草。

沈都安将记录册拿给卫澧看的时候，几乎都要哭出来了，原来他的方法可行，他不是个废物。

卫澧对着册子，暗地里扒拉手指头，一亩地十六只鸭子，试验田一共二百亩，那得是多少鸭子？这些鸭子留着栀栀百日宴的时候宴请宾客，那就不用花钱买鸭子了，又能省下一大笔钱，真是妙啊！

还有鱼，鱼也不用买了。

他没算明白到底是多少只鸭子，好在沈都安将总结了的数据给他念一遍：“二百亩田，共产出水稻七百六十石，鸭子三千余只，草鱼六万余条。”

沈都安继而敲打着算盘，越说眼睛越亮：“若是按照凭州往年水稻亩产三石二斗来算，足足多产出了一百二十石，可多供三十五口人吃一年。”

卫澧被他算得有点儿蒙，但是甭管怎么说，增产了就好。他说道：“那就将这个法子在凭州各地推行下去，沈都安有功赏银千两，今年的稻米我再添些，凑够一千石，等栀栀百日时候用来布施。”

人家皇帝老儿得太子时候都得大赦天下，他家栀栀也不能差不是？

阴历九月九是重阳节，赶在了阳历十月中旬，栀栀正好出生满了一个半月。

陈若江赠了三支吴茱萸给卫澧：“重阳节了要佩茱萸，属下聊表心意送三枝，给夫人、小娘子戴着玩，还有几盆菊花，您看着玩。”

他谄媚地笑了笑。

卫澧觉得他殷勤得不正常，但还是将茱萸用帕子包起来揣进怀里：“你要什么直说。”

“没什么，这不是您最近总在家忙着呢嘛，属下想您了，所以特意来瞧瞧，这就走了，不用留吃饭。”陈若江好像真是来送几枝茱萸和几盆菊花的，忙不迭地跑了。

他在院子外放慢脚步，悄悄地踱了一会儿，听见一阵轻快的脚步声，连忙掏出帕子打开，露出里头的红茱萸。

小桃捧着一坛菊花酒，见他不咸不淡地打了声招呼：“陈副将好。”便要走开。

陈若江横跨一步将茱萸递给她：“方才给主公了三枝，剩下一枝给小桃娘子。”

“我不要，你家里还有个妹妹呢，给她吧。”小桃连想都没细想，后退一步，慌不择路地连忙跑进院子了。

陈若江有点儿失落，想了想，干脆把茱萸插在自己脑袋上。

他妹妹有人送，他送个屁！

栀栀还在睡觉，她一日十二个时辰，能醒两个时辰都算是难得。

白白嫩嫩跟个发面包子似的，除却眼珠子漆黑像卫澧，别处也看不出到底像谁。

卫澧走过来，将栀栀抱起来，赵羲姮看得害怕，她还是不敢抱栀栀，只敢在她躺着的时候亲亲捏捏，卫澧胆子比她大多了。

“你怎么敢抱的？”她慌慌张张地站起来，护着栀栀的头问。

卫澧嘴角的笑意都压不住了，略微骄傲地抬起脑袋：“这有什么难的？不是一看就会吗？”

还好他机灵，提前学了，赵羲姮这种羡慕崇拜的眼神看得他可真舒服。

赵羲姮朝天翻了个不大矜持的白眼。

“我教你。”他一点一点地将栀栀挪到她怀里，“都一个多月了，没有那么脆弱了。”

赵羲姮僵硬着不敢动，觉得自己力气就算再大，也比卫澧小的，卫澧都碰不坏，她肯定也不会把人碰坏。

小栀栀真的很软，放在她身上就像是一坨软肉。

“你动一动，别这么僵硬。”

嬷嬷一进来就看见俩人跟摆弄布娃娃似的摆弄小孩，吓得心跳都快停了，连忙上前去纠正动作：“一定要托好脖子。”

几个人轮流抱来抱去让栀栀不太舒服，“啊呜”了一声像是要醒，赵羲姮连忙小心翼翼地把她放回小床里。

赵羲姮浑身陡然一松，才发现自己刚才紧张得出了一身汗，胳膊因为姿势僵硬也变得酸疼。

卫澧从怀里掏出包着茱萸的帕子，打开，将里头最好的一朵选出来，插在赵羲姮鬓间：“这是刚才陈若江给的，重阳节要戴茱萸。”

他低下头，将帕子摊开给她：“你也给我戴。”

赵羲姮看了看，在剩下两枝里挑出最好的那个，左右看看，找了个地方，插在他束发带附近。

鲜红色的茱萸簪在他们头上，看起来喜庆又漂亮，添了几分艳丽颜色，两个人对着看了看，一并笑起来。

帕子上的最后那枝茱萸被压了，掉了一簇，卫澧拾起来，抖搂抖搂，看了看。

“这个不太好，我的给栀栀。”赵羲姮连忙要将自己鬓角的那支摘下来。

卫澧以迅雷不及掩耳之势，将那枝掉了一簇的茱萸压在栀栀的枕头下面，然后把赵羲姮摘下来的茱萸扶回她鬓上，悄悄地说：“没事，给她那个，反正她现在什么都不知道。”

他补充一句：“她没长头发，也戴不了。”

赵羲姮怔怔的，他这话说得多损呢。人家就是头发不长而已，卫澧非说人家没头发。她把目光扫向卫澧发上的茱萸，意思很明显——那既然不让换我的茱萸，那就换你的？

卫澧有点儿委屈，连忙捂住自己的茱萸：“你这个人怎么回事？这不是刚才你给我戴的吗？”

但卫澧还是不情不愿地将自己的茱萸跟栀栀的换了。

“你要是舍不得，就把我的给她。”反正就是一枝茱萸，不是什么了不起的东西，戴什么样的都一样。

“我哪里舍不得了？”卫澧反驳，努力理直气壮，反正赵羲姮的不能换。

小栀栀躺在摇床里，对一切一无所知。

卫澧一天都有点儿不高兴，因为赵羲姮亲自给他戴的茱萸，被换给栀栀了。

他虽然没直说，但他嘴角一撇，赵羲姮就知道他生气还是不生气，高兴还是不高兴。

晚上洗漱完，卫澧往被窝里一滚，只露出一撮黑黑的头发。

赵羲姮把他薅出来：“闭眼，有东西给你！”

“什么东西？”他乖乖将眼睛闭起来。

赵羲姮碰了碰他的耳边：“睁眼吧！”

她拿着铜镜给他照。

卫澧耳边簪着一枝红艳艳的茱萸，是新的。

“好看吗？”赵羲姮眼巴巴地看他，这是她让人特意买的，“高兴一点儿。”别老跟女儿吃醋。

卫澧对着镜子看了看，抿抿唇，脸有点儿红：“你的镜子不清楚了，我明天给你磨磨镜子。”

第二十七章

产后抑郁

城破之日，原本飞东章王是要带着赵明心从密道中逃跑的。

毕竟村里土财主都有个地窖防强盗。

赵明心左右一合计，让飞东章王带着她跑，不如她自己卷了细软逃跑，这老东西肥头大耳，腿短腰粗，跑得太慢。她思索着，若是现在回了息阳，她亲兄长是皇帝，她还是公主，稳赚不赔的买卖，总比做个亡国的王后要好。

她没走陆路，而是走了水路，先穿过鲸海到了余桑，预备再通过东海，直抵会稽郡。余桑语言不通，她光是请翻译就花了不少钱，总算在十月中旬的时候坐上了前往会稽郡的商船。

十月二十日，凭州东南部开始淅淅沥沥地下起雨，雨不大，但整日都没停过，甚至有愈演愈烈的趋势。洗过的衣裳晾不干，只能烧了炉子烘干。

二十三日子时，惊雷阵阵，紫色的闪电从天空直直地劈下。

“轰隆隆”！大地都为之一颤。

栀栀“啊呜”了一声，就要哭起来，卫澧翻身起来，将她耳朵捂住，她咿咿呀呀地蹬着小腿。

自两个人带孩子越发上手后，栀栀就不大用嬷嬷们带了，晚上睡觉也是睡在床边的摇篮里。

赵羲姮被雷声吵醒，迷迷瞪瞪地坐起来。

“不用你管，去睡吧。”卫澧看她一眼，轻声道。

赵羲姮揉揉眼睛，趿拉着鞋下床，正要说话，守夜的侍女忽然从外进来：“主公，陈副将来了。”

“给我吧，这么晚了陈若江找你肯定有事。”雷声已经停了，只剩下外面哗啦啦的雨声，宛如天漏。

卫澧给她披了件衣裳，这见了鬼的天气，一日比一日冷，也不知道这样下去，十一月还能不能上山去打猎？

陈若江穿过游廊进来，外头下大雨，他身上的斗笠蓑衣下小雨，淅淅沥沥地淌了一路的水。雨太大了，撑伞根本无济于事。他将身上披的蓑衣摘下来，扔在地上。

“主公，今年飓风来了。”

年年都有飓风，在海边掀起滔天的巨浪，大多是东南来的，更多祸及的是余桑。

卫澧皱眉想了想，好像少见飓风能对凭州造成这么大影响的时候，大多是吹到余桑了，借势刮点儿雨。

“今年飓风越过东海了？”

“属下正是来说此事的。”陈若江从怀里掏出尚算干爽的密信。

卫澧拆开，对着烛火迅速地浏览一遍。

今年飓风到了东海声势不减，眼下正一路往黄海进发，沿路的会稽、无性、广陵、临海、余桑南部都遭了灾，再往北走的话，就该是清州和南飞东章了。再往北挪一挪，就进了渤海，受灾的是凭州的青丹、昌黎、北平。真是……鲜少有这么危急的时候。

“若是明天晚上雨还这么大，你带人将山下居民往山上疏散。今晚就给青丹、昌黎、北平三地郡守传信，青丹的人口往方集方向疏散，昌黎、北平的往幽州方向疏散。”赵羲姮逼他看书是有用的，虽不能做到一目十行，但这些文报看起来也不似之前凝滞了。

陈若江带了卫澧的令牌去调派人手了，脚下生风，一会就只剩下一道模糊的背影，卫澧冲他遥遥一喊：“你带上杨泽笠。”

雨夜冷风一吹，卫澧彻底清醒了。他披着衣裳回去，见赵羲姮还抱着半睡半醒的栀栀在怀里晃悠，满脸睡意，于是说道：“给我吧，你去睡。”

栀栀是个好哄的小姑娘，在谁怀里也不哭，这样被倒来换去的也没恼。

“陈若江和你说什么了？”

“他说今年飓风来了，兴许要波及凭州。”

赵羲姮听这话，陡然清醒了，她没经历过飓风，但也知道飓风的危害，年年都有不少人因此而丧生。她不知道说什么好，江河的洪啸，他们尚且能建造堤坝进行拦截，但海洋是一个神秘未知而可怖的地方，只能尽力将人往安全的地方转移。

卫澧见她眉头紧锁，替她捋顺：“凭州多半不会有事的。”

“但愿。”

第二日暴雨依旧未停，山下的雨水已经漫过人脚背了，到了下午，及人小腿肚了。

陈若江和杨泽笠去青丹、昌黎等地了，宋将军带着手下士卒，将山下百姓逐渐往太霜山腰上的林场棚户和鹿场、貂场迁移。鹿场因飞东章之前杀了小鹿，空了一大半，正好能安置人。并给每家每户按人头分发了馕饼、咸菜和干净的饮用水。

鹿场、貂场与林场的棚户都远离树木，防止雷电击毁树木引起火灾。

有了安置的地方，百姓凄凄惶惶的心才算落下一半。他们对卫澧的印象这些年里在一点一点地扭转，从原先的憎恶怨恨，到现在觉得他还行。

百姓的愿望很简单，能让他们吃饱穿暖，生命安全得到保障，不用流离失所，那就是好的君主。

连不咸城都这般严重，不必说更靠海的地方了，诸如清州，好在其地方大，即便沿海遭灾了，还能往内陆里跑。

但清州王之遥的几个儿子还在为王位打得不可开交，又兼之经验不足，并未能妥善安置流民，一时间民怨四起，鸡鸣狗盗之事不绝。

比起清州，南飞东章就更不好过了，他们的地方小，三面环海，飓风又一直在黄海盘旋，使得百姓苦不堪言。即便飞东章世子已经竭尽所能防灾，但终究抵不过天灾，北飞东章很少遭这样的灾祸，即便他不眠不休三天三夜，也只能眼睁睁地看着街上的水线一涨再涨。

粮食蔬菜价格暴涨，连干净能饮用的水源都变得稀缺，不少百姓哀号着纷纷往北逃窜，一并都聚集在与凭州的交界休邱，他们试图冲过防线，去凭州找寻活路。

“世子，将人都抓回来吧。”心腹劝世子高习。

高习只跪在地上，面对着各路神仙拜了又拜。上头供奉的不仅有佛祖、三清祖师，还有靺鞨族的萨满，以及各族的图腾。

“抓他们回来干什么？饿死他们吗？”高习睁开眼睛，只见眼中猩红一片，他已经许久未合眼了，尽己所能勉力维持民生。

一波未平一波又起，还未将父王换回来，又遭到了飓风，他只能祈祷神仙，保佑这场飓风早些过去。天不遂人愿，飓风依旧在黄海盘旋逗留，虽越来越小，但依旧不容小觑。粮食蔬菜越来越贵，几乎是升斗难求，更多人往凭州边界去。

虽是敌国，但百姓无辜，看着他们哭号，不少人也觉得心里不好受。

飞东章国和凭州，原本是一脉同源，民族几乎是重合的，他们面庞相似，不过因君主不同，文化风气渐渐分化了而已。

卫澧终于赶到了休邱，他顶着雨，身后是一车的物资粮食，休邱对面的人看到几乎要疯魔了，越发用力地要穿过门往里钻。

卫澧扔了一袋子馕饼下去，引得他们哄抢。人那么多，只有一袋饼子哪够吃？不过是更加激发了他们对食物的渴求罢了。

卫澧冲他们用扶余话喊道：“我非铁石心肠，靺鞨、濊貊、扶余、汉人本就在这片土地上共同生存，凭州也不会不容纳你们，天降灾祸，生灵涂炭，我本欲援助，奈何你们并非凭州子民，我不愿养虎为患……”

他话里的“非铁石心肠”“本欲援助”到底有几分真几分假，就不得而知了。

下面人躁动一片，其中有人盯着他，定定地问：“你的意思是，如果我们是凭州人，你就会管我们是不是？”

卫澧不言语，斗笠并不能将暴雨全遮住，一部分雨水打透了斗笠，顺着卫澧的头发往下流，淌过他微凸的眉骨和高耸的鼻梁，最后汇总，在他尖削的下巴处滴落，越发显得他苍白冷漠。

片刻静默后，人群中那人饱含泪水："反正饿死也是死，不如试试，但求你说话算话，我们只想活着。"

他踉踉跄跄扶着身边的人："我们去将世子绑来！"

卫澧见他们一串一串地往回走，只剩下女人、孩子眼巴巴对着食物望眼欲穿。

贴着墙角的女人怀里抱着个孩子，年纪不大，还不到半岁，是个扎辫子的小姑娘，饿得嗷嗷哭泣，脸都红了。寒雨再冲刷下去，她兴许不会饿死，也会淋雨发烧致死。女人咬破自己指头，将血喂给孩子。

卫澧盯着那处动静，迟迟移不开目光。

栀栀比她小几个月……

"先将孩子都接过来吧，给那些孩子一口吃的。"卫澧咬了咬牙，忽觉自己越发妇人之仁。

四周将士纷纷瞠目结舌，他们觉得这不像是卫澧能做出的事情。卫澧那样残暴不仁，嗜杀成性，竟也会怜惜年幼的生命吗？

不过半日，高习被人绑着，半推半搡来了。

他的表情说不上恨，只能说苦楚、无助，还有绝望和茫然，这个结局没什么意想不到的。

卫澧让人把他用绳子吊上来，然后剪掉他的头发。

高习闭上眼睛，心跳一阵一阵宛若擂鼓，他耳边只剩下茫茫雨声，和心底荒野的孤啸。

赵明心快抵达会稽郡的时候才遇上飓风，她乘坐的商船只是一艘不大的小船，根本抵抗不住海浪，没过多久就翻了船，她抱着一块船板在海上漂了一天一夜，好在她福大命大，终于着陆了。

赵明瑾接连丢失土地后，将都城迁到了东都建邺，以建邺的行宫作为皇宫。

好在赵明心能表明自己身份的信物还在，虽狼狈些，但还是顺利入宫，与母亲、兄长相见了。三人抱头痛哭，一时间天昏地暗，不知日月为何物。

赵明心漂泊两年，一朝见着亲人，像是倦鸟归巢终得心安，她只当兄长还是旧日的兄长，母亲还是旧日的母亲，却不知道高楼摇摇欲坠之下，国不成国家不成家，人心哪能依旧？

高习被绞了头发后带回不咸城，与飞东章王紧挨着关在一起。

头发是极为重要的东西，尤其是成人，只能由父母亲眷触碰。倒是每月的初一十五会有专门剃头的匠人抬着剃头挑子，走街串巷挨家挨户地为人修剪头发，整理形状，或者给老人染发。

也不必矫枉过正，若头发有细小开叉，不用等匠人来剪，自己将开叉剪掉就行，这没有太大忌讳。但战场上被剃了头，是一种侮辱性的刑罚，也是对战俘的标记。

卫澧不杀高习他们，是今后有用。

将南飞东章剩下的人交给手下的人安顿，卫澧骑马又冒雨回了不咸城。

栀栀还在睡觉，赵羲姮推着她的小床，略带担忧地问道："'狗蛋儿'找着了吗？"

卫澧跟"狗蛋儿"总干仗，他死皮赖脸地磨着赵羲姮把"狗蛋儿"给小桃带着了，白天卫澧走之后"狗蛋儿"才进来偷偷摸摸地要抱抱。

从今年夏天开始，它就是一只成熟的大猫了，一进秋天叫唤得厉害，现在离家出走两个月了，它要是还在山上还好说，就怕在山下，山下正发洪水呢。

"越发像只野猫了，也不知道藏哪儿去了。"小桃说道，"等它回来，就该找个骟猪的给它骟了，省得可哪儿勾搭人家小母猫。"

赵羲姮沉默了一会儿，思考这件事情的可行性。

门被推开又关上，门开关间隙听哗啦啦的雨声不见势弱。

脚步声又轻又快，应是卫澧回来了。

赵羲姮起身去看，只见他浑身湿答答的，衣裳滴下的水在他脚边汇成一摊，额前的两缕头发搭在眼皮上，他甩甩头，水滴四溅。

他左手拎着一只大肚子的雪狮子猫，右手拎着一只健美的黑猫。雪狮子猫有一双澄净的黄蓝鸳鸯眼，无辜地看着赵羲姮。

"发水了，也知道拖家带口地往回跑了。"卫澧随手将两只扔在地上，"我回来时在府门口看见它俩的。"

它俩抖抖毛，"狗蛋儿"来围着赵羲姮腿边"喵喵"叫。

赵羲姮掐住它的脸，看看雪狮子猫："净挑人家漂亮小猫糟蹋是不是？"

"狗蛋儿"一脸无辜。

卫澧看看雪狮子猫，再看看赵羲姮。

他都知道找媳妇要找漂亮的，推己及猫，"狗蛋儿"做得没啥不厚道。

赵羲姮让人带它们一家子去吃饭、梳毛，然后喂点儿驱虫的药，再观察两个月，不让它们接近栀栀。

卫澧去温泉匆匆地洗了澡出来。

“怎么不多泡一会儿？正好驱驱寒气。”赵羲姮将擦头发的布巾递给他。

卫澧随手把布巾往头顶一搭，伸手给她看，只见手上的皮肤都泡得发白了，是一路被雨浇的。

赵羲姮摸了摸，心尖一颤。

天太冷了，侍女将火炕烧起来，被褥也都换到炕上了。

卫澧往炕上一躺，闭着眼睛叹气。烦死了烦死了，他真是一点儿都不想出门干活，这种天气，就该待在家里睡觉陪媳妇，什么飞东章去他的。

他也不想擦头发，就想这么睡觉。

布巾垂在卫澧眼帘上，遮住了一大片烛光，他眼睛眯着，眼前一片虚影，陷在半睡半醒里。冒雨快马兼程到休邱，然后再不眠不休跑回来，他人跟铁打的似的，连着三四天没合眼。

“赵羲姮……”他嗓子哑了，张开手臂，意思是要她来抱抱。

“擦了头发再睡。”赵羲姮无视他的请求，将人薅起来，跟拍死猪似的拍他的脸，“湿着头发睡要头痛的。”

卫澧顺势倚在她的怀里，头搭在她的肩膀上，闻着她脖颈处淡淡的栀子花混着奶味的香，觉得心里极安定，于是搂上她的腰：“没事，我以前都是这样睡的。”

他在她胸口不安分地蹭来蹭去，赵羲姮刚想弹他一个脑瓜崩，听这话不由得心软了。也是，这孩子以前人嫌狗憎，命又硬，也不在乎，所以可着劲糟蹋自己。

“再过一个多月，就是栀栀的百日了，他们说有个认舅礼，我回头请兄长来。”卫澧钩着她的小手指，半睡半醒间不忘说道。

他不忘用任何一个机会打击谢青郁，到时候周岁抓周也要将谢青郁请来，请大舅子看他一家和和美美，看他和阿妩亲密无间。

“看兄长有没有空，雍州到凭州不近便。”

赵羲姮攥着布巾，一边说着一边把他头拨过去，然后给他擦头发，又让人把火盆挪过来些，给他烘头发。

他头发又浓又密，又黑又粗，她捏着他发尾细细看了看，嫉妒得牙酸。

没护理过的头发竟然一根都没开叉！这简直不可理喻。

她悄悄地看他一眼，很好，应该没有察觉。

赵羲姮捏着他的发尾，挑出来一根，手动给他撕分叉。

一根两根三四根……满足。

赵羲姮给他擦头发！赵羲姮给他擦头发！卫澧心潮澎湃，一下子睡意消散了。

他动也不敢动，生怕打扰了这温馨和睦的一幕，把下巴乖乖搭在她肩上，嘴角露出一丝满足恬静的笑容，喊她："阿妉。"

赵羲姮刚做了坏事，冷不丁被他喊了，身体骤然一颤："怎么了？"

"以后你都给我擦头发好不好？"

赵羲姮愿意给他擦头发，关心他，是不是说明喜欢他？卫澧不自觉地用手指揪了揪褥子，脸上飞起点儿红色。

喜欢他吧，喜欢他吧。

"好啊好啊。"赵羲姮正心虚着呢，自然卫澧说什么，她都下意识地答应了，答应完了反应过来不好，擦什么头发？

她自己的头发都不乐意擦，头发又多又长，擦干一次手都酸了，再加上卫澧，她闲得慌？

卫澧心头跟炸开了烟花似的，霍地睁开眼睛，锃明澄亮，然后去亲她的脸颊，一下一下的，然后再亲亲她的嘴角，最后在她唇上一点点地辗转，将两个人的嘴唇都磨蹭得发红，虔诚又认真，然后在她耳边轻叹："阿妉，真好。"

赵羲姮不但嘴唇红了，脸和耳朵也红了。她能感觉得出来，这次的亲吻，一点杂念都没有，就是一种很干净很纯粹地表达喜欢的方式，卫澧喜欢她，很高兴，用亲亲的方式来表达。

和"狗蛋儿"扬起脸蛋亲亲她的时候一样，都在说："我喜欢你，我也很高兴。"

赵羲姮一时间不忍心驳回自己刚才随口应下的承诺了。

不就擦头发，擦一个也是擦，擦两个也是擦。

不一会儿，卫澧抱着她的腰睡着了。

赵羲姮松口气，打算把他放倒，自己也跟着一起睡。

等等！她连忙扒拉卫澧几乎全干的头发，刚才撕开叉的那四根头发在哪儿来着？得给他剪掉。

即便卫澧夫妇不邀请他，谢青郁也不会错过孩子这么重大的日子。

他当初没对赵羲姮尽到责任，导致二人错过，既有愧疚，也有幽怨不甘，但事已至此，只能向前看，如果能作为她的娘家人照顾她们，也很好。

临行前，谢夫人将谢青郁召至病床前，握着他的手询问道："河昭县主的女儿，齐嫣齐小娘子……"

“母亲！”谢青郁难得打断她。

“你听我说完。”谢夫人拍拍他的手，“她因故在咱们家借住几个月了，她的情况你是知道的，有家回不得，我看她勤俭聪慧，很喜欢，她也很喜欢你。”

谢夫人继续道：“你若是同意，我便与她说媒，将这桩婚事定下。”

“母亲，我心里有结，不能耽误她。”谢青郁微微低头。

“她已经到了婚配年纪，漂亮又持家，你不聘她我便将她收为女儿，风风光光地嫁出去，多的是人争着抢着娶呢。何况你又怎知她不愿意被你耽误，你去问问人家，别到时候追悔莫及。”

谢青郁神色恍惚着出门，正撞上煎药送来的齐嫣。

小娘子漂亮温婉，见他眼睛里都带着星星点点的光亮，满是喜欢和崇拜，谢青郁一时间怔住，忽然痴傻了似的问她：“你想嫁给我吗？”

齐嫣脸颊飞红，眼底的光更胜，结结巴巴地才要说话，谢青郁忽然反应过来，逃似的跑了。

他这样……不好。

齐嫣的声音遥遥追在他背后，大胆中带着羞怯：“我愿意的。”

她看着谢青郁落荒而逃的背影，嘴角斜勾起一点弧度，原本含情的双眸尽是冷寂。

年纪轻轻谈什么不好谈爱情？爱情只会让人变得愚蠢罢了。

临行前，谢夫人又提起齐嫣与谢青郁的婚事，谢青郁心情极为复杂，最后下定决心：“等我从凭州回来，就给您一个答复。”

谢青郁去栀栀的百日宴，李青龙主动要求跟随。

他另外备了一份重礼。

按理说，他是谢青郁手下的人，只谢青郁送一份礼便够了，但他还是准备了礼物，掏出将近一年的俸禄。

谢青郁意味深长地看他一眼，李青龙讪讪地低下头，却依旧将礼物揣好，意思很明显，他是执意要将这份礼物送出去的。

虽然李青龙的确判断失误，谢青郁并没成为惠武皇帝的女婿，但是他基本道义还是在的。

一将不侍二主，他既然跟随了谢青郁，就没有另择高枝的打算。

听说敬城公主生的女儿姓赵，叫赵涂林。李青龙扒拉指头数一数，女儿也不要紧，要是涂林小郡主将来再招个婿，生个儿子也姓赵，那惠武皇帝就后继有人了！

也不知道他能不能看到那一天。

他看一眼谢青郁，希望有生之年，见不到雍州和凭州开战，两方安好，甚至还能像现在这样经常走动走动。

自赵羲姮生了女儿，卫澧的心情就大喜大悲再到大喜。

喜是因为是个女儿，悲是女儿挺丑，又喜是女儿长开越来越白嫩了。

但是最近，他情绪又逐渐低沉下去了。

分明飓风已过，凭州各地都没受什么重大损失，一切也照着正常方向发展，他们一家三口身体健康，赵羲姮实在想不出来卫澧为什么每天叹气。

例如晌午，他吃着吃着饭，忽然端着碗，呆呆地定住了，漆黑的眸子不知道看向哪儿，也不知道在想什么，良久之后，忽然叹了口气。

凌厉的眉头不似往常飞扬，如今是耷拉着的，像是霜打的茄子。

赵羲姮顺着他的目光看过去，没什么特别的，是一架多宝阁，上面放着金光闪闪的摆件。她看得晃眼，表情一言难尽，把目光收回来。

早晚有一天，她要把卫澧布置的这些土财主似的装修全换了！

卫澧扒拉两口白饭，忽然又叹口气。

赵羲姮是真惊着了，脊背蹿起一层白汗，难得愿意从自己碗里分只虾给他吃："你怎么了？"

卫澧微微垂眸，宛若深闺怨妇："没事。"

他草草地将饭吃了，然后精神不济地去床上卧着。

赵羲姮看看饭钵里剩下的饭……嗯，卫澧今天只吃了平常的一半。

她有些摸不着头脑。

自打她认识卫澧以来，他就健壮得像只狼崽子，有活力，无论什么时候都是神采飞扬的，从未有过这样颓靡的时候。

但人嘛，谁没有个无缘无故烦心的时候呢？

赵羲姮这样一想，也觉得说得通。她对此表示理解，于是悄悄地留给他一个安静空间。

卫澧侧身躺在炕上，听见她脚步悄悄地出去了，忍不住翻了个身，手臂横在头下，眼眶红彤彤的，心酸软一片，委屈到眼泪欲掉不掉。

他揪起被子一角擦擦眼泪，开始胡思乱想。

赵羲姮觉得自己可能预估错了卫澧这次情绪低落的严重性。

这种情况一直持续了三四天，不但不见好转，甚至愈演愈烈——卫澧一天没吃饭了。他倚在窗边，托着腮，看着外面金灿灿的落叶，身形显得悲怆寂寥。

他皮肤苍白，尖削的下巴几乎能戳死人。他掉秤怎么就能掉得那么快呢？赵羲姮看着自己依旧有些圆润的手腕，百思不得其解。

她戳戳卫澧的肩膀，坐在他身侧：“怎么一直不高兴？”

栀栀浑身奶香，可爱得让人恨不得把心掏给她。

赵羲姮把栀栀放在卫澧怀里，希望他心情好一点儿：“你要是有不高兴的事情，跟我说说，让我高兴高兴？”

卫澧摸摸栀栀的小脸，突然绷不住了，一下子爆发出来：“赵羲姮！”

“在！”

“栀栀长得不像你。”他死死地咬着下唇，眼眶沾上红，然后直直地盯着她。

赵羲姮低头瞅了瞅，嗯，不像她。栀栀更像卫澧，小家伙三个月了，黑头发黑眼睛的，虽然脸上肉嘟嘟，但能看出卫澧的轮廓。

“长相这种事情，不随我就随你嘛。”她觉得很合理。

“你不懂，你根本不懂……”他嘟着嘴，异常悲伤，但在赵羲姮眼里，像个欠揍的熊孩子。

这种东西又不是她能决定的，而且栀栀长得像他不好吗？一看就是他的女儿！

卫澧好像受了什么刺激，一下子暴躁起来，站起来跺脚，气冲冲地道：“你才不懂呢！”

赵羲姮懂什么？

人类的悲欢并不相通，她只觉得自己吵闹罢了。

他在梦里，常常见到一个穿着红裙子的漂亮小女孩，才到他膝盖那么高，笑容甜甜的，长得和赵羲姮一模一样，叫他阿耶，问他要抱抱、要糖糖。

栀栀越来越不像赵羲姮，他的梦碎了！

赵羲姮知道吗？她不知道！

他的梦碎了，再也没有像赵羲姮一样的漂亮女儿叫他阿耶了。

栀栀无辜单纯，吮吸上卫澧的手指，长长的睫毛一颤一颤的。

卫澧又低头看了她一眼。

栀栀和赵羲姮唯一像的地方，大概就是都有双眼皮了。

可是女儿为什么会像他呢？像谁都好，像赵羲姮，像赵羲姮的父亲，或者像赵羲姮的母亲……这么多人里，为什么要挑糟糕的父亲呢？

他看着栀栀和自己酷似的脸，升起一种罪恶感，是一种玷污了洁白的罪恶感。

卫澧渴望有个自己的孩子，这样他不但与赵羲姮拥有了最深的羁绊，也有了与自己血脉相连的亲人，但他不希望孩子像他，最好哪儿都不像。

他即便坐到多高的位置，也忘不掉自己是从什么烂泥地里出来的，孩子有一点儿像他，就像沾了什么不干净的东西似的。

这种想法过于矛盾，想要个孩子，又怕孩子流着他的血不干净，这种矛盾几乎将他撕裂，最后折中，希望孩子不要像他。

就好像他感觉自己配不上赵羲姮，又想要她。

卫澧近乎歇斯底里的悲伤，赵羲姮难以感同身受，为什么女儿非得像她呢？

但她还是站起来，抱着卫澧的腰，踮脚亲亲他的额头：“你安静一会儿好不好？”

卫澧额上贴上温温软软的唇瓣，情绪平定了，但他一张脸还是臭的：“你哄狗呢？”

可不是哄狗呢？赵羲姮心想。

她觉得卫澧情绪不稳定，肯定不止是栀栀不像她的原因，这不过是件小事，他的心理承受能力应当没这么差。

借着府医来给她诊脉的空当，赵羲姮让他也看看卫澧。

卫澧对此表示很戒备：“你干什么？我没有病？我不要看大夫！”

赵羲姮一开始还耐着性子哄他，但他愣是不配合，将她的好脾气磨没了。她一巴掌拍在他后背上，厉声道：“你看不看？！不看今晚就滚出去睡！”

卫澧委委屈屈地把手伸出来。

府医诊脉后，又问了一些关于卫澧平日里情况的问题，赵羲姮一一作答。

他焦躁地捋着胡须，当初自己担心的事情，终于发生了——主公集齐了孕吐、产前焦虑和产后抑郁。

这产后抑郁来得有点儿太延迟，而且来势汹汹。

府医始终想不明白，一个大男人，为什么会有这些情况？夫人一个实打实怀孕生孩子的人每天吃好喝好心情开朗。

明明怀孕的不是卫澧，生孩子的也不是卫澧，但是他能把一切孕妇该遭的罪遭了一遍。

主要卫澧心眼小，一点点事就能把他的心撑满。

府医跟赵羲姮说这件事情的时候，赵羲姮整个人都麻木了。她是谁？她在哪儿？事情为什么会这样？她该怎么办？

产后抑郁不是孕吐，过几个月就好了，听说有死人的。

府医也不知道男人产后抑郁到底会严重到什么地步，毕竟他生平第一次见。

“那用治疗女子的方式来治疗呢？”赵羲姮搓搓有些僵硬发凉的手。

府医捋捋胡子，点点自己心脏的位置，双手捧出一颗心来，斩钉截铁道：“用爱！”

赵羲姮听着觉得挺不靠谱的，她头皮一阵发麻。

爱？什么爱？她平常对卫澧不好吗？

多好啊，被窝给他留一块，饭也分他一半。

但她毕竟不是专业的，人家医师怎么说，她就听着怎么做就是了。

“一般产后抑郁是心理原因，但也有一部分是身体原因，妇人生过孩子后，身体机能失调也会导致这种情况，但主公不能生孩子，那想必就是心理问题。”

他清清嗓子：“这个时候，我们就要给他更多的爱和关怀，用包容和宽容，让他感受到家庭的温暖、亲人的如沐春风，从而化解他内心的郁躁，做到精神升华，灵魂舒畅，然后才能……”

府医还在唠叨，赵羲姮已经撸胳膊挽袖子，打算让卫澧见识一下她的爱了！

放心，她肯定把他治好！

赵羲姮袖子还撸在手臂上，进去的时候，卫澧怀中抱着栀栀，腮边一滴泪，比病西施还缠绵凄婉三分。

又见她走过来，慌忙用手背擦掉眼泪。他是真的病了，心病，心病比实症更难医。

赵羲姮这个人心肠不硬，挺为他难过的。怎么就变成这样了呢，以前的卫澧虽然是个脾气不好，但精气神好啊。

就算之前两个人总是吵架，赵羲姮也还是希望卫澧能变成之前的样子。

府医说要让卫澧感受到家人的关爱。

赵羲姮想，温柔她很在行啊。除了偶尔骂骂人，她还是挺温柔的。

从今天开始，不，从这一刻开始，她好好对卫澧，让他真正感受到妻子的温柔，然后带着栀栀和“狗蛋儿”让他感受到家的温暖、儿女绕膝的快乐。

她凑过去，搂住卫澧的脖子，轻轻地喊他：“主公。”

腔调九转十八弯，娇滴滴地能掐出水来。

“主公，你要不要吃饭呀？你都一天没吃饭了，我好担心你呀。”赵羲姮眉头蹙起，用水汪汪的大眼睛盯着他。

病西施一样的卫澧一下子不娇弱了，瞪大眼睛，惊恐地往后退：“你干啥玩意？”

赵羲姮心想，就凭州这个口音，挺毁气氛的。

本来是相亲相爱温柔缱绻的场面，硬生生地变成要干仗的架势。

栀栀躺在卫澧怀中，咬着手指头，眼睛滴溜溜地看着两个人，安安静静地像是在看戏。

赵羲姮清清嗓子，找回刚才温柔似水的感觉：“人家不干什么啦，人家就是担心你，人家给你喂饭好不好啦。”

卫澧丝毫没有被赵羲姮的温柔所打动，甚至更多了瑟缩：“不好，我不想吃饭。”

赵羲姮这些日子对他凶惯了，一时间变得这么温柔，他还有些难以适应。

“那你为什么不想吃饭啦？”

“我心里堵得慌。”

赵羲姮想了想：“那人家给主公揉揉胸口吧。”

“啊。”栀栀奶声奶气地冲他们喊了一声，两个人不约而同把目光投向女儿。

赵羲姮厚脸皮一红，讪讪地离卫澧远了点儿，孩子看着呢，影响不好。

她咋头一回觉着小崽子碍事呢？

算了，“妻子的温柔”计划暂时终止，还是等栀栀不在的时候再进行吧。

“你真的不吃饭吗？”赵羲姮问。

“不吃，吃不下。”他很执拗地摇头。

“那我也不饿，咱俩晚饭都别吃了。”赵羲姮坐在一边想，正好还能减减肥，自己现在软乎乎的，虽然手感很好，但她不喜欢这样。

以往她若是这么说，卫澧肯定横眉凶她：“赵羲姮，你长能耐了是不？晚饭也敢不吃了？咋少吃一顿你就能美成天仙？”然后威胁，“你要敢不吃饭你等着的！”

可他没这个精力了，只是停顿了一会儿，然后点头：“那我饿了，吃饭吧。”

赵羲姮就知道，卫澧肯定舍不得她不吃饭的。

她钩钩卫澧的小手指：“你说等我出了月子就带我去后山打猎的，不能说话不算话，明天我们一起出去玩吧。”

太霜山落雪早，十月时候，山顶就已经有一层薄薄的积雪了，而山下还立着青松翠柏，像是被分割成了两个世界。

天一冷熊和蛇都冬眠了，比起平常时候，危险更小。

卫澧自然还记得这个约定，说话不算话是什么男人？尤其答应了媳妇的事不办，那就跟螳螂子没啥差别了。他即便没有心情，但还是点头了。

凭州天冷得太早了，又是干冷，尤其山上风大，风一刮在脸上，像是刀子剥皮。

赵羲姮这个怕冷的人其实并不想出去，但卫澧总在家里闷着也不是个事，越闷心情就会越差。出去溜达溜达透透风，说不定心情会好些。

她为了卫澧的心理健康也是豁出去了。

窗外飘飘洒洒地下了一层雪，在南方这种雪天适合赏梅饮茶，在凭州则最适合煮热腾腾的锅子吃了。

厨房的师傅很应景，做了海鲜锅子，热腾腾的，上头浮着一层红油。

凭州很大一部分地区是靠海的，因此即便是冬天，也常有新鲜的海货供上来。

黄铜锅底铺了青菜，海带扣，中间一层花蛤蜊，梭子蟹，最上层是嫩豆腐、八爪鱼、海兔、鲍鱼、扇贝和虾。

厨房知道赵羲姮爱吃虾，不爱吃豆腐，所以虾的份额更大些。

红油海鲜上撒着一层葱花芫荽，汤底咕嘟咕嘟地冒泡，白烟裹挟着辛辣鲜香飘荡在屋内，很勾人食欲。

还有一些爽口的小吃，果酒雪梨、橘子冰沙……

虽然食物美味，但卫澧还是兴致缺缺，没什么胃口。他打起精神，觉得总不能因为自己影响了赵羲姮的食欲。

原本赵羲姮给栀栀喂奶是不能吃辣的，但喂奶时这也不能吃那也不能吃，把她委屈得哭了好几次，大半夜念叨着“红油锅子、酱香猪蹄……”一边念叨一边哭。

都没办法，只能让奶娘多喂，好在栀栀长得很壮实，即便不喝赵羲姮乳汁也好养活。

赵羲姮爱吃虾不爱剥壳，往日都是卫澧代劳，她觉得自己很懂事的，卫澧生病了，心情不好，她可以自己剥虾，还可以把自己的虾肉送给他。

到底是不常剥虾的人，手生，刚夹出来的虾烫手，她摸着倒吸一口凉气，连忙把沾了汤汁的手指吮吸吮吸。

又鲜又辣！好吃！

她用筷子拨弄拨弄，吹凉一点儿，然后手忙脚乱地撕断了虾肉，好不容易把壳都剥掉了，她擦擦手，献宝似的将虾给卫澧：“快吃！仙子姐姐亲手给你剥的虾！过了这村就没这店了！”

卫澧把目光落在她手里残破不堪的虾肉上，眼眶酸酸的，心里好像胀满了，有什么东西要漫出来一样，反正就是……

就是赵羲姮最讨厌了，总知道怎么才能让他掉眼泪。

“仙子的虾就剥成这样啊？”他喉结上下滚动，语气带着点儿哽咽，“你不要占我便宜，什么姐姐？你明明比我小，仙子妹妹还差不多。”

赵羲姮骄傲地一挺胸：“不管姐姐妹妹，反正我都是仙子！仙子第一次给人剥虾，你应该感到光荣。”卫澧真是太好哄了，就给他剥个虾都感动成这样。

“好，光荣。”卫澧张口吃掉，很给面子。

他的舌尖无意识地扫过她微凉的指尖，酥酥麻麻的，分明都老夫老妻了，赵羲姮还是脸一红。

卫澧牙齿继而细细密密地咬了咬她的指尖，将她指上的汤汁舔舐干净。

赵羲姮吓得赶紧把手抽出来，只见指尖上有几道浅浅的牙印，不过一会儿就消散干净了，还带着晶莹的水渍。

卫澧投桃报李似的将小碗给她，里面满满当当装着的都是虾肉，虾个头大，三四个就塞满了装蘸料的小碗，虾肉完整，上头淋着汤汁。

“投桃报李……”他说。

赵羲姮才注意到，他面前堆了一堆虾头虾壳。

思及自己刚才费了九牛二虎之力剥出来残破的虾，她怀疑卫澧是在埋汰自己，并且炫耀他剥虾的技术多高超罢了。

卫澧没说什么，转而去挑蛤蜊肉，他微微低着头，做得很认真，纤长浓密的睫毛微微垂下，在惨白的眼下肌肤投出一小片阴影。

他鼻梁高挺，眉骨微凸，棱角分明，微微抿起的唇嫣红，正面看明艳的人，侧目看却很硬朗。这么好看，女儿像他为什么还会不高兴呀？赵羲姮想不通。

卫澧注意到她的视线，把手里挑好的小半碗蛤蜊肉给她：“快吃，一会儿凉了。”

左边一碗虾肉，右边一碗蛤蜊肉，赵羲姮感觉锅子里飘出来的热气又辣又呛，熏得她眼泪都出来了。

卫澧都抑郁了，但是还不忘对她这么好，吃饭都顾着她。完了，眼泪要掉下来了，赵羲姮赶紧把头扬起来，不行，眼泪掉下来妆就花了。

妆花了就不好看了。

嘤，这个男人怎么这么好？

“你看什么呢，不吃饭？”

赵羲姮控制住哽咽，淡淡地说：“我觉得房顶装修得真好看。”

卫澧顺着她的目光看过去，房顶方方正正且空白……

两个人像一对土拨鼠，整整齐齐地抬着头，连仰起脸的弧度都一样，就那么看着空荡荡的房顶，又傻又可爱。

“神经病。”过了许久，卫澧转转脖子，忽然轻轻地骂她一句。哪里好看了？

赵羲姮还在眼眶里打转的泪一下子就收了回去，好得很。

卫澧这次在开螃蟹，肯定又是开给她吃的。

赵羲姮用蟛蜞腌成的酱，拌着刚才他拆出来的蛤蜊肉，再搅拌进米饭里，和匀乎了，然后用勺子盛起一勺，递到卫澧嘴边：“来，吃饭！可香了！”

赵羲姮现在对卫澧又感动又可怜，这个男人现在她怎么看怎么顺眼，他刚才骂人也像“狗蛋儿”喵喵叫一样可爱。

卫澧惊得往后瑟缩了一下：“你干什么？”

“给你喂饭啊！吃饭之前说好的！”赵羲姮又凑近他。

卫澧这么好这么可怜，她肯定好好照顾他，让他早点康复！

两个人每天的日常活动：吃饭、睡觉、处理政务、带孩子、养猫。

现在为了卫澧的心理健康着想，多了一个逛园子。虽然树木凋零，灰败交杂，并没有太好的观赏性，但至少外面的空气是新鲜的。

冷湖残叶，其实细看还挺有意境。两个人双手交握，绕着小路慢慢地走。

迎面走过来一队人，他们手中捧着有些干枯的菊花，应当是花房的人。

他们低着头，同两个人请安。面庞有些生，是这些天从山下请来的短工。

栀栀百日宴需要的人手多，府中人手不大足。

赵羲姮心思都在卫澧身上，关切着他的情绪有没有好转，对这些人并未在意。

“过几天就是栀栀百日，到时候我们在哪儿给她埋酒？”赵羲姮试图找一些他会感兴趣的话题。

卫澧微微打起精神：“多埋一点，把酒窖塞满，再埋一坛子在咱们窗前……”

“那我们埋在窗前的酒，让栀栀在上面踩小脚印做纪念好不好？”

“嗯……”他点点头。

卫澧扯出一个笑来，尽量让自己看起来愉悦轻松，他不想耷拉着脸，败坏她的心情。

大夫说他心情抑郁，赵羲姮好像很在意，一直在迁就他。

只是心情抑郁，又不会死人。而且人到了一定年纪也会死的，早死晚死都是死。

他要是死得早，赵羲姮就是全天下最年轻最漂亮最有钱的小寡妇了，想给她当男宠的人估计要从这儿排到雍州去。那些男人年轻嘴甜俊美，啥样的都有，最重要的是有文化、读书多……

卫澧思维这么一发散，就停不下来了。

他歪着头，越想越悲从中来，那些男人肯定比他强，再不济还有谢青郁呢……

他觉得自己不该这么想，得长命百岁，得把所有能抢走赵羲姮的不稳定因素全部铲除掉，而不是像个怨夫，他平常不这样的，怎么娘唧唧的，都不像他了。

“你想什么呢？”赵羲姮捧着他的脸凑近，盯着他黯淡的眼睛。

她手指的温度微凉，猝不及防触上他的脸颊，而她清澈的眸子里全是他的影子，卫澧下意识地倒退了两步。

“没有。”他摇摇头。

他神态略显疲惫，赵羲姮甚至能看出强颜欢笑。她心里轻轻地叹了口气，果然，逛园子对他起不了什么作用。

“咱们回去吧。”

“你不继续逛了吗？”卫澧问道，“我又没啥事，你该逛就逛你的。”

赵羲姮抱着他的胳膊：“没有，我冷了困了，想回去泡澡睡觉。”

所以他到底怎么才能高兴起来呢？赵羲姮一边神游，一边换衣裳。

卫澧还在隔间的温泉里泡澡，他洗漱向来快，赵羲姮便让他先去了。

她解下腰封，只听见窸窸窣窣一声轻响，从衣裳里摇摇晃晃地掉下张纸片。

赵羲姮奇怪，她身上怎么会有纸片？或者说，是谁将这张纸片偷偷地塞到她身上的？她小心翼翼地将纸片打开，只见上面写了几句话。

“你知道真正的卫澧吗？”

“你知道卫澧的过去吗？”

“你想知道卫澧的过去吗？”

赵羲姮吓得手一哆嗦，家里进鬼了！外鬼！顿觉汗毛竖起，脊背起了一层白毛汗。

这个人能将纸条塞在她身上，那栀栀呢？她不担心卫澧，但栀栀那么小，万一歹人靠近她怎么办？

“小桃！”她连忙去喊小桃，“将栀栀抱过来，今晚她跟着我们睡。”

卫澧心理状态不好，栀栀晚上总是夜哭，赵羲姮怕吵得他休息不好心情更差，原本打算这几天将栀栀托付给嬷嬷们带着。但现在看来，还是将她放在自己身边更保险一些。

赵羲姮又将目光投向手中的纸条。

真正的卫澧？就是纸老虎，比她还娇气还能哭，这她知道啊。卫澧的过去？他流落到凭州被镇北王收为义子，然后谋反了，不就这个吗？她还要知道什么卫澧的过去？

就算他有些不想讲的，那不讲就不讲呗。两个人都在一起两年多了，孩子都三个月大了，比起一个神神叨叨未曾谋面的人，赵羲姮还是更相信卫澧些。

毕竟她都这样了，也没什么利益可图，卫澧骗她根本得不着什么好处啊。赵羲姮一想，就头痛欲裂，太久不用脑子都锈住了。

“你想什么呢？”卫澧忽然出现在门前，催促她去洗澡。

赵羲姮将纸条收起来，不打算在这个时候给他添堵。这件事情肯定是要告诉他的，但不是现在，他现在情绪状态太差了。

赵羲姮整个人浸在温暖的泉水中，闭目冥思。她所知道的卫澧的过去，大家都知道，那么这个人肯定不会用大家都知道的消息来吊她胃口。所以他知道的，必然就是大家不知道的。大家不知道的，那便是卫澧被镇北王收养之前的时候。

所以这个人到底知道些什么？他是谁？他的目的又是什么？

不管怎样，都必须将这个人揪出来，只一想到家中混入了一个不知居心何在的家伙，赵羲姮心便不安。

她回想今日都遇见了谁。隐约能想起来的，都是家中的侍者，有旧人有新来的短工。她长舒一口气，那先从新来的短工里入手查起吧。

待赵羲姮出去后，卫澧已经很乖地将自己的头发擦得半干了。

“你之前不是说都要我给你擦头发吗？今天怎么自己擦了？”赵羲姮问。

卫澧烦她的时候吧，她嫌烦，现在不烦她了，赵羲姮又觉得怅然若失。

“嗯。”卫澧轻轻地点头，将新的布巾搭在赵羲姮头上慢慢揉搓，“我自己擦就好了。”

他让阿妉给他擦头发，太麻烦她了，会招她讨厌的。

赵羲姮被他揉得昏昏欲睡，临了才想起来正事，一把握住他的手，忐忑地看着他，小心翼翼地征询他的意见：“你之前的事情，方便跟我讲讲吗？”

卫澧呼吸一滞，心跳都空了一拍，手忙脚乱将她的头发拢起来：“你不是都知道了吗？”

“我说的是更之前的事情，你方便讲给我听吗？”

他的脸色肉眼可见苍白起来，敛下眸子，赵羲姮意识到自己可能问错问题了，卫澧似乎很介意这段过去，因此不想提及。

“你要是不想说，就算了，其实我也不是特别想听，就是一直没听你说过你的小时候，所以有点儿好奇。”

“没什么可好奇的，就那样，我困了。”他下意识地逃避，整个人裹进被子里，这表现不仅仅是介意那么简单了。

赵羲姮怎么突然问起这件事？她是知道了什么在试探自己吗？不会，不会的，当年知道他往事的人都死绝了，不可能有人告诉她。

他闭上眼睛安慰自己，骤然脊背蹿起一股凉意，还有一个人活着！

赵羲姮顺势掀开被子，钻进他的怀里，找了个舒适的位置窝起来，环着他劲瘦的腰肢，然后蹭了蹭他，安抚道："那好吧，睡觉。"

卫澧紧绷起的身子一点点地放软。

今夜两个人注定失眠。

卫澧想着那个逃走的漏网之鱼，觉得还是得杀之才能绝后患。但将其杀了，当真就能绝后患吗？

阿妉真的就永远不会知道他苦苦隐瞒的过去吗？他真的能瞒一辈子吗？她如果有一日知道了……他忽然全身失了力气，知道了怎么办啊？他真的不想让她知道。

赵羲姮在心里骂人，到底是哪个王八犊子小瘪三掐卫澧的死穴掐得那么准？

光是她知道的卫澧的过去就不大光彩了，那更之前他不想让自己知道的，得是啥样？现在他的情绪不稳定，心灵太脆弱，赵羲姮真怕把纸条给他，人还没找见他先受刺激了，反正他现在一点儿意外都不能出了。

算了，且等等吧，等他情绪稍微平复一些再同他说，最好在这段时间她能赶紧把人揪出来。

她一边想着问题，手一边搭在卫澧的后背，有意无意轻轻地拍打着，像是哄栀栀入睡一样。

卫澧感受着她温柔的拍打，人快被撕成两半了。一半是正常时候的自己，在叫嚣着赶紧把人找出来弄死；一半是不正常的自己，声音都饱浸着泪水，哭着说赵羲姮早晚有一天会知道的，那天到来的时候，就是她不要他的时候。

第二日黄昏，小桃捧着一盆金灿灿的菊花进来，开得那样烂漫，一看就是在暖棚中精心培育的。

"这是花房说给小娘子百日宴摆放的花，特意送来一盆先给夫人看看。"

赵羲姮眼尖地从一簇橘黄翠绿中见着了一抹白色的尖儿，她心跳加快，将土用簪子刨开，土层下又盖着一张纸条，与昨日的大小一般。

"知道卫澧身上有文身吧？"

"你知道他身上的文身是什么意思吗？"

她看都没看全，怎么知道是什么意思？

"我昨日让你暗暗找的人，你着重往花房那边找找。"

赵羲姮骤然想起昨日与自己擦肩而过的一队人，正是花房新来的短工。

第二十八章

卫澧，你特别好，我特别喜欢你

昨日她身上多了纸条，记得当时她正与卫澧逛园子，与他们擦肩而过的有一队花房中的人，而今日的纸条，更是直接埋在花盆的土中送过来的。

以往府上的人不多，几乎每个都是进过筛查的，家世清白，没有可疑之处，而新来的短工只是暂且来帮忙，对背景的筛查并没有那么严格。

赵羲姮基本能确定，那个人就隐匿在花房中，且是最近的短工。

这个人给她传信的间隔不超过一天，看起来很急迫的样子，一直用似是而非的问题引诱她，让她对卫澧心生怀疑，像是在离间他们夫妻两个的关系。既然动作频繁，那就一定没有太多的时间计划部署，做不到万无一失。只要她一直吊着他，不做出回复，他这样迫切，早晚会露出马脚的。

也不知道那个人是谁派来的，飞东章的旧部？或者刘涣、王之遥的人？抑或是华尚乐的？但若是他们的人，怎么会对卫澧曾经的事情了解那么清楚呢？毕竟在成为镇北王义子之前，卫澧在凭州都查无此人。又或者，这个人是镇北王的旧部，来替他报仇的？

总归不怀好意就是了。

“罗浩然，吃午饭了，你干啥呢？”一同来帮工的几个人冲角落里的人喊道。

那个被称为罗浩然的男人身体一颤，缓缓地站起来。只见他身材魁梧，四五十的年纪，方脸阔腮，从额头到鼻梁处有一道约三寸的深疤，像是被锋利武器伤着的。

“知道了。”他放下花，拍拍身上的土，一腔正宗的凭州口音，嗓音粗哑，说起话来瓮声瓮气的。

几个帮工与他勾肩搭背：“你昨天说你以前是养狗的？养了多少狗？”

“一次养了两三百条。”罗浩然比画着，不着痕迹避开他们的手臂交缠，“黑白相间的，蓝眼珠子，叫起来跟狼似的，咬人可凶了。”

“那你给我们讲讲养狗得注意些啥，我觉着总给人帮工也不是那么回事，准备回家养狗开个狗厂，你要是没营生，咱俩一块开狗厂也行。”

罗浩然干笑两声，挤得额头上的疤更狰狞几分了：“好啊。”

他来这儿，可不是给人讲怎么养狗来了。听说卫澧最近旧伤复发，因此连带着神志衰弱，精神异常，这正是他报仇的好机会！胯下之仇不报誓不为人。

卫澧既害得他流离失所妻离子散，自己也要让他尝尝被厌弃的滋味。那赵羲姮不是个公主吗？她难道真的一点儿不介意卫澧的过去？

他可不仅仅是从息阳跑来的斗兽奴那么简单。曾经高贵的天之骄女，难道真的甘心与一个和牛羊一般作为牲口似的人在一起？她真的不会觉得恐惧肮脏？

卫澧那个人，怎么说呢？连命都不要，但是要脸，这点罗浩然很肯定。他几乎是看着卫澧长大的。尤其听说他很看重自己的妻子，那么一定不会将自己的过去尽数告诉赵羲姮的。

真是神奇，野兽一样的人，竟然也会有情爱和人的柔情。

当初卫澧在茫茫几百人中，第一眼就显得那么突出，尤其是一双狼一样的眼睛，野性不驯，往深里扒下去，又带着不谙世事的天真，简直和他们信仰的图腾神兽一样。

但是万万没想到，有朝一日他们选中的人，却将他们整个掀翻在地，小兔崽子，呸！

罗浩然并未竭力隐藏自己的踪迹，他决定在吊足了赵羲姮的好奇心之后，就主动现身在她面前。

他站在最寻常角度思考赵羲姮。

等他说完关于卫澧的一切，她一定不敢相信，继而失望痛苦，然后就是恶心厌恶，这样的情绪之下，又怎么会将他这个告知真相的恩人杀害或者送给卫澧处置呢？

罗浩然嘴角不自觉地上扬。

一个贵族公主，要多爱自己的丈夫，才能接受他有这样的过去呢？那些贵族都是自私的，他们的血液都是冷的，他们只爱自己。

赵羲姮会怎么看她为卫澧生下的女儿呢？哦，听说那个小孽畜长得很像卫澧。她会不会越看越恶心，然后想要掐死？

夫妻反目，这对现在心理存在问题的卫澧来说，是个致命打击吧？到时候他趁着混乱，就将人……罗浩然已经兴奋到急不可耐了，连呼吸都变得急促，心跳加快，连旁人唤他，他一时间都没反应过来。

栀栀真的越长开越像卫澧，甚至年纪小小，都能看出来性格跟他像。

赵羲姮小时候可没这么好养活。她冷一点热一点不行，屋子里气味不对不行，抱她的人不对也不行，喂奶的人不是她喜欢的也不行，矫情精一个，这都是听赵星列说的。栀栀可乖可皮实了，好养活得像个假娃娃。

两口子省心之余没有半点儿带孩子的体验感。每天饿了喊一嗓子，拉了尿了喊一嗓子，接着就是睡觉，安安静静谁也不吵，关键不挑嘴，谁的奶喝得都喷香。

皮实得很，三个月已经会翻身了，有一次翻身时候磕了头，小脑瓜磕得黢青，大人们心疼得不得了，她却在那儿盯着人笑，第二天瘀青就没了，恢复速度简直令人咂舌。

卫澧一看栀栀，是又喜欢又难受。不看舍不得，看了又心疼，好好一个闺女，怎么就像他了？于是每天抱着栀栀，跟怨妇似的倚在摇篮边上，对着她愁眉苦脸。

赵羲姮看着父女俩这种相处模式，头都大了，时间紧任务重。得把栀栀的百日宴办好，赶紧把人揪出来，最重要的是调理好卫澧的心理状态，就这么丧里丧气下去这日子没法过了。

许多医师都来看了，有经验的说卫澧既然不是身体上的毛病，那就是心里有事。他抑郁大概是因为某个点，只要找准了这个点，一掐一个准，抑郁保准能治好。

但赵羲姮只知道他抑郁的原因大概是栀栀和他太像了，但她不知道为啥卫澧会因为这个一直难以被开解。简直没道理啊，她暗自问了，他也不说。

窗外落下一片雪，投在窗上，像是天上掉下棉絮来，一簇一簇的，极美。

卫澧晨起衣裳穿了一半，忽然呆坐着，对着朦朦胧胧的雪景开始惆怅："窗外下雪了。"

赵羲姮刚想应和他，只听见他自言自语：

"雪啊，

外面下雪了。

一片两片落下来，

左边一片是雪，

右边一片还是雪，

它们比棉花套子还要大啊！"

是在作诗吗？赵羲姮的表情一言难尽，这是个什么体？哪里像诗了？要硬说他仿造诗经的清新自然，那也不对味啊。她搓了搓脸，古有"未若柳絮因风起"，今有"它们比棉花套子还大"。

赵羲姮忽然莫名可怜卫澧，那些读书多的人吧，他们难过的时候能张口道："悲哉，秋之为气也！萧瑟兮草木摇落而变衰。"

卫澧只能说"下雪了，它们比棉花套子还大"，连郁闷都无法用准确的词汇来宣泄，能不让人可怜吗？

"真棒！清新自然不做作。"赵羲姮闭着眼睛夸奖他。

卫澧用一种"你说违心话也不怕丧良心"的眼神看着她。

赵羲姮想，是挺丧良心的。

花房又送花来了，这次是暖棚中培植出的梅花。凭州养不住梅花，落在外头是要被冻死的。

梅花装在方方正正的花盆中，赵羲姮也顾不得赏花，连忙从头上拔下簪子，刨开土，果不其然又寻到了一张纸片。

“卫澧根本不敢将这些事情告诉你，你难道就不好奇吗？他在欺瞒你！”

“你知道了这些，我保证你会大吃一惊的！”

若说上次她有七八分的把握人是在花房中，这次就有了十分。将目标锁定在花房的短工身上，就不至于遍地撒网，线索也好找许多了。

这个人行为嚣张，几乎不加掩饰他的位置，好像笃定赵羲姮一定会好奇且不会告诉卫澧一样。

罗浩然几乎每天都会借着各种由头暗自塞纸条给赵羲姮，他连续几天听闻赵羲姮焦躁不安，觉得时候差不多了，饵料放足了，人的好奇心也全被他吊出来了。

赵羲姮让人把花房短工的画像暗地里都画下来拿给她看，只一眼，赵羲姮便看见了一个熟悉的人。他脸上虽然多了道疤，但方脸阔腮的样子极为好认。

既然是他，那一切串联起来也就能说得通了，此人与卫澧有仇，又是原本镇北王府的人。因而他想要利用赵羲姮的好奇心，借用卫澧不为人知的过去，来挑拨他们夫妻两个的关系，最后再坐收渔翁之利。

小桃见画像也为之一惊，她与赵羲姮对视一眼，没想到这人竟然还敢出来蹦跶。

“别着急捉人，我感觉他自己到时候会迫不及待地蹦出来，你吩咐几个好身手的盯紧点儿，别让他跑了或者吞了药。”

意外之喜总是来得那么突然，赵羲姮觉得自打离开息阳之后，她的运气就好转起来了。例如现在，她让人盯着罗浩然，却盯出来别的。

几个侍卫深夜在围墙附近抓住了鬼鬼祟祟的三个人，带来给赵羲姮一看，也是熟悉面孔，正是当时和罗浩然一伙的人。

罗浩然年纪大了，再不奋力一争就彻底没有机会了，因此才大着胆子混进来，准备挑拨两人的关系搅浑水，然后再趁机刺杀卫澧。但他也不是全然没有准备，例如这三个人就是他安排在府外用来接应的。

事情成了，他就能取卫澧而代之，若是事情不成，要么保命为上计，要么就横死家外。

且等待了些时日，罗浩然常听路过的侍女们说，主公近日身体不好，夫人许是被磨得有些厌烦，待主公逐渐不如往日亲厚，脾气也古怪冷淡起来。

不管是赵羲姮当真变得如此，还是她仅仅为了引蛇出洞刻意派人放出来的流言，罗浩然都觉得，赵羲姮已经迫不及待地想要知道真相了。

他一想到夫妻反目的戏码，就兴奋不已，但还是按捺住激动，静静地又等了两天。

赵羲姮的耐心几乎被他耗尽了，肯陪这个人兜兜转转演戏就已经很给他面子了，麻烦他不要一而再再而三地挑战她的脾气，她真的挺忙。谁跟他似的，一天天种完花就没事了，然后就琢磨着怎么往她身边递小纸条。

罗浩然低着头，将花盆放在地上，

自他进来，赵羲姮就认出他来了，那么大的块头，放哪儿都挺打眼的。她的目光一直追随着罗浩然的动作。

罗浩然将花盆放下，准备出去了，他心中暗暗焦急，赵羲姮怎么还没叫住他？难道是没认出来。他转过身，稍稍抬头，隐晦地将脸暴露在赵羲姮的目光下。

没想到赵羲姮只是微微扫了他一眼，便又将目光偏开，继续吃桌上的水果。

嗯，果然等不下去，自己跑到她跟前来了。她就说，刻意露出那么多马脚，已经放好饵料等着她上钩了，怎么可能不露露脸。既然他已经按捺不住，那自己就可以再等等了，吊她那么久，她吊他一会儿，不算过分。

罗浩然不甘心，好不容易觉得时机成熟了，怎么能因为赵羲姮没认出他这张脸就继续拖延下去呢。

他往赵羲姮那边走了两步，将自己的脸更大方地露在赵羲姮面前：“夫人还有什么吩咐吗？”

“没了，你下去吧。”赵羲姮头也不抬。

她回答得非常干脆，罗浩然噎了半刻，道：“小人见夫人面熟，好像曾经在哪儿见过一样。”

“哦。”赵羲姮慢吞吞将目光抬起来，“真巧，我看你也很眼熟啊。”

两个人相视一笑，赵羲姮扯了扯嘴角：“兜了这么大个圈子，你也不嫌累。”

有话痛快明白敞开了说多好，非得绕弯子让她猜。

罗浩然神秘一笑：“相信过不了一会儿，你就会觉得这圈子兜得真值，你一定会感谢我的。”

赵羲姮一脚踹在他膝盖上将他踹倒：“别笑了，恶不恶心。”

几个侍卫拥进来，将罗浩然压住捆好。

罗浩然叫嚣道：“我保证，我说的事情一定是你想听的。你难道就不想知道卫澧到底瞒着你什么？他的过去到底是什么样的吗？”

卫澧对着镜子看了看自己。

苍白瘦削的面颊，因为休息不好，眼睛里满是血丝，下巴上冒出青青的胡楂，整个人太不光彩了。他这个样子，哪里值得别人喜欢？连一点点姿色都没有。

过几天栀栀百日宴，谢青郁肯定要来的，到时候免不得与谢青郁打照面，谁还不知道谢青郁原本是赵羲姮的未婚夫婿。

原本全盛时候都不如他，现下他又这样憔悴，到那时两人站在一起，旁人该怎么说赵羲姮。纷纷早心里说她眼光不好运气不好，错过了谢青郁。

卫澧一想那样的场景，就觉得无地自容，他给赵羲姮丢人了。他又对着镜子看了看，打起精神，将自己的刮胡刀找出来。想起赵羲姮并不愿意他用她的妆奁台刮胡子，还是起身去找别的镜子了。

动作间他的衣摆打翻了妆奁台下的一只小盒子，里头的东西全部洒出来了。他心里奇怪，赵羲姮怎么将东西放在这么偏僻的地方？

卫澧蹲下身子，将纸条一张一张地捋好，准备给她放回去。他不经意间瞄到了上头的字："你想知道卫澧真正的过去吗？"

卫澧捏着纸条的手忍不住发抖，这些都是谁写给她的？他喉结上下滚动，只觉得脑袋一片晕眩，几乎要站不住，连忙将剩下的纸条全部打开。

果然……那个给赵羲姮写纸条的人，一步一步用诱哄的语气，旁敲侧击说他有见不得人的过去瞒着她。是个人都会好奇吧？所以……赵羲姮现在到底知道多少了？

他心慌头晕得几乎蹲不住，将手撑在地上。

侍女将晾干的衣裳收回来整理好，见卫澧这副模样蹲在地上。她吓了一跳，后退两步，小心翼翼地问道："主公，您怎么了？可是身体不舒服？奴叫夫人来吧。"

卫澧听见耳边有人嗡嗡地在说话，过了许久，他才逐渐找回自己的声音，艰难地问："夫人现在在哪儿？"

侍女想了想，告诉他："方才夫人抓了个小贼，将人押去审讯了，奴路过的时候，刚好看见他们押着人往地牢方向走，夫人想必现在在地牢呢。"

卫澧手指蜷缩起来："你看见那人的长相了吗？"

如果，不是罗浩然，也许事情还有救。

侍女想了想："身材十分高大，脸方方正正的，大概四五十岁的样子，哦！脸上还有道疤！"

卫澧浑身一颤，像是从冰水里捞出来一样，冷汗将衣裳都打湿了。是他，是罗浩然，他额上的疤，正是卫澧上次所伤。他又回来了，这世上，也就只有罗浩然知道卫澧完整的过去了！真恨啊，上次就应该将人杀了，就不会有这样的后患了。

卫澧的脸色更难看了，侍女不安道：“主公，奴还是叫府医来吧。”

卫澧没应，只是依旧蹲在那里。

罗浩然，原本是镇北王手下极受器重的一员猛将，跟着镇北王二十多年，当年卫澧初到凭州的时候，就是罗浩然将卫澧挑了出来，洗刷干净送到王府的。后来镇北王年迈体衰，罗浩然起了取而代之的心思，却不慎被卫澧抢先一步夺了凭州。

罗浩然造反失败后，从王府的狗洞里钻出去逃生，这才保住一条命。上次从方集郡回不咸城，途经鸭绿江支流，也是罗浩然带狗堵截，令卫澧重伤。

罗浩然脸上的疤，也是那个时候留下的。

侍女还想说些什么，只见卫澧一下子从地上弹起来，推开门跑出去了。

哎！主公最近身体不好，夫人特意叮嘱要好好照看主公的！刚才还脸色煞白一头冷汗的，怎么又跑了？

侍女连忙追了出去，招呼人道：“快去给夫人传信，来几个人跟我追上主公！”

“说吧，给你机会给你地方了，这地方多宽敞，够你表演了吧。”地牢中，赵羲姮坐在太师椅上，微微扬起下巴，看向对面的罗浩然。

罗浩然阴阳怪气地笑起来：“你真想知道吗？我敢保证，你听完了以后肯定会……”

赵羲姮用杯盖扔在他脑袋上：“你以为你是话本子里的大反派？别给我整这出，我一开始可没想知道，是你一个劲地追着赶着要说给我听的，有屁快放，别铺垫了！”

罗浩然笑容一僵，他只是……想渲染一下气氛，然后把事情引出来，小娘子年纪轻轻的怎么脾气这么暴躁？没关系，场面小小失控他可以理解接受，只要事情的结局和他预想的一样就行了。但他总觉得事情发展方向不是很对劲，哪里不对劲他又说不出来，好像没有一处是对劲的。

罗浩然清了清嗓子，压低声音：“早在多年前，惠武帝刚刚颁发的法令，禁止残杀奴隶，残杀包括殉葬、人牲、斗兽以及虐杀。但是贵族习气难改，他们已经习惯了用奴隶进行取乐，因此有很大一部分人，偷偷蓄养了用来殉葬虐杀的奴隶……”

赵羲姮微微歪头，阴沉沉地看着他：“你能说点儿我不知道的吗？”

这些没有人比她更清楚了，阿耶原本是想循序渐进废黜掉奴隶制度，但只做了一半，改善了奴隶如同牛羊可以随意宰杀的地位，他人便没了。

话被打断了，罗浩然的表情都快扭曲了，他气急败坏，破罐子破摔似的大喊：“你能耐，你来，我腾地方给你讲！”

赵羲姮不理他的咆哮，站起来拍拍衣裳，准备要走：“你再不捞点儿有用的讲，就自己搁这儿待着吧。”

罗浩然连忙叫住她："卫澧来凭州之前，是陈侯家蓄养的斗兽奴！"

赵羲姮一下子顿住，脑袋里"嗡"的一下子。

"他来时，耳朵上打着耳洞，耳洞上吊着个小铜牌，正面是陈侯家的族徽，反面是作为斗兽奴的印记！而且，不只这些……"

以往各家会在奴隶耳朵上打洞，吊上铜牌，铜牌正面刻着家族族徽，反面则是奴隶用处的标识，或是斗兽表演用的，或是殉葬的，或是做别的什么的。就如同人们在牛羊耳朵上打上耳标，以示归属。

赵羲姮缓缓转过身，陈侯？陈侯早就被削爵流放了，因为他私自圈养奴隶。从时间来算的话，卫澧很有可能是陈侯府上最后一批斗兽奴。

当时那些人的惨状，骤然又浮现在赵羲姮面前。

她那时候年纪小，才七八岁，听人举报陈侯在城外的山里圈养了奴隶用来斗兽取乐，带人便去了。

所见场景，至今都难忘。

人们将山洞前的栅栏移开，光亮终于洒进昏暗的山洞，血腥味险些将她冲了个仰倒。地上一只被破开胸膛的羊，羊旁边跪着一个少年，正在啃噬羊的肝脏。野狗在夹着尾巴冲他狂吠，少年龇牙咧嘴，喉咙里发出呜呜恐吓它们。

墙角缩着一堆也如他这么大的少年，都一样的蓬头垢面，身上被泥糊得看不清面孔。地上、角落里，人和野兽的摞在一起，难以收殓出一具完整的尸体。她吓得许久才找回声音，那场景简直宛如人间炼狱，回宫后高烧了一场。

所以当年，卫澧就是在这样的地方活下去的？

"还有什么？你一口气说完。"赵羲姮深吸了一口气，转身冲他说道。

罗浩然笑了笑，如愿看到赵羲姮脸上显露出恐惧、惊诧的表情，继续道："你也觉得很难接受是不是？看来卫澧这个小崽子真是一点儿都没跟你说呢，如果不是我，这辈子你都要被蒙在鼓里了呢。"

"我让你继续说，把他以前的事情都说出来，还有什么？"赵羲姮定定地看着他。

罗浩然"啧"了一声，终于有种翻身的快乐。

"这不过是冰山一角。你知道我是怎么遇见他的吗？"罗浩然抑扬顿挫，笑着，用一种回忆似的语气道，"还是在一堆奴隶中。当时镇北王他老娘刚死，又逢凭州大旱，镇北王要找一些奴隶给他老娘陪葬，还要找人牲来祭祀天地求雨。"

"凭州刚建，天高皇帝远的，根本管不到这儿。"

"我奉镇北王之命，四处收集逃奴和一些因战乱流离失所的人。卫澧啊，我打人堆里第一眼看见他就觉得他是最合适的人牲之选。”

谁能想到呢？现在高高在上的卫澧，过往竟如此曲折卑贱。罗浩然越说越兴奋。

“你知道吗？他的眼睛，像海东青，像狼，还像鹿，里面都是野性，简直与这片土地上所崇拜的动物一样，我觉得，他真是最合适的主祭品。”

“那他身上的刺青呢？”赵羲姮越听越觉得难受，连一呼吸一心跳都被扯得一抽一抽地疼，连骂人的话都没精力在心里多说一句。

“哦！忘了，你瞧我这记性。这块地上的民族太多了，为了让上天知道我们每个民族都是有诚意的，当然要在祭品上打上标识。卫澧身上的刺青，就是各个民族的图腾，像鄂温克的鸟、靺鞨的海东青、契丹的白马青牛，还有狼、鹿……但是因为不断发展演化，都变得很简略了，真可惜没疼死这个小兔崽子。

“刺青的师傅为了做得更有美感，于是把它们汇聚到一起，缠绕成了一个长长的刺青，一直从他脖子绕过后背，刻到了小腹上。”

罗浩然“嘿嘿”笑起来：“想不到吧？人牲是要刺青的，和那些用来祭祀的猪牛羊没什么区别，人牲人牲，也就是牲畜罢了。”

“我们用萨满的祭天仪式，上天终于被我们的诚意感动，降下了甘霖。但是卫澧这个小兔崽子，人贱命硬，就连仪式结束后也没死。”

“镇北王感到十分神奇，觉得他是上天没有享用完的贡品，于是把他收为了义子，到这儿，他才算是有了个人的身份。”

“但是，这又怎么样呢？一日为奴，终身是奴。他下贱的过去洗刷不掉，做过祭天的牲畜，始终就是畜生，又怎配与人同堂而立？你是公主，生来高贵，他多恶心啊！你能想象到，他被和烤炙的牛羊一起绑在祭台上的样子吗？你又能想象到，他和野兽撕咬，只为了一口吃的的模样吗？”

罗浩然说得嗓子干哑，但他还在继续刺激赵羲姮：“不，你想象不到，你生存的世界里，即便多么落魄，也不会有机会接触到这样的人。啊不，是接触到这样牲畜不像牲畜，人不像人的东西。说他是畜生呢，他的确长着人的躯干，说他是人呢，又是作为畜生长大的。”

“小公主，你和这样不人不鬼的东西竟然还生下了孩子，你当真不觉得难受吗？”

罗浩然现在说什么，赵羲姮只能被动地去接受，去听，一个字一个字地灌进她耳朵里，让她有太多的情绪快要在心里爆炸开。

她一时间理不出要先把哪一种情绪蔓延开。

她想见卫澧，就现在。

罗浩然还在她身后侃侃而谈，赵羲姮提着裙子，手忙脚乱地跑出去。

“喂！我告诉你这些，你难道不应该感恩地将我放出去吗？”她把罗浩然乱叫的声音甩在后面。

出了地牢，阳光落在她身上，分明带着暖意，她却冷得发颤。

“夫人，不好了，不好了！”侍女远远跑来喊道，气喘吁吁地说，“主公带了武器铠甲要走呢！”

马上就是小娘子的百日宴了，主公这是要去哪儿啊？看着就不像要干好事。

“他人现在到哪儿了？”一堆复杂的情感中，终于是痛苦和悲伤占据上风，把赵羲姮噎得胸口堵住了一样，连气都喘不上。

“已经到大门口了，陈副将在拦着，不让主公继续走。”卫澧现在的情况大家都很清楚，是万万不能让他冲动行事的。

赵羲姮到大门的时候，只见陈若江被掀翻在地，捂着胸口吐出一口血。

卫澧将一双弯刀别在马背上，身上披着银甲，却形容憔悴，看样子就要牵马出去。

“卫澧，你去哪儿啊？”赵羲姮站在他背后喊他，眼泪刷的一下就掉下来了。

他好像很吃惊于赵羲姮的出现，步伐停下了，身体僵住。

赵羲姮揉着眼睛，把眼泪一把一把擦掉，对着他沉默的背影，又带哭腔问了一遍：“你要去哪儿啊？”

卫澧现在最怕见到的是赵羲姮，最不想见到的也是赵羲姮了。他握紧马缰，头也不回，逃似的牵马出去。

赵羲姮连忙提着裙子追上去。

卫澧步子迈得极大，有意逃离，赵羲姮小跑都追不上，只好喘着粗气停下。

两个人沿着山路走走停停，卫澧最终还是受不了，咬着下唇转头，一字一句地道：“回去。”

“你怎么了？有事你好好跟我说，这闹离家出走又是哪出？”赵羲姮气喘吁吁的，脸颊被寒风扫得生疼。

卫澧好不容易压下去那股撕心裂肺的疼痛，又被她勾起来了。他贪婪地在她脸上扫视，像要将她这个人整个刻在心里，但他不敢看她的眼睛，也不敢与她多说一句话。她已经见到罗浩然了，也许已经知道他的身世了，他不敢再留在她身边了。

卫澧沉默着低下头：“我去给你报仇。”

这样也算是死得其所，和她在一起的日子，真的特别好，比他前十几年都要好。

赵羲姮顿了顿，忽然反应过来，身体发抖：“你疯了？你要带人去烛阙！”

她这辈子的深仇大恨，也就是阿耶死在烛阙王手里了。但是跟烛阙的仇，哪里是那么好报的？卫澧就是把整个凭州的兵马填进去，兴许都换不回一条命。

她阿耶已经死在烛阙了，她的丈夫也要死在烛阙吗？

“我去刺杀，不带人。”他杀了烛阙王，估摸着是没法从烛阙王宫出来的，但也很好了，替她报了杀父之仇。

他死了以后，凭州就是赵羲姮的，她以后就是天底下最有钱的小寡妇了。

卫澧也不敢嘱咐赵羲姮让她好好对栀栀。他又忍不住想，栀栀要是长得和她多像一点就好了，这样赵羲姮知道真相后，会不会喜欢栀栀一点点。

卫澧说完之后，又执拗地往山下走。

赵羲姮不说他也知道，她很想报仇，只是情况不允许，所以闭口不提。

“你走啊，有能耐你这辈子都别回来！”赵羲姮怕他越走越远，看不到影子，连忙对着他的背影喊道，嗓子里像是堵着一团浸满水的棉花，总觉得自己声音不够大，不够有穿透力，不然卫澧为什么还不停下。

“你今天要是再敢往前迈出一步，我就当你死了！明天就找三十个男宠，一个月三十天轮流给你上坟，等到逢年过节初一十五，他们一起去你坟前磕头，管你叫大哥，你就是做鬼都不得安宁！你就搁天上看着栀栀管别人叫爹！”

卫澧脚步又顿住了，用袖子擦了把眼睛，继续往前走。

完了完了，这次威胁都不好使了，他走得太快了，她根本跟不上。赵羲姮指尖都麻了，她心一横，倒下去，照着陡峭的小路往下一滚，顺带扯出一串的尖叫。

卫澧回头一看，只见她从路面的陡坡上滚下来，吓得撒开马缰，连忙冲上去将她接住。

赵羲姮原本是双手护头的，现在一把缠上他的脖子，疼得直抽气：“你哪儿不舒服你告诉我，咱俩慢慢地解决，别去寻死啊。现在去报仇太唐突了，咱俩年轻命长，慢慢计划。”

她就知道，自己要是摔下来，卫澧肯定不会不管的。就是这代价，实在有点儿大。

她死死地搂住他，两个人胸口相贴，心跳都要融在一起了。

卫澧泪眼婆娑，连多触碰她一下都不敢，和她贴得近了，甚至觉得罪恶：“罗浩然还没跟你说吧。”

所以她才会追出来，等罗浩然说完，她肯定会特别厌恶他。

都到这种地步了，他不如自己说。卫澧张了张嘴，却连一个字都觉得难以启齿：“我是……”

赵羲姮连忙拍拍他的后背，一边疼得抽气一边闷声说："罗浩然都跟我说了。"

所以他是为这些过去一直挂怀吗？

卫澧怔了一会儿，一下子将她抱紧，哭了出来："阿妉，阿妉……"

他真是太喜欢她了，所以才会觍着脸，用这样卑贱的身躯霸占她，将过去都隐藏起来。如果他有干干净净的身世多好……

赵羲姮躺在小榻上，衣裳解开，露出身上青青紫紫的伤，天一冷，地面都冻得梆硬，要是换夏天，肯定摔不成这样。

卫澧把药油搓开，在她皮肤上涂抹，他鼻尖和眼尾都红红的，也不敢跟她有什么眼神的交流。

赵羲姮的伤被他微烫的手敷上，又疼又麻，赵羲姮龇牙咧嘴之余，盯着他想——真是个"小公主"，娇气死了，比我还能哭。

"说话啊，以前小嘴不是挺能说的吗？"赵羲姮挑起他下巴，让他直视自己。

卫澧偏过头，还是不敢看她，给她擦药的手都在发抖。赵羲姮怎么能不介意呢？她应该介意的。他这些天，设想过很多赵羲姮知道他身世后的场景，但唯独这样的场面，他是没想过的。

是压根不敢想。

不只卫澧，赵羲姮脑子现在也"嗡嗡"的。她戳戳自己的脑门，把事情整理出来。

"你一直瞒着我的，就是你的身世对不对？"

卫澧点头。

赵羲姮心揪起来，可疼了："你一直因为身世自卑对不对？所以不敢告诉我，看着栀栀像你才觉得郁闷，对不对？"

卫澧想了想，又点头。

赵羲姮叹气，这下矛盾就解开了，卫澧抑郁的原因也找到了。傻死了，她心酸得都要冒泡了，眼泪汪汪的，顾不得疼痛一把抱住他，两个人一并倒在榻上。

卫澧怕压着她，于是慌忙撑起身子，有些茫然地看着她。两人衣襟与墨发交叠在一起，霎时分不清谁是谁的。

赵羲姮抬头，在他额头上亲一口，含着泪嘟嘟囔囔："傻不傻？傻死了。"

她又亲亲他的鼻尖："正常人谁干这事？"

卫澧被她亲蒙了，赵羲姮不嫌弃他已经很……很让他觉得在梦里。

"你别这样……"他害怕，害怕这都是假的。

赵羲姮再亲亲他的唇，蹭蹭他："真的，卫澧，你特别好，我特别喜欢你，不要自轻自贱啦。”他要是不好，她怎么会给他生栀栀呢？

卫澧吓着了，一下子弹起来，又逃跑了出去。

赵羲姮追不上，干脆放任他出去冷静冷静，也让自己冷静一下。

她现在眼里跟含着个小水泡子似的，一揉就哗啦啦淌水，她抽噎着抱怨：“怎么眼泪停不下来？”

还好卫澧跑出去冷静了，不然两个人对着流眼泪停不下来，那场景也太可怕了。

赵羲姮心也跟有个小水泡子似的，卫澧还可劲地在上头蹦跶来蹦跶去，非得蹦跶得她心疼心酸。

他怎么这么招人心疼？谁说他不好了？长得好看还疼媳妇，闺女都跟媳妇姓，有好吃的好玩的全部让给媳妇，半夜第一个爬起来带孩子。

说实话，别人家做娘亲的总是半夜要起来哄孩子，但卫澧好得要命，赵羲姮就没起来过几次。

赵羲姮扒拉着手指头数卫澧的优点，吸了吸鼻子，越来越想哭，她夫君多好啊，就是有点儿傻。

卫澧掐了自己好几下，还是觉得自己在做梦。肯定是做梦！他瞅了瞅书房，将门关上，决定就在这儿睡一觉，睡醒了梦就醒了，说不定罗浩然还没出现。

夜半三更，赵羲姮已经不哭了，她对着镜子看看自己哭到红肿的眼睛，用帕子包着冰块敷了敷，问侍女：“主公呢？”

“在书房呢，夫人要叫主公回来睡觉吗？”小桃问。

她觉得奇怪，今天怎么殿下和卫澧都在哭，还哭得凄凄惨惨的，但是看起来也不像闹矛盾。

“不用，我自己去。”赵羲姮理了理头发，将枕头夹在腋下，气势汹汹地就往书房去了。

卫澧不回来，她自己去找呗，反正他今晚肯定也睡不着。

门“吱嘎”一响，卫澧坐直身子，赵羲姮探了头进来：“要一起睡觉吗？”

不等他说话，她就小跑过来，把枕头往他床上一扔，然后脱衣裳，麻利地钻进他被窝里。

卫澧是想的，但是……算了，反正是做梦，做个好梦也好，但愿醒来还能记得，能时常回味。

赵羲姮冻得手脚冰凉，赶紧缠上他，把手伸进他衣襟里：“咱俩说说话。”

“嗯。”他点头。

“栀栀三个多月了，她会翻身，但还不会说话、不会站起来、不会走路。”

“嗯。”卫澧点头，他知道啊，栀栀是他的女儿，他的小宝贝，赵羲姮是他的大宝贝。

“栀栀会一点点地长大，到时候我们教她走路，听她说话。让她在周岁时抓周，五岁时我给她启蒙，七岁时你教她射箭骑马，八岁时把她送去山下女学，等到她十几岁时，我们给她挑个夫君，要和她爹爹一样好。”

“嗯。”卫澧点头。

“可是这需要好多好多年，谁要是在这些年里先跑掉了，这些就没法完成了，栀栀长大了会有好多遗憾。”

两个人都带了一点哽咽。

卫澧侧身，主动把脸埋在她颈窝处。

赵羲姮亲亲他的鬓角：“你知道吗，我以前有个愿望，我要好好活到一百岁，差一天都不行。后来觉得，你要是先死去，我一个人活到一百岁，好像也不是那么有意思了。”

所以卫澧能听懂吗？他特别好，世界上没有人比他更好，他的过去她也不介意。

她特别喜欢他，喜欢到可以放弃活到一百岁的愿望。

卫澧听不大懂，他这个文化水平，让他理解一些欲言又止层次深一点儿的东西实在难为他。但是他听见赵羲姮说他要是死了，她活着就没什么意思了。

这句话他懂。

做梦真好，平常不敢想的内容，在梦里轻而易举地能出现。

赵羲姮碎碎念了一堆，卫澧只负责点头应和。他动也不敢动，赵羲姮说的这些话太美好了，他万一一动就打破了呢？

两个人手指交握在一起，彼此感知掌心的温度，分明是漆黑的冬夜，却冒着粉红色温暖的泡泡。像是身躯里浸满了温泉水，又湿又烫，一攥都会顺着泪腺变成眼泪。

卫澧有种说不上来的感觉，心痒痒的，胀疼的，却很满足，恨不得就停留在这一刻。带着一股缠绵劲，却无关欲望。

不知道什么时候，说话声渐渐弱下来，两个人都睡着了。

第二天一早，卫澧比赵羲姮先睁开眼睛。

怀里的人软绵绵香馥馥，将他缠得死死的，两个人紧紧地贴在一起。

这是做梦这是做梦，卫澧默念两声，又倒回去，拼命让自己醒来，但是这个梦也太长太清晰了，清晰得像现实，但他深刻觉得现实不会这么美好。

“笃笃笃”。书房外间的门被敲响，紧接着传来一阵孩子扯着嗓子的大哭，嬷嬷在外头问道：“主公、夫人，小娘子清晨一醒见不到您两人就哭得止不住。”

赵羲姮被吵醒，攀附着卫澧的脖子，迷迷糊糊地爬起来：“把栀栀抱进来吧。”

以前小家伙一起来，第一眼看到的就是父母，今早见不到她和卫澧，可能不习惯。

栀栀很好满足，被放进赵羲姮怀里后，就抽抽噎噎地停止了哭泣，依偎在她怀里，撒娇精似的吸着手指头，没一会儿就睡着了。

赵羲姮浑身上下都在疼，抱了一会儿就觉得是极限，于是又让嬷嬷把栀栀带出去。

卫澧全程都怔住。

小孩子尖锐的啼哭声一下一下刺激着他的大脑，这好像不是在梦里，这是真的……那昨晚赵羲姮跟他说话，也是真的？他一把将赵羲姮的袖子撸起来，只见她胳膊上还带着从山坡跌下去的青紫。

真的，不是做梦！

赵羲姮昨晚掏心掏肺说了那一番话，现在回想起来都不知道自己是怎么好意思说出口的，果然卫澧这个小妖精有特殊的勾引人技巧。以至于一大清早，她难得腼腆，不太好直视卫澧。

她一个小娘子说这种话，就是很害臊，但卫澧表情怔怔的，动作古古怪怪的，赵羲姮还是下意识地抬手，探在他额头上，不热。

“你怎么了？”

“你昨晚说的话，再说一遍行不？”他激动得快在床上跳起来了，狭长的眼睛瞪圆，满眼满脸都是不一样的神采。

赵羲姮瞅一眼大亮的天光，昨晚借着黑夜才说出来的话，她现在哪有脸再说第二遍？她捏了捏手指头，虎着脸，凶他：“好话不说第二遍！”

卫澧脸上的光彩黯淡下去。

烦死了！他又摆出这种可怜兮兮的表情！赵羲姮捂着一阵阵抽疼的胸口。

这简直让她没法拒绝，小妖精，看在他太可怜的分上，那就勉强再说一遍吧。

“咳，我说……”赵羲姮酝酿了一会儿，到底说不出太煽情的话，“我说那个……”

她搅了搅手指，干脆捧上他的脸，在他唇上亲了一口：“就这样，你懂了吧？”

卫澧脸颊被她挤得嘟起来，眼睛更圆了，眨眨眼睛，好像是懂了，然后浑身都在放光一样。

赵羲姮觉得他是懂了，于是松开他的脸，往后退了一点点。

懂了就好。

卫澧一把握住她的手，恳求她：“我好像还是不太懂，你再试一遍好不好？”

赵羲姮恼羞成怒地噘嘴：“你是不是就想占我便宜？”

卫澧手忙脚乱地解释：“不是，不，我只是……”他只是太不敢相信而已。

昨天那一切都是真实发生的，赵羲姮知道了他的过去，不但没有嫌弃他，反而主动和他睡觉、亲他，和他规划未来，好像一点都不介意的样子，他真的不敢相信。

赵羲姮在心里嘀咕，看在他这么可怜的分上，她捧着他的脸，又亲了一口，用了很大的力气，声音极为响亮：“懂了没有？”

卫澧眼睛扫了她一下，又飞快低下，脸和耳朵都沾惹了红晕，不自觉地扬起甜蜜的傻笑，然后点头，结巴道：“懂……懂了……”

赵羲姮莫名被带得也红了脸，心跳跟着加快，偏过头不看他，手背贴着脸颊降温：“你现在装什么腼腆？”

卫澧钩钩她的小拇指，小心翼翼地问：“你是不是，也喜欢我？”

“啊！”赵羲姮气恼尖叫一声，生气死了，“你非要我这么直白地说出来吗？”

这种话，是该娇滴滴的小娘子说的吗？

她还没抱怨完，唇上传来一抹温热柔软的触感。

卫澧凑过来，极为纯情地，蜻蜓点水地在她唇上亲了亲，然后飞快地后退，他的脸更红了。他想说“勉为其难给你喜欢一下”，但是没敢说出口。此情此景，赵羲姮能接受他，他已经很感激，如果再说出这种话，她会生气吧，万一不要他了怎么办？

赵羲姮觉得更讨厌了，他现在摆出这么纯情的一副表情，搞得她刚才像什么老流氓一样。烦死了，烦死了！

栀栀都那么大了，他现在开始装什么纯情？

赵羲姮一不做二不休，直接上去啃他的下巴，然后扯他的衣服：“给我看你的文身！”

她都说喜欢他了，说不介意他的过去了，那心结该解开了吧，可以给她看看了吧。

卫澧像个贞洁烈妇一样，死死地揪着领子。虽然赵羲姮已经知道了他的过去，但他还是有些过不了心里那关，他依旧不敢将那样象征着罪恶过去的丑陋东西展现在她面前。

赵羲姮虽然力气大，但卫澧誓死抗争，她也没什么办法。硬的不行只能来软的。

“我都说不在意了，你不要怕。我想看看你完整的过去，无论什么样子，我都接受，而且现在不给看，早晚是要给的。”

他果然被说动了，攥着衣领的手逐渐松开。

卫澧想象自己是条死鱼，死咸鱼，随便她怎么摆弄，把羞耻心和尊严都撕掉，将遮掩过去的最后一块遮羞布扯下，赤条条展露在她面前。

像赵羲姮说的，既然已经知道一切了，早晚都是要看的，她不嫌弃就已经很好了，随便她怎么摆弄他都不应该反抗。

卫澧紧紧地闭着眼睛，把自己放空。

赵羲姮坏心眼地偏偏要他有所感受，一点一点顺着他喉结移到脖子上露出的一小块文身处：“这里，是什么图腾？”

“你别问了。”卫澧揪着床单。

“那这里呢？”她摸着他精瘦小腹上的一块又问。

卫澧咬紧牙关。

赵羲姮抱抱他，跟他说：“我都看完了，不丑的，很漂亮。”

她没说假话，青色的墨迹刺在苍白紧实的皮肤上，对比鲜明，冲击强烈，图腾是自然和原始最狂野的呼唤，刺在卫澧身上，并不突兀。

卫澧睁开眼睛，问她：“真的吗？”

“真的！我从来不撒谎！”赵羲姮说。

“那我勉强信你。”卫澧喉结上下滚动，将她抱紧，下巴垫在她的肩上，眷恋地蹭了蹭。

他拉着她的手，放在脖颈侧：“你问这里，这里是青鸟……”

然后他带着她的手，一寸一寸往下滑，告诉她：“这里，是白狼，旁边连在一起的，是白鹿……”

今时今刻，他终于剥开外壳，把羞耻的一切在她面前披露。

脸皮火辣辣地疼，心如刀绞，却莫名有种如释重负的快感，从今以后，他就没什么可怕的了，最怕赵羲姮知道的事，她已经知道，并且接受了。

赵羲姮想了想，歪头贴在他耳边说：“我觉得栀栀像你，会很漂亮的。”

是那种柔中带刚、锋芒毕露的美，和冬天屋檐垂下的冰凌一样。

“嗯。”他现在，真的没有什么好怕的了。

第二十九章

他人生里，最好的时刻

罗浩然从赵羲姮跑出去那天开始就竖着耳朵等人将他救出去，但等来等去，只等到了他的同伙一起被扔进地牢里。

府上的地牢里常年没人，卫澧抠搜得连军营大牢都只能吃豆腐、白菜，自然这儿的伙食更好不到哪儿去，除了窝窝头、咸菜就是窝窝头、咸菜，喝口热水都嫌费柴。这点罗浩然万万没想到，卫澧这个小兔崽子为了养孩子能这么抠。今天送饭的人破天荒来得早，打开饭盒一看，竟然是猪肉白菜炖粉条和白米饭。菜上头一层锃亮的油光，冒着滚滚热气。

罗浩然咽了咽口水，两眼放光："今天是什么日子？伙食这么好。"

"今天是小娘子的百日宴，夫人说给大家改善下伙食，牢里的各位也有份。"

罗浩然嘴里的饭一下子不香了，这和他想的完全不一样啊。

栀栀百日宴，凡是凭州叫得上号的都来了，一时间冷清的宅子人来人往热络非凡。

栀栀出生将近三个半月，头发已经乌黑茂密，只是还有些短，柔顺地贴在头上。眉是眉眼是眼，眼睛又大又圆，和头发一样，黑漆漆的，眼尾带着微微上挑的弧度，鼻梁很是挺翘，下巴尖尖的，初具一张瓜子脸的雏形。

单拆开看她其实不大像卫澧，但凑在一起，就跟一个模子刻出来似的。

赵羲姮在柜子里翻衣裳，然后摊开在卫澧面前："你看给她穿小老虎的这一身，还是小兔子的这一身？还有小牛、小羊、小猪的。"

衣裳都毛茸茸，奶里奶气的，衬得栀栀白白嫩嫩更好捏了。

"就这几件吗？"卫澧抱着孩子，抬眼看赵羲姮，目光诚挚，里面充满了疑问。

赵羲姮一拍额头，一年四身衣服……卫澧当初信誓旦旦在她耳边立的誓言她至今还记得清楚，马上就要打脸了……他应该也不在乎，打脸都打习惯了。

"你没事的时候少发誓。"赵羲姮认真劝告。

"啊？"卫澧正在给女儿挑衣服，冷不丁地听她这么一说，奇怪地抬头。

他有发过什么誓吗？没有啊。

百日宴要进行"命名礼""认舅礼"，算是个值得纪念的大日子。孩子应该抱出来给大家看的，但外头天太冷，栀栀就算身体好也不能这么捣乱。她只是穿着小老虎的衣裳，包裹得圆滚滚的，由卫澧抱着，在暖阁里邀大家进来看。

栀栀被竖抱着，白嫩嫩的小脸压在卫澧肩上，把肉挤到一起，看起来极为可爱温顺，配上黄绒绒的小老虎帽子，让人心都要酥掉了。

一些人想捏栀栀的脸，是因为她可爱；另一些人想捏栀栀的脸，纯粹是因为卫澧招人恨，栀栀长得像卫澧。

卫澧当时那一掌打得不算严重，陈若江吐了口血，养了两三天就活蹦乱跳了。他凑过来，冲着栀栀张开手：“抱抱好不好？”

乖巧趴着的栀栀冲他奶凶奶凶“啊”了两声，然后抱紧卫澧的脖子。

这就是不给抱的意思。陈若楠无情地笑了两声，笑得陈若江脸一阵红一阵白。就他地位低，就没尊严呗，小娘子的老子凶他，小娘子也凶他。

“给姨姨抱！”陈若楠为了更进一步打击陈若江，冲栀栀张开手。

栀栀看了她两眼，然后又凶凶地“啊”了两声。但她又小又嫩，凶也可爱死个人，陈若楠心已经化了。行吧，不抱就不抱，都听小宝贝的。

整场下来，栀栀谁都不给抱，靠近一点都要凶。

有人私下里窃窃私语：“小小年纪就跟她老子一样，长大了还不知道怎霸道。”

陈若楠去找赵羲姮，前一阵“狗蛋儿”带回来的小母猫怀孕生崽子了，陈若楠找赵羲姮要了一只，说等两个月的时候来抱走，现在已经两个月了。

赵羲姮对着眼睛放光的陈若楠，忽然有点儿怕打击到她：“你跟我来。”

小猫能跑会跳，陈若楠看着屋子里两个糯米团子似的小背影，腿都软了。小猫听见动静，回头。陈若楠笑不出来。

天地良心，“狗蛋儿”长得挺俊的，它带回来的小白猫像个小仙猫，崽崽再丑她也没想过能这么丑，丑得独具风格。两只崽崽，一只身上是白的，脸是黑的，跟挖煤回来似的；一只身上是黑的，脑瓜顶是白的，离远了看，像只秃头猫。

“我……”陈若楠舔了舔嘴唇。

“你选一只。”赵羲姮用眼神威逼她，不要始乱终弃。

陈若楠含泪选了那只白身黑脸的，丑就丑吧，万一养养就美了。

卫澧第六次问赵羲姮：“兄长怎么还没到？他说好今天来的。”

赵羲姮幽幽地看他一眼——别以为你心里打什么小算盘我不知道。

卫澧很理直气壮：“今天是个大日子，得让孩子见她舅。”

谢青郁紧赶慢赶，总算在晌午开宴之前赶到了，雪天路滑，车不好走，因此耽误些了时日。他一到门前，侍卫便无比热情地高喊：“舅老爷来了！”

一声接一声的，衬着大红绸缎大红灯笼格外喜庆。

然后几个人簇拥着，将他和李青龙往里头带，一边迎一边兴致勃勃道：“舅老爷，您不知道，我们主公一大早就念叨您了，老是让人问您咋还没来。”

谢青郁被他们絮叨得面无表情，眼睛无光。被卫澧念叨，是什么好事？他今儿就是看在阿妧和孩子的面子上才来的，谁爱理会卫澧那个碎嘴子？一天天嘴不停休，大晚上跟他秉烛夜谈，关键狗嘴里还吐不出象牙。

谢青郁被迎进举办宴会的暖阁。

一见他，卫澧便抱着孩子往谢青郁那边挪。谢青郁想着这大好的日子，于是扬起笑来，客客气气地同他打招呼。

“兄长，看看你外甥女。”卫澧话不多说，把栀栀的脸往谢青郁眼前凑。

谢青郁笑容几乎绷不住：“好，真可爱。”

他看着栀栀天真无邪的脸，任谁一看就知道是卫澧的女儿，怪不得这厮没安好心地日盼夜盼他来。

卫澧满意了，内心几乎膨胀，他今天的目的已经达到，但还是蔫坏蔫坏地指着谢青郁给栀栀道：“这是舅舅知道吗？舅舅，栀栀阿娘的哥哥。”

谢青郁这辈子都没现在想对着天翻白眼。

他睁着眼睛说瞎话：“栀栀长得真像阿妧小时候。”

反正不能让卫澧太得意。

李青龙扭扭捏捏，在谢青郁身后盯着栀栀。啊！这就是惠武皇帝的外孙女，眼睛真大，真水灵。

卫澧把栀栀往谢青郁怀里递：“兄长要不要抱抱？”

他算盘打得噼啪响，其实压根不愿意让谢青郁抱他闺女，但好在栀栀认怀，不爱找生人，一会儿栀栀不让抱，尴尬的还是谢青郁。

谢青郁哪里抱过孩子，浑身僵硬起来，手也不知道往哪儿放。

栀栀的表现很出乎意料，她愿意让谢青郁抱，朝他很自然地张开了手臂，卫澧压根就没存了让谢青郁抱孩子的心思，哪能真往他怀里送，连忙又抱回来：“兄长没抱过孩子，这次就算了吧。”

他气得恨不得打栀栀的屁股，小混蛋吃里扒外，不跟爹爹一条心。合着不是不找生人抱，是陈若江他们都不够好看呗。

卫澧的女儿跟母姓，叫赵涂林，这件事大家早就知道了，一开始大家惊得嘴都合不拢，转头又释然了。人家的孩子，乐意叫啥叫啥，关他们什么事呢？

不过由此倒是看出，卫澧对赵羲姮的心十分真诚，连第一个孩子都舍得跟她姓，那得是多好的关系才能做到这种地步？

华尚乐也来了，上次细作那事，卫澧一直没跟他计较，他左思右想心里发毛，趁着日子好，卫澧高兴，多喝两杯跟他赔罪，让他彻底放下芥蒂才好。

平日里卫澧多喝酒，赵羲姮管不着，但今天晚上还有事要做，她暗暗地掐了一把他的腰：“少喝点儿。”

他一喝多了就腻歪，什么都做不成了。

卫澧时刻牢记，逢人劝酒，劝五杯才给面子喝一杯，宴会散后夜幕低垂，他人还是清醒的。

宾客都安顿在西院，他换了沾着酒气的衣裳，又漱了口，悄悄地问：“栀栀呢？”

“刚醒。”

两个人点了灯，卫澧从门外的檐下搬来一坛酒。

赵羲姮坐在一边看他和黄泥。

烛火幽幽的，呈一种暖意的橘黄，一家三口围坐，很是温暖的场景，卫澧一时间有些呆，他从山洞里被救下的时候，没敢想这样的场景，在青丹将赵羲姮截下的时候，也没敢想这样场景。

他人生里最好的时刻，莫过于此刻了，所有没有奢望过的，全部实现了。

赵羲姮也没想过，阿娘阿耶一个个离她而去后，有一天还能有家人围坐烛前的温馨场面。但是……她踢了发呆的卫澧一脚：“你干什么呢？一会儿泥干了！”

卫澧反应过来，连忙将绸布糊在酒坛上，然后用黄泥将坛子封好。

黄泥半干的时候，赵羲姮抱着栀栀，卫澧扶着栀栀藕节一样的小腿，在泥封上摁上一个小脚印。

“赵羲姮，起床了……”有人幽幽贴在她耳边用气音喊她，跟叫魂似的。

赵羲姮昨晚睡得太晚，并不想理会，把被子扯过头顶，继续睡。

那个人把被子掀开，继续叫：“赵羲姮。”

“赵羲姮啊，赵羲姮。”

“羲姮？羲羲？姮姮？阿妉？起床了！”

烦死了！赵羲姮脸皱在一起，抓着被又要往上拉。

卫澧撑着头，侧躺在她身边：“起床了。”然后亲她一口。

赵羲姮还是不为所动，卫澧便一口接着一口，不停地亲她，直到把她糊得满脸口水，赵羲姮才气鼓鼓地睁开眼睛，顺手把脑袋后面的软枕扔到他脸上：“你干什么？大清早好像有病！”

卫澧不生气，把软枕拿开，啃了一口她的脸蛋。

还是苦，但是好几年了，苦着苦着也就苦习惯了。

“赶紧起来，咱俩上山打猎玩去。”眼看着赵羲姮眼皮又要闭上，他赶紧把人晃起来。

“不，我不想去。”外面太冷了，走一步都感觉自己要冻成冰坨了。

“去吧去吧去吧。”卫澧把人从被窝里挖出来，横抱着，站起来，在怀里晃来晃去，“醒醒！别睡了！”

失重的感觉让赵羲姮心一下子揪起来，她再也睡不着了：“烦死了，烦死了！去！我去还不行吗？”

她前一阵说要去打猎，那是看着卫澧抑郁，变着法地找事哄他，现在他人好了，她才不想去后山。

卫澧高兴了，去给她找衣服，试图让她对后山狩猎之行燃起一点兴趣：“赵羲姮，我跟你讲，我可从来没带别的女人去打猎过。”

赵羲姮爬回被窝里，把自己卷起来，冷漠无情地看着他：“那你还想带几个女人去？关键是你有几个女人你心里没数吗？除了我谁还愿意跟你去？我应该感到荣幸吗？”

“你快闭嘴吧。”卫澧被她说得脸青一阵红一阵，恼羞成怒，把一套骑装给她扔过去。

赵羲姮虽然不出门，但衣裳种类很齐全。

卫澧帮她把腰带、护腕都绑上，这件衣裳应当还是没怀孕时候做的，旁的地方大小都正好。

除了……卫澧目光在她胸上流连了一会儿，耳朵一下子蹿红，不知道在想什么。

好像有点绷。

赵羲姮将头发如卫澧那样高高地绑起来，原本的精致秀美里多了几分英气，骑装将她的身段勾勒出来，又增添了几分别样的风情。

卫澧把手放在赵羲姮腰上，轻轻地摩挲，犹豫着开口：“要不……明天再去……”

明明不想去，好不容易花大力气打扮好了，又被告诉不去。世上最令女人生气的事情这算一件。

“我瞎说的。”卫澧看赵羲姮的面色不善，连忙把那点儿不纯洁的心思抛出去，把手伸出来，“走。”

赵羲姮勉强信他的鬼话，把手交给他，两个人像一对小朋友一样手牵手地晃来晃去出门。

一早卫澧就说要带赵羲姮出去玩，把栀栀交给了嬷嬷。

栀栀趴在嬷嬷怀里，透过琉璃窗户，看着父母模糊的背影，呜呜啊啊了一声，表示自己认识。嬷嬷拍拍栀栀的后背安抚，然后冲他们两个挥挥手，让他们放心去玩，心想这夫妻两个和别家主公主母不太一样。

她这么大年纪，辗转了几家，也算见多识广，但就没见过像卫澧和赵羲姮俩人身上带着一股劲的。

怎么说呢，要她说她其实也说不明白。

世家夫妻纵然有情，但新婚蜜里调油一阵，就渐渐被繁杂的内宅外宅离间了，变得相敬如宾；乡野里的小夫妻忙于生计，凑合着过日子罢了，也没这股子劲。

她思来想去，觉得这股劲大抵就是他俩相处时候的高兴劲，搁一块儿的时候，不只俩人心情好，见着他俩的人心情也好。哪天他俩吵得把对方脸皮抓破了，也觉得有意思，年轻人就是能闹腾。

卫澧牵了自己的马，转头看见赵羲姮在马圈里溜溜达达挑马。

他拍拍鞍鞯，颇为大方似的道："来跟我乘一匹。"

"不要！"赵羲姮想自己骑马。

如果带着媳妇打猎不能趁机亲亲抱抱，那打猎将毫无意义，卫澧还想从背后抱着她带她拉弓搭箭呢。

"我跟你说啥来着，你是不全忘了？"卫澧眼睛转了转，开始张口胡咧咧，"冬天山上也老危险了。有老虎、狼，还有饿醒了出来找食吃的黑瞎子，你没搁这么厚的雪地跑过马，回头让它们逮了撕了吧。你跟我一块，我还能保护你是不是？"

赵羲姮被他这么一忽悠，心里是有点儿害怕的，凑过去抓住他的马缰，娇滴滴地说："那一会儿来了吃人的野兽，你记得保护人家。"

卫澧低下头，指指自己的脸颊，赵羲姮会意，踮脚亲他一口。

真好骗，卫澧心里美滋滋的，后山早就排查了，哪有什么凶猛野兽？他把赵羲姮抱上马，然后利落地翻身上马，从背后抱住她。

他低头给她捂了捂披风，把脸护好，帽子拉低，然后问："冷不冷？"

赵羲姮摇头，用手背试了试他的脸："你不用护住脸吗？"

她老早就想问了，卫澧好像皮厚，冬天就没见他用过什么护具，在外跑一圈脸色如常。

卫澧摇摇头："热。"

他低头检查一遍绑着的箭和弓，然后迫不及待地勒马出去。

学识拿不出手，长得没谢青郁精致，卫澧环顾自身，觉得自己也就个高点儿，武功好点儿。赵羲姮说她喜欢他，那他一定要展现优点，让她更喜欢自己。

例如打猎的时候表演一下百步穿杨，他射箭很厉害的。

路上很无聊，赵羲姮找话跟他说打发时间：“你最近不出远门了吗？清州和幽州一直视你为眼中钉肉中刺。”

“这两年不想出门了。栀栀马上就会叫人了，你不要以为把我支开，你就能拔得头筹。”卫澧哼了一声。

赵羲姮自动翻译：我不想出门，小孩子长得太快，一天一个样，我想看她长大。

卫澧还是很有分寸的，他知道自己几斤几两，有多大碗吃多少饭。

将近二十年的教育缺失，不是他努力两年就能补回来的。你说让他打仗，好，他打，这个很容易，但打完了谁守，他吗？

守成比打仗难多了，他对于那些冗杂政务的耐心，每天只有两个时辰，剩下的时间要睡觉、吃饭、养孩子、陪媳妇。

现在这块地方已经占用了他不少的时间。

要是把南边北边都打下来，他就要没日没夜地扑在政务上了，地方大了事也多，皇帝不是那么好当的，他不想当也当不起。

扩地盘更多是为了让赵羲姮过得好，但卫澧忙起来没时间陪她，就违背初衷了。

卫澧看过舆图，清州他是要的，清州能种桂花，到时候搬家去清州，他对桂花一直贼心不死。烛阙他过几年也要的，那块地没什么值得稀罕的，烛阙王的人头倒是很令人稀罕。剩下的等栀栀大一点儿再说。

其实他有个不太成熟的小想法，等栀栀长大一点，就把凭州的政务一点一点地给她。栀栀要是还想要更大的地盘，那他再去打，她要是不要，他就跟赵羲姮出去玩。

山脊被圈出一块地，用作猎场，雪已经堆得很厚了，马蹄踩上去都没什么声响。

赵羲姮扯扯卫澧的衣襟，小声道：“野猪。”

卫澧严肃起来，将弓箭挽好。

比起狼和老虎来，他其实更讨厌遇到野猪。野猪皮厚脂肪多，又没有太多毛发，总在泥地里打滚，沾上一层又一层的石子泥沙，像是披了一层厚厚的铠甲，并不好破开。

其中带崽子的母猪最为难缠。

赵羲姮屏住呼吸，生怕打扰了卫澧，这还是她第一次遇见野猪。

长得不好看，背上一溜的鬃毛，牙突出来老长。

野猪背对着他们，在雪地里拱鼻子。卫澧一箭射在它屁股上，引起它的注意，野猪嚎叫一声，哼哧哼哧地向他们冲来。

他继而同时射出两箭，精准射穿了野猪的一双眼球，贯穿了它的大脑。

赵羲姮怔怔地坐在马上，还没反应过来，看着雪地里胸口还起起伏伏的野猪，怅然问："这就……完了？"

卫澧嗓子里溢出两声咳嗽，这个野猪一看就挺嫩的，没跟人交过手，老野猪才不会这么轻易被他射死。

"这有什么，你也太没见识了。不过就是野猪罢了，我连老虎、黑瞎子都能打……"

"哦。"赵羲姮拉着长腔，发出惊叹的声音给他捧场，又连忙鼓掌，"真棒！"

她没阴阳怪气，真挺棒的，箭法精准。

林间影影绰绰窜出只狍子，卫澧被捧得飘飘欲仙，逮住机会，握着赵羲姮的手开弓："我教你射箭。"

赵羲姮力道是有的，准头不好，一箭射偏了，钉在不远处的雪地里。狍子疑惑极了，蹦蹦跳跳凑过来，围着钉在地上的箭看。

"凭州特产，傻狍子……"天底下最会送死的小动物。

卫澧把住赵羲姮的手又要开弓，赵羲姮无视地上躺着的野猪，摁住卫澧，开口："它太傻了，别打它了……"

赵羲姮说要留傻狍子一命，卫澧想了想，反应过来，问："你稀罕啊？"

"还行。"赵羲姮非常含蓄道。

"还行那就算了，本来寻思你要稀罕的话带回家养着去。"换成以前，赵羲姮要说还行，那必须给她整回家去，但卫澧自打生了栀栀以后抠搜得要命，他扒拉了一下手指头，算了吧，这小玩意挺能吃的。

两个人在山上溜达了一圈回去，随后侍卫上山将冻得梆硬的野猪抬回来。

两人泡了会儿温泉就睡下了。

屋里朦朦胧胧地亮起来，卫澧亲了亲她酡红的脸颊，赵羲姮早就不知道什么时候睡着了，跟面团似的怎么捏怎么算。

他还是有些睡不着。

白天赵羲姮说那只傻狍子还行，他没带回来，是不是太抠了？

还是给她整一只吧，要小的，不要大的，大的不好玩，等养够了就炖肉吃，也不算浪费。

嗯，他觉着自己这个主意再好不过了，自己怎么这么聪明，这么会满足媳妇要求呢？

卫澧在心里夸了自己好一会儿，然后才心满意足地抱着赵羲姮沉沉睡去。

几次三番以后，栀栀已经很习惯早上第一眼见不到父母了，她很会哄自己玩，吃吃手指头喝喝奶时间也就打发过去了。甚至陈若江来送信的时候，她很给面子地陪他玩了一会儿。

按照陈若江的身份，给卫澧府上送信用不着他，但他年纪大了，又天天被卫澧攻击没媳妇，因此产生了一些对美好生活的向往和追求。

听说上次李青龙跟谢青郁来参加赵涂林的百日宴，跟小桃表白，被人家狠狠地拒绝了。

他近水楼台，慢慢磨呗。

陈若江觉得自己还是挺有优势的，事业有成，没爹没娘，给他当媳妇谁也管不着她，虽然妹妹吃得多又糟心但好相处。

信还是谢青郁写来的。

他不是个没脸没皮的人，赵羲姮既然过得好，他没道理再破坏人家生活。日子得过，家里单传的香火要续，他决定听从母亲的建议，迎娶齐嫣。

齐嫣是个好姑娘，性格温柔，对他好，对他家里人也好，管家打理琐事也稳妥。

他不爱齐嫣，但会对齐嫣好的，不会让她受委屈，妻子该有的待遇都有。对赵羲姮，也只能止步于哥哥对妹妹的责任了，妹妹和妻子，他还是分得清。

赵羲姮还在睡觉，卫澧把谢青郁的信一字一句地看完了，好啊，结婚好啊，他得给大舅哥备一份厚礼。

谢青郁对赵羲姮，说是男女之爱，有点儿扯淡了，两个人拢共没见过几面，也没什么刻骨铭心的经历，卫澧就怀疑他对赵羲姮的喜欢打哪儿来的。

类似于包办婚姻里不受待见的小媳妇倒是说得过去。

卫澧把信叠好，放回信封里，然后放在赵羲姮枕头边，等她醒来再看。

现在小媳妇准备放下执念，挺好的，卫澧美滋滋地想。

赵明心回了赵明瑾身边，好日子过了一阵，但领土之外群狼环伺，赵明瑾能力平平，若当时顺和帝留给他个完整安定的国家，他尚且能顺顺利利送到下一代手中，但如今处境，以他的能力能保一天算一天，只求不成为大豫最后一代亡国之君。

覆巢之下无完卵，赵明瑾若想保住名存实亡的大豫，困难重重，该扔的底牌都扔出去了，他将目光瞄准了赵明心。

姜溯一直想要跟大豫赵氏沾点儿亲带点儿故，好师出有名，将来正史野史上记他都不算乱臣贼子，这与赵明瑾的需求不谋而合。

赵明瑾需要一个人保他这块地方无虞，两人一拍即合，又重新谋划起旧日的计划。赵明心听见赵明瑾跟她说这种话的时候，她简直不可置信，亲生哥哥要将她嫁给一个四五十岁的老男人？

当初她阴差阳错和亲飞东章，她哥没把她捞回来，她已经很失望了。

总之赵明心下嫁姜溯的事一直传，传了将近半个月，天底下人都知道了，事情终于有了结果。

赵明心在和亲当天，杀了赵明瑾，囚禁太后，与皇后一起扶持了年幼的太子登基。

一时间摇摇欲坠的大豫更加岌岌可危。

赵羲姮得知这个消息的时候，正赶上她生日，她吓得手里红鸡蛋都掉了。

卫澧接住，给她放在桌上。

赵明心这么有魄力，她万万没想到。

大豫还在，赵羲姮名义上还挂着个敬城公主的名头，改明儿大豫完了，她就是亡国公主了，但是她对此没有什么不甘，只希望息阳城破的时候，她能把阿耶阿娘的坟迁来凭州。

“面坨了……”卫澧眼神哀怨，已经盯着面很久了。

大豫传统，年轻人不过寿，说是年轻人大操大办过寿要折寿的。

吃碗面、煮个红鸡蛋就算过生日了。

面是卫澧自己擀自己煮的，赵羲姮要是剩一口他都得掐着赵羲姮脖子给她灌下去。

赵羲姮抵不住卫澧的哀怨，操起筷子要吃，卫澧又拦住她：“吃之前许个愿吧，做面的师傅会满足你的。”

赵羲姮捏着筷子，想了许久，摇摇头：“没有。”

“你好好想想。”卫澧敲桌子。

“真没有。”赵羲姮想破头也想不到，她生活幸福还有钱，没有什么想要的了。

“肯定有！”卫澧不让她吃，喊她继续想，“就算今年没有，那你提前预支一下明年的。”

赵羲姮沉默。

“你不觉得你许愿，我帮你完成愿望，这样很煽情吗？显得咱俩特好吗？”卫澧试图游说。

“我想吃糖葫芦，行吗？”

“你太敷衍了！实在想不出来，我替你想一个。”卫澧鼓了鼓嘴，有点儿生气。

“那你想吧。”赵羲姮托着腮看向他，这个幼稚鬼，无非就是会许一些两个人长长久久的愿望罢了。

这哪里叫作愿望？肯定能实现的，就不叫愿望了。

“替赵羲姮许愿，二十五岁之前，能见到烛阙王的项上人头。”卫澧对着面说完之后，把筷子塞回赵羲姮手里，用期待的眼神看着她，“吃吧。”

赵羲姮在他说完这个愿望之后，脸上的笑容顿住了，说不出什么感觉。

她万万没想到，卫澧会替她许这样的愿望。

“吃啊。”卫澧又催促她。

赵羲姮眼眶发酸：“这个愿望好难实现啊，时间也好紧。”

她哪敢许这样的愿望？报仇当然做梦都想报了，但是以凭州现在这样刚走上正轨的条件来说，很难的。

卫澧用指腹给她擦了擦眼角，弯下身子看着她红红的眼眶，若无其事道：“我厉害你又不是不知道，主要怕不抓紧时间，烛阙王先老死了，回头我只能鞭尸了。”

赵羲姮咬着下唇，腮帮子鼓起来，吸了吸鼻子，不让眼泪掉下来，然后搂住他脖子：“现在有点儿被你煽情到了。”

罗浩然没死，还在府上地牢吃糠咽菜。

卫澧忙着养家糊口，好一阵才想起来他，等决定去看看他的时候，都已经三月开春了。

屋檐上的燕子成双成对地飞过枝头树梢，卫澧被它们吸引住了目光，看了一会儿，忽然转身回去了。

“主公，你不去地牢了？”陈若江追在卫澧身后唤他。

“等我换身衣裳的。”卫澧像支箭一样地冲进院子，赵羲姮和栀栀正在围栏前逗狍子，冷不丁地看着他往屋子里钻。

不一会儿，他又钻出来了。

“赵羲姮，今年春天的衣服没有那样的吗？”卫澧翻箱倒柜，将今年春天新做的衣裳都找出来了，但像是没找到中意的，连去年的都看了一遍。

他跑出去，双手比画了一番问赵羲姮道。

“什么样的？”赵羲姮歪头，“你详细说说。”

“啊！”栀栀趴在赵羲姮肩上，冲卫澧招招手打招呼。

“就是……就是那样的……”卫澧不好说，脸皮红了点，有点儿结巴地继续比画，比画完了，朝她示意，“你懂吗？就是看起来就是一套的那种……”

“衣服不都是成套的吗？”他说话吞吞吐吐含糊不清，光说那样这样的，她又不是他肚子里的蛔虫，哪里知道他要什么样的？

“你把话给我说明白了，一天天现在怎么娘们唧唧的？”

卫澧撇了撇嘴，有点生气，又不好意描述自己到底要什么样的，只硬邦邦地说道：“没事了，你俩先玩去吧。”说完又钻回去了。

他一贯会闹小脾气，赵羲姮嫌弃地看了他一眼，继续跟栀栀喂狍子。

狍子一般在六月下崽，卫澧十一月十二月份找了俩月也没找到违反狍子生育常理的小狍子，后来无意在山下买了只怀孕的母狍子，现在还有仨月小狍子才能出生。

栀栀每天醒来就要去看圈里养的傻狍子，然后再去看“狗蛋儿”一家三口。

卫澧见她专心致志，并没有打算进来的意思，悄悄地打开她的衣柜，挑了件衣裳，然后打包进包袱，下山去找了个成衣铺子。

他有些赌气，赵羲姮不知道给他做，他自己做还不行吗？

衣裳是加急定的，成衣铺老板娘将做好的衣裳送上来的时候，正赶着卫澧不在家，她寻思这衣裳交给谁不是交，于是便给了赵羲姮。

“这是主公前些日子在咱们家定做的衣裳，定金一两已经付了，剩下的钱一共是一两银子。”

赵羲姮觉得不可置信，卫澧抠搜成这样，怎么会在刚做完衣裳后又去做衣裳？

“拿过来我看看。”

“这件是主公用来给奴家打样的。”老板娘将新衣裳和打样的衣裳一并给赵羲姮过目。

赵羲姮觉得那打样的衣服实在眼熟，靛蓝色的，外头罩着一层烟雾似的白纱，纱上用金线绣花，白中隐隐约约透着沉稳秀致的蓝，又浮着一层金线刺绣，显得低调华丽。

抻开一看，可不就是她的衣裳吗？卫澧拿她的衣裳打样？

她瞪大眼睛，用询问的眼神看向老板娘，然后赶忙将新衣裳展开。同样靛蓝色的，不过是照着卫澧尺寸做的，窄袖翻领袍，领口浮金，通身也是笼着一层白纱，不过熨烫妥帖了，只袖口处薄纱隆起，虽不是大袖袍却因颜色稳重雅致，有种刚柔并济的美感。

赵羲姮看看自己的衣裳，再看看卫澧的。

老板娘生怕她不满意不愿意给钱，只赔笑道：“当日是主公亲自下山来定的，要奴家照着您的衣裳款式料子给他做一件，当日设计好了，主公是满意的。因为加急做的，又有要求，所以贵了点。”

赵羲姮扶了扶下巴，意识到自己这种表情兴许是让人误会了，连忙示意小桃：“给钱，给钱。”

老板娘欢欢喜喜接过钱：“今后再有需要，尽管找奴家。”她临了不忘说好话，“夫人和主公感情真好，这样整整齐齐地一同穿出去，那就是天造地设的一对璧人。”

她就差把“百年好合”四个大字刻在脸上了，赵羲姮让她说得不免脸热。

“那奴家这就走了。”老板娘美滋滋地准备离开。

栀栀六个月多一点儿，但长得好，身板结实，比别的孩子发育快，现在已经会慢吞吞地爬了，她伸手去抓放在一旁的衣服。

赵羲姮见了，忽然叫住老板娘，把栀栀抱起来：“稍等，给她也做一件吧。”她的脸更红了。

虽然做这种衣服，到时候穿出去有种莫名的羞耻，但也有些新鲜感，她和卫澧都有，当然不能落下栀栀了。

有生意不做是傻子，老板娘一拍腿，忙应下：“好嘞！”

老板娘走后，赵羲姮看着衣裳就脸红，催促道：“收起来，收起来。”

卫澧前几天问她有没有那种衣服，原来问的是这个？有衣服穿不就行吗，干什么非要搞这些？

小桃将衣服抱走。

“算了，放这儿吧。”赵羲姮又叫住她，等一会儿卫澧回来试还方便。

“咳咳。”小桃咳嗽了两声，状似不经意地提起，“主公一个月零花钱才多少，都敢做二两银子的衣裳了。”

她拼命暗示，给卫澧上眼药。

赵羲姮扒拉手指头算算，他以前有点儿私房钱，搁外头挥金如土她是知道的，后来私房钱用光了就消停节俭了。现在每个月一两银子的零用钱，当然做不起二两银子的衣裳。怪不得这次没直接给钱，让人往山上送呢。

杨泽笠捋陈若江：“你去。”

“我不去，你去。”

“我不敢，你跟主公时间长，你去。”

两个人推来让去，被卫澧察觉了：“你们两个有屁快放！”

陈若江借机把杨泽笠推出去了，杨泽笠回头瞪了陈若江一眼，抓抓头忙跟卫澧解释道：“就，就也没什么，兄弟们今晚要去聚会喝酒，想问问主公您……”

喝酒？卫澧其实去不去都可以，他下意识地摸了摸一文没剩的口袋，他若是去喝酒不请客，是不是显得有点儿抠？不太好吧，还是不去了。

“我不想去，你们自己喝就行了。”

杨泽笠还想再游说，只见卫澧头也不转地大步走掉了。

陈若江挠挠头。

主公刚接手凭州第一年，凶名在外，手下将领不是不会出去聚会喝酒，但没一个人会告诉他一声，这两年倒是好多了，大家喝酒吃饭都会邀请主公，但是主公也不常去。

明明都是多好的交流机会啊。

栀栀趴在琉璃窗上，肉嘟嘟的小脸被挤扁了，看见卫澧从外头进来，一边拍窗，一边“呀，呀”地怪叫，眉毛都扬起来了，十分急切，好像要穿过窗子去找他。

她最近在长牙，口水拉丝地往外淌，赵羲姮用帕子给她擦干净，抱在怀里。

栀栀对卫澧的态度很复杂。

见不着了总是“呀呀”的念叨，远远地看见了还会激动，但见着了还不让他抱，一直找娘亲。

大概就是远香近臭。

卫澧风风火火地跑进来，捧着赵羲姮的脸亲了一口，然后把他的小胖墩闺女抱起来，栀栀挣扎着要找赵羲姮。

她不让抱，卫澧就不信邪，偏偏要抱，把她禁锢在怀里，看她红着眼睛冲赵羲姮张手，然后呜呜呀呀的，扁嘴下一刻就要哭了。

“你跑啊，你倒是跑啊，不还是得乖乖地在我怀里，小白眼狼！”卫澧掂了掂她，死活不撒手。

栀栀“哇”的一下哭了，哭得极凶，赵羲姮连忙把她接过来安抚，白了卫澧一眼：“你一天天就知道逗你闺女。”

栀栀哭够了，抱着赵羲姮的脖子打奶嗝，看样子要睡觉。

装成衣的盒子就摆在一边，卫澧跟没看见似的，赵羲姮咳嗽一下，把盒子推过去提醒：“你订的衣裳送来了，试试？”

卫澧的脸一下子红了，几乎要冒烟。

他不是让老板娘送去门房，剩下的钱下个月给她吗？怎么就送到赵羲姮手里了？他一张脸还要不要了？

“你都看见了？”他揪揪衣角，有点儿不自在。

“春天衣裳都做完了，你怎么还要做？”赵羲姮问他。

卫澧用哀怨的眼神看了她一眼。

连燕子夫妻俩都知道穿一样黑白的衣服，赵羲姮定衣服的时候，怎么就不知道搞点儿料子一样颜色一样的衣服？

他俩不是天下第一好吗？这样穿出去一看就知道他俩是夫妻，他想做完了穿给罗浩然看，显摆一下他的离间计没有用，他跟他媳妇关系好着呢。

赵羲姮敲敲桌子，故作严肃：“你很厉害，都敢背着我偷偷做衣裳了。”

“做就做了，你要怎样？”卫澧红着脸，梗着脖子犟嘴。

“我还能怎么样？”赵羲姮钩着他的腰带把他往自己身边拽。

卫澧捂着腰，主动走过去：“你轻点儿拽，一会儿拽掉了。”

赵羲姮在他腰上摸了摸，摸得他面红耳赤，心跳加快，血液倒流。

她摸出个钱口袋，瘪瘪的，打开一看，里头果然一分钱都没有。

“这个月才不到十号，你的钱全部花完了？”赵羲姮抬眸问他，一两银子能干不少事，他就这么当做衣服的定金给出去了？

“嗯。”卫澧小小点头，他花钱没数，每个月月初钱就不知道撒哪儿去了，但有钱他就花，没钱他就不花，也没觉得有什么不舒服。

至于每天嚷嚷着省钱，除了从大牢里抠点儿油水，该省的一点儿没省下，这样下去什么时候才能给栀栀攒好家底？

反正主动做同款衣服挺丢人的，兜里钱都花光了也挺丢人的。

赵羲姮戳他胸口：“你花完了剩下半个月花什么？出门不带钱有底气吗？人家找你吃饭喝酒，你不带钱好意思吗？”

卫澧被她戳得往后退了好几步，垂下头，小声道：“我以后不这样了，我省着点儿。”

一两银子真的挺多，够请四五个人喝半月的酒了，当然这是在凭州没有类似于销金窟那样的酒楼的前提下。

“叮当”两声，赵羲姮塞了两块银子进口袋，然后给他塞回腰间。

卫澧错愕地抬头，正好撞进了她清凌凌的眸子里，黑白分明的，他脑袋瞬时一阵嗡鸣：“就……一个月说好就一两银子的，你给多了。”

赵羲姮咬了咬嘴唇：“给你你就拿着呗。”

“给太多把我惯坏了。”卫澧捏捏充实的口袋，“你没听过‘男人有钱就会变坏’这句话吗？”

“你再有钱能有我有钱吗？我能让你出门口袋空空的吗？兜里没钱你不心慌吗？”赵羲姮把他胸前的头发理到身后去，“你都不跟陈若江他们出去玩，陈若江前一阵和我告状来着。”

说卫澧不和兄弟们出去喝酒，不跟他们交流感情。

卫澧眨眨眼睛，是，全家的钱都在赵羲姮手里，他再有钱也没有她有钱。

“那以后每个月涨到三两了？”

“才不是！就一两，你花完了再问我要。”赵羲姮嘟嘟囔囔，关键是看他太可怜了，“你要是喜欢款式一样的衣服，那我下次记住会做的，加急另做的要翻一倍价钱的，还给不给栀栀攒家底了？”

卫澧眼睛亮了，低头搂着她的腰，将她抱起来亲了好几口：“我还寻思你不喜欢呢。”

“我就是忘了。”赵羲姮缓缓地说道，“我还给栀栀做了一样的！到时候我们一起穿。”

卫澧脸上的笑容裂开了，不……不是……他不想这样……

“咱俩穿就行了呗，你带她干什么？给她买别的衣服。”卫澧抱着赵羲姮的腰摇晃，“别啊别啊。”

“你不想和栀栀穿一样的？”

“不是！我就想和你有单独一套一样的，不带栀栀的那种。”一家三口穿和就他俩穿不一样的。

“这次定就定了，下次好不好？下次咱俩做一套同款的，不带栀栀。”赵羲姮快要被他晃荡死了，他缠磨人跟条撒泼打滚的狗似的，连忙点头，哄他。

卫澧这才勉强被哄好：“那你跟我一块穿这套衣服去地牢，我就高兴了。”

赵羲姮迷迷瞪瞪的，感觉事情不对劲，她为什么要哄他？但还是稀里糊涂地换了衣裳，跟他去见罗浩然。

卫澧小心翼翼地避着地牢的脏污，生怕弄脏了新衣裳，牵着她往罗浩然面前一站。

罗浩然原本昏昏欲睡，看清俩人后，瞬间气得睡不着了。

他在牢里关了好几个月，天天窝窝头就咸菜，吃得瘦骨嶙峋脱了相，冲着卫澧“呸”了一声：“我要吃红烧肉！”

“啊？你竟然不想出去，只想吃红烧肉？”赵羲姮有点惊奇。

“反正你们是不会放我出去的！”罗浩然梗着脖子道。

“别吃红烧肉了，看我。”卫澧让人把周围蜡烛都点亮，冲罗浩然道，“快看我。”

然后他牵着赵羲姮的手，冲着罗浩然扬了扬。

罗浩然翻了个白眼，他当然看到两个人身上的衣服，还有十指相扣的双手，他对着赵羲姮恨铁不成钢地道："我当真想不明白，赵羲姮，你好歹是个公主，怎么会看上他这样身份低下又没有文化的狗崽子？"

"啊！"赵羲姮好像很吃惊罗浩然会问她这种问题，"谁是狗崽子？我周围哪有狗崽子，都是人啊！不过我当然喜欢狗崽子了，谁会不喜欢可爱的狗崽子？"

她好像知道卫澧为什么非要做同款的衣裳，然后带着她来罗浩然面前逛一圈儿了，罗浩然瞧不起他，觉得没人会喜欢他。

卫澧一定要告诉罗浩然，有人喜欢他，会和他拉手，还会心甘情愿地和他穿同款的衣裳。赵羲姮觉得他又心酸又可怜，就这样一点点小愿望，她怎么能不配合呢？

而且她才不要让别人叫卫澧狗崽子，她可以叫，别人不行！

卫澧在罗浩然面前秀了好几圈。

罗浩然被两口子气得咬牙切齿，恨了半天，站起来摇晃着栏杆喊："我要吃红烧肉！"

反正他说不过他俩，他就想吃红烧肉。

罗浩然生气卫澧就高兴，一开始知道罗浩然要将他的过去告诉赵羲姮，他又怕又恨，恨不得将罗浩然剁碎喂狗。但罗浩然告诉完赵羲姮他的身世后，他因祸得福知道赵羲姮其实很喜欢他，对罗浩然的恨意就没有那么强烈了。

"就不给你吃，吃什么红烧肉？"卫澧拉拉赵羲姮的手，"走吧，咱俩回去睡觉。"

卫澧让人把罗浩然的头发剃光，跟飞东章王和飞东章世子一起关着，三个光头晚上在牢里对着发光。他不杀这些人，攒着还有用。

半夜赵羲姮累得昏昏欲睡，手臂抬都抬不起来，她还是不忘窝在他怀里叮嘱："你记得拿钱请陈若江他们喝酒。"

卫澧抱怨道："我其实更想回来和你睡觉。"

赵羲姮没力气说话了，随便他吧，他心里有数就好。

谢青郁和齐嫣的婚期在六月，他虽写了请柬给赵羲姮夫妻两人，但赵羲姮觉得她若是去，显得太尴尬了，只好以带孩子走不开为由拒绝了。

这在大家意料之中。

谢青郁和齐嫣这对未婚夫妻，平日里并不如旁的未婚夫妻那样甜蜜羞涩，见了面也只是客气地点点头打招呼。

当然，克制的只是谢青郁一人，齐嫣一见谢青郁，眼神里流露出来的喜悦和崇拜藏都藏不住。

谢夫人有意留给两人说话的空间，让他们两个单独相处，好培养感情。

谢青郁压根就不知道跟齐嫣说什么，他不大擅长这种事情，和赵羲姮相处的时候也说不上话，他只抿着茶水。

好在齐嫣很喜欢他的样子，一直在找话题和他聊，她眉眼弯弯的笑脸模样很可人，气氛才不算太僵硬。

她拿出一双厚厚的鞋垫，递给谢青郁："春日里化冻，我见你前几日鞋子被春水湿透了，这个给你。"

谢青郁怔怔地接过来，瞥到她手指红彤彤的，纤纤食指上微微磨破。

这……是她自己做的……

针脚又细又密，不知道做了多久，一看就很用心。

他登时觉得这双鞋垫有些烫手了，下意识攥紧，慌张地说道："你不用亲手做的。"

"伯母一直生病，我照顾你是应该的。"齐嫣大方地笑了笑，长长的睫毛颤动，粉润的唇微微翘起。

她利用谢青郁的权势，当然要予以相应的回报。如果他需要的话，她并不吝啬饰演一个全心全意只有他的妻子。

谢青郁哑声，其实……真不用的……他母亲自他记事起就是病着的，自然没有精力打理他生活的方方面面，他一个人能照顾好自己。

谢青郁心里如蚂蚁撕咬一样，又烫又麻。

不过鞋子湿了的小事就被人放在心上记挂，这种感觉很不差，但他很愧疚，平常他对齐嫣关心得太少，齐嫣对他奉献太多。他不知道怎么办才好，只低下头，连声说谢谢。

夜里谢青郁的侍人送了满满当当一匣子的药膏来，面色略有些尴尬："这是郎君一个一个亲自买的，跑了很多家药铺。"

他觉得郎君送东西有点儿不通女孩心思，哪有送药膏的？

齐嫣捻了捻指尖，磨破的食指处还是火辣辣地疼，她浅浅一笑，露出一对梨涡："替我谢过你们郎君了，我很喜欢。"

第三十章 一天八封家书

赵羲姮拍拍手，一字一句教栀栀说话：“宝宝，跟我学。”

栀栀仰起头，看着赵羲姮的脸，漆黑明亮的眼睛一眨一眨的。

“阿耶，爹爹……”

赵羲姮也不是不想栀栀第一个叫的是她，但这样的话，卫澧会很嫉妒吧，看在他孕期又吐又抑郁的分上，她勉为其难把栀栀的第一次叫人让给他。

赵羲姮凑近栀栀，用夸张的口型，又重复了一遍：“阿耶。”

栀栀看着娘亲，拍手表示这个自己会，然后张口：“呀呀。”

她上下拢共四颗糯米小牙，初初冒了尖，说话的时候忍不住流口水，但很可爱。

赵羲姮搓了搓栀栀像糯米包一样的脸蛋，又给她擦口水：“不是呀呀，是阿耶！”

已经学了一个多月了，打栀栀六个月的时候，她就会冲着卫澧“呀呀”地喊个没完。现在七个多月，还是“呀呀”。

赵羲姮重复了好几遍，栀栀对娘亲耐心很好，一直跟着她“呀呀呀呀”。

栀栀忽然眼睛一亮，然后扯着嗓子冲赵羲姮背后喊：“呀呀！”

赵羲姮一个激灵，回头正瞧见卫澧进来。

他头发是湿的，刚洗完澡，浑身都冒着水汽，顶着一条长长的布巾，看着母女两个齐齐地看他，下意识地眨了眨眼睛，把头顶的布巾拿下来。

这样衣冠不整，好像给孩子做了个不好的榜样，卫澧拉了拉衣襟，把文身挡住：“她一个劲‘呀’什么？”

赵羲姮没当卫澧面教过栀栀叫人，才不要卫澧知道她偷偷教了栀栀，到时候栀栀喊他，会感觉不到惊喜的。

卫澧虽然总说栀栀是个小混蛋，栀栀也总是不找卫澧抱，但爷俩感情还是很好。

栀栀每天下午一定时候就会撅着屁股趴在窗口等卫澧回来，卫澧不回来，她就沉着一张肉包子脸；而卫澧一边嫌弃她，一边抱着又不肯撒手。

“她瞎叫的，你看着她，我去洗澡。”她不想多解释，怕露馅了，匆匆忙忙去了隔间。

栀栀眼睛盯着卫澧，然后：“呀呀，呀呀。”

卫澧一把把她抱起来，啃啃她的脸蛋：“你又瞎叫唤什么？”

栀栀很挣扎，阿耶身上硬邦邦的，没有阿娘抱着舒服，一个劲地叫：“喃喃！喃喃！”

卫澧抱着她往空中抛了几圈玩，她才咯咯地笑起来。

“教你这么久了，怎么还是‘喃喃喃喃’的？这么笨呢？”卫澧把她放下，看了看赵羲姮的确没出现在身后，一字一句地教导："是阿娘！"

"喃喃！"

卫澧气得在屋子里转圈，十分暴躁。但是又想想，赵羲姮要是知道，栀栀第一个会喊的是她，估计得高兴死吧，他如此一想，便又按捺下性子，一边教栀栀说话，一边盯着赵羲姮出没出来。

"喃喃！"历史重演，栀栀眼睛铿亮地盯着卫澧背后，这次轮到卫澧浑身一颤了。

果不其然是赵羲姮出现了，卫澧咳嗽两声，开始装模作样："赵石榴，你第一个要喊的是我你明白吗？我是你爹！"

他不能让赵羲姮知道赵石榴第一声叫她是有人刻意引导的，那样就没惊喜了！

赵羲姮抽了一下他的脑袋："你别老赵石榴赵石榴地叫，多难听！"

卫澧不服，捂着脑袋："她不就叫赵石榴吗？"

栀栀坐在褥子上流口水，"呀呀喃喃"地叫个不停。

卫澧兜着赵羲姮的头发，给她拼命揉干，遭到她的不满："我自己擦。"

"不用，客气什么，我给你擦。"

赵羲姮拍掉他的手："谁跟你客气了？把我头发都揉毛糙了，一会儿打结了。"

她是那么客气的人吗？

卫澧只得罢手，悻悻地坐在一边，托着腮帮子看她擦头发，时不时地给她递梳子和精油："陈若江说樱花和梨花都开了，就在不远处的小山上，坐马车一个时辰就到了，特好看，老多小情人都去玩了。"

他也想去。

"我最近有空的，你有空吗？"赵羲姮有点儿心动。

"有的，有的。"他点头，什么能比一年一季和媳妇看花更重要？

就算他能活到一百岁，那现在大概还剩七十几年，这辈子只能和赵羲姮看七十几季的花。人间的花，看一次少一次。

"那我们明天或者后天一起去？"

"好呀，好呀。"卫澧想，到时候挑几朵最好看的花给她戴，"我们穿那身同款的衣裳好不好？"

权贵出行，都是要将山封锁，不允许旁人进出，但卫澧才不要，这样的话他和赵羲姮穿了那样的衣裳给谁看？他到时候给赵羲姮簪花，也没人看见了。

"那我们要给栀栀带尿布、温水的小锅……"赵羲姮扒拉手指头数算，果然生了孩子之后出行，要考虑的事情就多了。

卫澧笑容垮掉，就像迟迟等不到阿耶回家的栀栀：“为什么要带她？我们两个一起玩不好吗？”

到时候栀栀哭了拉了尿了，那场景想象起来就不唯美。

“有抛下孩子自己去玩的父母吗？也太不负责任了。”

被赵羲姮威胁的眼神看着，卫澧只能把话噎回去。他嘴噘得快能挂个油壶了。有些时候，真恨不得把赵石榴小朋友塞回去，就恨他当初年轻不懂事，但凡……

“呀呀！”栀栀迷迷糊糊，举起自己手里的小玩具给卫澧。

小孩子是能感知到大人情绪的。卫澧看着怀里的布老虎，忽然眼眶一酸，他再也不说把赵栀栀塞回去这种话了。

花季就那么长，第二天一家三口就迫不及待地收拾东西去了开满樱花和梨花的小山。正赶上春种，赏花游玩的人不算太多，大多还是一对一对的情人，或是父母带着孩子，另有些画师在这儿采风。

春风送暖，流水潺潺，是很美的意境。迎面都是樱花和梨花的淡香。

到了陌生环境，栀栀也不排斥卫澧抱了，下意识地搂紧他的脖子。

一家三口，看起来有钱，似乎感情好，而且长得好看。嗯……这样的组合，倒是很抓人眼球。

卫澧对着一棵树瞅了瞅，然后揪住它的花枝，准备揪下来一枝给赵羲姮戴。如果可以，给栀栀整两朵插她那短不溜秋的头发上也行……

他左手抱着栀栀帮不上忙，右手用力往下一薅，整个树枝随之颤抖倾斜，窸窸窣窣的花抖落他们满身，跟下雨似的。

美人，花雨，这样的场景美则美矣，但属实有些憨。

卫澧左右瞅瞅，没多少人，跟赵羲姮解释：“我就想揪一枝来着。”

他一松手，树枝向上一弹，哗啦啦又是一场花雨。

一次已经很憨了，两次简直憨到家了。卫澧在众目睽睽之下，腰板挺直，耳根却不易察觉地红了。

他抬手，把落在赵羲姮头上的几朵花攒在手里，然后一朵一朵地挑好位置，给她戴到头发上，剩下最后一朵，簪在栀栀鬓角。

赵羲姮跟着他一起站在树下，也有种脸红羞愧的感觉，拍拍他身上的花。

有个青衫青巾的年轻人悄悄地打量了他们好几眼，这人生得很白净，鼻翼微尖，像是要上前搭话，又不敢。

“你鬼鬼祟祟做什么？”卫澧皱眉，将他揪出来斥道。

他带着些做憨事被外人看见的恼羞成怒。

年轻人连忙鞠躬，慌慌张张地说道：“不……不好意思……”用略带生硬的话道，“我叫刘和陵，是一名画师。初次见面，很抱歉打扰到你们一家，但我还是请求您能允许我为你们画一张画像，虽然很失敬，我感到很抱歉，还请原谅我……”

他又非常诚挚地鞠了一躬。

“你不是这里的人吗？”赵羲姮觉得这位年轻人说话生硬，语言习惯和动作都不像大豫人。

刘和陵点头：“是的，我是乘船从对面海来的，来这片土地学习画画，这里的先生都很好，我很仰慕这里的文化，希望能在这里生活。”

乘船从对面来的？那就是余桑人。

凭州人口混杂，一直有许多他国之人前来定居。这些人为了避免受到异样的眼光，所以常常会改一个汉人的名字。

卫澧才不管他是哪儿的人，他反问一遍：“画画？你说要给我们画画？”

“是！”青年诚恳认真地点头道，“还请给我这个机会，拜托了！”

“要钱不？”卫澧只关心这点。

“不不不，当然不要钱，我很珍惜能给大家画画的机会，先生说这对我是一种锻炼。”青年冲他们又鞠躬。

得到首肯后，他解下身后的书箱，将工具都掏出来。

三个人坐在一棵繁茂的樱花树下，落英与青草并织，极为静美生动。

卫澧没被画过，显得略有些僵硬拘谨。

青年准备好后，冲他们说道：“我要开始了！”

赵羲姮揪揪卫澧的袖子：“你放松点儿。”她找话题跟他聊天，“以前凭州也时常会碰到余桑或者烛阙人吗？”

卫澧这才将面部肌肉逐渐松缓，回复道：“以前有，但少，最近好像逐渐多了一些。他们在飓风后跑到这儿来的，好多都在这儿定居了，还有来这儿学习的，陈若江说他最近收到的通关文牒都多了好多。”

只要没有坏心思，那就是好的。

赵羲姮松了口气，当一个地方和平稳定的时候，自然会吸引别处的国民，这大概算是凭州越来越好的表现？

青年似与普通画师不同，将三人的轮廓勾勒出来，告诉他们可以放松了，然后再一点一点地描摹出来。

他的速度很快，不到半个时辰，就将画像递给三人看。

卫澧见了，略有些不高兴：“明明没有一模一样。”

赵羲姮暗暗拧了一把他的腰，让他闭嘴。

这世上哪有人能将事物原原本本地还原出来的，这么短的时间，神形兼具已经很不错了，而且还不要钱。

实话实说，这个年轻人画得已经很不错了，人物特点明确，线条简单却很生动。

青年频频鞠躬：“学艺不精，见笑了。”

“先生这么年轻，画画已经很了不得了，假以时日，必能有所成就。”赵羲姮笑吟吟地夸奖他，将青年夸得脸红。

卫澧捅了捅栀栀的腰，对方好像会意，挣扎着要找赵羲姮抱，缠得她没法子跟那年轻人说话。他就是故意的，他就是不想赵羲姮跟别的男人言谈甚欢。

青年意识到自己好像打扰到他们一家，连忙将东西收拾起来告辞：“希望有机会能再为您画画，那我就先告辞了。”

赵羲姮手忙脚乱地安抚好孩子，匆忙点头：“先生再见。”

人一走，栀栀也不闹腾了，乖乖地咬着手指头，看向卫澧。

卫澧偏过头去，那意思是“你别看我，我什么都不知道”。

“你很能耐吗？人家好心给咱们家画画，是不是你怂恿她闹的？”赵羲姮又照着他腰间狠狠地掐了一把。

肌肉在松弛的时候，并不是硬邦邦的，卫澧一时不察，被她掐了个正着，倒吸一口凉气。

“就是我怂恿的怎么了？”他被识破了，干脆破罐子破摔，“谁让你跟他嘻嘻哈哈的，还夸他前途不可限量，你能不能有空多夸夸我？”

卫澧一开始还很强硬，到了后面，语气越来越弱：“明明是咱们两个来玩，带上栀栀就算了，结果你还要把时间分给那个小子。画画不要钱又怎么啦？他脚下踩的是我家的地，头上顶的是我家的天……”

要命了，赵羲姮四下看看，捂住栀栀的眼睛，踮起脚尖，蜻蜓点水地在他唇上亲了一下：“这样好了没？”

卫澧说话的声音戛然而止，下意识地用脚尖捻了捻地上的小草，然后看看天，忽然又一把捂住栀栀的眼睛，低头吻她。

“其实那个小子画得还挺好看的。”两人分开后，卫澧小声说道。他就是嫉妒罢了，世上人人都会写字画画，就他不会。

赵羲姮还能不懂他的那点儿小心思？照着他的脑门拍了一下：“出息。”

她又没要他十八般武艺样样俱全，他是人又不是神仙。

画晾干后，挂在房里一打眼就能看见的地方。

卫澧特意找了钉子亲自钉上的，他离远了看，没歪，很满意。

这是他们全家第一次画像，整整齐齐的，粉白的桃花树下，一家人穿着一样颜色的衣裳，真是越看越招人稀罕：“等明年再一起画一张，好不好？”

“好啊！”赵羲姮也很喜欢这种温馨的东西。

“那每年都画一张。”卫澧举着羊角锤，想了想，又要求道。

还是那句话，他充其量活到一百岁，当然要每年都和赵羲姮一起画像了，到时候才不留给栀栀，他要把这些画都带进棺材里，做鬼也要天天看。

今年的春种已经开始了，沈都安作为凭州新任户曹，将稻、鸭、鱼共存的种植方法详细地列出笔记，然后分发在各郡县进行落实，他时不时地去各个郡县巡视、指点。

山下的女学在今年二月份的时候建成了，卫澧虽然抠，要给栀栀攒家底，但资产还是丰厚的，并不吝啬女学的投资建设，因此新建成的女学格外气派，毕竟栀栀将来也是要来这里上学的。

孙昭逊担任太常博士，又是女学的山长，这无疑给了凭州所有女子莫大的鼓舞，大家纷纷将孩子往这儿送，盼望着女儿也能如男子一样功成名就。

至于从华尚乐那儿借人来开采煤矿之事也有了进展，今年冬天，就能用上凭州自家开采的煤炭了。

大抵是卫澧和赵羲姮两个人一直催促栀栀说话，将她逼得太紧，她对“阿耶”“阿娘”这两句一直说不熟练，反倒给搞混了，有时候“呀喃”地喊。

清州的局势并不好，王封疆被他的弟弟刺杀了，清州的王位又展开了新一轮的争夺，实话实说，卫澧若是想要清州，这的确是个好机会。若非幽州衰败，冀州不强，卫澧暂时脱不开身，清州不可能到现在都安然无恙。

但他舍不得媳妇孩子，家人跟那一小块破地方比，孰轻孰重他还是分得清楚，说好了这几年不出门就是不出门。但机不可失时不再来，赵羲姮清楚这点，她夜里钩钩卫澧的手指。

卫澧明白她的意思，头不抬眼不睁：“不去，去了就一个月都回不来了。”

“那过了这一阵，清州安定下来，就没有可乘之机了，可就不止一个月了。”

卫澧忽然睁开眼睛，翻了个身，面对着她，努了努嘴："我还是不想走。"

他有点儿挣扎，若吞并清州，秋天就能带着赵羲姮、栀栀去看桂花，将清州的军户收编，也能早早地与烛阙抗衡，但他舍不得。可赵羲姮说得没错，这是个好时机，飓风之时，王封疆未加防范安抚，本就令清州元气大伤，王位之争又特别激烈，他黄雀在后甚至能不用两个月就吞下大半个清州，且最大限度地减少兵卒伤亡。

卫澧算是明白有些人为什么有了家有了孩子就变得优柔寡断了，理智和感情这种东西，有时候就是冲突的。

"我再想想。"他跟烙饼似的翻了好几圈，从炕头滚到炕尾，又滚回来，头发乱糟糟地压在软枕上，"栀栀现在六个半月，我快点儿的话等她七个半月就回来，剩下的交给陈若江他们处理……"

他自觉是个好方法。

卫澧扒拉手指头数了数，又觉得闹心。

上次跟赵羲姮分别好几个月，他难受得魂都快没了，再加个赵石榴，那就是双倍没魂，但是赵石榴要是再长大点儿，他还是舍不得走。

他朝赵羲姮张开双臂："来，媳妇，给我抱抱。"

快去快回，要实在不行，反正也不远，跑两天跑回来呗。

赵羲姮钻进他的怀里："嗯，给你抱会儿。"等他回来，栀栀肯定会叫人了。

卫澧照着她脸蛋嘬了好几口。

晚上人容易冲动，本已下定了决心，第二天栀栀跑过来喝奶的时候，卫澧的防线又被破了。不想走，清州就不能主动点儿自己并过来吗？

但是在去一个月和去不知道多少个月之间，卫澧只能忍痛选择去一个月，等他一个月之后回来，栀栀应该不会变化太大吧？

他为了减少分别时候的不舍，特意挑了栀栀睡觉的时候走的，赵羲姮迫不及待地把他踢出去："你快走吧，别磨蹭了，早去早回。"

正经来说，他这趟出去算是平乱，不是打仗，没什么危险，她并没有太挂心。

卫澧臭不要脸地在她脸上啃了个大印子："我走了，马上就回来，你多想想我，别没事老带孩子，把我给忘了。"

"就走一个月用得着这么叮嘱？快走！"

他能闹腾，比赵栀栀还能闹腾，人一走，偌大的屋子就显得格外空荡荡，赵羲姮看着安安静静睡觉的栀栀，忽然觉得心里空落落的，还有些不适应。

她戳戳栀栀的小脸，小声说："快起床，你闹腾闹腾。"

“狗蛋儿”的两个孩子留下了一个，就是那个浑身黑毛头顶白毛的小猫，名字叫“秃秃”，它跑进来，窝成团，在有太阳的地方晒晒。“狗蛋儿”不知道和它媳妇去哪儿了，毕竟春天到了，又到了小动物……的季节。

“秃秃”还不到六个月，没有这种甜蜜的烦恼。

摇篮里的孩子，睡觉的小猫，岁月静好，但越是这样，赵羲姮就越觉得心酸难受。

栀栀睡醒了，翻了个身，只看到阿娘在身边，并不觉得有什么稀奇，毕竟很多时候卫澧白天都不在家，但他肯定会在黄昏落日之前回来的。

快到饭点了，栀栀和“秃秃”撅着小屁股趴在窗台上，透过琉璃窗等卫澧回来。

赵羲姮看着栀栀圆滚滚的小屁股，眼睛有点儿发酸。

“栀栀，吃米糊糊。”

栀栀听见她的声音，转过身，“啊”了两声，又指着外面：“呀呀！”

她应该是在问卫澧怎么还没回来，等她阿耶一起回来吃饭。

小孩子记忆时间短，但长期在一个时间重复一件事，会给她形成习惯，例如吃米糊糊的时候，有个男人总在旁边。

赵羲姮彻底憋不住了，眼眶发红，拿袖子擦了擦眼泪。要是将来卫澧去别的地方打仗，那时候栀栀能跑能跳了，就该站在门口等他，问她阿耶怎么还不回来？

赵羲姮一想这场景，就觉得更心酸了。难受，这日子什么时候是个头？

栀栀等到天黑，整个院子的灯笼都点起来了，也没见着她爹。

她开始时没掉眼泪，就一直坐在一个地方，鼓着嘴巴，很不高兴，连小老虎都不玩了。后来卫澧还是没出现，她开始眼泪汪汪的，噘着嘴愣是没掉眼泪。

这是亲闺女，赵羲姮看得都心疼，连忙抱她进怀里，亲亲她的头发：“宝宝睡觉吧，睡醒了你阿耶就回来了。”

不说还好，一说完，栀栀就搂着赵羲姮的脖子开始哭，不是号啕大哭，就是一抽一抽地掉眼泪，然后支支吾吾一个劲指着外面喊：“呀呀，呀呀……”

没见着熟悉的人，她难受，赵羲姮看她这个样子，也挺难受的。

她哭了一会儿，到时候该睡觉，自己就趴在赵羲姮怀里睡着了。

卫澧才出城门，就恨不得往回折返，心里跟猫挠似的不安定，最后还是强忍住了，继续骑马赶路。

他到与清州相接的青丹郡时已经是深夜，青丹郡守安排他在官驿下榻。

快清晨的时候，窗外淅淅沥沥地下起了春雨。春风夹杂着新叶和酥雨打在窗上，朦胧的青色透过窗纸，将房里的黑暗驱散大半。

卫澧翻了个身，依旧睡不着，摸了摸胸口，从怀里掏出一个小香囊，里面装着栀栀百日时候的胎发，与他和赵羲姮剪下的一缕头发用红绳绑在一起，表示一家人整整齐齐永不分离。

这不是拿他们大婚结缡时候的头发绑的，是他俩新剪的。

他才不要用成婚时候剪下来的头发呢，那是他和赵羲姮的，才不带赵涂林。他将手腕当枕垫在脸颊下，另一只手摩挲着里面头发的轮廓，眼眶开始发红。

卫澧觉得自己越长大越没出息，二十几的人了，还不如十七八时候经事，不就分开一两个月，又不是生离死别，没出息！

他亲了亲香囊，把它重新放回怀里，把被子拉高，整个人全部缩在里头，一时间空落落的感觉消散了大半。

他得争气，要收并清州，要做整个北边的霸主，谁都不敢惹他，这样日子才安稳。至于为什么不把分裂的大豫重新拼起来，能力不够时间不够，事实就是这样。

卫澧把自己蒙在被子里，又重新念叨起自己的计划。打下清州，整个计划基本就能完成了，到时候过几年去打烛阙。但是……他翻了个身，双手交叠，压在脖子下，他都离家两天了，赵羲姮怎么也不知道给他写封信？

赵石榴不懂事不会写字就算了，她怎么也不懂事不写信？

他临走前叮嘱她不要忘了自己，现在一看，简直就是叮嘱到狗肚子里去了。

外面春雨越下越急，噼里啪啦宛如倒豆，卫澧心情不好，听什么都觉得烦躁，哪有什么欣赏春雨润如酥的兴致？

他在黑漆漆的被子里滚了半天，二郎腿搭上放下，放下又搭上，最后还是披衣起来，将窗推开，湿润微凉的春风夹杂着雨扑面而来，带着春回大地的气息。

赵羲姮不知道给他写信，他男子汉大丈夫大人不记小人过，就勉为其难给赵羲姮写呗！反正谁写都一样。

说要写信，可写的正事没有多少，大多是碎碎念的废话。但对卫澧来说，只要他想说，那就不是废话。

“外面下雨了，没有月亮，清州比凭州暖和，花都开了，我睡不着……”

没有月亮，花开了，我睡不着，想你了。

他弹弹信纸，将墨迹吹干，赵羲姮跟他心有灵犀，大概能看懂吧？

信写到最后，他才想起他的赵石榴，补上一句：“跟石榴说，我回家给她带好东西，让她不要哭。”

卫澧心满意足地看了几遍，将错别字对着书改了，把信封上传出去，觉得大抵能睡个好觉了。

从青丹郡到不咸城，慢的话三天路程，快马加鞭一天半就到了，既是卫澧的家书，出门又由赵羲姮代政，所有人都以为信件中该是些什么了不得的内容，当然一刻都不敢耽误，立马便派人送了。

宋璇趁着赵羲姮不注意，悄悄地戳了一下正在毯子上慢慢爬的栀栀，把小家伙一下子戳仰倒了，像个四肢短短的小乌龟。

栀栀不可置信地看着她，宋璇尴尬地转过头。

“明天是女学第一批学生的入学仪式，你带人在山下维持秩序，人多，别发生踩踏了。”赵羲姮看过这届女学入学时的初试名单，头也不抬地叮嘱。

“啊！哦，知道了。”宋璇冷不丁地被点名，连忙回神。

“报。”一个驿使匆匆进来，“主公家书。”

赵羲姮捏着书页的手忍不住紧缩，控制住自己的表情，皮笑肉不笑地抬起头，柔声说道:“让他在外面好好照顾自己，不要往家里写信了，有空多睡觉，多休息。”

没事儿不要写信，她不想收了不想收了！

驿使领命退下了。

赵羲姮龇了龇牙，粗暴地把信撕开。她倒是要看看这完蛋玩意又写什么回来了！刚才在外人面前，她没说让这瘪犊子别写信了是在维护卫澧的面子，希望他好自为之。一天八封信，净唠些废话，但凡有一个字有用，她都不会从一开始还有点儿思念变成这样，见着他的信就烦。

谁家一天能写八封家书啊？上一封她还没读完呢，下一封又来了，刚开始她看到卫澧的信是感动的，这会儿就很麻木。好像他还在身边叨叨，一刻没消停，她很难思念他。

驿使忽然又折回来，悄悄地扒着门框问：“夫人有没有信要写给主公？”

这是他临走前，主公特意让他问的，听别的兄弟说，主公到青丹才三天，往家寄了快二十封信，夫人一封没回。有点儿惨……

赵羲姮木着一张脸：“那你稍等会儿。”

她提笔，工工整整地写了八个大字，占满了整张宣纸:“好好打仗，不要想家。”

她觉得未免有些敷衍，又把着栀栀的手，让她在纸上摁了个小手印。

“去吧。”她把信递出去。

卫澧心黑，骗了王之遥仨儿子。仨青瓜秧子野心不小，就是嫩生。

王之遥的三个儿子都以为卫澧是站在他们那边的，人人胸有成竹，场面非常热闹，跟唱大戏似的。

驿使将信给卫澧，卫澧把手里的瓜子放下，拍拍手，郑重地拆开信封。

拢共八个字加个手印，他翻来覆去，恨不得看出朵花。

驿使转告赵羲姮的原话。

赵羲姮了解卫澧，卫澧自然也了解赵羲姮，她的话外之音，他一下子就听出来了。

好家伙，不就嫌他写信写多了烦吗？真是不识好歹，他乐意往家写信那多好啊，说明他没在外头勾三搭四，还知道惦记她们娘俩。

看在她给回信的分上，他就不因为这话生气了，虽然就八个字，但聊胜于无。

卫澧将回信放下，摆出一副淡淡的表情，好像对回信没有半分欣喜激动，摆手道："你退下吧。"

驿使走了，卫澧见四下无人，摸了摸信纸最后的小手印，低头亲了一下。

他才不要当着外人的面亲呢，他是凭州土皇帝，要脸。

卫澧早就忘了，当年他见赵羲姮父母来回传的信时的嫌弃，嫌他们腻歪，嫌他们娘唧唧优柔寡断，现在一天往家写八封信的也不知道是谁。

卫澧既然不在家，他的书房就被赵羲姮霸占了，宽敞明亮，带孩子办公很合适。

凭州春天大多数时候还是冷的，但晌午风热阳光好，外头雪也化得差不多了，万物复苏，露出光秃秃的湿濡的棕色土地。

赵羲姮将书案旁的窗子支开，昨夜才下的雨，空气里有泥土的芬芳，格外清新。她撑起上半身，探头出去，冷不丁地瞥见窗子下面的土里埋了个什么东西，看样子像是一个小木匣子，露出一角，剩下的全掩埋在土里了。

因旁边种着低矮灌木，若非现在光秃秃的，雪又化了，想必谁都看不见。

赵羲姮以为是卫澧什么东西掉下去，忘了捡起来。她将裙子系着，小心翼翼不弄脏鞋袜，用簪子刨开土壤，然后挖出脏兮兮的匣子用水洗刷干净。

匣子是楠木的，防腐，但不知道在土里埋了多久，表面有些古旧，上面挂了把小锁，锁已经生锈了。

赵羲姮照着桌子一磕，锁开了，露出里头又一个匣子。

什么玩意这么宝贝，要左一层又一层地套着锁？她拿着摇了摇，里面乒乒乓乓的，像是装着什么铁器。她又照着桌子磕开锁。

里面竟还是一个上了锁的小匣子……她可以确定，这里面装着卫澧的小秘密，还是那种怕见人的小秘密，这东西，应该也不是他无意掉下去的，而是他自己扔的。

最后一只匣子被打开，里面的东西也就完完整整地露出来了。

好像……是个胭脂盒子，或者口脂盒子……还是纯金的？给她买的？给她买的用得着这么里三层外三层包着？

她放在手里掂了掂，鎏金的，不是纯金的，做得倒是很精致，雕刻着繁复的花纹，也不知道这玩意有什么值得收藏的。

赵羲姮随手将鎏金盒子打开，往里瞅了一眼……滚吧！老色鬼！她跟扔烫手山芋似的扔出去，赵羲姮脸颊通红，忍不住把摸过那个小盒子的手在衣服上擦了擦。

卫澧这个小王八羔子，她就该想到他不是什么正经人，干不出什么正经事。

赵羲姮嫌弃地捡起来，把它扔进楠木盒子里，然后踢远。

卫澧收到赵羲姮的信。

这是第一次！第一次他没有往家里写信她就给他写信！他就知道，赵羲姮也想他，对他的思念像潮水一样。嘴上说不要他往家里写信，他一天不写，她就迫不及待地给自己写信，女人就是口是心非。

卫澧一抿唇，把露出的一对雪白虎牙藏回去，咬着下嘴唇，试图别让嘴角翘起来，但嘴好像有自己的思想。

反正也没人看见，要不就笑一会儿？

他咧开的嘴终于闭上了，摸了摸信封，刚要上手拆开，下意识地停住，把信封整理好。

唔……媳妇给他主动写信，悄悄看完别人也不知道赵羲姮给他写信了，他总觉得心有不甘。卫澧把信别在腰上，这样？他们一下子就能看到。但是这个位置是不是有点儿太刻意了？放在袖子里，露出一个角？这是不是有点儿太隐晦了，那眼神不好的万一看不见怎么办？袖子也太窄了，回头再把纸弄皱了。

嗯……还是别在腰带上吧，然后走一圈，去慰问将士们。

营地里正在做晚饭，青烟袅袅跃上云霄。

所有人见他，热切地打招呼，露出笑容，卫澧挨个点头表示问候，然后"不经意"把腰间的信封露给他们看。

大家秉持着不过问主公私事的原则，大多数人只看了那只张扬的信封一眼，就把目光别开了。若是家书，他们问了显得多事；万一不是家书，那就是什么重要的机密文件，也不是该他们过问的。

卫澧走了一圈，没人问他，低头看了看别在自己腰间的信封。

不够明显吗？一看就是家书啊，怎么没人问？

陈若江围坐在火堆旁，呼噜呼噜地吃了碗饭，盯着卫澧腰间的信封看了一会儿，然后把目光撇开。

他还不知道卫澧带着信封出来啥意思？哎，他就不满足卫澧的心愿，让那完蛋主公天天拿他没媳妇的事刺挠他，反正他被刺挠着了，卫澧也别想心满意足。

卫澧把目光投向呼噜呼噜在干第二碗饭的陈若江身上，平常挺有眼力见的，今天怎么回事？饭糊了眼睛，没瞅见？

“咳咳，陈若江？”

被点名了，倒霉。

“在。”陈若江抹抹嘴站起来，把嘴里的饭咽下去。

卫澧把腰上别着的信再明示一下，陈若江盯着脚尖，愣是不看他。

他今日必定要把这封信炫耀出去的。

“陈若江，你出门半个月了，你妹妹给你写信没？”卫澧问。

陈若江静默，他妹妹是个白眼狼，这些月正跟沈都安那个小白脸打得火热，哪有空关心他这个孤寡的哥哥？

主公为什么每次炫耀，都要踩他一脚，往他心上扎刀子呢？

“陈若楠不给你写信，大概是怕麻烦驿使，其实也没啥事，就让她把信给我夫人，顺道捎来呗。”卫澧顺势从腰间把信抽出来，放在掌心拍了拍，“反正我夫人经常往这儿寄信，顺道的事，别怕麻烦。”

“嗯，谢谢主公。”拒绝当捧哏的第一天，失败了。

旁人只觉得卫澧对陈副将真好，家书这种小事也记得捎带关心他，没人懂陈若江的无奈和心酸。

卫澧既然主动说了，陈若江不愿意当这个捧哏，想当的人多了去了，连忙拍马屁道：“主公和夫人成婚两年了，感情还是那么好。”

满意了的卫澧摸摸信封，终于舍得把它揣进怀里，骄傲地扬起下巴：“没办法，她离开我一天都想念得不行，这不就巴巴给我写信送来了？凭州政务繁杂，她还得抽空给我写信，真是黏人……”

“夫人心中有主公，也有宏图伟业，将凭州打理得井井有条，绝非一般妇人。”

“属下今年才升上来的，当年主公大婚也无缘得见夫人英姿，但愿这次回去庆功宴上，能见上夫人一面。想必夫人是比宋璇将军、孙博士更令人敬仰的女中豪杰。”

一通溜须拍马，卫澧既听了别人对赵羲姮夸奖，又炫耀了一遍他与赵羲姮的感情，只觉得浑身舒畅：“有机会，家中都是我做主，我同她说说，她必然同意。”

陈若江差点儿被他得意的神情晃瞎眼，恨不得摇晃着卫澧的领子大声喊他：

“你醒醒！你给家里写了好几十封信，夫人才回你几封你就这么骄傲？上次买衣服，谁掏不出来钱要分期付款？谁是一家之主呢？”

但陈若江一寻思，他还没个媳妇呢，又不好以下犯上，终究把这想法忍下了。

当年他就应该撇下卫澧，去投奔别人，姜溯、谢青郁谁都行，总不至于在他们那儿还要受这样的窝囊气。他贪图这碗饭，跑也跑不了了，后悔。

卫澧炫耀也炫耀够了，便挥挥手：“你们继续吃饭吧。”

然后转身回自己营帐。信还没拆开看呢……他迫不及待地用刀刮开火漆。

“我在你书房窗户下挖到一个盒子，给你一张纸的解释机会，速回信。”

卫澧眉头皱在一起，她写信就是要说这种事情吗？

还是半个想他的字都没有？什么书房窗户下的匣子？什么东西？他根本不知道好不好？那东西不是他的，肯定不是他的，他没记得把什么东西埋在窗户下面了，指不定是哪个小厮偷偷藏的，现在怪到他头上了。

卫澧又是委屈又是心酸，枉他刚才跟个傻子似的同他们炫耀家书。

“主公，王六郎来了。”王六郎是王之遥的六儿子，是年纪最小，也最得他宠爱的一个。

也因为年轻气盛，比他的哥哥们少了一些沉稳深思，显得更沉不住气些。他进来后急吼吼地摘下兜帽：“你到底什么时候帮我？”

卫澧将信不紧不慢地塞回去，换了副面孔：“滚出去重新进来。”

王六郎垂在身体两侧的手握紧，下颌绷得紧紧的，但这次出来他是背着哥哥们出来的，不能拖延，只好气势汹汹地出去，然后重新进来，做出乖巧之态。

“坐。”卫澧抬抬下巴，“你现在有求于我，好好说话。”要不是王家剩下几个兄弟里，就老六最好糊弄，敢这么跟他说话，早就把人剁了。

王六郎不服气地说道：“我分明答应你事成之后给你六座城作为报答，我们这是平等交换。兵不血刃就能拿到六座城，你才是最赚的。”

“那我也可以帮你别的哥哥。”卫澧都不拿正眼看他。

越是这样，王六郎越是觉得卫澧可靠，卫澧若对他殷勤，他反倒要怀疑里面有什么阴谋诡计。

“你瞎说！老三老四老五在纷纷接触他们外家，想靠外族插手清州，他们的外祖家都是清州豪族，强龙还压不过地头蛇呢，他们怎么会用得着你？你不早做打算，可就什么都得不到了。”王六郎皱眉道。

他的母亲身份不显，不如哥哥们的外祖家有权有势，只是仗着母亲得宠，他这些年积攒人脉才敢一争。

“话别说太满，你三哥四哥外家这些年已经略显颓势，你以为他们没有暗中接洽我？不过他们太吝啬。”卫澧随手点点他，“我借你三千人举兵，你得给我个满意的答复。”

时间已经拖得够久了，王六郎已经在各方压力下按捺不住了。

王六郎张了张嘴，他想问如何能保证这三千人不是卫澧打算坐收渔翁之利才借给他的，但他知道，若是问出来，他们之间的联盟就崩溃了。

他思前想后，终于决定赌一把，反正哪个哥哥上位了，都不会有他的好日子过。

况且他手中的人不止三千，就算卫澧的人要造反，最多两败俱伤，卫澧什么也得不到。

王六郎走后，卫澧算了算，借给王三郎两千人，王四郎三千人，王六郎三千人，拢共八千人。这些人乔装进城，他们三人大开方便之门，倒是很便利。

这三个兄弟想法都差不多，既然清州已经是一潭死水，不如引进活水搅动一番，兴许死局会变活。但愿不是他们三个合起伙来给他演了出戏，卫澧拍拍衣裳站起来，电光火石之间，忽然惊醒。

是有个盒子他顺着窗扔下去了来着。两年前，鎏金口脂盒，盖子上画着……

时间太久了，方才他一时间没想起来。

卫澧当时的记忆变得越来越清晰，一下子在脑海中爆炸开，脸变得通红，心脏飞快地跳动。他焦躁不安地在营帐中走来走去。

当年什么都不懂，想做又怕做得不对惹赵羲姮笑话。最后还是为了赔偿赵羲姮的口脂，无意间在胭脂店发现人家的镇店之宝，然后他买了回来。他看完又怕人发现，于是里三层外三层地锁进箱子里顺窗户扔下去了，大有毁尸灭迹的意思。

都两年了，这是被赵羲姮挖出来了？她属耗子的这么能挖？

卫澧长舒口气，定了定心神，站住，然后拍拍自己发红的脸，试图让自己冷静下来。不就是要给个解释，给呗，他远在千里之外怕啥？只要离得远，脸红的就不是他。

赵羲姮问他要解释，什么解释？用得着解释吗？不过人之常情罢了。他拍桌，仗着离得远她不能追过来打，张狂地提笔写道：“如你所见，咋的？”

她给了一张纸的解释机会，他半张都用不上。

驿使进帐，将卫澧写好的信取走，问道：“主公还有什么要捎带的吗？”

“没了，你走吧。”卫澧摆摆手，热血上脑非常自信。

驿使点点头，退出去了。

天渐渐黑下来，冷风往帐子里灌，春风伤人，卫澧被吹得太阳穴拔凉。心里有点打鼓，信寄出去了吗？应该是寄出去了吧？他就写那一句话是不是有点儿不合适？是不是有点太狂了，赵羲姮看了能不能生气呀？

算了，生气就生气吧，那是她非得让他解释的，反正离得远，等她回去赵羲姮那气指定就消了。他站起来，把门帐压实了，不让风漏进来，然后上床睡觉。

夜半三更，床上的人翻了个身，一双眼睛在黑暗里铿亮。然后他突然弹起来，穿上靴子，问："驿使走了吗？"

守帐的士兵声音从外面闷闷地传来："早就走了，主公。"

卫澧心脏怦怦地跳起来，有点害怕，头一次不想回家。

其实不该说不想，是不敢，他信里那个语气，那个态度，回去指定得挨骂。

信送出去又好几天没动静了，越是没动静，卫澧心里就越是慌，也不知道自己慌个什么劲。他把事细剖开想想，不过是件小事，媳妇问他咋回事，他回复得十分跩。但就是……怕……

赵羲姮收到卫澧回信，被内容弄笑了，忍不住"扑哧"一声，连忙用信封掩着嘴。

她都能想象到卫澧写这句话时候又气又恼、又羞又急的模样了，最后没办法，干脆破罐子破摔地给她写出这样一句话。

赵羲姮把信折起来收好，也没真想让他解释，就是逗逗他，一点儿不经逗。

栀栀坐在铺着鹿皮毯的地上啃毛茸茸，看着阿娘笑成那样，略显疑惑地歪歪头，然后把手里的毛茸茸举起给赵羲姮："啊！"

赵羲姮把她抱起来掂了掂，胖了不少。

卫澧才走的那两天，栀栀每日都和"秃秃"趴在窗台，等卫澧回来，后来等不到，哭了两天，就再也不等了。赵羲姮怕她忘了卫澧，又怕她记得卫澧。

栀栀七个半月了，还是不会说一句话，赵羲姮教她："阿耶。"

栀栀看她一眼，不理，继续啃毛茸茸。

除却阿耶和爹爹两个词，教什么栀栀都会跟着学，赵羲姮因此晓得，栀栀心里有卫澧的影子，因而格外抵触学习这两个词。

"栀栀啊……"赵羲姮喊她。

栀栀下意识地抬头看向赵羲姮，等亲娘说话。

赵羲姮亲了亲她的额头："你阿耶很快就回来了，再等两天。他老说你是小混蛋，其实可疼你了。"

第三十一章 最俊俏、最神气、最好的那一个

五月十五日，清州哗变。十六日，卫澧原计划失利，不得已强攻清州，激战三日方克琅琊郡，长驱入清州腹地。二十九日，卫澧生擒王之遥及其家眷。

卫澧在强攻琅琊郡之时受了重伤，好在他恢复能力惊人，不过三日便行走自如，硬生生地撑着将清州主城攻下。

王之遥等人一被擒，其余各郡郡守纷纷投降，大开城门迎接凭州军队入驻。

华尚乐的冀州紧挨着清州，生怕卫澧擦边，看他收复清州，忙不迭地第一时间就送上了贺礼，生怕晚了拍不上马屁。

刘涣原本还想着休养生息，东山再起，但卫澧势头越来越凶猛，眼看着占据了长江以北的整个东北方，再加飞东章，俨然有说一不二的架势，他有生之年报仇是无望了，惊悸气急之下病了一场，不得已缩起了头。

赵明辰听闻此消息，连忙加紧侵占南豫的步伐，好站稳自己的脚跟。南豫赵明心与太后当政，皇帝尚幼，根本不足为惧，正是他收拢的好时候。

他打定心思，与卫澧是井水不犯河水，和平共处。

好歹卫澧也算是他的表妹夫，总不会自家人打自家人，一点儿面子都不讲吧。

赵明辰送去礼物给卫澧，表示恭贺，也表明了自己的态度是友好的，不将他当敌人，也希望他不要把自己当敌人。

卫澧将必须他做的事情做了，把一切安顿好后，率先骑马往凭州赶回去。

众人对他这举动见怪不怪，上次征战飞东章也是。

当夜，捷报随着驿使的锣鼓传到凭州的各郡主街，酣睡中的百姓纷纷被惊起，侧耳细听，卫澧当真收下清州。

一时间俱是又惊又喜，五年之前，清州尚能与他们凭州并驾齐驱，五年之后，竟成他们领土中的一部分。

人们睡不着了，干脆将灯都点起来，披衣起来，将这件事情大街小巷地传递开。

卫澧快马加鞭，紧跟着驿使进了不咸城。

他一如当年，依旧是深夜牵马到了家门口，侍卫依旧迎上去，将他的马拴起来。

只是这次，家中是灯火亮着的。

他站在窗外，看见赵羲姮的影子。栀栀起夜了，呜呜呀呀地喝了奶，赵羲姮正抱着女儿，在窗边走来走去，哄她睡觉。

橙黄色的烛光倒影出母女两个深灰色的影子，隐隐地传出赵羲姮压低了的轻柔的嗓音，在给栀栀哼歌。

卫澧眼眶一红，眼泪不自觉地流下来，原先那些不疼的伤口也疼了起来。

心里又酸又胀，快要裂开了。

他一直知道自己有家了，有妻子有血脉相连的女儿了，却没有任何一个时候，比现在更心酸想哭。

卫澧读书少，近乡情怯四个字他见过，却总不懂，觉得那是文人的矫情。而今，他站在窗子外，能看她们母女两个的影子一晚上，却不敢踏出半步。

一时间，好像那些几百年前的文人与他站在一起，把他们的情思都付诸给他似的。

见不到赵羲姮，是想，是迫切想念到把她融进骨头里，想亲她，想永远和她不分开。而赵羲姮与栀栀加在一起，好像又多了点儿什么，是想念，又不尽然。

不一会儿，大抵是栀栀睡着了，赵羲姮将她放下，然后把灯都吹灭了，房间里变得漆黑，她们的影子也都消失了。

卫澧那颗泡得又酸又胀的心平复许多，顿了顿，悄悄地走进去。

赵羲姮还没睡着，听见了脚步声，冷不丁一惊，问道："谁？"

卫澧没回她，又抬脚进去，将灯点亮一盏，瞥见她惊慌失措的表情，喉结上下滚动了一番，想说什么却没能说出口，只是冲她僵硬地笑了笑。

赵羲姮坐在床头，怔了一会儿，忽然下地，连鞋都顾不上穿，一下扑进他的怀里。

卫澧吓得连忙把她抱起来："地上凉，冻坏你！"

他身体略有些僵硬，连日赶路，都没有洗漱，又是春末，不似冬日寒冷，身上一股怪味。

卫澧把她放回去，脸颊发红，然后后退了两步，但愿她没闻见自己身上的味儿。

但是好想亲亲她……

他站在赵羲姮面前，纠结得要命，最好还是先去洗澡，但他还是好想亲她一口。

赵羲姮好像从他的脸上看出了纠结，踩着他的鞋面，在他长满胡楂的下巴上亲了一口："好了吗？"

卫澧眼睛一亮，把她抱到床上，恋恋不舍地说道："那我去洗澡……"

"去吧！"赵羲姮给他翻找洗漱的东西。

卫澧一步三回头，半眼都舍不得她，顺便瞥了眼在睡觉的栀栀："那我真去了，我真的真的去洗了……"

他一步三回头，像中了什么咒似的，愣是不去洗澡。

"我走了，我真的去了。"卫澧还是恋恋不舍，其实，赵羲姮要是跟他一起去洗，也不是不行。

虽然她已经洗过了，但泡泡澡还是很舒服的。

赵羲姮叹了口气，看他磨蹭，一把拽着他的袖子把他拖进去，然后扯开他的衣襟。

胸口结痂的伤口裸露出来，看起来伤得很深，血痂狰狞。她忍不住放轻了动作。

卫澧下意识地躲闪，将衣襟拢上："你出去吧，我自己能行。"

赵羲姮强硬地抓住他的手腕，把他上身的衣裳全揭开了，与文身交错着的伤疤尽数露出来了，深的浅的都有。

他却面不改色，不疼似的。赵羲姮怕疼，手上刺道口子都觉得难受，这一刻见他身上大小错落的伤口，忍不住腿麻。

他忍不住蜷起手指，太丑了，赵羲姮看着不得嫌弃？

"别看了，怪丑的。"他说道，然后要把她往外推。这样多的伤口，换谁身上都不好看。

"不丑。"赵羲姮眼眶微微湿润，拿手指轻轻地碰了碰，"疼不疼？"

这就是废话，怎么可能不疼？

卫澧想了想，见她小心翼翼的神态，连忙皱眉咬唇："疼，可疼了。"

他才不疼，伤口好得快，这都多少天了，早就长好了，就是看起来吓人罢了。

不过会哭的孩子有奶吃，他多喊两声疼，赵羲姮也能多心疼心疼他，最好是把他前些日子写的"大不敬"的话全部掀过去。

"我看着也可疼了。"赵羲姮不敢再碰了，眼泪汪汪地看着他。

她的眼睛又圆又大，蓄满了泪水，看起来极为可怜，让人心都跟着一揪。

卫澧心都疼化了，也不敢骗她了，连忙弯腰，用手背把她的眼泪擦掉："别哭了，骗你的，早就不疼了。你又不是不知道，我当时被罗浩然带狗咬成那样，没两天就活蹦乱跳了，这点儿小伤不算什么的。"

"真的呀？"赵羲姮吸了吸鼻子，不确定地问。

"当然。"为了表示他所言非虚，卫澧拍了拍自己的胸口，确实什么事都没有了。

"那你刚才说疼是骗我的？"赵羲姮抹了抹眼角又问。

卫澧不说话，摸了摸鼻梁，这话不好回答，他选择不回答。

"滚下去吧！死骗子！"赵羲姮一腔眼泪白流了，刚才她哭的时候，指不定他心里还偷着乐呢。

"哎。"卫澧身后就是温泉，被她这么一推，一时不察，踉跄着掉下去，他临了顺手一抓，连带着赵羲姮一并掉了下去。

俩人在温泉里扑腾了一会儿，好不容易站稳了脚，浑身湿漉漉的，跟两只落水鸭子似的。

卫澧下意识地往温泉边上缩，生怕被赵羲姮逮着了：“咱俩平了啊！你不能再打我了！”

赵羲姮磨了磨后槽牙：“过来，我不打你，我给你搓澡。”

“这多不好意思啊。”他嘴上这么说着，实际上磨磨蹭蹭、扭扭捏捏地转过去了。

“嗷！你不让我泡会儿再搓？就这么生搓啊？”卫澧要跑，被赵羲姮拽着胳膊又拖回来。

“闭嘴吧你。”赵羲姮手下又是一用力。

卫澧号出来：“疼疼疼！皮要被搓破了。”低头一看，果不其然，身上红彤彤的。

“小点儿声，一会儿把栀栀吵醒了。”赵羲姮威胁他，心里充满了威胁人的得意。

卫澧看着红彤彤跟要渗出血似的胳膊，心想果然最毒妇人心。

两个人从温泉里出来，天都快亮了。

久别重逢的旖旎感动，在一场搓澡中消散得无影无踪。

卫澧凑过去，把自己快破皮的锁骨露给赵羲姮看，小声说：“你能不能下手轻点儿，都给我搓破了。我回来你就是这么欢迎我的？”

“那你要怎么欢迎？”她不是给他搓澡了吗？这还不是欢迎？

已经是极限了，赵羲姮不常熬夜，撑到这时候有些头重脚轻。卫澧日夜兼程，现在也只想睡觉。

两个人混在一起，像两只交颈的小天鹅紧紧地贴着，盖着被子不一会儿就睡着了。

栀栀孤零零一小个睡在另一边，好像被爹娘隔绝在世界之外。

一大早，卫澧是因为胸闷气短醒来的，一睁眼，就是栀栀凑近了的一张脸。他太累了，昨晚睡得实在太死，不知道栀栀什么时候爬上来的。

栀栀在他胸口上爬来爬去，正凑近了看他，见他醒了，眨巴眨巴眼睛，干脆趴在他胸口上，把脸埋在他的脖颈。

卫澧心都软了，搂着她软乎乎的小身体，翻了个身，把她放在赵羲姮和自己中间，悄悄地问：“什么时候起的？学了小猫的坏毛病，往人身上爬。再睡一会儿？”

栀栀拱进赵羲姮怀里，把屁股对着他。

赵羲姮睡觉一向死，下意识地把拱来拱去的小肉球搂在怀里，迷迷糊糊地继续睡。

卫澧没忍住，凑过去亲了亲栀栀的发顶，又亲亲赵羲姮的脸颊，把娘俩一起搂着，又闭眼眯了一会儿。

不一会儿，栀栀大抵是饿了尿了，开始哼哼唧唧，卫澧把她抱出去给嬷嬷们喂奶换尿布。

赵羲姮昨晚熬夜，醒来后头重脚轻的，她抱着被子在床上揉眼睛醒神，看到卫澧先是一惊，后又回过神，才想起来他是昨晚回来的。

“大军什么时候回城？”她摸了摸头顶，没有奓毛，还挺好的。

卫澧一看就是先撇下他们回来的。

“大概半个月后。”卫澧倒了两杯温水，一人一杯。

“那你这次还是不跟军队一起进城？”

上次从飞东章取胜回来，卫澧便没有再折回去，当日大军进城百姓夹道欢迎的盛况他也没切身体验。

他不乐意让人围观，就随他吧。

卫澧沉吟半刻，摇摇头：“不，这次我随着大军一起进城。”

“到时候你带着栀栀，站在城墙上看我。我想让栀栀看见她爹爹很厉害的样子。”

当爹的大概都是这样，想做孩子心里的英雄，想在孩子面前威风凛凛地出现，卫澧也不例外。就算栀栀现在还不记事，他也要以最好的方式出现。

到时候就算栀栀长大了，也能跟小伙伴炫耀，说她爹爹凯旋的时候，所有人都在围观欢呼，特别英武。

甲胄在阳光下熠熠生辉，他骑着高头大马，身后是数以万计的将士，辘辘战车，旌旗飘扬。

赵羲姮把水喝掉，然后特别认真地点头肯定道：“你肯定是天底下所有父亲里面，最俊俏、最神气、最好的那一个。”

卫澧原本还一本正经地绷着脸，听她这么肯定，神情忍不住松动，露出些许骄傲，微微抬起下巴：“那当然！”

军队在不咸城外修整时，卫澧换上甲胄，与他们会合。

他要趁着夜色出城，不然让百姓看着不好看。

栀栀坐在床上，对他的打扮很是好奇，不错眼珠地盯着他。

卫澧摸摸她的小辫子：“阿耶明天就回来了。”

她又好像对这种场景非常抵触，扭过头，不应和他。

“你路上看着点儿，白天下雨了，地上积了水坑。”赵羲姮叮嘱他，提了一盏灯，将门推开，要送他出去。

不过只是别离一夜，不至于涌起什么不舍的情绪。

卫澧前脚才迈出去一步，忽听后面栀栀大喊：“阿耶！”

他与赵羲姮齐齐回头，只见栀栀眼眶蓄上泪水，扁着嘴，忽然号啕大哭。

她好像是记得上次卫澧就是这样走的，久久没回来，因此这次见他又要出门，以为他还是要离开很长时间，情急之下喊了出来。

她不喜欢卫澧离开，总也等不到他回来。

赵羲姮惊喜地睁圆了眼睛，一把抓住卫澧的手："栀栀会说话了！"

"栀栀快再说一遍。"赵羲姮将她抱起来。

栀栀不说，倔强地看着她爹。

卫澧激动万分，左脚绊右脚，险些带着沉重的甲胄一并跌倒在地上："栀栀，栀栀，快再说一次。"

栀栀圆溜溜的眼睛转了转，总觉得爹娘围着她像看耍猴的，把脸埋进母亲的颈窝，说什么也不抬头。

"当年我阿耶骑着高头大马，身后带着一大票的人凯旋，英武非凡！他把好多人打得屁滚尿流！"

"哇！！！"

"他身上的铠甲和阳光映衬着，甲……甲光向日金鳞开……对！我阿娘说就是用这句诗来形容。"

五六岁的小娘子踩在台阶上，手里攥着把木剑，有模有样地挥舞了一番，然后扬起下巴，白皙的脸蛋上左一道右一道泥印，身上穿着划得破破烂烂的裙子。

台阶下坐着的一排小豆丁又纷纷地"哇"出来，齐齐拍手，非常捧场。

"天啊！少主的阿耶好厉害！"

"少主还会背诗，好棒！"

"少主竟然还会舞剑，我们都不会！"

一个个小豆丁稚声稚气，眼睛里都是崇拜，就差扑上去叫老大了。

赵涂林吹了一下散落在眼前漆黑的发丝，志得意满。

小孩子之间的攀比非常简单，一把木剑，一个弹弓，一只猫猫，或者吹嘘自己的父母。但在吹嘘父母这方面，少主赵涂林多年未遇敌手，这就已经足够其他小朋友心悦诚服了。

"赵石榴！"卫澧老远就看见他闺女跟个要饭的似的，浑身破布，头发也散了，他只觉得眼前发黑，浑身血液倒流。

小王八羔子又造成这样，要了命了。

就这小玩意丢大道上，谁敢信这是他闺女？就腿肚子高的人，真能折腾。

“哇！是少主的阿耶！”一个小豆丁奶声奶气地惊叹。

“是把好多人都打得屁滚尿流的少主的阿耶！”另一个抻头继续惊叹。

卫澧走近了，把栀栀左扯扯右拽拽，看她身上没伤，就埋汰点儿，才算放下心。

他顺手把栀栀放在一边的书箱拎起来，右胳膊一揽，把栀栀横着夹在腋下，厉声道：“回家吃饭了！”

栀栀挥舞着手里的小木剑，脆声跟她的小伙伴们告别：“明天见！”

“少主明天见！”

卫澧听他们叽叽喳喳的头都大了。

还明天见？见个屁！

栀栀自八个月的时候第一声“阿耶”开了腔，第二声叫了“阿娘”后，就再也没刹住闸，一天比一天嘴碎。也不知道随谁，皮实得跟个猴似的，整天上蹿下跳，浑身没有干净的时候。

她在家里待不住，卫澧和赵羲姮又嫌弃她闹腾，干脆开蒙后就把她送去女学读书了，她认识几个小伙伴后，就更加胡天胡地没有约束了。

卫澧每次来接她，不是头发散了，就是衣裳破了，要么脸花成个小花猫，他年纪轻轻就被气得心脏不好，恨不得把这个闺女塞回娘胎重生一遍。

他正想着回去怎么跟赵羲姮解释，顺便想想今晚吃什么，栀栀在他腋下扭了扭：“我要吃糖葫芦！”

“你吃个屁！”埋汰成这还有脸吃糖葫芦。

“好啊！你虐待你女儿，我要回去告诉阿娘！让她主持公道！”栀栀噼里啪啦地说道，声音又脆又嫩，像拨弄起来的算盘珠子。

她炫耀这个破爹爹归炫耀，但她绝对和他势不两立！

“吃吃吃，快闭上你的嘴吧，一天天也不嫌累。”卫澧夹着她，停在糖葫芦摊前。

栀栀先他一步，举起脏兮兮的小手：“老板，两串糖葫芦！”

“三串。”卫澧面无表情地把她的手摁下去。

小东西一肚子坏水，两串糖葫芦她一串赵羲姮一串，没想着给他吃。

“你每次都抢我阿娘的吃，你真的要自己吃一串吗？”栀栀眨着水汪汪的大眼睛真诚地发问。

卫澧想了想：“两串……”

唔，他可以和赵羲姮甜甜蜜蜜地吃一串，妙啊！

老板将糖葫芦递给卫澧。

卫澧插在她的书箱上，拍掉她挣扎的手："回去再吃，路上吃小心杵破你嗓子眼。"

栀栀短短的手臂垂下，百无聊赖地吹着额头上掉下来的碎发。

还没到院子，她就一下从卫澧身上跳下来，噔噔噔像个小炮仗似的窜进去，脆生生地喊道："阿娘，栀栀回来啦，你的小宝贝栀栀回来了，栀栀好想你呀。"

小家伙还有两副面孔。

父女俩一前一后进来，活脱脱一个模子刻出来的。栀栀越长是越像卫澧了，不过比他活泼可爱多了。

赵羲姮扯扯她脸上的小奶膘，好家伙，又破了一身衣裳。她小时候闹归闹，但爱美，才不会把自己弄成这副鬼样子。

她思前想后，觉得栀栀肯定随了卫澧。

"快吃饭，晚上咱们一家去看花灯好不好？"又是一年正月十五，赵羲姮当年怀着栀栀的时候，跟卫澧说，等孩子长大一点，就一家三口一起去看灯。

栀栀今年六岁了，刚刚好。

"好呀！"栀栀回头，冲着卫澧挑衅一笑，嘿嘿，阿耶别想着一个人霸占阿娘。

卫澧原本还想勉为其难地带着她出去看灯，割舍一下他和赵羲姮的宝贵独处时间，但看她这样子，头皮一下炸开了。

呸！媳妇是他的，小混蛋滚滚滚！

赵羲姮一向不把爷俩的明争暗斗放在眼里，两个人虽然总吵架，天天互嫌，但感情好着呢。

栀栀以她的父亲为骄傲，走到哪儿都要跟她的小伙伴炫耀，卫澧也疼她疼得要命。

吃饱饭，趁着赵羲姮去换衣裳的间隙，卫澧黄鼠狼给鸡拜年似的温柔地将栀栀抱起来："困不困？先眯一会儿，等你娘出来叫你。"

栀栀才吃饱饭，有点迷糊，下意识地靠着卫澧的胸口，搂住他的脖子贴上去。

卫澧把她放在被褥里，轻轻地拍打："咳咳，给你讲个森林里的傻狍子的故事……"

"从前，森林里住着傻狍子一家……"

栀栀听着听着，眼皮闭上，不知不觉地睡着了。

赵羲姮一出来，就看见栀栀小脸蛋红扑扑地缩成一团窝在被子里睡得香甜。

卫澧冲她摊手，恶人先告状："她刚才困了，非要睡一觉，等她醒了，天都亮了。"

羲姮也不忍心把栀栀叫起来，商量着问卫澧："要不今年不去了？"

卫澧锃亮的眼睛忽然暗下去，十分幽怨地说："一年就一次，你说好了要和我一直看花灯的……反正栀栀一时半会儿也醒不来，我们趁她睡着，就悄悄去悄悄回好不好？”

他站起来，扯扯赵羲姮的袖子摇晃。

“不……不好吧。”

“去吧去吧。”

赵羲姮被他磨蹭得受不了，轻咳一声，神色不自在：“那万一被栀栀发现了，就说是你强行带我去的……”

她其实，是想在孩子面前做个好母亲来着……但是花灯节每年就一次，而且卫澧太能撒娇了。

“我送你的口脂，你怎么总也不涂？”两人手拉着手要往外走，卫澧忽然道。

他这些年怪开窍的，知道经常买口脂胭脂什么的给赵羲姮。

赵羲姮想，他没开玩笑？她干笑了一声：“你真要看我用？都一个色，没必要吧。”

“你自己说的，就算是一个色，那味道不一样，盒子不一样，就是不一样！”卫澧定定地看着她，摆明了要她用。

赵羲姮头都大了，翻出来一盒他送的，用视死如归的表情上了嘴，最后木然地看看镜子里亮到飞起的嘴：“这是你想要的吗？”

卫澧点点头：“挺好看的，你看多亮堂啊！”

赵羲姮自暴自弃，钩住他脖子往下一拉，在他脸上亲了个荧光粉的唇印：“好看吗？”

她就不信放他脸上他还能说好看？

卫澧心跳飞快，结结巴巴地羞涩道：“好看，你可以多来几个……”唇不唇印好说，关键多亲几口。

赵羲姮拒绝让他继续占便宜。

卫澧死皮赖脸地自己凑上去，争取了片刻的亲昵。

最后两个人手挽着手出了门。

栀栀听见屋子里没动静了，睁开乌溜溜的大眼睛。

咦，她阿耶笨蛋，以为她发现不了他的计划吗？不就是想把她哄睡，然后偷偷带着阿娘出去玩嘛，今年就勉为其难把阿娘让给他好了，谁让他最幼稚啦！

两个人手牵着手，和新婚时候一样。

卫澧看看四下无人注意到他们，迅速将赵羲姮的兜帽扣下，然后遮掩着亲了她一口。

周围全是人，赵羲姮掐了一把他的腰，红着脸咬牙切齿："很刺激吗？"

卫澧龇了龇牙，与她十指相扣。

不远处正是小桃和陈若江，陈若江凭借着每年重阳风雨无阻地给小桃送茱萸，终于让这个一根筋的小娘子松了口。

至于陈若楠，照陈若江的话来说，早就跟沈都安勾搭上了，大前年成了婚。

沈都安当年被坑惨了，养下个拼命干活不花钱的习惯。陈若楠小时候有阵子穷惯了，见钱眼开，又喜报复性地花钱，沈都安也愿意给她花，这大概是俩人在一起最重要的原因。

街头有个染头的挑子，摊主正给满头白发的老人将头发染成黑的。

卫澧抓着赵羲姮的手挤进去，问："能染蓝的吗？"

赵羲姮抓了抓卫澧的袖子，迟来的叛逆期？他这是不知道怎么折腾好了，打上头发的主意了？

摊主一怔。

将白发染黑的法子自打前朝就有了，毕竟谁不渴望变得年轻呢？但说要将黑发染蓝，这倒是前所未闻。

赵羲姮扯扯他的袖子："你干什么要染蓝的？"

卫澧数了一下手指头："我想给头发换个色，就要那种张扬一点的！但是红的紫的不好看，它们是暖色，不明显，绿的当然不行……我觉得蓝色就挺好看，什么宝石蓝，什么湖蓝……"

赵羲姮揪揪他的头发："全染？"

"不行吗？"

"我感觉你可以先染几搓，全是蓝的我感觉有点太亮了……"赵羲姮劝道。

他想染就染吧，反正头发是他的。

摊主迟迟不说话，卫澧又问了他一遍。

"染蓝的不？"

"行是行的，蝶豆花煮出来的水用来染头发是可以将头发染蓝的，但这玩意都是调在白蒿里中和黑色的……"摊主犹豫道，"我也没给人染过这色，郎君真要染？"

卫澧间歇性叛逆发作，立马坐到小凳子上。

摊主翻了翻剃头挑子："蝶豆花没有那么多，恐怕染不了全部。"

卫澧一想："那就挑几缕染？"他回头看看赵羲姮，"你不也说不要我全染吗？"

摊主把蝶豆花水煮出来，敷在卫澧头发上，用布包好。

卫澧小嘴儿叨叨地跟赵羲姮说话："你要不要跟我一起？"

染个一样的颜色，到时候大家一看他们就是两口子。

赵羲姮坐在另一边的小凳子上等他，咬了一口江米条，听他问自己，连忙摇头，非常嫌弃："我不要，你自己染吧。"

她吃一口，给卫澧喂一口。

谁跟他似的，什么都想折腾着试试。

染头发耗时不短，快半个时辰，赵羲姮一包江米条都吃完了，卫澧才好。

他墨黑的发间影影绰绰露出几缕深蓝，头发还如之前那样高高地束着，看起来倒是不奇怪，甚至有几分野性的美。

"好看吗，好看吗？"他晃晃脑袋，多显眼。

"还行……"赵羲姮点点头。

摊主看着卫澧的脑袋，好像找到了致富的新商机。

天色已经不早，灯会马上就散了，两个人手牵着手往回走，他身上一股煮熟了的蝶豆花味，赵羲姮嫌弃地离远一些。

"你干什么离我那么远？我丢你人了？"卫澧一把抓着她的手拖回来，非要死死地跟她贴在一起。

她越是不想和自己在一起，他就越要和她贴得紧紧的。

人潮汹涌，灯火鎏金，一派和乐融融。

不咸城的人口这些年翻了番地往上涨。

这里经济繁荣，民风淳朴，和平稳定，土地肥沃广袤，既有大片的内陆又有沿海港口，女子的地位也相对较高，较之其他地方，更充满吸引力，因而大家都愿意在此地定居。

你问十年前的卫澧，他设想的未来是什么样子的？

他或许想过以什么样的方式虐待赵羲姮，以平息多年怨愤。但从未敢想过他有妻有子，拥有的领土富饶广袤。

侍人将马牵走，把铁门"咯吱"一声推开。

赵羲姮刚走进去两步，被卫澧又拽回来了。

"你来凭州几年了？"卫澧摸了一把门上的霜。

"八年了吧。"

"你是不是不知道凭州冬天外面的铁是甜的？"卫澧冲她笑笑，"你舔一口试试，可甜了。"

深更半夜在外头趴着舔铁，有病吧？看起来怪丢人的。

赵羲姮用奇怪的眼神打量他一眼，但对他说的铁是甜的又充满了好奇心。

“真的是甜的？”

“当然是甜的了，我从来不说假话。”卫澧信誓旦旦地诱惑她，“我自己试过了，可甜了。”

难道凭州的铁和别地方的不一样？她活这么大，当真头一回听说铁是甜的。

但是卫澧有前科，会骗人，她狐疑地打量他的神色。

“真的，你快舔一口，悄悄的，我帮你挡着，不告诉别人。”卫澧好像很迫不及待的样子，一直在诱哄她舔门上的铁。

他越是迫切，赵羲姮就越觉得有诈：“你先舔一口给我看看。”她推推他。

卫澧脸上挂着的笑有一瞬间僵硬，缩了缩手：“我都尝过了，算了，你来吧，我还能骗你？”

赵羲姮抬抬手，摆出一个请的姿势，摆明了要他先。

卫澧的表情更僵硬了，但还是硬着头皮说道：“真的？我舔一口你就跟着舔？那我可就舔了……”

“嗯。”这次轮到赵羲姮催促他了。

两个幼稚鬼大半夜对着门碎碎念，不知道的还以为中邪了。

卫澧脸凑近门上的铁块，斜眼扫她：“你看我真舔了啊……”

“那你倒是舔啊！”赵羲姮现在已经笃定这其中有诈了，他要是没诈，怎么可能磨磨蹭蹭一直不动弹，非要催促她舔？

卫澧也没想到赵羲姮这么不好糊弄，计划作废。

“要不算了吧，其实也没那么甜……”他还没反应过来，话也没说完，只觉得头上一沉，赵羲姮摁着他的脑袋就往门上那块铁上杵。

“唔呜，唔色偷（我舌头）……”他含糊不清地喊道。

“你怎么不起来？”赵羲姮问。

卫澧欲哭无泪，害人终害己，他舌头尖被赵羲姮摁得在门上粘住了：“里别康（你别看）……”

他用手掌贴在铁上，把霜捂化捂暖。

没脸见人了。

舌头是从铁上薅下来了，但疼，生疼生疼的，说话也说不溜了。

“你给我看看？你怎么了？”赵羲姮扒拉他的手。

卫澧死活把脸捂着，不给她看，抬脚跑了。

丢死人了，赵羲姮可千万别知道他刚才趴门上干什么。

赵羲姮看看门上镶嵌的铁块，上头一片湿濡是水渍，又快结冰了。

她心里有个猜想要破土而出。

因为舔铁那傻事，卫澧当天晚上尴尬得半句话没再说，匆匆地拉了被就睡了，第二天起来的时候，舌头上的疼痛已经尽数消了。

“陈副将，听说凭州冬天的铁是甜的？”趁着卫澧不在，赵羲姮悄悄地问来给小桃送东西的陈若江。

陈若江一哆嗦：“哪个王八羔子放的屁？您可千万别舔，那铁拔凉的，舌头沾上就冻住了。”

赵羲姮凉凉地想，那个王八羔子就是卫澧啊。

她就说他昨晚咋非得她舔口铁，原来存心想看她笑话，结果自作自受。

赵羲姮把这件事情记进自己的小笔记本里，毕竟这也是一件值得时常拎出来说道的事情。

她能从卫澧年轻，一直念叨他到棺材板。

卫澧前脚刚踏进家门，赵羲姮奚落的声音就响起了：“哟，这是谁呀，这不是冰天雪地深更半夜舔铁的主公吗？回来啦？”

卫澧脚步一踉跄，脸飞快地漫上红色：“说话声音小点儿，闺女睡觉还没起呢。”他提提手里的东西，“我刚路过成衣铺，老板娘说栀栀的新衣裳做好了，我顺带捎回来，你看好看不？”

他试图转移话题。

得，不说他昨天半夜舔铁的事，说别的也行，提起闺女赵羲姮可有的说了，她翻翻笔记本，朗诵道：“我要是有个闺女，天不亮就把她薅起来练功，一年只做四身衣裳。”

“啊，这是谁当年说的话呀？我怎么一点儿印象都没有了？天不亮就起床练功，一年只做四身衣裳呀？”

现在已经是辰时了，但栀栀年纪小能睡，还跟个小猪似的窝在被子里。

至于她的新衣裳，鬼知道今年第几身了。

这话听着倍儿耳熟，卫澧强行狡辩：“那她年纪小正长身体呢，多睡会儿咋了？那个衣服……衣服多还不是因为她老把衣服穿破？我的闺女天天穿破衣服多丢人？”

“编，你接着给我编，我看你还能编出什么花。铁是甜的？”赵羲姮把本子合上，站起来步步紧逼，卫澧下意识地抱着衣服瑟缩了一下。

“那个……清州的别苑盖好了，明年秋天去清州看桂花？我让人在院子里种了桂花树。”卫澧绞尽脑汁地转移话题，“你就把这坎儿过了呗，别老提了。”

赵羲姮还没说什么，只见外头匆匆进来个侍人，请安后，将密信递给卫澧。

“什么？”赵羲姮见他面色越发凝重。

“烛阙王病了。”卫澧拧眉道，忽地抬头，眼神里满是复杂，“我……”要走了。

赵羲姮懂他的意思，她一面想要给阿耶报仇，一面又怕卫澧出危险，烛阙善骑射，即便这些年凭州军队发展势头迅猛，她也觉得不够保险。

“要不再缓两年？”

卫澧摇摇头：“六年了，以凭州的兵力，是能与烛阙抗衡的。”他要取的，是烛阙王的人头，万一烛阙王提前病死了，他难道要把他从坟里拖出来鞭尸吗？

赵羲姮静下来，捏着手指，低头不发一言。

“你怎么了？”卫澧走上去，戳戳她。

她摇摇头，她觉得自己好像给了卫澧好多负担，要是他娶的是别人，一定会更安稳的。

卫澧敲了她的脑门：“你耷拉个脸干什么，我又不会死，你又不会守寡。”

出征前一晚，四下被点得灯火通明，亮如白昼。

除却栀栀，谁都睡不着。

赵羲姮坐在火炉边上，检查卫澧带的衣裳，在行李里多放了两只蛤蜊油。

天冷风干，给他护手用。

她低眉敛目，唇抿成一条线。

卫澧才洗了头发，看着擦头发棉巾上掉色，抓着棉巾冲过去给赵羲姮看：“你瞅你瞅，我这头都洗了五六次了，掉色怎么还这么严重？”

他语气里都是埋怨和不耐烦，一点儿离别的悲痛都没有，俨然与平常无异。

赵羲姮这才抬头看看他，通明的烛火下，他漆黑的头发中夹着几缕杂色……

“人家早跟你说会掉色了。”大概是受离别的影响，她说话温柔了许多。

“好烦啊，下次不要染了。”他嘟嘟囔囔地坐下，把头伸过去，觍着脸道，“给我擦擦头发呗？”

“哦。”赵羲姮抿了抿唇，接过棉巾，眼眶有点湿润，她有点害怕这是最后一次见面了。

“要不……要不你缓缓再去……”她自己说到一半都觉得不现实，明日就要出征了，今天晚上说不去了怎么可能。

她就是舍不得。

卫澧躺在她的膝上，睁眼看着她，然后挠了挠她的痒痒肉，笑着说：“你别这样，马上给咱爹报仇了，你哭什么？是激动哭了？”

他也舍不得，但他要是跟赵羲姮抱头哭一晚上，也太废物了吧？她原本就难受，他再表现得软弱，多闹心。

“你看我这头发，明天太阳一出来，往我脑袋上一照，老显眼了，我就是整个军队中最亮眼的那个！”他转移话题，炫耀自己的头发。

虽然他总嫌弃这头发掉色，但还挺喜欢它亮眼的样子。

赵羲姮就算被他挠了痒痒肉也笑不出来，泪眼婆娑地看了看他的头发。

卫澧头发黑，染的蓝色不算明显，只有烛光或是太阳光照上头的时候，才显得蓝。

明天是个好天气，他这个发色在城下一定特别打眼。

但是……

“它绿了，卫澧。”赵羲姮揪了揪他的头发，眼睛里还是雾蒙蒙的，对他说道。

卫澧一惊，从她腿上弹起来：“什么？”

赵羲姮擦擦眼泪，仔细看看，认真地点头：“是绿了，那种孔雀绿。”

卫澧当初染发的时候，刻意要避开绿色，头上带绿他才不要，让人家看见了还得笑话他。

但是谁能想到蓝色褪色后会变绿。

“不可能吧，你再瞅瞅。”他把头发揪到身前，对着烛光照了照，似乎是绿了。

两口子大眼瞪小眼，研究了好一会儿，都怔住了，最后的确得出结论，是绿了。

介于蓝和绿之间偏绿的颜色。

“赵羲姮，怎么办，怎么办？”卫澧抱着镜子在屋里打转。

问她她哪儿知道啊。

这深更半夜的，谁能给他染回来？

“要不就这样吧，反正也没人敢议论你。”

“不行，不行，不行，他们肯定得在心里嘀咕我的绿头发，我不要。”卫澧又气又急，他怎么知道这个颜色会变成这样？

他又对着光反复确认，终究死心了，是绿的，他再多洗几遍，估计还会变得更绿。

赵羲姮抱着膝坐在炉火边，托着下巴，这可真是糟糕透了，卫澧这么要面子的人。

“你能坐下说话吗？你现在转得我眼晕。”

卫澧被她抱怨，忍不住皱眉：“我都这样儿了，你还嫌弃我转悠。”

“不行就剪了吧。”赵羲姮实在想不出办法。

卫澧沉默了，她连忙喊道：“你不会真的想剪吧？”

“比起明天丢人，剪了就剪了吧……”卫澧看她一眼，去找剪刀。

“哎，头发不能随便剪的。你明儿戴头盔遮住就行了。”飞东章王他们被卫澧剃了光头，卫澧又要剪自己的头发，这算是怎么回事？

卫澧才不听：“明天能遮住不让人看，早晚它越洗越绿，还是会被陈若江他们看到的。”不如剪掉，一了百了。

不说随便剪头发这种行为过于离经叛道，就说他这一头要在光下才能看清的蓝绿色，实在不好剪。

赵羲姮对着灯，扒拉他的头发。

卫澧嘴上没停，一直叨叨：“等我回来要把给我染头发的那个人扒皮了。”

赵羲姮拍了他的脑袋，发出声响，他龇牙咧嘴地叫唤：“你干什么玩意？疼！”

“闭嘴吧你，别乱动，人家提前都跟你说了，他没给人染过蓝的，不知道啥效果，是你自己非要染的，现在又怪人家。”

栀栀睡到一半，翻了个身醒了，迷迷瞪瞪地看着俩人，揉揉眼睛问：“阿娘，你是在给阿耶挑虱子吗？”

卫澧气急败坏地瞪她一眼：“小混蛋，什么挑虱子？我哪有虱子。”他可讲卫生了。

栀栀点点头，带着睡意的语调黏黏糊糊：“反正你快走了，就算有虱子也不会传染给我。”

“你有没有良心，你知道你爹马上就走了，还这么挤对我？”卫澧心拔凉拔凉的。

栀栀躺下，把自己的被子拉高：“你肯定会回来的，我才不会担心你呢。”毕竟她爹真的超厉害。

卫澧嘴角勾起来，小混蛋真是对他有莫名的自信。

他抬眼，钩钩赵羲姮的小手指：“你看孩子都知道的事情，你就不知道。”

赵羲姮才不会承认她不如孩子呢，一把把他的头摁下，别扭地说道：“闭嘴吧！

我现在知道了。”

将所有染过的头发剪掉后，天已经大亮了，离出城的时间还剩不到一个时辰。

赵羲姮剪头发剪得腰酸背痛，卫澧脖子也僵硬了。

本来是充满悲伤的一个晚上，该好好告别，硬生生以剪头发告终。

卫澧还因为赵羲姮误给他剪了一根没染过的头发，两人吵了一会儿。

栀栀被赵羲姮抱着，从城楼往下看出征的军队，她爹在最前头，真的好神气。

她左右跟人说："那是我阿耶！"

她说了一遍又一遍，声音脆脆的，水汪汪的眼睛瞪得大大的，跟人家比画，搞得周围好多人哭笑不得。

栀栀向下摆了摆手，也不管卫澧能不能听见："阿耶，你回来给我带好玩的！"

卫澧肯定听不见，但他下意识地抬头往城墙上看，看见栀栀和他招手。

时辰到了，角声齐齐吹响，队伍开始缓缓地移动。

直到连旌旗都看不见，赵羲姮掂了掂栀栀："走吧，回去。"

栀栀使劲抻头看了看，的确是再难见到影子，只好跟赵羲姮回去。

山上的行宫住了八年，到处都是卫澧的影子。

院子里的秋千是他亲手给赵羲姮搭的，栀栀坐的小木马也是他做的，柜子里还有他的衣裳，桌子上摊着他上次描了一半的字。赵羲姮难免触景生情，一时间又感叹时间过得真快。

栀栀牵着她的手，一回家，眼睛就湿了，她阿耶真的不在家了。

但是她不能哭，阿娘是叛徒，会告诉阿耶她哭了的，阿耶肯定会笑话她，她才不要被笑话。

卫澧不在家，影响颇深。

栀栀爬树下不来，吓得一个劲地喊"阿耶"，卫澧却不能出现揪着她后脖领子给她薅下来了。

还是赵羲姮上树把她抱下来的。

栀栀搂着她的脖子，觉得越来越难过。

"我们去清州住一段时间好不好？清州的别苑已经建好了，我们在那儿等你阿耶回来，一起看桂花。"赵羲姮跟栀栀商量。

卫澧这次出门，时间一定很长，旧事旧物徒增伤心。栀栀虽然不说想念，但有些下意识的行为是骗不了人的。

就像一散学，她会下意识地问赵羲姮："阿耶今天怎么没来？"问出口才想起来，阿耶不在家了，没法来接她放学。

正好清州的别苑已经修缮完了，带栀栀去那儿住一阵，就当散心了。

栀栀想了想："那阿耶回来会不会找不到我们？"

"不会的，我给他写信了，他知道咱们在清州，他会去清州找咱们的……"

栀栀听到赵羲姮解释，这才放心，用小手拍了拍胸口："那好吧，毕竟阿耶又笨又爱哭，我怕他回来找不到我们会哭。"

赵羲姮想，卫澧真的应该少哭点儿了。

陈若江跟在卫澧身后，眉头紧锁，杨泽笠戳他，跟他交头接耳："你哭丧着一张脸干什么？"

"你看主公的头发。"陈若江扬扬下巴。

"怎么了？"杨泽笠疑惑。

陈若江觉得他粗心大意，用手比画了一下："以前，主公的头发是这么多。"他又一比画，"现在，主公的头发少了这么多。"

杨泽笠看看，好像真的是，那么粗一捆，好像是少了不少。

"我觉得啊，这次打烛阙真是玄。"陈若江摇摇头，"主公都愁得掉了这么多头发。"他还指着这次得胜回去娶媳妇呢，小桃说这次他要能立功回来，就嫁给他。

"那这么愁得慌，干吗急吼吼地出征？"杨泽笠疑惑，烛阙早打晚打不都是打吗？他一直觉得烛阙打起来不容易，还是应该继续向南拓展，不过主公指哪儿他就打哪儿！

"啧，你这就不知道了，主公急着给他老丈人报仇呢，那夫人的爹就是主公亲爹，夫人的仇就是主公的仇。当年凭州被清州、幽州、飞东章一齐围攻的时候，我顺嘴提了一句可以向烛阙结盟求援，被主公骂了……"

杨泽笠若有所思："当真只是被骂了吗？"

陈若江翻了个白眼，心里知道就好，非得多余问一嘴。

卫澧那脾气，能是只骂他一句吗？都给他打出血了。

第三十二章 以后都不分开了

谢青郁掩上门，悄悄地踏进来，犹豫了一番，终究坐在齐嫣对面，同她开口道：“夫人，我……我有事情想同你商议。”

齐嫣笑容浅浅地看向谢青郁：“夫君有话便说，妾身听着。”

她多年如一日，温婉柔顺不改，无论谢青郁跟她说什么，提什么无礼的要求，她都是这样温柔静好，好像天生一副好脾气。

谢青郁放在膝上的手微微缩紧：“此事非同小可……”

“嗯，我相信夫君做事都是有决断的，妾身都听夫君的。”齐嫣点点头，眉眼弯弯，将话又推回了谢青郁身上。

谢青郁一时间觉得十分无力，他分明都说了，这件事非同小可，她竟还是这样浑不在意，万事都听他做主的样子。

“卫澧往烛阙发兵了，我想助他一臂之力。”谢青郁纤长的睫毛微颤，下意识地打量齐嫣的神色。

她笑容依旧，好像他刚才说的不是要动用雍州的军队，而是跟她商量明天晚上吃什么那么简单。

“嗯。”齐嫣点头，表示自己知道了，临了贴心地嘱咐一句，“那夫君千万小心。”

谢青郁俊美无俦的脸上意外露出一道裂缝，手指缩紧又松开，松开又缩紧，他深吸一口气，又重复一遍：“我襄助卫澧，不一定会在此事中得什么好处。”

她怎么能是这种反应呢？

齐嫣不明白为什么他要重复一遍，难道是她刚才的回答不够善解人意？她仔细地想了想，没有呀，她的回答堪称贤妻良母典范，既百依百顺，又彰显了自己对他的关切，他还有什么不满意？

她只好又补充了几句：“夫君打算几时出发？我好提前为你收拾行李，家里你放心便是，我会照顾好玉麟的。”

谢青郁忽然从心底涌上一股无力感。齐嫣这样温婉贤惠好吗？扪心自问，是好的，再好不过。这些年她外擅交际，内主中馈，无一不是游刃有余，任谁都挑不出错来。上顺公婆，下育子嗣，对他更是百依百顺善解人意，甚至琴棋书画、诗词歌赋、针线女红她样样都会，天底下再也没有比她更完美的媳妇了。

但谢青郁总是没由来地觉得不对。无论他说什么做什么，齐嫣都是一副模样。她看他的眼睛在发光，无时无刻不充满了倾慕，任谁看了都觉得是爱他崇拜他，就连谢青郁自己一开始也是这么觉得。

但时间久了，她好像一直维持着那个距离，谢青郁有时候想同她再进一步，她却用一成不变的态度在两个人之间筑起了高墙，任凭谢青郁怎么交流相处，她都是这样，让人有种一拳打到棉花上的无力感。

爱和不爱，他还是能感受清楚的，齐嫣好像只是在扮演一个爱他的角色。真正的爱绝对不是像她这样不吵不闹，无条件地退让包容。

“夫君还有什么要说的吗？”齐嫣察觉谢青郁脸色并不好，可能还是她刚才的话没说到他心坎里去？

“你就不问问我为什么要这么做吗？”

“夫君做事自然有你的考量。”齐嫣用最烂熟于心的话回复。

她借了谢青郁的势，报复了她的生父一家，谢青郁正需要一个不吵不闹什么都会的妻子，她正好能做到，也算报答。

谢青郁扯了扯嘴角，心里跟坠了一块大石头似的。他在跟齐嫣说这件事之前，甚至都自作多情地设想了许多她对此事的反应。诸如震惊错愕、不舍流泪，但是都没有，他甚至还担心她会小心眼，吃醋以为他是因为赵羲姮才帮助卫澧的。

谢青郁这一瞬间想夺门而出，但总觉得有些想说的话不说，他心里憋得慌：“我襄助卫澧，没有别的意思，惠武皇帝与父亲有结拜之谊，我既作为世侄，帮他报仇是应该的，当年之事，我很对不起陛下临终嘱托，并非因为别的什么原因。”

齐嫣静静地听完，点头，表示自己知道了。

谢青郁既不甘心又难过，但他已经提示到这种地步，她依旧无动于衷，齐嫣的心难道真是石头做的吗？这么多年了他都捂不热。

“齐嫣……”这么多年，谢青郁还是第一次唤齐嫣的全名。

齐嫣心中忍不住一激灵。

谢青郁深邃而忧郁的目光中，充斥着一些她看不懂的情绪。

“齐嫣，等我回来，咱们好好谈谈吧。”谢青郁拂拂袖子，凝眉离去。

齐嫣忍不住眉头深锁，谢青郁最近越来越难懂了，他到底有什么想说的想要的，或者要她怎么表现，就不能透个口风吗？她也好照着做。

“阿娘！你看我好不好看？”四岁的谢玉麟突然喊道。

齐嫣心里发毛，刚才她跟谢青郁说话的时候，好像太安静了，谢玉麟一安静下来，指定没什么好事。她匆匆地沿着声音传出的地方走去，只见谢玉麟笨拙地学着平日里她梳妆的样子，在头上别了花，腮上擦了酡红的胭脂，然后问她：“阿娘，你看我好不好看？”

齐嫣忍不住扶额叹息，蹲下来冲他招手，将他脸上的胭脂擦掉，绢花摘下，嗔道：“以后不许乱动这些东西了。”

她面对谢青郁时沉静得宛如一潭死水，现在这潭死水面对着孩子时，才变得鲜活起来。平心而论，谢玉麟是个生得漂亮的孩子，净是挑着父母优点长的，兴许是年纪小的缘故，有些男生女相，很娇气的模样，稍稍打扮跟个精致的女娃娃似的。

谢青郁像是生了齐嫣的气，走得悄无声息，连送都没让她送。

在他走后的第三天，齐嫣收到了谢青郁留给她的信。

原本这些话是想等回来后再和齐嫣说的，但谢青郁不知道他回来后，面对着齐嫣那张表情不变的脸，他会不会被打击得说不出来，干脆就用信的方式写给她。正好两个人离得远了，也有了足够的空间和思考时间。

齐嫣打开信，这大概是谢青郁这辈子写过最直白露骨的东西。

齐嫣看完后，脸上的五官都皱起来了。

谢青郁要跟她谈感情？这可难办了，她什么都会，就是不会爱。她最近是演技退化了吗？被谢青郁看出来并不爱他了？不应该啊，她自觉看谢青郁的眼神是经过精准训练的，一看就很深情。

卫澧对烛阙出兵，此事算得上十年里最大的事件。

烛阙称霸北部多年，赵星列在的时候，尚且能与其抗衡，但终究棋差一招，落得个粉身碎骨。现下所有人按兵不动，静观其变，他们并不想掺和其中。

若是卫澧能将烛阙拿下，那不止北方，便是在天下都奠定了说一不二的地位。

于他们最好的结果，是凭州与烛阙两败俱伤，他们才能有喘息的机会。

烛阙王旧疾难愈，这些年却始终不肯放权给儿子，以致如今病体沉疴，还将烛阙的军政大权尽数收在手里。

烛阙丞相越发老了，忍不住怨道：“早就劝诫大王，卫澧不除，必成心头大患。为今之计，只有派王子们迎战了，好让他们知道，我们能杀死赵星列，也能杀死他的女婿。”

烛阙王绿眸污浊，生机寥寥，他当年自负，觉得赵星列又不是卫澧的亲父亲，卫澧必定不会为赵星列开罪于他的，时至今日，竟是养虎为患。任谁也想不到，当真会有人敢碰他们这块硬骨头。

卫澧早在八九年前，战法十分凶猛残忍，几乎是不要命的打法。他不在乎别人的命，也不在乎自己的命，这些年逐渐趋于平稳，甚至有些时候显得保守。

人有牵挂的时候，就格外惜命。

卫澧是二月走的，正赶上青黄不接的时候，两方俱是草黄马不肥，对峙几乎陷入僵持。

谢青郁于三月赶到驰援，才将这微妙的平衡打破。

“哟，这不是兄长吗，好多年不见了，听说你儿子都四岁了？”晚饭时候炊烟袅袅，卫澧趴在栅栏上，朝对面阵营吹了声口哨，折了枝狗尾巴草咬着，吊儿郎当地调笑对面的谢青郁。

谢青郁成家后，他们两方也就逢年过节有节礼上的往来，毕竟关系有点儿特殊，得避嫌。谢青郁一身白色战袍都已经灰扑扑了，他用刷马的刷子拎着衣裳扫着灰，冷不丁地抬眼瞥了卫澧一眼，他还是一点儿都不稳重。

他扫了卫澧几眼，终究没忍住，开口问：“你头发是掉得很厉害吗？我有管脱发的方子，侧柏叶三十克、桑叶三十克、生姜少许、人参叶少许，煮开洗头……”

卫澧的头发，比四五年前见的时候明显少了。谢青郁眉头紧蹙，忍不住忧心，这年纪轻轻就秃头，不知道会不会遗传给栀栀。

卫澧脸色一青，“呸”了一声，把口里的狗尾巴草吐掉，骂骂咧咧：“你才要秃了，你全家都要秃了。”

春天万物复苏，连孩子都长得飞快。

栀栀在新家的桂树上用匕首画了一道一道的，用来记录自己的身高，每天早上醒来第一件事就是去看今天的自己有没有比昨天高。

赵羲姮暗暗笑话她，怎么能用活树来记录身高呢？但她坏心眼地没有拆穿。

昨夜一场春雨，桂树的枝丫一夜之间茂盛起来，像是骤然披上了翠绿的新装。

栀栀连头也顾不得梳，颠颠地跑出去，站在树下量自己的身高。她拿手一量，小包子脸就皱起来了，觉得自己可能是量错了，又动手量了量。

没错，她现在碰不到昨天刻的那道线了。

“阿娘！我变矮了！”她大声叫嚷起来。她还从未听说有人长高之后还变矮的！

赵涂林每天好好吃饭好好睡觉，等着长高，好在卫澧回来后吓他一跳。赵羲姮早就猜到会有这一天，她听着栀栀着急的喊声差点笑出声，但还是与她一道做出一副吃惊的表情：“什么？怎么会变矮呢？”

栀栀见着她，好像见到了倚靠，满脸焦急地把赵羲姮拽过来：“就是矮了，昨天我的划痕在这儿，今天往上挪了一点点。”

赵羲姮蹲下身子，刮刮她的鼻尖，有些懊丧：“那可怎么办哟？我们栀栀没长个儿反倒变矮了，你阿耶回来肯定会笑话你的。”

才不要阿耶笑话，栀栀头一次急得眼泪都快出来了：“那怎么办呀？”

“可是我们栀栀长个儿，树也会长个儿的。”赵羲姮跟她解释，“树在春天会长得格外快，栀栀当然追不上它了。而且把树划得一道一道的多不好看，以后我们站在墙边量身高好不好？”

栀栀皱了皱鼻子：“阿娘，你是不是一直等着看我笑话？”

赵羲姮连忙摆手：“我不是，我没有，你别瞎说，我怎么会看你的笑话。”

栀栀才不信，原来她最喜欢的阿娘其实和她阿耶一个德行，她谁都不要喜欢了。

赵羲姮尴尬地咳嗽了两声，转移栀栀的注意力：“那我们去海边玩好不好？”

清州不比凭州，五月已经很热了，要穿着单薄的纱衣才略感凉爽。这时候去海边吹吹风再舒服不过，趁着落潮的时候能捡到好多贝壳海货，还有些漂亮的小石头。

“好呀！”栀栀拍手跳起来，她年纪小，果然被吸引了注意。

她打小就生活在不咸城，不咸城不靠海，天气又冷，哪里能捡贝壳吹海风？

赵羲姮用米粒大的珍珠串给栀栀绑了两个简单的小辫子，两个人戴上防晒的斗笠便出门了。

栀栀牵着赵羲姮的手，在软软的沙滩上踩出一串又一串的小脚印。她蹲在沙滩上，挑了一堆漂亮的石头，从里面挑出最漂亮的三个，指给赵羲姮。

“最大的这个是阿耶，第二大的是阿娘，最小的就是栀栀啦！到时候把它们放进一个匣子里，它们就永远不会分开了。”

栀栀最后一句话说得羞答答，扭捏得小脸通红。

齐嫣原本还担心谢青郁回来要跟她谈，她自觉没什么好谈的，巴望着他在外面久一点。

谢青郁很争气，如齐嫣所愿，同卫澧一去就是两年，两人连信都没传过多少次。

使者来信，战事大捷，不日便可班师回城。

齐嫣焦急起来，期盼谢青郁早就忘了当年临行前写的信。但随着得胜消息的传来，与之同来的是个噩耗。

与烛阙最后一战中，谢青郁身负重伤，俨然气息奄奄，他硬要魂归故土，如今吊着一口气，被送回了雍州。

齐嫣初闻这消息，手脚发凉，吓得连杯子都掉在地上了。她很不想谢青郁死，两个人搭伙过日子过得好好的，他也是个很好的父亲。若谢青郁现在死了，玉麟年幼难担重任，难保他们母子不会受人欺辱。

谢青郁送回来的时候，浑身都是一股血腥味，面如金纸，若非还有喘气还有心跳，齐嫣都要以为他死了。她这人向来没心没肺，见此景状，也不免掉了两滴眼泪。

随之回来的军医悄悄乜她一眼，沉痛地说道：“主公命悬一线，尔等尽力了，现在悉心调养，能不能捡回一条命就看天意了。”

“是还能活的意思？”齐嫣擦擦眼泪，惊愕问道。

“只有很小的概率。”军医低着头，显得更加沉重。

齐嫣定了定心神，不是死定了就好，努努力，说不定就救回来了呢。她重金悬赏，召集天下所有名医来为谢青郁医治。

齐嫣一走，躺在床上的谢青郁咳嗽了两声，喷出一口血，虽是虚弱，却不像个随时要死了的人，他倚在床边，捂着心口，凝眉惨笑：“这法子好使吗？”

军医赶紧把他摁下去：“那可不好使怎么着？”他竖起个大拇指，“我们主公追媳妇那可是最有一套了，听他的准没错。而且大舅子你怕啥，本来实打实就是受伤了，我们顶多就是夸大了一点点。快躺下。”

谢青郁伤势虽不到命悬一线的地步，也的确颇重，需要休息，于是乖乖地躺下，脑海中回想起最后一战的场景。

他替卫澧挡了一箭，箭上带着倒刺，他自幼还没受过这等创伤，觉得自己大概是要死了，于是抓住床前卫澧的手，几乎是托孤了：“还请你照顾好我的妻子和孩子……”他真是遗憾啊，说好了回去后跟齐嫣好好谈谈，结果不争气啊。

人之将死其言也善，临终前有什么遗憾都想说道说道，省得憋在心里带下去难受：“我好像喜欢齐嫣，但我还没跟她说，她并不喜欢我……”

谢青郁说完这些话，静默了一会儿，感觉自己竟然还有力气还没死，又道：“我说的生发方子，你记得要继续用，我看成效还是很显著的……”

卫澧眼神中有惊诧和一点点感动，听他说完这些，连忙招手：“快，趁着伤口还没愈合，赶紧把他送回雍州去！”

谢青郁原本奄奄一息地躺在病床上，听闻他丧良心的话，一下子坐了起来。

卫澧凑过去，对他耳语：“你就这样这样这样……那样那样那样……”他拍拍谢青郁的肩膀，“回头被发现了，你就把事全推我身上，反正你当时晕倒了什么都不知道，这都是我的主意。”

就当是报答了。

谢青郁似懂非懂，就这么一路被人抬回来了。

卫澧这次亲自将战场打扫干净，没有给如往常一样给烛阙王剃光头，而是将他的头砍下来，装在匣子里，快马送去清州给赵羲姮。

他将这两年里所有的家书都收拢出来，竟然有满满的一箱子，然后命人小心押送，又把烛阙四分之一的土地割给了雍州。毕竟他也不是个畜生，谢青郁跟他耗了两年，什么都不求，他实在没什么脸半点儿好处都不给这个大舅子。

时值寒冬腊月，北境大雪漫天，风卷冰刃，两步之内都难以视物，天地皆融为一片苍茫白色，凶煞凌厉，催人心碎。

冰天雪地，各行各业都停工整顿了。

自凭州开办女学，各个郡县的女学也纷纷开花结果，清州自然也有。

栀栀八岁已经是女学的正经学生了，每天卯时上学，未时下学。这些天雪太大，已经波及清州，自然学是上不成了。

她这两年里抽条得很快，像是鲜嫩的柳枝，遇风便长，可见长大了必定很高挑。她性格霸道，不听人教训，集结了周围一帮子或大或小的学生，活脱脱一个山大王。赵羲姮自己小时候就不怎么乖，当然也不会用淑女的那一套来要求栀栀。

况且栀栀长得和卫澧越发相似，她一闹一动，就好像是上天刻意要她肆意幸福，来圆满卫澧缺失的童年。又好像是重活一遍的卫澧，只是性别不同了。

赵羲姮抱着她，窝在琉璃窗边看外面落雪纷纷，手里捧着热糖水。

栀栀爱喝糖水，不爱喝茶。

桂树上层层叠叠压着雪，还有一条一条的冰凌。咯吱咯吱的沉闷声响从院子里传来，一道黑色的影子从树后逐渐清晰起来，只是风雪料峭，看不清那个人的脸。

栀栀直起身子，突然爬了起来，指着窗外，“啊”了一声。

她没想到他会走那么久，不然肯定会在他临走前跟他好好说说话，好好告别。赵羲姮心鼓噪得飞快，越紧张越激动，面色却意外地平静，只是手有些不听使唤，又软又颤，耳边嗡嗡作响。她穿上鞋，将大衣的扣子一个一个地系上，最后一个，却总是手抖系不上。

她推门出去，那个黑影更加接近了。

男人手里握着一束梅花，被风吹得东倒西歪，几欲摧折：“回来总要带点儿东西给你。”

他一张口，呛了一嘴寒风，肺腑都蹿冷，忍不住咳嗽了两声。

梅枝上仅存的几朵花，颤颤巍巍地被风吹跑了，卫澧抱着光秃秃的梅枝，尴尬地朝赵羲姮一笑，露出一口白牙：“都没了。”

两年不见，他没第一时间回来见她们。他想让赵羲姮高兴，却不知道送什么给她好，于是去清州下折了几枝梅花，但风雪太大，等他到的时候，就已经被吹去了七七八八。

赵羲姮见到最后一朵红梅，被风抛起，那一片红杂在白中，不知道飘到何处去。

“都没了也很漂亮。”赵羲姮半张脸都埋在领子里，闷声闷气地扑上去抱住他。

他回来就好。

这么久没在一起，她总梦到卫澧出事，她掐了一把他的腰，还是硬邦邦的，问：“疼吗？”

卫澧龇了龇牙：“你掐我干什么？不疼的？”

“我怕是梦啊，掐你一把看看疼不疼。”赵羲姮依旧把脸埋在他的胸口。

卫澧抬手弹了她一个脑瓜崩：“你就不能掐你自己？我好不容易回来一趟，你也舍得？”

两个人一张口，还是熟悉的味。

卫澧觉得两个人在风口里呛风实在不对劲，拉着她往门里走。

栀栀揪着衣摆，站在门口远远地看着他们。

卫澧走的时候，她才六岁，就算赵羲姮经常同她提起，但是时间过了这么久，卫澧在她的心里，早就只剩下一个浅浅的影子了。他现在重新站在自己面前，这个影子才变得鲜活。

直到卫澧把她抱起来掂了掂，栀栀看着他与自己过于相似的面庞，这才克服一点点仅存的害羞，搂上他的脖子，刻意板着声严厉地问他：“你怎么现在才回来，你都不知道我学了好多书了。”

少主赵涂林才不会害羞！

“那给你这个行吗？”卫澧变出来一只牙雕的小兔，放在她掌心里。

也就是长久不见，卫澧新鲜才惯着她点儿，换前几年她敢这么说话，他早就揪她的小辫子了。

小兔是他在烛阙王宫的宝库里收缴的，狼牙雕刻，小兔呈淡淡的米黄色，只有一只拇指那么大，算是烛阙特产。

其实它只是精致些，做工难一些，并没有太过昂贵，不过卫澧当时第一眼就看中了，栀栀属兔的，这个送给她玩很可爱，觉得她会喜欢，于是随身揣回来了。

“那我勉强原谅你啦。”栀栀是个小富婆，并不缺昂贵的东西，但她阿耶千里迢迢揣回来的东西，当然显得格外宝贵啦！

她明天可以跟别的小伙伴炫耀，他们都没有呢。

清州到底不是他们原来的家，他们还是怀念不咸城。卫澧回来之前，赵羲姮就已经打包好要带走的行李了，原本还想着回凭州等他，没想到他能回来得这么快。

多少有些可惜，种在院子里头的桂花，卫澧没能看见。不过赵羲姮特意打了一些桂花做了桂花蜜、桂花香囊，勉勉强强也能让他感受一下去年桂花的馥郁。

一行人在清州修整了几天，启程回凭州的时候，卫澧才算感受到赵羲姮信中所说的，关于栀栀的“人气”。

密密麻麻一群十岁上下的孩子，哭着喊着送别他们的少主，执手相看泪眼，一个个哭得稀里哗啦。

“少主，你要常回来看看我们，我们会想念你的，呜呜呜。”

“你不要收了新的小弟就忘了我们！”

卫澧坐在马车里，微微挑开帘子窥视，看了一会儿，默默地把帘子放下，表情一言难尽地看着赵羲姮：“干脆我们走，把她撂这儿得了……”

“不行，栀栀已经跟凭州的小伙伴们说要回去了。”赵羲姮偷偷笑了笑。

卫澧的表情更加一言难尽了，阴阳怪气地说：“她还挺受欢迎啊。”

“没你受欢迎。”赵羲姮安慰他。

虽然一听就是假话，但卫澧有被安慰到，倒在她的膝盖上：“那是当然。”他又补上一句，“你也一样，将士们说多年不见，这次还是想邀请你赴庆功宴。”

“我都可以的。”赵羲姮扒拉扒拉他的头发，两年之前剪掉的头发已经长起来了，但还不是特别长，有些像狗啃了似的参差不齐吊在发尾。

她又想到郁奄奄一息的谢青，皱眉道：“兄长那里，我送去了一点补药，希望他能平安无事。”

卫澧拉拉她的衣袖，让她附耳过来，叽里咕噜地跟她说了一通，最后拍拍她的肩膀：“你放心好了，他没事的。”

因着卫澧不大做人，谢青郁连日颠簸回了雍州，缝合好的伤口崩裂渗血，高烧了三天三夜，当真一副命悬一线的模样。三分的谎言有了七分的真。

谢玉麟哭得眼尾通红，跪在父亲的床前，抽抽搭搭的，水晶一样的眼泪噼里啪啦地往下掉，任谁看了都觉得心疼。

谢青郁自然也不忍心，握住他的小手说：“没事，别哭了。”

谢玉麟一怔，忽然瞪大眼睛，兔子一样跳出去，喊：“阿娘！阿娘啊！”

几个医师来，都说谢青郁伤势并不乐观，虽惊喜于他的苏醒，但齐嫣也没法把事情想得太好，给他轻轻地拉了拉被角：“你好好休息，家里都有我呢。”

谢青郁艰难拉住她的衣袖：“我还有事没跟你说……”

他尽量让自己气若游丝一些，但演技不是很好，干脆把眼睛闭上了：“你收到我当年写的信了吧……”

齐嫣没想到都这时候了，他还这么执着，只能劝道：“等你好了再说。”

“可是我怕现在不说，今后都没有机会了。”谢青郁顿了顿，抓紧她的衣袖。

这个伤再过一阵就要恢复了，他再装病弱肯定不会太顺利。

他苍白的脸颊上微微泛起一抹红晕：“我想你该知道，我喜欢你，是那种想和你在一辈子的喜欢。”

齐嫣说不出话来，谢青郁这个人做事很纠结，也很一板一眼，他说一辈子，就肯定是一辈子。

“可是你喜欢我什么呢？”

世上男女之间的爱情，她只见过像她父母那样惨烈收场的。

谢青郁想了想，如实说道：“你哪里都很好，我哪里都喜欢，如果换作别人，也会喜欢你的。”

“那你知道真正的我什么样吗？你就谈喜欢？说不定不是你所见的那样。”

谢青郁忙不迭道：“我都知道的。你接近我的事情，你父亲的事情，我都知道……我没觉得你很坏，还是很喜欢你。”

齐嫣没想到，这些事情谢青郁都知道，既然这些都知道，也该清楚她接近他是目的不纯的吧，这人怎么还能这么傻，说出喜欢她这种话呢？

“因为人第一重要的就是活着，你只是为了活着，做得并没有错。”

他现在虚弱地躺在病榻上，即便此时场景齐嫣处在弱势，也不会给她咄咄逼人的压迫之感。齐嫣揪了揪自己的衣袖，有种被拆穿的尴尬，还有些说不清的心酸。

谢青郁，人真的挺好的。

早年卫澧忙着在外南征北战，现在他闲下来了，有些人便暗暗劝谏，希望他早日生个儿子承袭家业。

虽然卫澧自己不承认，但在众人眼中，他的确已经到了必须培养继承人的年纪。

凭州发展女学，女子也能为官。但多年陈旧观念一时间难以更改，有些人依旧认为，这世上还是男子承袭父业，卫澧虽对女儿很宠溺，上上下下都唤赵涂林少主，但他们也没当回事，只以为是哄小孩子高兴的把戏，还是觉得卫澧不会将位子传给女儿。且女儿又不随卫澧姓，他辛辛苦苦打下的基业，若是给了女儿，那不又是回到了赵家的手里？白干了一辈子。

卫澧对此很恼怒，特意将庆功宴和赵涂林的加封仪式放在一起举办，表明自己的态度。他没想再生第二个孩子。他和赵羲姮，兴许是做不到再多出一份同等的爱给另一个孩子了，如果把给栀栀的爱分一半给另一个孩子，那两个孩子都很委屈，得到的都是砍半的爱。尤其栀栀最委屈，好好的最受宠爱的，硬生生地要被弟弟妹妹分走一半的注意力。

卫澧独断专行惯了，他既然将事情定下，大家也不敢违逆他，只纷纷祝酒，恭贺少主。

酒过三巡，卫澧半坛烈酒下肚，他本就酒力浅薄，逐渐眼神迷离，看下面一个个人都变成萝卜、白菜，只有赵羲姮一人是清晰的。他旁若无人地拉拉赵羲姮的衣袖，悄悄地问她："山下的大白菜都涨价了，我的月例能不能也涨点儿？"

赵羲姮按下他的手："咱们回去再说。"

卫澧拔高声音嚷嚷："你……"

话刚出口就被捂住了嘴。

眼看着再不带走就要丢人了，赵羲姮把他搀扶起来，冲下方点头，带着得体的微笑："主公喝多了，我带他去醒酒。"

杨泽笠坐得近，悄悄话听了一耳朵，然后问陈若江："主公在家里说一不二？主公在家随意支配银钱？夫人什么都听主公的？两个人吵架真是夫人睡书房？"

这种事情，陈若江并不能回答他，只是神秘莫测地一笑，然后多饮了两杯酒。

杨泽笠好像懂了什么，他酒后嘴上没个把门的，把这件事情宣扬得人尽皆知。

一个晚上后，卫澧醒来，面对的是大家似有若无的试探，以及一些人暗地里问他："主公到底每月几两银子？为什么不够？"

他的脸色由青转黑，再由黑转紫，最后罢工，干脆跟个鸵鸟似的把自己藏回家去了。

卫澧的默认和脸黑，间接证明了这件事情的真实性。

再联想起这么多年他一直吹牛，说什么自己天上地下没人敢管，家里大事小事都是他做主，简直没有比这更滑稽的事情了。

卫澧羞恼的结果，就是凭州多了一项游览景观。

他把关在地牢里剃了光头的那些有名的犯人，明码标价地供人参观，例如飞东章王和世子，看一次五两银子，烛阙王子看一眼四两银子，至于罗浩然他叫不上价钱，属于“买三送一”的赠品。

杨泽笠就蹲在大牢门口，负责收钱卖票，并且带人进去游览讲解。

这景新鲜，过了这村就没这店了，天下最不缺的就是有钱人，他们纷纷解囊，付钱参观。一日下来，杨泽笠的嘴皮子磨得生疼，嗓子干得发不出声，半个音也发不出来了，挣得的钱还全归了卫澧。

他极为真诚地携礼去向卫澧赔罪，为自己的口无遮拦和年少轻狂道歉，卫澧拒之不见。卫澧吹了十年的牛皮，竟然被杨泽笠一下子戳破了，他丢脸丢大发了，才不原谅杨泽笠。

卫澧拿着杨泽笠的血汗钱，带着媳妇孩子上街买年货去了。

临近年关，街上到处都是采办的人，充斥着糖果、烤地瓜和糖葫芦的香甜，还有一阵阵的吆喝。揣着手跟小贩讲价的中年人，撒泼打滚要吃糖瓜的小孩，各种喧嚣声混在一起，显得越发热闹了。

人挤着人，栀栀个子太小，容易丢。卫澧干脆把她单手抱起来，另一只手牵着赵羲姮，怕一家人走散了。

母女两个看什么都新鲜，什么都想买。糖果、春联、福字、小风车、糖炒栗子、烤鸡蛋、烤土豆、烤地瓜，好不容易钻出拥挤的卖杂货的街道，卫澧手上已经挂满了东西，沉甸甸的。

买了一点零嘴，顺便该去看看首饰什么的。

栀栀对这些要求不高，啃着烤土豆，任凭赵羲姮往她头上比量绢花、珍珠串、小绒花。她年纪小，头发不如大人的长和浓密，不适合戴太重的首饰，但她戴什么花都好看，赵羲姮打扮闺女的那颗心蠢蠢欲动，将她试过的小花全包起来了，顺带买了一对带铃铛的小金镯子。

这些自然都是要卫澧拿着。

绢花、镯子虽不算太重，但店家用了锦盒和木盒一装，重量和大小就都翻倍了。

“你自己不买吗？”卫澧看她都是给闺女买的，忍不住问。

“我有挺多了，够用的。”

卫澧皱眉扫视了一圈，将展架上看起来最贵的一支金凤含珠的挂钗戳进她头发里。

“好看的，这个给你买。”

他不太懂女人要的那些精巧小心思，但照着最贵的买，总归没错。

他虽然戳得歪歪扭扭，但赵羲姮很喜欢，其实他心里能想着她就很好了。

老板趁势极力推荐：“这个是一套的，主公若是给夫人买了挂钗，不如将剩下的也一并买了吧，整整齐齐才算和美，况且……”

“别说了，买。”卫澧从怀里掏出银票，颇为豪气地照着桌上一拍。

杨泽笠的血汗钱，他花起来毫不手软。

将整条街逛完后，天已经黑透了，路上处处挂着灯笼，照得火红通明，人也少了许多，摊贩开始整理东西收摊，整个城镇显出些许慵懒宁静。

卫澧尽自己所能拿东西，剩下实在拿不了的，就只能让他们明天给送家里去。

栀栀蹲在路边打瞌睡，揉揉眼睛：“我累了。”

“上来吧。”卫澧蹲下，这次没笑话她。

栀栀顺势爬上他的背。

他们一点点地往坊市外挪，接他们的马车正停在坊市外。

卫澧走在前面，赵羲姮走在他身后，他时不时地回头看看赵羲姮有没有跟上。

赵羲姮揪上他的衣角，表示自己没丢。

卫澧忽然停下，挪了挪手上的东西，空出一个小拇指，冲她伸过去：“喏，你可别说我有了闺女就不疼媳妇，这个给你牵。”

赵羲姮笑出来，看着他掌心微微勒出的红色印记道：“我拎一点儿吧。”

卫澧连忙避开，嚷嚷道：“你瞧不起我是不是？哪有老爷们让媳妇干活的？”

栀栀被他们的声音吵醒，只见听见她阿耶说：“你要实在心疼我也行……”

她还在迷糊着，手里被塞了一堆东西。

“那就给赵石榴拎点，反正她搁我背上闲着也是闲着。”

赵石榴惊了，合着媳妇是亲媳妇，闺女就不是亲闺女呗？她趴在父亲宽厚的背上，看看母亲空空如也的双手，一时间心情复杂。

但是给她娘亲拎是不可能的！赵涂林少主保护娘亲要从小做起，她超厉害的！于是点头，生怕赵羲姮把东西从她手里抢出去：“阿娘，我可以的，让我拎。”

好在路程并不远，侍卫见他们出来了，连忙上前将东西都接了过去。

栀栀闷头倒在马车上睡觉，头枕在赵羲姮的膝盖上。

卫澧新奇地捏捏她的脸，无论什么时候，他见到栀栀都觉得很神奇。赵羲姮给他生了一个和他长得一样的女儿，不只长相，脾气也很像。

“你像个当爹的吗？别碰了。”赵羲姮凶巴巴地把他的手从栀栀脸上拍开。

哪有当爹的会这样欺负孩子的？

卫澧鼓鼓腮帮子，他最喜欢赵羲姮，但赵羲姮好像最喜欢的是栀栀，他有必要找点存在感了。于是他拐弯抹角问她：“赵羲姮啊，你什么时候喜欢上我的？”

赵羲姮被他问住了，脸颊通红，搪塞他：“反正挺长时间了。”

他锲而不舍地问：“你是不是在方集郡就喜欢我了？”

“我有病吗，喜欢一个神经病？”赵羲姮说这话自己都觉得饶舌。

卫澧没生气，反而美滋滋地骄傲扬起头：“可你还是跟一个神经病在一起了。”

“这是什么很值得骄傲的事情吗？”赵羲姮翻了一个并不文雅的白眼。

“这是你欠我的，你知道吗？你欠了我的，所以要拿这辈子还。”

“我哪儿欠你的？”赵羲姮捂住栀栀的耳朵跟他争辩，“明明当年是我救了你好不好？你还不感激我，半路抢亲吓唬我，这叫恩将仇报倒打一耙！呸！不要脸！”

他们两个为了给栀栀一个美好幸福的童年，于是编织了美丽梦幻的故事告诉栀栀，说两个人是在上元灯会，一见钟情，此生至死不渝。

这个故事肯定比抢亲来得有益孩子身心健康，主要也拿得出手。

卫澧倒是能厚着脸皮骄傲地说一句“你娘是我抢来的”，赵羲姮脸皮却没那么厚。她还在努力学习怎么做一个温柔似水的人，不骂人，生怕把栀栀带坏了。

“我就是恩将仇报，就是白眼狼，你救我干脆就救到底，中途把我扔了不要我了，我可不得报复你？”卫澧理直气壮。

“谁扔了你了？”

“你！你嫌我事多还咬人，把我从宫里赶出来了！我就是想见你，他们死活不让我见，我才咬他们的。”卫澧语气里带了酸涩，耳尖变得红红的。

赵羲姮沉吟了一会儿，回忆起来好像是有那么一回事，那时她听宫人禀报说马房里头有个最野性不驯的男孩，他总是伤人，搞得马房怨声载道，最后被她给了银钱送出宫了。

“那我不是给你钱了吗？”听卫澧说他咬人也只是想见自己，赵羲姮忍不住心软了，语气也放缓。

她当时又不认识他，宫人总是说他伤人，当然不能再留着了。现在回想起来，她当时做的并没有错，只是因为现在的卫澧是她爱的人，所以现在的她会心疼。

“我想见你，要钱有什么用？”他说起这件事情的时候，有些心酸，也有些落寞。

其实若一直留在宫里，他或许能常常见到赵羲姮，但兴许就没有现在这样的造化能与她在一起了，好和不好，他也说不清。就是每次想起自己在宫门外打转的三个月，都觉得心里苍苍茫茫的，像落了雪一样。

赵羲姮看着他明显低落的神情，想了想，凑过去，在他脸颊上亲了一口，然后静静地看着他：“都说不清谁欠谁的了，缠成一团乱麻了，那就干脆一直绑在一起吧，以后都不分开了。你想见我，也用不着咬人了。”

“那你把‘不分开’这句话说一百遍行不？”

“不行！”这个狗东西可真会打蛇随棍上。

番外

栀栀

谢玉麟留了一封信，人早就跟兔子似的跑了。

齐嫣看完后，指甲死死地掐在掌心，一口气没上来，倒在椅子上，脑袋嗡嗡作响。她是造了什么孽，生出这么个蠢儿子。

侍者围上来，为她端茶扇风，嘴里焦急地喊着："夫人，夫人，您千万别生气！气坏了身子不好。"

人都说漂亮的人脑子蠢，像玉麟郎君那样的俊俏人，没脑子才符合常理。他若是有脑子，那还要别人怎么活？

齐嫣掐了一把人中，又喝了一碗茶水，才堪堪翻着白眼顺了气。她哆哆嗦嗦地伸出手，指着门外："谢青郁还在外面？"

侍着面面相觑，不敢回话。

夫人与主公早年和离，夫人带着小郎君在外面生活。但主公对夫人和郎君情义很深，这些年不但未再娶纳妾，反而一有空就带着花在夫人家门外等着，只是夫人一见他就烦。

不过他们觉得，夫人对主公还是有几分喜欢的，只是这些年积了一口气，死要面子罢了。他们就算不说话，看这个样子，齐嫣就知道谢青郁肯定在外面。

她气得胸口上下起伏，一下站起来，提着裙子就往外走。她才走出房门，又折回来，把谢玉麟留下的信带上。

谢青郁从早上在府门前站的，眼下快近晌午了，腿脚酸麻，但这些年他都习惯了，还能再等半天。

他揪了揪怀里一束花的花瓣，皱眉担心花有些不新鲜了。

大门"吱嘎"一下被打开，齐嫣气势汹汹地出来，他眉间染上喜色。

"阿嫣，你原谅我，肯见我了？"谢青郁迎上去。

齐嫣把谢玉麟的信拍在他怀里，也顾不得什么仪态，冲他吼道："你的好儿子，跑去凭州了！"

谢青郁把信接过来细细地看，齐嫣还在喋喋不休："你儿子真是蠢得开了花，白长那么一张脸。"

"美人计？你以为赵涂林那个小丫头会跟他一样没脑子，三下两下就被糊弄了？"

反正齐嫣是不会承认谢玉麟随她的，她那么精明那么能忍耐的一个人，如何生得出那样的儿子？

谢青郁看完信，把它淡然地揣进怀里："咱俩进去说吧，大庭广众之下的，外人看了不好。"

齐嫣扯扯嘴角，默认他这个说法，敞开门将他迎进去。

谢青郁一把抓住她的袖子，见齐嫣看过来，他一笑："第一次来，怕走丢了。"

其实他觉得，谢玉麟去凭州不一定是坏事。虽然他这个儿子漂亮没脑子，但孰轻孰重拎得清，何况就算惹了什么事，最多也就是丢他的脸，丢不了命。

谢玉麟一路舟车劳顿，到凭州的时候，感觉自己已经碎成粉末了。他躺在铺了十层狐皮的马车上，一脸生无可恋。

不！雍州还要靠他来拯救！他不能做个吃白食的少主！

这些年凭州势力在赵涂林手里不断地扩大，前年收并了幽州，去年又收并了冀州，雍州的活动空间越来越小了，他总得做点儿什么，别让雍州处境太艰难了。

"什么东西？"他翻了个身，觉得背后不舒服，硌得慌。

小厮懂他的意思，从第一层狐皮开始摩挲，在最后一层狐皮下摸出了一颗炒豌豆。

"郎君，昨天吃的豌豆掉里头了。"小厮笑嘻嘻地拿给他看。

谢玉麟摆摆手，示意他拿开，随手拉开抽屉，取了块小镜，将自己照了照。

这天下的人，谁不知凭州少主赵涂林和雍州少主谢玉麟的？一个以少年英才出名，一个以美丽废物出名。

谢玉麟看看镜中的自己。十七岁的年纪，墨发如云，红唇皓齿，眉飞入鬓，眼若春水横波，潋滟万里，世上最苛刻人，都挑不出他皮相上半点不好来。若是个女子，那就是红颜祸水的材料。他鼓了鼓腮帮子，管他呢，反正有个优点能拿出手就行。虽然很不齿，但凭借他的美貌，勾引一下赵涂林，总不会太难吧？

小厮给他背后扇了扇风。他家郎君娇惯，铺了狐皮嫌热，揭了狐皮嫌硌。

"郎君，咱们要不从长计议吧，这事太冒险了，虽然卫澧算是您姑父，赵涂林算是您表姐，但到底没血缘关系。这些年两家走动又不够亲厚，难免生疏，回头美人计不成反倒被当成细作处理了……听说凭州少主杀伐果断，冷血无情，您再好好想想？"

小厮言辞恳切，换个人他可能没这个担心，但他家少主是谁啊？"美丽废物"的名声响彻九州大陆，出了名的没脑子。

"不！正是因为不够亲厚，所以才要多亲厚亲厚。"谢玉麟眼里亮晶晶的，他对自己这副皮相很有自信，等赵涂林被他迷得神魂颠倒，他就回雍州！

小厮闭嘴了，希望赵涂林能看在上一辈的交情上，放他主子一马。

马车停在街边，忽然吵闹起来，渐渐的喧哗声一阵比一阵强烈。

谢玉麟隐隐听见了少主等字样。他一骨碌从狐皮褥子上爬起来，乌黑的发丝滑落下来，搭在他因动作剧烈而半露的锁骨上。黑发雪肤红唇，配上那小兔子一样清澈的眼神，很难不让人动心。

小厮忽然觉得，也许美人计可行……

谢玉麟半跪着，倾身挑开帘子，向外去看，只见四周都人头攒动，一副万人空巷、夹道欢迎的架势。他伸出一根纤长白皙的手指，小心翼翼地戳了戳车窗下站着的小娘子，十分乖巧地问："什么……什么少主啊？你们少主要回来了吗？"

小娘子从怀里掏出两颗水果一枝花，眼睛盯着城门，疯狂点头："是啊是啊！我们少主要进城了！"

谢玉麟又问："你们都很拥戴你们少主啊？"

"当然当然！"小娘子头也不回地点头。

"那你们少主……"谢玉麟戳了戳她，想继续问，被小娘子不耐烦地打断了："你怎么问题这么多？"那人回过头，要瞪他一眼，一见谢玉麟那张脸，登时熄火了。

谢玉麟正双手撑在窗棂上，眼睛忽闪忽闪地看着她。

她身子一歪，险些倒在地，吓得谢玉麟瞪大眼睛，好在身边的人及时扶住了她。

小娘子赶忙擦了一把口水，踉踉跄跄地转过身去，碎碎念："我的心是少主的，我的心是少主的。"

"少主！啊啊啊！看我！"

城门口忽然传来潮水一样的尖叫，接着水果、鲜花、香囊都像雨点一样掷过去。

赵涂林攥着马缰，皱着眉，活脱脱一副有人欠她十万两银子的模样。

好烦！她爹就不是人，她十四岁时他就把担子扔给她不算，现在两口子要举办第六次婚礼，要她回来操办。操办个头！谁家一辈子结那么多次婚？！关键是他们爱结婚，让闺女当牛做马还是人吗？

人们的悲喜并不相通，大家只觉得他们少主皱起眉头的样子，简直俊炸了！那红色的披风，微微抚动的时候，都散发着神明一般的光芒。

陈若江一时不察，脑袋被苹果砸了，他人都麻木了。这活没法干了，他不想干了，卫澧和他闺女，一个比一个难辅佐，他一把年纪还得被苹果砸，哪儿说理去？必须得加月俸。

"少主，呜呜呜，若我是男子，我愿意做少主三夫四侍里的其中一个，只求少主能看我一眼。"

"谁不想天天看着少主？天下排着队想侍奉少主的男人多了去了，若是少主愿意，整个长白宫也装不下。”

“呜呜，这世上怎么有像少主这样会蛊惑人心的人？”

谢玉麟舔了舔粉嫩的唇瓣，有点儿打退堂鼓了。太可怕了，他想要诱惑赵涂林，殊不知赵涂林日常要面对的诱惑竟然这么多。

“我……我想回家了。”他弱弱地开口。

“少主来了！”

他的感想还没抒发完，只听见有人喊叫，谢玉麟下意识地抬眼。马车高，他不会被谁遮挡视野，一眼便瞧见了骑在马上的女子。

头发扎得很高，又黑又密，像是染过一般的黑，皮肤是近乎透明的苍白，下巴尖尖的，唇很红，微微挑起的眼睛里都像浸着冰，却不是全然冷的，带着一种近乎放肆的野性，要让人臣服。又冷又媚，像是贫瘠荒野里最后一朵红蔷薇，那样看起来瘦弱的身体里，藏着一股折不断的韧劲。

她下巴抬起来时，他的心一阵颤动。这样的人，他有任何想法都会被洞察吧？

谢玉麟咽了咽口水，一下子将帘子扯上，他感觉自己的心要跳出来了。他捂着胸口，有些呆滞地问小厮：“你见过蔷薇吗？”

小厮挠头道：“见过。”

“那你见过冬天檐上的冰凌吗？”

小厮继续挠头：“见过啊。”

谢玉麟长了那么漂亮一张脸，现在用来傻笑了：“好看的……”

“雍州来远客了，不出来打个招呼吗？”赵涂林看着街边大大方方停着的马车，上面带着雍州的图徽，微微眯起了眼睛，抬手示意众人停下。

谢玉麟在马车里呛了口水，咳得喘不上气，刺激出眼泪，眼角嫣红，一副不胜可怜的模样。

他竟然被发现了？明明马车很低调啊。他缩了缩手，然后将车帘挑起，探出半个身子，有些紧张道：“姐……姐姐……”

赵涂林上下扫了他一眼，方才懒洋洋地收回目光：“原来是谢少主，有失远迎。”

一口一个姐姐叫得亲热，她跟他熟吗？谁知道肚子里包藏什么祸水？

“怎么这次来没先去拜见母亲与父亲？”

谢玉麟丝毫没意识到赵涂林对他的疏离，只是听她的语气就觉得紧张。他抓着帘子的手微微收紧，紧张到手背上绷起微凸的青筋，不敢看赵涂林，眼神躲躲闪闪地说：“我……我才进城，正要去给姑姑和姑父请安。”

“那正好，随我一起吧。”赵涂林嘴角一勾，眼神撇开，像带了把小钩子，勾得谢玉麟心脏怦怦跳。

马车缓缓地移动，谢玉麟左手捂着胸口，右手抓了抓头发，这可怎么办？被逮住了。怪不得娘总说他不长脑子，看这样子，赵姐姐也不会被他美色所吸引。他待两天赶紧跑吧。

卫澧躺在院子里的躺椅上，手里揪着馒头往池子里扔，喂鱼。他以前觉得孩子生早了，但现在发现早也有早的好处，例如他三十四岁就开始过别人六七十岁时候的悠闲生活，这样的生活他已经过了五年。再看看别人，听说姜溯今年都快七十了，还得天天处理政务，啧啧啧。

赵羲姮抱着一捧画卷，足有半人高，往他怀里一扔。

卫澧险些被埋起来，他奋力从画卷里探出头：“赵羲姮，你干什么？”

“这是全城适龄未婚男子的画像。”赵羲姮喘了口气，拍拍手，顺势坐在他身边。

“哦。”卫澧顺手把还剩一半的馒头塞进自己嘴里，然后拿起其中一幅，苛刻地点评，“这个眼歪口斜，不行。”

赵羲姮冷眼看他：“你中肯点儿。”栀栀不是她捡的，这些画像里的郎君皆是相貌周正的。

卫澧对任何年轻男子都不抱有善意，尤其是跟赵涂林挂上钩的。他沉吟半刻，觉得自己中肯不了，干脆把画卷往地上都一推，拉着她一并躺在摇椅上晒太阳：“别管了，让赵石榴回来自己看吧，她看中几个就娶几个，家里又不差钱，养得起。”

虽然总觉得哪里不太对劲，但赵羲姮跟卫澧相处时间久了，大概思维也被同化了，竟觉得他说的还有些道理。

“我就是担心好看的都被人挑走了，这才有点儿着急。”毕竟栀栀同龄的人，大多数都已经成婚了，她怕好的被人先挑走了。

卫澧搂着他，下巴放在她颈窝处蹭了蹭，懒洋洋地道：“怕什么？就算成亲了也能抢过来。”

赵羲姮想摸摸他头的手顿住了，改成揪他耳朵：“你们家这抢亲的传统是打算代代相传下去？”

按照栀栀的性格，真是有可能。

“主公，夫人，少主回来了！”侍人欢喜来报。

赵羲姮骤地坐起来，下意识地把卫澧推开。远远瞧见赵涂林过来，身后跟着一个嫩生生的小郎君。赵羲姮心一跳，闺女不会真的抢了谁家的民男吧？

“阿娘！”赵涂林这时候才显出几分少女的样子，面上带了真心实意的笑，眼睛都弯起来了。

“哼。”卫澧冷哼一声。

“阿娘，我在外面缴获了不少珍奇宝贝，一会儿拿给你玩。”赵涂林上前，赵羲姮拉着她的手左右看看，没瘦也没黑，才算放心。

“哼。”卫澧又哼了一声。

赵羲姮险些当着外人面笑出来，卫澧那么大年纪了，还争风吃醋。

谢玉麟咬了咬手指，什么珍奇宝贝？他能看看吗？

赵涂林才不管她那个混蛋爹，把身后的谢玉麟拽出来。

“姑姑姑父好，我是玉麟，我爹是谢青郁，我娘是齐嫣，初来凭州，冒昧打扰了。”谢玉麟的神志从什么珍奇宝贝上强行撤回来，赶紧低头弯腰行礼。

赵涂林闲闲地往廊柱上一歪，坏心眼道：“谢家少主这次来凭州走亲戚，没带些礼物珍宝？”

谢玉麟是偷跑出来的，哪还能带礼物珍宝？他抓了抓自己的头发，略微腼腆地低头：“玉麟不才，玉麟就是雍州最宝贵的宝物。”

他这话说得好像没什么毛病。

卫澧龇了龇牙，这小兔崽子跟他爹一样惹人讨厌。

赵羲姮还是很喜欢谢玉麟的，主要因为他长得好看，他父亲好看，他比他父亲更胜一筹。与他一比较，那些画上的男子都成了庸脂俗粉。

当年她怀栀栀时还想呢，若是谢青郁能生个男孩，结个亲家就好了。她招呼谢玉麟过来，谢玉麟腼腆地挪过去。

“今年十七了？”

“嗯。”

“师承哪家？你父母身体可还好？”

谢玉麟一一乖巧作答，和一边揪草玩的赵涂林比，他好像更像个大家闺秀。

“在这儿住些日子吧，晚上想吃什么，让厨房给你做。”赵羲姮现在有些打消撮合两个孩子的念头，栀栀太野了，这孩子又乖又傻的，回头被欺负狠了怪让人心疼的。

谢玉麟眼睛亮起来，他舟车劳顿多日，都没好好吃饭，连忙举手：“想吃珍珠丸子、糖醋鱼。”

赵涂林忍不住嗤笑一声，是个人都知道什么叫客套，什么叫客随主便，谢玉麟倒是挺实在，还点上菜了。

谢玉麟皱皱眉头，他好像又被嘲笑了，他为什么会被笑话？他明明没做错什么，姑姑问他想吃什么，他照实说了。

他的小厮春生忍不住扶额，就郎君这脑子，还想使美人计？一点都不转弯啊，第一次见面也不知道客套。

谢玉麟是个实在孩子，他一人吃了半条鱼、半盆汤、半钵饭后，方才羞涩地用帕子擦擦嘴，说自己吃饱了。

春生掩着面，觉得他们雍州的面子都被郎君丢大了。

“让你姐姐带你去安置，明天出去逛逛，凭州的风土人情和雍州不一样，你看了应该会觉得新鲜。”

谢玉麟拼命点头，他已经放弃要色诱赵涂林的计划了。他这个人最大的优点就是识时务，赵涂林很明显难勾引，他就不勾引了，在凭州玩些日子就回家。

就是他娘应该会揍他，不过没关系，爹会拦着的。

赵涂林没工夫陪这个小兔子似的郎君说话，随便指了个院子给他。

“姐姐，你能带我去吗？我怕找不到。”赵涂林才转身要走，就被谢玉麟抓住了袖摆。

春生不认路，他更不认路。

赵涂林总觉得他的语气像幽夜里静静绽放在池塘中的莲花。府上侍女这么多，不至于连个引路的都没有，偏偏谢玉麟跟牛皮糖似的硬是要赵涂林带路。

赵涂林走在前面，谢玉麟跟在她身后，她骤然一转身，谢玉麟定住了。

“你再走两步给我看看。”赵涂林抱着胳膊微微扬起下巴看他。

谢玉麟身体僵硬，但还是乖乖地照着她的吩咐走了两步。

“你怎么走路同手同脚？”赵涂林皱起眉头。

谢玉麟被她这么一说，越发紧张了，他平常才不这样走路。他手忙脚乱地想要调整过来，却左脚绊右脚，一下子扑倒在地。

春生脸都皱成抹布了，上前要扶谢玉麟起来，他们还是早点回雍州吧，这脸实在丢不起了。

谢玉麟趴在地上，死活不起，捂着脸装死。太丢人了，他今年十七岁，不是七岁，走路都摔跤。算了算了，只要他看不见听不见，就等于这件事情没有发生。

赵涂林歪歪头，无声地挑起嘴角。他真的不知道这样的美貌配上这样柔弱可欺又愚蠢的性格，真的很让人想蹂躏吗？要是会哭就更好了。

她揪着他的领子，把人从地上薅起来。

谢玉麟的脸已经跟煮熟的大虾一样红了，眼眶微微湿濡，又把脸捂住："姐姐，我平时不这样的。"

他就是不知道为什么，一看到她就会紧张。

赵涂林把他的手扒开："我什么也没看见，早点睡，明天不是要出去玩吗？"

人家递了个台阶，谢玉麟才红着脸，慢慢点头。

他看着赵涂林越走越远的身影，忽然追上去，小心翼翼地揪着她的袖子问："姐姐，明天你能和我一起吗？"

"不能。"赵涂林斩钉截铁地拒绝。

她有的是事要做，小明、小强、小红还眼巴巴地等她回来一起吃饭呢，她那么受欢迎，哪有空分给这小兔子精。

"哦。"不陪就不陪吧，他自己去也挺好。谢玉麟如是想着，挥挥手跟她告别。

凭州女学兴盛，男女更为平等，如今不少官员都是女子。

这也使得风气更加开放些，街上女子可如男子一般出入酒肆赌坊，作风也更大胆。谢玉麟一上街，便受到了女子青睐，她们给他送手帕、纸条。谢玉麟哪经历过这种阵仗，以前在雍州他都是大门不出二门不迈。他吓得一样都不敢收，连忙找了间茶馆坐定，平复思绪。

春生给他打扇，他连忙灌了几杯茶水。

只听见一扇屏风之隔，有窃窃私语声传来。

"听说夫人最近在为少主择婿。"

"适龄男子的画像都被呈上去了，若是被选中，那就是飞黄腾达，鸡犬升天。"

"廖兄姿容非凡，说不定能入少主眼。"

被称作廖兄的人一笑："我还是更喜欢娇柔一些的女子，不过迎娶少主好处多多，也就勉为其难……"

屏风一下子被推倒了，一众人的谈话戛然而止，他们看过去，只见一个美貌的郎君面色不愉地站在那边。

姓廖的等人寂静了半刻，接着就是无声的尴尬。

他们也就是喝多了嘴上过过瘾，赵涂林是谁啊，凭州少主，一鞭子抽下来他人都能被劈成两截，身后一水的拥簇者。他们再自视甚高，也不敢把她不放在眼里。

“你们刚才在说什么？”谢玉麟攥紧了拳头，眼睛因为气愤变得发红。

这个人凭什么那么说姐姐，不过一个艳俗的男子，搞得像多了不起一样。

“关你什么事？”姓廖的讪讪道，他当然不肯承认刚才轻慢的言语，“乳臭未干的臭小子，把手放下，别指着我。”

那男的叫他乳臭未干的臭小子，谢玉麟更加生气了。谁乳臭未干？他今年都十七岁了。他气势汹汹地走过去，比那男的还高了一头。

姓廖的推了谢玉麟一把，谢玉麟往后一个踉跄，不服气地推搡回来。两个人你来我往，然后都急眼了，你一拳我一脚地打开了。

谢玉麟就算再废物，文学武功都是请名师教导的，只是他好面子，放不开手脚。关键那姓廖的总是往他脸上招呼，他气急了，最后顾不上什么仪态了。他唯一能拿得出手的也就这一张脸了，这人多损呢，非要毁他容。

春生上蹿下跳，急得抓耳挠腮：“来人哪，快来人哪！别打了！”

他越是喊，两个人缠打得越厉害，扑在地上滚成一团。

赵涂林来的时候，就看见这一幕。

谢玉麟将人摁在地上，对那人的脸左右开弓：“你还敢不敢打我的脸？”

他头发和衣裳都乱了，眼泪挂在脸上摇摇欲坠，脸上和露出的锁骨处都带着瘀青，但咬着牙小样还挺狠。

赵涂林下意识地咬了咬下唇，实话实说，谢玉麟这副样子，她想把人再弄哭得厉害些，但地上被打的人已经奄奄一息，脸肿成猪头。赵涂林上前，揪着谢玉麟的衣领，把人拎起来。

“谁碰我！”他转过头，皱着脸，浑身紧绷，一幅凶巴巴奓毛的样子。

赵涂林就那么淡漠地看着他，他一下子垮下来，像是出去跟人打架没打过的小猫见了主人一样。

“姐姐。”他委屈死了，但男子汉不能哭。

“你还委屈上了，跟人打架有理了？”赵涂林把他扯到身后。

他不服气地把脸伸过去：“你看我被人打成什么样了？”

谢玉麟细皮嫩肉，轻轻挨一下都不得了，眼下肿起来了，红紫红紫的，看着瘆人。

赵涂林皱眉，捏着他的下巴端详，忽然说了句：“看起来是挺厉害的。”

“他还说你坏话，说你凶。”谢玉麟像是找见了倚靠，拼命地告状。

春生在一边拼命点头：“是啊是啊，是这人说您坏话，我们郎君气不过才站出来的，结果这人竟然不讲理，推搡我们郎君，就打起来了。”

赵涂林伸手，在他脸上的瘀轻处轻轻一按，疼得他龇牙咧嘴。

“娇气。”赵涂林嗤了一声。

她扬扬下巴问地上躺着的人：“你还有什么要说的吗？”

姓廖的都被打得满嘴渗血，还能说什么。

“既然你没有要说的，那就交由有司进行审理，你若是没错自然不会冤枉你。”

谢玉麟跟个小媳妇似的随着赵涂林回去，赵涂林本不欲多说，但看着他那浑身的瘀青，一张漂亮的小脸蛋都花了，还是扔给他一盒膏药：“本来就只有一张脸能拿得出手，还不好好护着点儿，跟人学打架，有能耐啊你。”

“啊！姐姐，你也觉得我只有一张脸拿得出手？”谢玉麟好像没抓住重点，他屁颠屁颠道，“好巧啊，我也这么觉得。”

赵涂林：“呃……”他高兴就好。

不过这孩子傻是傻了点儿，但一眼就能看穿他想什么，心倒是不坏。

春生挖了一坨药膏，放在掌心化开，轻轻地揉搓在谢玉麟脸上、锁骨、肩胛上：“郎君，小的觉得赵少主说得没错，您身娇肉嫩的，还是小心点儿，别跟人打架了。”

谢玉麟衣裳敞着，露出一身白皙紧致的皮肉，烛光下泛着淡淡的粉色，他闻了闻胳膊上那股药味，嫌弃地皱眉，但死不悔改：“他嘴上说话难听，我当然要站出来。”

春生“啧”了一声：“那别人说您是‘美丽废物’的时候，您怎么不觉得说话难听，站出来跟人家打架？今天那几个人还没说什么太过分的话，您就把屏风踢倒了。”

谢玉麟略有些羞涩地低头，搓了搓衣角：“他们说得又没错，我本来除了漂亮就别无他长，我娘大概生我的时候把所有精华都放在我皮相上了。但是他们说姐姐那当然不对，什么叫娶了她就鸡犬升天了？什么叫更喜欢娇柔的女子？娶她勉为其难？像谁看得上他似的，不要脸，就算他不喜欢姐姐那样的，有的是人喜欢。”

春生顺嘴问：“其中也包括郎君？”

谢玉麟先是脸一红，然后疯狂摇头：“没有，你别瞎说。”

小心思都写在脸上了，还否认呢，春生撇撇嘴，将他的衣裳拢好：“该去吃饭了。”

提起吃饭谢玉麟就有劲了，差点儿蹦着跳着去。

饭桌上有道汤是王八枸杞汤，专门用来给他补身体的。谢玉麟好养活，觉得汤香甜香甜的，一口气喝光一碗，让人又盛了一碗给他。

赵羲姮又提起了赵涂林的婚事：“栀栀也该成亲了。”

赵涂林摇头："不想。"

"你小时候还说要娶十个八个，天天围着你转。"卫澧笑话她。

谢玉麟伸长了耳朵听，忽然觉得这汤索然无味。

"凭州女官这些年，家里伺候她们的男人也多，也没什么大不了。"卫澧又继续道。

反正他不能让一个人男人独占了他闺女的心。

赵涂林仔细想了想，觉得这个提议其实不错。她就喜欢长得漂亮的，但是天下长得漂亮的那么多，她在府中多养几个不过分吧？只要那些男人好好当个花瓶，别烦她。

"哐啷。"一声，谢玉麟手中的勺子落地，他重新捡起勺子，嘴唇有点抖："没，没拿稳。"

他心里憋着事，不说就觉得难受，于是看向赵涂林："姐姐，你要娶好几个人吗？我觉得娶一个就够用了。你看我爹和我娘，你爹和你娘，就挺好的，你觉得呢？"

"咳……"春生在一边咳得肺都快出来了，不断地提醒，要不是众目睽睽之下，他都恨不得上前把谢玉麟的嘴捂起来。

郎君真是生怕别人不知道他觊觎人家赵少主。

谢玉麟有些懵懂地看着春生，他刚才是又说错什么了吗？

卫澧微微眯了眯眼睛，看着谢玉麟，手里的筷子"咔嚓"一声被他捏断了。

都是过来人，谢玉麟什么意思他还能看不懂吗？他刚想出言嘲讽两句，赵羲姮的目光一瞥过来，他乖乖地换了双筷子，吃饭吃饭。反正赵石榴也看不上谢玉麟这样娘唧唧的男人，他就不操心了。不是他说，虽然赵石榴还没有他年轻时候十分之一的本事，但这世上能配得上赵石榴的人还没出生。

赵涂林默默地把盘子里糖醋鲤鱼的鱼头夹进谢玉麟盘子里："吃鱼头补脑。"

她爹只是捏断了一双筷子，没把谢玉麟打得满脸开花已经很不错了。

"娘。"晚上，栀栀扒着门框，悄悄地喊了赵羲姮一声。

卫澧看见她，又哼了一声，翻了个白眼。

赵涂林自小就跟卫澧不对付，父女俩见面就要掐。

"爹，你是除了哼现在不会说话了吗？"赵涂林把手里的小箱子递给赵羲姮，"我在外面时有人献上东珠，我想着给娘做首饰和衣裳会好看，娘看看喜不喜欢。"

每颗东珠都足有鸽子蛋那么大，在烛光下熠熠生辉。

卫澧悄悄地乜了一眼，心里咕嘟咕嘟地冒酸水。他搓了搓衣角，还没有他的份吗？还没有他的份吗？赵涂林不会又把他忘了吧？

赵羲姮和栀栀在一边嘻嘻哈哈，商量着东珠要做成什么好看。

卫澧鼓了鼓腮帮子，看样子的确是没有他的礼物了。这个女儿白养了，光跟她娘亲近。但是转念一想，也行，赵石榴最喜欢她娘也挺好的，反正女儿是赵羲姮生的，就喜欢赵羲姮也够了。

赵羲姮和栀栀悄悄地观察卫澧，眼看着他的表情从皱皱巴巴变成释然。

“你爹想你想得不得了，你别逗他了。”赵羲姮悄悄地拉了一下女儿的衣襟。

卫澧说什么要栀栀回来给他操办婚礼，不过就是许久没见女儿，想得饭也吃不下觉也睡不好，找个借口叫女儿回家罢了。

“我知道。”赵涂林哪能不知道她爹的性子？嘴上说着讨厌，心里比谁都疼她。其实她也可想她爹了。她从腰带处抽出根甘蔗，递给卫澧，“给你带的，可甜了。”

卫澧忙不迭地接过来，嘴上却埋怨：“你就给我这点儿东西？打发要饭的呢？”

他摸了摸这根甘蔗，粗粗壮壮，看起来应该好吃。

“爱要不要。”说着，赵涂林才将怀里真正的礼物扔进卫澧怀里，“下面人又给我上贡了一把更好的刀，这个你留着玩吧。”

刀鞘朴实无华，卫澧却在手柄处见到了“乌鞘”两个字，是前朝大师的手笔，那位大师铸剑较多，把把都可称之为千金难求的宝剑，留下的刀却只有寥寥几件，因此叫价更高，更难得些。

卫澧忍不住笑，但还是把嘴角勾起的弧度压下去，嫌弃地把刀丢在一边：“败家子，不如给你娘多做几件衣裳。”

赵涂林知道，她爹口不对心的毛病又犯了，她也不跟他计较：“给你就是你的了，我回去睡觉了。”

赵涂林走后，卫澧才飞快地将刀捡起来，抽出来细细观摩，刀刃锋利，寒光湛湛。

他把刀收回去，然后别在腰上：“赵羲姮，你看好看吗？”

赵羲姮刚想说好看，卫澧就转了个圈：“可贵了，比你的东珠要贵好几倍，羡慕吧？”

赵羲姮：“别逼我扇你。”

“春生。”谢玉麟睡不着，喊在外面守夜的春生。

“啊？”春生擦了把嘴角的口水，迷迷糊糊地应他。

“你说姐姐要是立正君，会选个什么样的人呢？”他翻了个身，如瀑布般的青丝垂下来，俊俏的脸蛋白莹莹的，看起来像个漂亮小妖精。

春生咂吧咂吧嘴：“反正肯定不是您这样的。话说，郎君，咱们什么时候回雍州啊？咱们在凭州白吃白喝快半个月了，又没给人带礼物。”

谢玉麟听他说起这个，跟鸵鸟似的用被子把自己蒙起来：“别说了，别说了。”

春生继续上一个话题：“反正依照赵少主这个势头，将来搞不好是要当女帝的，那正君一定要文武双全、雍容大度、沉着稳重、心胸宽广，长相一定要端庄威严，不要太漂亮，看起来烟视媚行……”

谢玉麟掰指头数了数，倒吸一口凉气：“春生，你是照着我的反面说的吧？”

春生谦谨道：“不敢，这不过是男性的美好品德罢了。”

谢玉麟抱着被子，有些闷：“睡觉吧，明天女学和太学比试，咱们还要去看呢。”

梦里，他梦见了赵涂林，正是在她的女皇登基大典上，她的皇夫与她并肩，走上最高处。皇夫正像春生说的，很周正威严的长相，不丑但说不上多漂亮。

视角一转，就变成赵涂林的视角，高台下站着一群华服男子，谢玉麟见到自己也站在其间。然后就听见赵涂林的声音：“谢氏出身名门，淳善端方，立为贵妃。”

等等，为什么他是男的也要叫贵妃？谢玉麟一下子就惊醒了，他看看自己的手，又看看外面大亮的天色。

还好是梦，还好是梦。他揉揉眼睛，身体沉重地爬起来。

原本凭州只有太学作为官学，仅供男子读书，后来改制，另立女学亦为官学，专供女子读书。孙昭逊是第一年科举的魁首，她既为主管教育的太常博士，又是女学山长，因此凭州教育资源并未存在偏袒男子的情况，也鲜有人敢置喙女学为官学之事。太学与女学这些年培养济济人才，在朝上大放光彩，可谓平分秋色。

但多年以来，太学与女学的争端就从未停息过，两方唇枪舌剑互不相容，孙昭逊干脆每年举办“文比”，让他们争个高下算了。正好也堵了那些说女学不该存在的人的嘴。

卫澧不爱读书的毛病没变，让他来看这种比赛不如杀了他。赵羲姮怕他看着看着就睡着了，有损颜面，因此之前大多是她来主持，后来卫澧将担子都扔给赵涂林后，这差事就变成赵涂林的了。

赵涂林端坐主位，下首是凭州诸位官员。几级台阶下，太学与女学各出五人，各坐一方，还未开辩，就已经气氛欲燃。

为示公正，孙昭逊并未担任裁判。

谢玉麟因为昨晚的梦心虚，偷偷地看了赵涂林好几眼，就是不敢正大光明地看。

他目光往下一扫，见太学中有个学子，天庭饱满地阁方圆，眼神清正明亮，浑身的浩然正气。这个男人，跟梦里的皇夫好像。

谢玉麟心一颤，往上看了看赵涂林，好在她的目光并未放在那男人身上，而是在与孙昭逊交谈。

“春生，你说我从今天开始，聪明一点行不行？”他悄悄地跟春生咬耳朵。

春生跪坐在他身边，面露为难。

三声号角后，两方相互寒暄。

太学山长先冲着孙昭逊作揖：“女学多年蝉联魁首，孙博士居功至伟。”

老酸儒就差指着鼻子说孙昭逊给女学开后门了，毕竟赵涂林当年在女学读书时，卫澧又拨钱又拨人的，生怕他闺女吃不好学不好，多年积累下来，能差就见鬼了。

孙昭逊气势不输，回敬他：“还要多谢刘山长多年承让，我本有心让一次，但学生们不许。”

赵涂林神色淡漠，像是一尊冰雕，冷艳高贵。她目光淡淡地往下一扫，见谢玉麟正在跟春生叽叽喳喳，还以为别人听不见。

谢玉麟掩着嘴小声说：“他们两个好像要打起来了。”

赵涂林把目光移开，表情古井无波，实际险些笑出来。她其实，还是挺期待孙博士和刘山长打起来的。

角声三阵鼓声三阵后，第一轮赛事才正式开始。

辩题很有意思：到底应不应该相信鬼神之说。

这是古往今来都在讨论的问题，学者们往往各执一词，谁也说服不了谁。谢玉麟觉得他说得对，觉得她说得也对，被两边都说服了。

春生给他剥了个橘子：“郎君听得懂？”那么多之乎者也，听起来真让人头晕。

“我只是反应慢一点，又不是不学无术。”

但是当那个一脸正气的学子发言时，谢玉麟莫名就觉得，那男的说得最差劲。

那男子旁征博引，他觉得这是拾人牙慧；那男子有自己想法，他觉得是狂妄自大。总之不喜欢一个人，看哪儿都不好。

谢玉麟觉得自己因为一个梦这么狭隘实在不好，但人除却理性就是感性，他是个感性更占据上风的人，情绪控制并不到位。

他的表情太丰富了，赵涂林看他一眼，又看他一眼，见他在其中一个学子发言时，脸都皱成包子了。

赵涂林托腮想，这人说得挺好啊，谢玉麟哪儿不满意？

第二论：男子是否应继续凌驾于女子之上。

这个题目一出，所有人都倒吸一口凉气，他们看了看坐在上面的赵涂林，她依旧没什么表情。出这个题的人，是诚心想看双方打起来？

太学抽中了正方观点。

“能稍等一下吗？”几个学子道。

裁判询问赵涂林后，赵涂林点头示意可以。

太学五个学子聚在一起，商议半刻后，将桌上的木牌放倒：“这一场我们弃权。”

要知道太学已经连续五年在“文比”上输给女学了。刚才已经输了一局，再弃权，那第三场还有比的必要吗？

赵涂林指尖点了点手中的杯盏：“你们确定弃权？”

“虽然往年辩题中，有些并非我们所支持的观点，但其中是非曲直并无定论，我们只是在前人观点上输出自己的观点，用以驳倒对方。但这个题目，已经有违我们心中道义。”

只见相貌周正的男子叩首道：“凭州自创立女学来已有二十年，其二十年中，我先辈平辈以及侄辈女儿，无不读书，无不明理有作为，朝中女官更是人才辈出。若我们仍旧以父权那套旧的理论来压制新的女子，那是不对的。”

他顿了顿，又道：“小生等人其实也是为了自己今后仕途着想。朝中官员有许多女子，少主更是女儿身，今天这辩题我们不管输赢，只要张口了，今后再上官场，只会让人冷眼。”

赵涂林挑了挑眉：“还挺实在，此题作废，比赛继续。”

孙昭逊看了看赵涂林，露出一抹笑来，冲她无声地点点头。

这题目，原本就不该出现在辩场上，不过是有人故意把它拿上来罢了。

谢玉麟忽然长呼一口气。

“春生，我觉得他也挺好的。”是他太狭隘了。

但他还是挺郁闷的，这个人越好，就显得他越不好。姐姐不会觉得这个人话说得好，观点说得对，就对他另眼相看吧？但好像另眼相看也是应该的。

太学学子重新落座，对面女学众人朝他们揖了一礼，虽无声，但胜过许多言语。

今年“文比”的魁首又是女学，太学山长临走放下狠话：“来年我们一定赢你们。”

“虽然太学的学生不如我的学生机灵聪明，但都是好孩子。”

孙昭逊真心实意地夸奖，刘山长才不听，气鼓鼓地甩袖走了。

回家路上，谢玉麟还在走神。

赵涂林问他："你想什么呢？"

"我在想，那个人真有正君气度。"谢玉麟神游天外，满口胡言。

赵涂林终于没忍住，嗤笑出声，她知道谢玉麟说的是哪个人。

"官场大有作为，什么正君不正君的？"赵涂林将手背在腰后，甩开他走了。

谢玉麟忙追上去："那姐姐觉得，你的正君该是什么样的？"

他有些紧张地看着赵涂林，藏在袖子下面的手都已经攥紧了。

赵涂林看着他的样子，煞有介事地胡说八道，满脸正经："要贤惠，能相妻教子的。"

谢玉麟思考了一下，这好像不算太难，是个人努努力的话，都能做到。

"就没有别的要求了吗？"他追上去继续问。

"再说吧。"赵涂林哪儿知道自己要找个什么样的丈夫，关键还得对眼缘，不对眼缘，他就算优点再多也让人厌烦。

她跨上马，勒了马缰。

谢玉麟也匆匆地骑马追上去："姐姐，你走慢点儿，你等等我。"

赵涂林坏心思地加快速度，刻意让他跟不上："我已经走得很慢了，跟不上你就自己慢慢回去吧。"

谢玉麟听她这么说，咬了咬牙，也不说什么了，努力追上去，他再抱怨的话，姐姐会更看不上他吧？

春生骑着自己的小马，心里想，这大概有点儿孽缘的意思。

该看上的看不上，不该看上的却对眼了，好比那梁山伯与祝英台。

他们小郎君从小到大顺风顺水，没吃过什么苦，将来娶媳妇，凭他的相貌家世，温婉贤淑的一抓一大把，将来举案齐眉成就美谈才是正路。

赵少主不是普通女子，注定不是看书绣花的人，但他们郎君却是锦绣堆里养出来的娇滴滴的人物。

人家一跃便是天上龙，他们郎君拍马也追不上，将来连个共同话题都没有，怎么琴瑟和鸣？春生头疼，但愿娇滴滴的小郎君就是一时兴起，见着了不一样的光景才暂且停留的。

"啪嗒"一下，一滴水落在春生脸上。

他摸了摸面颊，仰头一看，只见天空上的云急速地聚集起来，飞快成了一团乌色。

"郎君，好像要下雨了。"他喊道。

路才走到一半，黛青色的房舍远远地伫立，看着近，实际上却有些距离。

"你出门没带伞吗？"谢玉麟问。

春生翻了翻马背上装着的行囊，略带羞愧地摇头："没有。"

秋天的雨，就是来得不讲道理。

若是在雨下大前加快速度，凭谢玉麟的骑术是能赶回去的。但春生不行，他要落在后面成落汤鸡了。

春生跟着他这么多年了，谢玉麟于心不忍，跟他说："春生，咱们找棵树下躲雨吧。"

原本已经纵马走远的赵涂林陡然折回来了，谢玉麟见她的身影越发清晰起来。

"姐姐！"他惊喜地瞪大眼睛，"姐姐，你怎么回来了？"

谢玉麟看向她手中的一柄伞，忍不住激动，难道姐姐是来给他送伞的？他就知道姐姐面冷心热，是最好的人了。

赵涂林敛眸，纤长浓密的睫毛在眼下垂出一片阴影，她将竹伞撑开，微微歪了歪头："看有人变成落汤鸡啊。"

雨滴滴答答地落下来，逐渐变大了，谢玉麟觉得自己发丝、衣裳都湿了。再淋下去，就更狼狈不好看了。于是翻身下马，用手遮在额前："姐姐，你先回去吧，我躲躲雨，等雨停了再走。"

"往哪儿躲？"

"随便找棵树下。"

山上的树枝繁叶茂，总能供他躲雨。

赵涂林轻嗤出声："没人告诉你下雨天不要躲在树下吗？会遭雷劈。"

她朝地上的谢玉麟伸出手："上来，我借伞给你。"

雨滴飞溅在树叶草木上，发出噼里啪啦的响声，恍若天外仙乐。

赵涂林看着站在下面有些怔住的谢玉麟。漂亮的人就算哭鼻子都是漂亮的，不要说只是被雨淋了。谢玉麟浑身湿漉漉的，像是他的眸子一样，含着水，白皙精致的下巴上一滴一滴缓缓地落下水珠，看起来楚楚可怜。

谢玉麟受宠若惊，他将湿漉漉的手在衣服上擦了擦，小心翼翼地将手伸过去。

赵涂林握上他的手。

柔软，细腻，修长纤瘦。

她将人一把带上自己的马背，坐在她的身前，左手从他劲瘦的腰后揽过，执着马缰，右手撑着伞，将二人一并纳在这小小空间里。

谢玉麟身体微不可察地有些颤抖，脸腾起红晕，连呼吸都屏住了。

他又忍不住小心翼翼地嗅了嗅。除却雨水砸在泥土里的土腥味和植物的味道，便是赵涂林身上的味道，清新干净，像是带皮被捏碎的橙子，又甜又涩。

赵涂林虽然比一般女子高些，但与他相比到底差了半头，坐在马上，从背后揽住他这个动作显得有些困难，只能与他贴近些。

谢玉麟这次不仅感受到她身上的气息，也感受到她身上的温度与柔软的起伏了。

他抓着马鬃，脸红得快要滴血。完了完了完了，怎么办怎么办怎么办？

过了许久，谢玉麟终于回过神，小声建议："姐姐，要不我坐在你后面吧，这样方便些。"

姐姐那么好，给他打伞还跟他共乘，自己若是仗着她没察觉到，肆意占人便宜，这样不好……

其实这样的姿势不是太方便，但赵涂林还想维持自己高贵冷艳霸道的形象，于是冷着脸，把他的脑袋摁下去："不用你操心，抓好马缰别掉下去。"

谢玉麟一直低着头，半点儿都不敢抬起来。

心想这样她若是觉得方便，他就忍耐一些。

"姐姐，要不我来打伞吧。"

"不用，你闭嘴就行。"

"哦。"

两个人维持着这样别扭的姿势一直到家。

赵涂林跳下马，冲马上的人伸出手，预备将他拉下来。

谢玉麟在马背上低头太久了，脑袋里供不上血，猛一抬头，只觉得天旋地转，眼前一黑，眼前的光景都朝他一齐压过来。

赵涂林也没想到他会这么直直从地马背上栽下来，下意识地将伞扔下，将他抱住。

冰凉的雨落在脸上，谢玉麟甩了甩头，觉得自己清醒了，见自己悬空着，连忙挣扎着要下来："姐姐，放我下去吧，我自己走。"

他一个男人，让女孩子抱也太没有品德了吧，他其实还挺沉的。

赵涂林掂了掂他："快拉倒吧，回头把你放下，你再磕地上毁容了。"

门房见他们，连忙撑开伞迎上来，将两人罩在伞下，一路护送。

谢玉麟被赵涂林横抱着，那么多人都看着这一幕。在廊下躲雨的侍者有些窃窃私语，应该是在说这件事。他浑身变得燥热，像是一只煮熟的虾，手指都蜷缩起来。

不好意思看人，便将头低着，胳膊却小心翼翼试探着环上了赵涂林的脖子。

谢玉麟僵硬着等待了一会儿，她没有反应，他浑身才轻松起来。

过了一会儿，又小心翼翼地将自己的头贴在她胸口，但不敢挨着敏感的地方。

他悄悄地抬眼看了看，入目是赵涂林尖削精致的下巴和修长雪白的脖颈，皮肤上隐隐透出血管的淡青。谢玉麟悄悄地抬手，装作不经意间擦过她的脸颊。

他的心一阵狂跳，接着便漫上一阵狂喜。

他摸到她的脸了。

赵涂林忽然开口，胸腔发出细微的震动。

谢玉麟只听见她说："年纪轻轻的，有病就要早看医师，心脏病不好治，跳太快是会死人的。"

谢玉麟脸更红了，羞涩地把头埋下。

春生在后面撑着伞，看着这一幕，只觉得丢脸。

好好一个郎君，长得高高大大的，怎么能缩在人家女郎的怀里？赵少主那么瘦，还比郎君矮半头呢，真好意思？郎君竟然还那么娇羞，多不像话！

谢玉麟病了。

医师说淋雨是其次，主要是因为情绪起伏太大，加上受寒后没好好喝姜汤。

春生站在床边，端着药碗，抿着唇，一言难尽地看着床上躺着的人。

他的郎君，浑身潮红，冒着虚汗，满脸春意荡漾，眼神迷离地抱着被子傻笑，鬼都知道他在想什么。

谢玉麟不老实，亵衣袖子蹭上去了，大臂内侧带着一道红痕，是他掉下来时，赵涂林接他不小心用大了力锢上的，眼下看着竟有些暧昧。

"喝药吧郎君，喝完药咱就回家。早点回去，争取宽大处理，别让夫人打太狠了。"这凭州是不能再留了，如今魂都被勾走了，再留下去指不定出什么幺蛾子。

谢玉麟不喝药，春生一咬牙一跺脚，捏着他的下巴把药灌进去了。不一会儿，药效发作，人才昏昏沉沉地睡过去。

赵涂林换了身干爽的衣裳进来，头发松散拢在背后。

"赵少主。"春生连忙问安。

"人好些了？"赵涂林也没想到谢玉麟人长得弱不禁风，身体真就弱不禁风。

她将床帐挑开，就见一副海棠睡春的美景，慌慌张张地连忙把帘子拉上。不行，有点儿好看，不多看几眼就亏了。她又把帘子拉开，借着光，看到谢玉麟下巴上有道殷红的指痕。赵涂林伸手，用指尖轻轻触了触，转头皱眉看向春生。

春生捏着碗，结结巴巴地道："郎君不爱喝药，没办法……"

放别人身上哪儿能看出来，就他们郎君细皮嫩肉的。

赵涂林还是不高兴，又摸了摸他的下巴，这么漂亮，弄坏了怎么办？

他樱粉色的唇上，沾着亮晶晶的药渍，水嘟嘟的，看起来很好咬的样子，赵涂林咽了咽口水，良久，才用指腹一寸寸地将它们蹭去。

“我明日就要出征了，你们郎君打哪儿来的让他早些回哪儿去吧。”临走时，赵涂林嘱咐春生。

这么娇贵的美人，算了吧。

春生松了口气：“是。”

谢玉麟第二日烧便退了，他原本体质就不差，只是凭州水土与他家乡迥异，虽然已停留半月有余不见什么副作用，真淋了雨才显出水土不服。

春生给他端药送粥：“郎君这些天就留在房里养病，勿要出门走动了吧，凭州气候太烈，等身子好全了再出门。”

谢玉麟没反驳，虽然不爱喝药，也嫌白粥没滋味，但这次一声不吭，捏着鼻子都咽下去了，呕得眼泪汪汪的，好一会儿才顺过来。

“去拿面镜子来给我。”

春生不理解，但还是照办。

谢玉麟捏着镜子，对镜中的自己左右看了看，面色枯黄，形容枯槁，憔悴丑陋。他将镜子倒扣下掖在枕头下，抓着被子问春生，稍带了点儿紧张：“姐姐来过吗？”

春生动了动唇，赵少主那意思摆明是对他们郎君无意，若说她来过，指不定乱了郎君心神，再多些不该有的念头，但他到底狠不下心。

他摇摇头：“站在门外问过。”

谢玉麟有些难过，赵涂林不来看他，转念又松了口气，姐姐不来也挺好的，就不会见到他病中憔悴丑陋的样子了。这样自己在她心里就还是漂亮的。

谢玉麟喝药后，在床上又睡了半日，睡得浑身筋骨都酥麻了，终于躺不住，从床上弹了起来，将衣裳穿好。

“春生，你去问厨房要些菜谱和食材来。”谢玉麟将袖子挽起来，头发扎起来。

“君子远庖厨，郎君是在房里待着太无聊了吗？不如属下给您讲故事？”

他昨日可没听见赵涂林说要一个“贤良淑德”“相妻教子”的正君。

“你别管这么多，让你去你就去。”谢玉麟觉得，贤良淑德的第一步，就是会做饭。想要抓住一个人的心，就要抓住一个人的胃。

春生拿他没办法，只是恐吓："郎君，厨房进多了是会变老的。"

谢玉麟吓得摸了摸自己的脸，犹豫了一会儿，还是坚定地说道："你去！"说完就去翻箱倒柜，找了一件不大喜欢的衣裳，找了丝线来一阵捣鼓。

春生拿这个主子没办法。他带着东西回来的时候，只见谢玉麟冲他傻乎乎一笑，把手里的衣裳往头上一兜，然后把后面缝上的两根带子一系，他整张脸便只留下了三个孔，两个用来视物，一个用来呼吸。

谢玉麟站起来，向他展示了一圈："你看，这样就不会被油烟熏到了。"

春生不知道说什么好，于是冲他比了个大拇指——您说得对。

谢玉麟拍拍食材："春生，我们先做个简单的吧！海鲜面怎么样？"

不咸城离海较近，海鲜不是稀缺的食材。

他看着菜谱，先熬鸡汤？

"怎么煮个面也这么麻烦？"谢玉麟挠挠头。但他还是将清理好的鸡扔进锅里，漂出血沫后捞出来重新下锅。

"少许盐、枸杞、酒去腥……"

春生给他读，谢玉麟照着做。

"这少许是什么少许？"春生虽然是侍者，但自小是跟着谢玉麟的，对着菜谱比谢玉麟还要蒙。

"大概，是这样的少许？"谢玉麟试探着捏了一把盐撒进去，又倒了一碗酒。

他看到春生还从厨房拿来了人参，便也扔进去一根。竟然还有菌菇？算了算了，都扔进去。

春生心想，这样能好吃吗？

谢玉麟就算整张脸都被罩住了，还是能看出他神色的肃穆认真，春生于是将质疑咽回去，难得郎君对什么事这么认真。

往日谢玉麟学什么东西都是淡淡的，三天打鱼两天晒网，能不学就不学。

春生想，别管什么君子远庖厨了，有个技艺傍身也行。他往灶下又添了一把柴，不一会儿，袅袅浓香便顺着锅沿钻出来，小厨房变得白雾滚滚，春生深吸一口气，涎水不由自主地从口腔中分泌出来。

谢玉麟捏着勺子，眼睛里都是坚毅："春生，书上说下一步该怎么做？"

"哦。"春生回过神，"书上说要炖一个时辰。"

"咱们趁着这个时间出去休息休息。"

闻着锅里冒出的香味，谢玉麟信心大增，他肯定能做出最好吃的东西。

一个时辰后，一锅鸡汤熬得油亮微黄，放酒去腥后只剩下鲜味。虽然看着卖相不错，但不知喝起来如何，谢玉麟看向春生，冲他抬抬下巴：“春生，你尝尝。”

春生一个激灵，他就知道，郎君第一次做饭，自己不敢尝，就让他来试毒。

谢玉麟给他盛了一口那么多在碗里。

“就这么点儿啊？”春生悄声嘀咕了一句，被谢玉麟听见了，他瞪春生一眼：“快喝。”

当然不能分出去太多，万一一会儿不够煮面呢？

春生抱着试探的想法抿了一口，他已经抱着汤不是咸就是淡，要么酒味重，要么菌菇加太多，味道会奇奇怪怪的念头，结果却出奇得好喝。

“郎君，可以的！”春生眼巴巴地盯着冒热气的汤，还想再尝一点儿。郎君于烹饪上，兴许是有些天赋的，第一次做便能做出这样的美味。

谢玉麟高兴起来，将头套一摘，也尝了一口，果然如此。于是他高高兴兴地用鸡汤煮面、焯青菜和海鲜，盛在碗里装好。

“春生春生，你去将面送给姐姐。”谢玉麟擦了擦手，让春生赶紧跑一趟，省得面凉了坨了。这次便宜春生了，等他病好了，他一定亲自去给姐姐送吃的。

他眼睛里闪烁着热切的光芒，像是做了好事迫不及待要大人夸奖的孩子。

春生一时间竟然有些不忍心，但他还是如实道，期盼打消谢玉麟的积极性：“赵少主已经走了。”

谢玉麟一怔，笑容僵住：“什么时候走的？去哪儿了？”

“今天上午，就是郎君您睡着的时候。”春生将门窗关严了，又劝谢玉麟不要出门，专心养病，就是怕他撞上赵涂林走，闹小孩子脾气。

“赵少主去南边了，北豫动乱，皇帝驾崩，她去收复北豫了。临行前要属下告诉您早些回家，不要在凭州多逗留，还是回到您该回去的地方好。”

至于不要让谢玉麟送行，也是赵涂林嘱咐春生的。

谢玉麟眼睛里的光亮一瞬间便消失了，动了动嘴角，却扯不起笑来。

姐姐是很讨厌他吧，所以才赶他走。讨厌他愚蠢，讨厌他弱小，讨厌他抱起来沉，讨厌他厚脸皮地跟着她。

“哎，郎君，你别哭啊。”春生慌了，连忙抽出手帕要给他擦眼泪。

谢玉麟将他的手一把挥开，用袖子抹了一把眼睛，眼泪却越抹越多，眼睛周围的皮肤都被蹭得通红：“你哪只眼睛看见我哭了？我没哭。”

他真的很让人讨厌吧，他知道那些人都是怎么说他的，说谢玉麟空有家世和一张脸，旁的半点儿不会，愚蠢、胆小又无用。

他知道，他都知道，这样什么都不会的人，怎么能配得上姐姐呢？要知道姐姐可是十四岁就已经独揽凭州大权，十七岁征伐幽州，十八岁收复冀州的人。

可是姐姐真的好啊，他好喜欢。这么好的姐姐，不喜欢他也是意料之中的。

他回去坐在床上，抱着膝，把脸埋在腿上。

“郎君，你别难受了。”春生抓抓头发，想办法开解，“天涯何处无芳草，何必单恋一枝花。”

谢玉麟心想，春生不懂，姐姐这样的花天底下就一朵，是独一无二的。别的花再香再美都不是她。

春生还在他身边叽里咕噜，说得他头都大了。

“春生。”谢玉麟突然开口，嗓音有些哑。

“欸。”

“既然姐姐不在，那你就将面端去给姑姑尝尝吧，我病还没好，就不去讨晦气了，等你回来，咱们就收拾包袱走。”

春生一喜，郎君总算想明白了：“好，属下这就去送，您不要难过了。”

谢玉麟微不可察地点了点头。

春生匆匆去，匆匆回来的时候，院子已经空了，谢玉麟不见了。

“郎君！少主！郎君，你别吓我了，快出来啊！”春生急得乱转，发动人到处去找，慌得像是热锅上的蚂蚁，直跺脚。这玩意想不开出了点儿什么事怎么办？

“春生。”一个侍女给他递上一封信，“这兴许是你们郎君留下的。”

春生打开一看，上头那娟秀的小字，可不就是他们郎君的手笔。

“我去从军了，别找我！”

春生吓得几乎晕厥，他翻箱倒柜，终于发现谢玉麟的大半衣裳全被他带走了。

造孽造孽，郎君身娇肉贵的，怎么能去军营那种苦地方？这得对赵少主执念多深，都跟着去军营了。

春生连忙禀报赵羲姮，又飞鸽传书给了齐嫣。虽然觉得男孩子进军营锻炼锻炼还挺好的，但到底不是自己的孩子，赵羲姮也不能随便放任他从军，忙派人去追。

不过半日，追去的人来回禀，谢小郎君将他们甩掉，现在不见踪影了。

平常脑子倒是不见这么好使。

不过几日，凭州收到齐嫣的回信，她言语委婉，意思却明确——不用管谢玉麟。

谢玉麟爱参军就去参军，爱干什么就干什么。至于谢青郁，他现在滑跪认错还来不及，哪会反驳齐嫣的话？毕竟谢玉麟这性格大部分都是他惯的。

“姓名。”军营主管登记的百户问。

“齐麟。”谢玉麟这应该也不算说谎，他有两个户籍，一个是随父姓的，一个是随母姓的。

“年龄。”

“十七。”

“籍贯。”

“雍州。”

最后一个问题，百户忍不住眯了眯眼睛，上下打量谢玉麟一番：“有何特长？”

若是平常，他肯定说自己长得特别好看，但放在军营，这个优点是在开玩笑吗？但是他除却这个，该说点儿什么呢？

他弱弱地举手：“我字写得好。”

照春生之前说的，谢玉麟对万事都兴致缺缺，三天打鱼两天晒网，齐嫣逼着他学东西，不学就打他屁股，他就往谢青郁那儿跑。谢青郁最娇惯这个儿子，什么都不苛刻，但闲着没事就握着他的手写字。谢玉麟为了不回齐嫣那儿挨打，只能乖乖地跟他练字。

百户摇摇头：“做笔录的人已经够用了，你字写得好也用不着。”

谢玉麟又皱眉：“那有什么能离少主近一些的职务安排给我吗？我都可以学。”

百户警惕起来，此人非凭州人，又试图接近少主，难不成是奸细？但如果是奸细，这也太蠢了吧，就这么把意图暴露出来了？

谢玉麟见百户神色紧张，感觉自己可能是说错话了，连忙摆手：“不是，不是这样的，我只是仰慕少主……”

他说完后，脸都红了。

百户又眯了眯眼睛，哦，原来又是一个爱慕少主试图混进军营的？怪不得细皮嫩肉的，看着像富贵人家的郎君。

“哼，可别怪我没提醒你，军营不好混，少主也最是铁面无私，你要是半路逃跑，是要当逃兵抓回来杖责一百的！去年和你抱着一样目的来的人，回家足足躺了一年才好。上个这样的刚被家里人抬回去。”

虽然下场惨烈，但那些爱慕者一个个都如见着蜜糖的蚂蚁似的前赴后继。

虽然这些小郎君有点儿烦人，但侧面也说明了他们少主受欢迎，他们烦恼之余还挺骄傲的。

“我不会跑的。”谢玉麟下定决心。

军营再苦，只要能见到姐姐，就是甜的。

“那行吧。”百户接过他的照身帖，将他登记好，“你不是说你什么都能学吗？现在给你个机会，少主帐里的伙房缺个人，你去吧。”

伙房的兵既要做劈柴挑水的粗活，又要做饭，浑身都是油烟味，平常还得跟着一起训练，省得战场上拖后腿。像这样细皮嫩肉的小郎君，估计去不到一个月就吵着要回家。

“好啊，好啊！”谢玉麟拼命点头，还好他临走时候将菜谱带上了。

小兵将他带下去，给了他两套衣裳，发了个腰牌，又跟他讲明白规矩：“到时候你看着周围的人怎么做你就怎么做。”

谢玉麟将衣裳换好，虽然粗布灰麻的衣服刺得他皮肤刺痒，环境也不好，但他心里高兴。白天他跟着新来的一起熟悉环境，远远地看见赵涂林的主帐，到晚上才回帐子里休息。

一个营帐里只有一个大通铺，睡十个人，和谢玉麟一起住的都是伙房的伙夫，他们长得五大三粗，手臂肌肉狰狞，一看就是炒大锅饭的好手。

营帐里一股汗臭、脚臭和油烟混杂的气味，并不好闻，谢玉麟脸色有些发白。

那些人见他是新来的，又一副孱弱样子，忍不住轻视道：“小子，你这样的弱鸡，来军营做什么？”

他们又“哈哈”笑起来：“长成这样，难道真的不是女人吗？”

“你脱了衣服给我们看看。”他们见谢玉麟不说话，又道，“男的你怕什么脱衣服？难道你真是女的？不脱也行，给我们摸摸到底是不是男的。”

说着就上来要扯他衣裳。

谢玉麟抓紧衣裳，已经做好和他们打架的准备了。

“哎呀，老三，你们逗逗他就算了，看把他吓得。”

“谁知道他这么不经吓，瞧这小样，真跟良家妇女似的，算了算了，不逗他了，睡觉，明天还得早起做饭呢。”

他们笑着，脱了衣裳爬上通铺。

一个大哥拍拍身边的位置，跟谢玉麟说：“小子，来睡觉，明早得给将士们准备早饭，天不亮就得起。”

谢玉麟抓着衣服的手缓缓地松开，额头都冒冷汗了。他爬上通铺，看了他们一眼，远远地找了个地方缩起来，把被子裹上，鼻子也全捂上了，这味道实在不好闻。

但是他肯定不会当逃兵的。

谢玉麟迷迷糊糊快要睡着的时候，被惊醒了，那些伙夫呼噜声重，又伴随着磨牙声。加上他不敢脱衣裳睡觉，那粗糙的面料磨得他肉疼，彻底失眠了。

丑时初刻，那些人便起了，飞快洗漱完后，一个个地钻出去干活了。

谢玉麟养尊处优惯了，做事慢吞吞的，人都走了，他才整理好，赶忙去了小厨房。

小厨房是专门给赵涂林做饭的。

比起自小养尊处优，赵涂林比谢玉麟有过之而无不及。赵羲姮疼爱女儿，卫澧更甚。但谢玉麟养出了一身臭毛病，赵涂林勉强算是跟将士们同甘共苦的了。

听说新来的齐麟又是一个追着少主来的人，小厨房里的人都没拿他当回事，态度十分冷淡，都当没他这个人。

纵然谢玉麟积极地打招呼，热情地融入，也不免贴了人冷屁股。但人家欺负他了吗？冤枉啊，他们就是不喜欢他不跟说话而已，难道这都犯错了吗？

谢玉麟多多少少有些难堪，但转念一想，他来这儿就是为了找姐姐的，又不是来跟他们搞好关系的，他们不喜欢自己就不喜欢自己吧。

虽然一连几天都没摸着灶台，但他看明白了灶台的火是怎么烧的，也把手里那本菜谱都背熟了。

他早上、中午、晚上做三顿饭的时间在伙房待着，下午一个时辰跟他们一起绕着校场跑圈练格斗。

他整个人瘦了两圈，原本就不胖，现在显得更弱不禁风了，他倒是没觉得自己瘦，反倒觉得自己多了些肌肉，力气更大了。人没黑，就是晒过后皮肤泛红，但没多久又白回来了。

这样一个细皮嫩肉的人，在军营硬生生地待了半个多月，让人忍不住刮目相看。这个倒是还挺有耐性的。

小厨房一共四个人，里面的头头找到谢玉麟，问他：“做饭怎么样？”

谢玉麟谦虚，羞涩地低下头：“不太好。”

头头一笑，不太好就好，他要的就是不太好，拍了拍他的肩膀：“没事，都是从不好练出来的，你今晚就给少主煮碗消夜送过去。做得不好吃没事，少主这个人最宽容了，不会找你麻烦的。天寒，记得做的时候放些调料给少主驱寒。”

谢玉麟激动到眼睛都亮了。

“谢谢。”他连忙去准备食材，上次姐姐没吃到的海鲜面，他要再做一次。

“头儿，你可真狠。”一旁给头头打下手的助手冲他竖起大拇指，“那小子完了。”

谁不知道少主挑剔？不吃葱花，不吃香菜，不吃姜，不吃花椒，不吃辣椒，不吃胡椒，不吃蒜，不吃韭菜。少主才不会追根到底问是谁授意齐麟放香辛料的，只会惩罚齐麟罢了。

头头哼了一声：“等着吧，他坐了这么多天冷板凳，肯定迫不及待地表现自己。”

他们都回去睡觉了，谢玉麟在厨房做消夜。

驱寒的话也不能放辣椒，晚上吃辣椒对胃不好。他多切了些姜片，放进鸡汤里煮，还能去腥，煮过之后把姜片都挑出来扔掉。

赵涂林百无聊赖地坐在椅子上，双腿搭在案几处，满脸不耐烦地听着下面人吵架。

她饿了，但她不说……只是容易发火。她“啪”的一下把刀往桌子上一扔：“都滚回去睡觉，我心里自有决断。”

那些将领一颤，灰溜溜地走了。

她看着他们出去，忍不住撇撇嘴翻了个白眼，往椅子上一仰。

啊！今晚消夜怎么还没送过来，她好饿。

“干什么的？”谢玉麟是新来的，没给赵涂林送过饭，守帐的人不认识他，将他拦下了。

“来给少主送消夜的。”

“进去吧。”

赵涂林连忙坐好，不懒懒散散的，怕让外人看见笑话，低头假装看公文。

鸡汤的香味诱人，伙夫已经站在案几边上了，赵涂林抿了抿唇，假装不在意，头也不抬。

“放下就行，你出去吧。”赶紧出去，她要吃饭了。

谢玉麟有些痴迷地看着赵涂林，姐姐不愧是姐姐，这么晚了还在努力，她认真的样子真好看！

“姐姐……”谢玉麟轻轻地喊了一声。

刚才隔着帐子，赵涂林听不清楚来人的音色，只当是伙房一个普通的小伙夫。现在一口口地喊她姐姐，赵涂林瞳孔一缩，抬起头。

谢玉麟正站在她面前。

谢玉麟缩了缩手，忍不住后退两步。他现在浑身沾着油烟味，不是香喷喷的了，还是离姐姐远一点好。他又紧张起来，自己穿着不好看的衣服，丑不丑？衣服、头发乱没乱？皮肤糙没糙？

赵涂林总感觉自己有话想问，堵在嗓子眼里一下子又不知道说什么。

“姐姐……”谢玉麟见她不说话，又弱弱地喊了她一声，咬了咬下唇。

别赶他走了，他都追到这儿了。

赵涂林看了一眼桌上的面，热气腾腾，还散发着香味，看起来十分诱人。

而不远处的谢玉麟站在烛光下，周身都镀上了一层淡淡的橙黄色光芒，虽然穿着粗布麻衣，却更显得一张脸如冠玉，细腻光滑。

而他正紧张地看着赵涂林，眼睛水灵灵的，好像比面还可口一些。

谁能拒绝一个像小兔子一样可爱可怜的美人眼巴巴地看着自己呢？赵涂林觉得自己不厚道，怎么能起了欺负小孩子的心呢？虽然她也就比这个所谓的小孩子大两岁罢了。

不过她总要铺垫一下，随她爹，很要面子，她瞥了一眼桌上的面：“你放姜了？”姜味都溢出来了。

谢玉麟点点头：“放了，天冷，驱寒的。”

“你什么时候来的？不知道我不吃姜吗？”她其实前半句话才是重点。

谢玉麟看着赵涂林清澈凌厉的眸子，半点儿心思都藏不住，本来没想说那么多的，结果一张嘴全部交代了：“已经待了半个多月了，姐姐，我下次不会放了，不要赶我回家，我想见你，所以就来了。我来都来了，你还要把我赶走吗？”

他说完，大脑空白了一瞬，片刻后又弱声弱气地喊她：“姐姐，你别赶我走了好不好？你不吃什么都告诉我，我改，以后都不放了，这辈子都不放了。”

他说着说着，眼眶忍不住红了，在心里骂自己：谢玉麟，你可真是没出息，这么上赶着倒贴，姐姐肯定更觉得你像牛皮糖。优秀强大的人，就该同更优秀的人站在一起。

他眼尾鼻尖都染上了淡粉，眼眶里的泪水要掉不掉。

赵涂林脑袋突然“嗡”的一下子，只剩下一个念头了：他倒是哭啊，狠狠地哭啊。

是这个小兔子精主动招惹她的，她可都给机会放他走了，是他自己又回来的。

赵涂林一下子站起来，将他摁倒在案几上，压着他的手，眼皮一挑，漆黑的眸子便与谢玉麟湿漉漉的眼睛对上了。

谢玉麟只觉得他的腰硌在桌案上好疼，不过青了也没事，姐姐高兴就好。

“姐姐……”他好像只会说这两个字了。

他突然发现自己的双手被赵涂林禁锢，往上压在案几上。

“喜欢我，小兔崽子？”

赵涂林那漆黑的眸子像是会勾人，谢玉麟下意识怔怔地点头：“喜欢……”

赵涂林压下去，与他贴近，两个人的呼吸贴在一起，唇几乎也要碰在一处了。应该是这么做的没错吧，她总不能在这个小破孩面前露怯了。

谢玉麟心跳得好快，感觉自己都要得心脏病了，心快跳出来了。姐姐和他贴得好近，还问自己是不是喜欢她 。

“给你个机会。”赵涂林道，她清了清嗓子，努力显得霸道一点，反正霸道一点总没错，不能让这小崽子有心思造反。

她眼睛如带着钩子一样从他的脸往下扫，他被看得身体都软了，像是一滩水一样任她摆布。

给他个机会？谢玉麟心跳更快了，在赵涂林捏上他下巴俯身的时候，睫毛颤抖，将眼睛闭上了。

赵涂林是不会亲人的，她心想这个死小孩怎么不主动一点呢？但人家要是主动的话，她估计又要摁着人家了。她只能装作很会的样子，咬在他的嘴唇上。

谢玉麟的嘴有点疼，隐约觉得不该是这样的方式，但还是顺从地接受。

冷风往里一灌，谢玉麟一下子清醒了。他连忙挣扎着起来，等等！他没有洗澡！他在伙房待了一天，浑身都沾着油烟味，第一次不能这样！

赵涂林一下子被他推开，有些怔住了。

“明天好吗？”谢玉麟支支吾吾地说，“今天不太方便。”

原本只是心理作祟，他就隐隐感觉自己身上油腻腻沾着烟味，今天还没顾得上洗澡，现在越发觉得不对劲了。

他明天洗干净了再过来。

赵涂林有些生气了，还没有人敢这么戏耍她！口口声声说喜欢她，呸！

“滚！”赵少主恼羞成怒了。

谢玉麟眼泪汪汪的，他不是故意的，他今天真的没洗澡，但这种羞耻的理由，他怎么好跟姐姐说，万一姐姐觉得他不讲卫生不跟他睡觉怎么办？他明天肯定把自己洗得干干净净地送过来。

“姐姐，你别生气，我明晚再来，我发誓。”他伸出三根手指。

赵涂林还是不理他，他继续发誓：“我明天保证消夜里不放姜了，我明天一定不推开你了！”

赵涂林更恼羞成怒了。

谢玉麟手忙脚乱地抱着衣服，端着已经坨了的面往外跑，被赵涂林一把拉回来。

“你把面放下吧。”

“里面有姜，面还坨了，姐姐要吃我重新给你做。”

“用不着，太麻烦了，我见不到姜就行，有味道没事，你放下吧。”赵涂林讨厌葱姜蒜，只是讨厌把它们从碗里挑出来的过程，就像赵羲姮爱吃虾不爱剥壳一样，所有人都觉得她讨厌虾了。

“哦哦。”谢玉麟一步三回头，“姐姐，我真的走了，姐姐，你记得想我。”

赵涂林恨不得冲他翻白眼。想他？想他个鬼。

谢玉麟还在碎碎念：“姐姐，我明晚还来，姐姐，你别生气了。”

“你再叨叨以后就别来了。”

谢玉麟眼睛骤然亮起来，那这个意思就是他安静一点，以后每天都能来？太好了！他有些得意忘形，蹦过去。

赵涂林还奇怪他要做什么，只见他以迅雷不及掩耳的速度突然在她脸上“吧嗒”亲了一口，然后又跟个兔子一样窜出老远，生怕挨打。

“姐姐，我走啦！”

他赶忙掀起帐子出去，脸上带着荡漾的笑意。

赵涂林见他真的走了，才坐回去，看着那碗面，已经有点儿凉了，没怎么冒热气，不过还是挺香的。

唔，看在那个小崽子从小养尊处优还能给她做饭的分上，她就勉为其难把面吃了吧，省得倒了他回头还要哭鼻子。

第二日上工的时候，伙房的头头见谢玉麟还是完好无损的，只是精神有些恍惚，看样子是挨了批评，他有些不甘心。他走上去，拍拍谢玉麟的肩膀：“昨晚送消夜，少主说什么了？”

谢玉麟有些失落地低下头：“姐……”他忙改口，“少主有些不高兴。”

现在想想，他好后悔，早知道昨天晚上先洗澡好了。也不知道今天能不能哄好，万一姐姐生气不见他，或者又要把他赶走了怎么办？

“没事，谁没有个犯错的时候，今晚你再去送一次，就当是再给你个锻炼的机会了。”头头皮笑肉不笑地安慰他。

都已经惹了少主生气，今晚再过去，少主见到他恐怕还会更生气。

“那我今晚给少主好好道歉。”谢玉麟大眼睛亮晶晶的，像是藏着天上的星星，

“谢谢大哥，你人真好。”

一直给他创造机会，等将来，他一定会好好报答大哥的。

“不用客气！”

好不容易盼到了晚上，谢玉麟把自己泡在军营外面的湖水里洗了又洗，皮肤都被搓红了。他低头往下看了看，虽然天黑什么都看不见，但他脸还是红了。

洗完后，他换了一身干净的衣裳。

今晚不好再做有油烟的东西了，沾在身上澡就白洗了，他搓了芝麻汤圆，用桂花蜜煮的。芝麻汤圆是黑芝麻的，黑芝麻更香甜一些。

守门的士兵见到他，将他放进去。

赵涂林有意晾着他，一个眼神都不分过去。

“姐姐，汤圆。”他小声地提醒了一遍，姐姐看起来好忙，今晚可能没有空了。

不过姐姐是真的忙还是生气了不想理他呀？他观察了一会儿，发现赵涂林只是不想理他，因为她手里拿着的书是闲书。

“姐姐，吃汤圆吧。”他声音弱起来的时候，像是撒娇。

“汤圆放下你就走吧。”赵涂林刻意冷淡地说道。

嗯……如果这个小崽子能稍微主动一点，她其实不是不可以勉为其难原谅他。

谢玉麟被伤到心了，本来想走，又忽然想到了自己父亲，就算母亲一直不肯见父亲，父亲也厚脸皮地守在门前，他应该向父亲学习，遇到困难不放弃。

所谓精诚所至，金石为开。

“姐姐，你还在生气吗？我昨晚真的不是故意的，昨晚真的不太方便。”他说着话，跟蜜蜂一样，声音不大却很聒噪。

赵涂林终于将她金贵的眼睛从书上挪开，在他身上上下扫过：“怎么，你也有月事不方便啊？”

谢玉麟咬了咬下唇，劝自己干脆勇敢点儿，一不做二不休，一睁眼一闭眼就过去了，再磨磨唧唧的，姐姐肯定更不耐烦了。

他用自己纤长白皙的手指，灵巧地勾开自己的衣带。

不行！衣裳不能落到地上，他把衣服放在桌上，省得弄脏了，洗起来麻烦。

然后他继续去脱第二件衣裳，最后只剩下一层薄薄的雪白亵衣，他抱着肩，脸红得像个鲜嫩的桃子。

赵涂林干脆撑着下巴，冲他扬扬头：“继续脱啊。”

谢玉麟害羞，实在不好意思。

他握了握拳，鼓起勇气去抱住赵涂林，然后颤颤巍巍在她脸上亲了一口，见她没有生气推开自己，又红着脸在她唇上亲了一口，然后小声说："最后一层姐姐给我脱好不好？"

他紧张到脸颊都出了一层薄汗，更像是一颗沾着细细露珠的水蜜桃了。

窝在一起像两只小兔子一样睡过去的时候，天已经亮了。

这种事情，是瞒不过大家的。毕竟有个狐狸精进了少主的营帐，一直到天亮还没出来，这就已经足够所有人谈论。

赵涂林难得没早起床，都日上三竿了，才睁开眼睛。她一巴掌把人拍醒，谢玉麟无意识地蹭了蹭她，漆黑的长发铺在床铺上，衬得面如桃花。

赵涂林下不去手了，毕竟少主她色令智昏。

她爬起来去洗澡，对着镜子的时候，才发现身上全部是青青紫紫的痕迹。赵涂林要脸，自然不能就这么出去，于是换了高领的衣裳，把自己包裹严实。

大豫自二十年前分裂，分成了北豫南豫与若干个州郡。

后来南豫皇帝赵明瑾被妹妹刺杀，扶持了他的儿子登基，但少主年幼，南豫最终被北豫皇帝赵明晨吞并。

时过境迁，北豫内乱，终于难以为继，赵涂林趁机南下，几乎逼到北豫都城。

北豫大臣主降，但赵明晨不肯，一连杀了多人，宁死不降。赵涂林一直列兵在附近，等待时机。

赵羲姮的故乡在此处，她父母的陵墓也在此处，这里也算是赵涂林的故乡，她尽量能不动兵戈就不动兵戈。

"报！少主，主公来信！"

赵涂林总觉得她那个不正经的爹写信给她没好事。

她将信抖开，只见上面写着不算美观的字：我儿，我和你娘决定去息阳举办第六次婚礼，让你外祖父和外祖母见证，你好好努力，早点打下息阳。

赵涂林愤而将信揉吧揉吧扔进抽屉里。烦死了，她爹娘总是当着她的面炫耀俩人感情多好。等将来她成婚了，也要炫耀回去。

谢玉麟迷迷糊糊醒来的时候，抱着被子无意识地蹭了蹭，才发现有些凉。被窝里空荡荡的，就剩下他一个人了。他一下子弹起来，眼睛里都是无措。好像昨晚的一幕幕都是假的。

谢玉麟咬着被角心碎。正常不是要早上一起醒来，然后吃个饭，最后姐姐拉着他告诉大家“这个人以后就是我的了”这样吗？

他发了一会儿呆，还是决定洗漱收拾床铺。不要着急，慢慢来吧，毕竟姐姐周围又没有别的男人，他还是有机会的。他数了数自己的优点，长得好看会做饭。

他勤勤恳恳像是个田螺姑娘，不仅把被子换好了，还把脏了的被褥洗好晾好。

谢玉麟不知道从哪儿看的奇奇怪怪的书，学到了一些奇奇怪怪的歪理邪说，什么贴心懂进退、聪明识时务的男人才能让女人不厌烦。他对此奉为圭臬，一直试图让自己成为一个识大体的男子。

他回到伙房的时候，不少人悄悄地打量他。

谢玉麟察觉到了，没办法，谁让他天生丽质惹人爱呢？姐姐就是宠他。他像个得宠的妖妃，把头昂得高高的。

伙房头头牙都快咬碎了。没想到少主真的看上这个空有皮相脑袋空空的小兔崽子了！这世上竟然连少主都这么庸俗，让这种人得势了！

谢玉麟跑去跟头头道谢，满眼真诚地说：“谢谢大哥给我机会。”

头头：“呃……”

赵涂林在校场练完武活动筋骨后，掐算着谢玉麟这个点该醒了，打算回去找他一起吃饭，顺便让这个娇滴滴的小郎君回家待着。但一进去，整个营帐都是空荡荡的，床铺整洁如新，铺得连个褶皱都没有，人家临走时候还勤快地帮她扫了地、擦了桌子、烧了茶水。

好贤惠……赵涂林翻了个白眼，出门看见才洗好的被褥飘扬，刚才进来的时候急匆匆的压根没注意到。

行吧，谢玉麟既然愿意做苦力，那就让他继续做，赵涂林自己去吃饭，不管他了。

夜晚，谢玉麟又端着消夜来了。

守门的侍卫暧昧不明地看他一眼，然后把他放进去了。

谢玉麟昨晚太累没睡好，早上也没顾得上吃饭，又忙碌了一天，虽然强打起精神，还是显得有些疲惫，神情恍惚的笨拙样子怪让人心疼的。

他今晚包了馄饨，放了紫菜和虾米，汤水鲜甜，馄饨皮薄馅大。

“姐姐吃东西。”他把馄饨放在案几上，然后跪坐在一边，托着腮，等赵涂林看完手里的东西吃饭。

烛光不太亮，他小心翼翼地打了个哈欠，好困。但还是甩了甩头，强撑着精神，眸子里水汽朦胧的。

馄饨捏得挺好的，赵涂林放下书，一口气吃了三个。她想夸谢玉麟馄饨做得好吃来着，但感觉这么夸，好像自己很没见识，没吃过好东西一样。但是她的神情已经出卖了自己，就是吃得很开心。

谢玉麟托腮一直盯着她，嘴角都是甜蜜满足的笑。姐姐能吃他做的东西，就让他觉得好幸福，要是能一直这样就好了。

春生说做饭多了，面对油烟变老会快，但好像这一点点的代价，比不上赵涂林吃他做的饭让他高兴。他看着看着，眼皮不自觉耷拉下来，撑着腮睡着了。

赵涂林心想，好家伙，这是又来自己这里蹭床了吧。但她还是没把人叫醒，而是抱起来，放到床上，把他衣裳脱了。

谢玉麟中途醒了一次，被赵涂林捂上眼睛后，蹭了蹭她又睡过去了。

啧，何苦呢，好好的小郎君不当，非得来军营里做厨子，那么多人给她做饭，她又饿不死。

赵涂林暗地里与北豫的重臣联络，半月后里应外合拿下了北豫，一统局面已经初步奠基，她也准备班师回朝。虽然中原腹地向来是王都，但她在凭州出生长大，还是更喜欢那里的水土。

赵涂林身价水涨船高，给她说亲的人不计其数，都要将门槛踏平了。

她称帝看起来已经是板上钉钉的事，若是能将自己的儿子塞给她做正君，将来就是王夫，正正经经一人之下万人之上。

他们兴许也是觉得，以赵涂林这样的身份，只有一个男人不大现实。既然做不了唯一的一个，那就做最大的那个，实在不行做个最得宠的也不错。

说实话，这些男人赵涂林一个都没看上，长得不够好看，性格不够甜，也不会做饭，她要来做什么？

赵羲姮尊重赵涂林的意见，卫澧巴不得赵涂林一辈子不成婚，将这些人都挡回去了。只有谢玉麟，他每天蹲在府里，看到来来往往的媒婆，心都揪起来了，生怕哪个被赵涂林看中，事就成了。

他半夜做梦都念叨着："我不要当贵妃。"

春生有时候听见了，觉得他好像有病。

谢玉麟梦醒的时候，忽然觉得自己是多心了，有可能贵妃也轮不到他当，他有没有名分还说不定呢。

自打回到凭州之后，他去找姐姐，姐姐都很冷淡。他日思夜想，许多心思纠缠在一起，终于忍不住了，趁着一个夜黑风高的晚上，抱着自己的枕头摸过去。

听见一阵并不熟练的翻墙声，赵涂林就知道是谢玉麟了。

他自以为隐蔽地悄悄摸进房间，赵涂林已经坐在床上等他了：“你来做什么？”

“我想你了，姐姐。”他已经学会怎么撒娇最好用。就像现在，用水灵灵的眼睛无辜地看着她，最好微微抬起头，和她贴得近一点，像是索吻一样。

赵涂林果然为美色动摇了。

“你知道你偷偷跑过来，会有什么后果吗？”后果多半是会被她爹打成残废。

谢玉麟摇头：“可是我想你了，姐姐最近好忙，我都见不到你。”

是啊，赵涂林很忙，在忙着登基大典。

和卫澧不一样，赵涂林想做皇帝，她想做独一无二开天辟地的第一位女帝。她有这个能力也有这个野心，她父母已经为她打下了良好基础，创造了条件。

“姐姐，我还给你做了藕粉酥。”他从袖子里掏出一块手帕，里头包着好几块粉白色的酥皮点心，有点儿掉渣了，但看着还不错。

谢玉麟一边说着，一边耍着心机，爬上了赵涂林的床，贴着她坐在一起。他叼一块在嘴里，冲她扬起下巴：“姐姐要不要吃？”

谢玉麟知道赵涂林喜欢什么样的。

赵涂林捏着他下巴与他拉近，然后咬上他唇齿上的那块藕粉酥。

甜的，甜而不腻，带着藕粉的清香。

赵涂林却陡然脸色一白，抓着床沿，捂着唇干呕。

谢玉麟大受打击，难道自己现在都令她恶心了？但顾不得多想，他连忙给她顺背，然后倒蜂蜜水：“是藕粉酥不好吗？我去找医师来。”

赵涂林明显缓过来了，没有之前那么难受，抓住他：“明天再去，我没事，睡觉。”

谢玉麟乖乖地听话，帮她穿好衣服，小心翼翼地抱着她，然后拍着她后背哄她睡觉，时不时问：“还难受吗？”

他这种时候倒是不哭了，毕竟哭也是分场合的，这种时候人家身体不舒服，他应该照顾人，而不是哭唧唧的，多闹心。

赵涂林摇头，他反复问了几次，她便睡着了。

谢玉麟到后半夜才闭了闭眼睛，天不亮就醒了。他总担心她再难受，她身体那么好，怎么会不舒服呢？

“还难不难受啊姐姐？”他问，“天亮了，我去给你找医师来。”

谢玉麟爬起来，把衣服穿好：“早上你想吃什么吗？虾饺？小馄饨？地瓜饼？”

“油泼面，多加辣椒。”她翻了个身，显然未将昨晚上不舒服的事情当回事。

“嗯嗯，那我去了！”谢玉麟记下后就往外跑。

赵涂林躺在床上喊住他："你走后门，别叫我爹发现了。"

"什么……什么时候开的后门？"姐姐院子里原本是没有后门的啊？

谢玉麟抓抓头发，有些愣怔地问。

"上次你翻墙崴了脚之后。"她淡淡地道，然后翻了个身去睡回笼觉，"面做好叫我。"

谢玉麟呼吸一滞，眼睛都弯起来了，大概是这件事情给了他胆子，他竟然问："姐姐，你什么时候给我个名分啊？什么都行，我不挑的。"

赵涂林良久都没回答他，他眼睛里的光彩黯淡了许多，过了一会儿，他都要踏出门了，赵涂林忽然开口："嗯，你等等吧，应该很快了。"

谢玉麟几乎是蹦跳着出去的，他很快就有名分了！

虽然赵涂林说不用医师看，但谢玉麟还是执拗地请了一个。白天时候卫澧盯得紧，他靠近赵涂林一点都要被提醒，也不知道大夫说了什么。

赵涂林觉得谢玉麟死定了，她爹肯定会把他腿打断的。这种事情瞒肯定是瞒不住的，她干脆坦白从宽，往卫澧和赵羲姮身边一坐。

赵羲姮给她剥了个橘子，赵涂林丝毫看不出要商议什么大事的样子，一边吃橘子，一边随意地开口："你们要做外祖父外祖母了，高兴吗？"

"高兴。"卫澧一时间没反应过来，顺口应了句，被赵羲姮一掐，陡然灵台清明。

他问都不用问，就知道这小玩意是谁的。

卫澧像个迟暮老人一样颤颤巍巍站起来："我和你娘还年轻，你忍心给我们拔这么高的辈分？"

赵涂林没有迟疑："忍心。"

他再也忍不了，拔了刀就往外跑。赵羲姮还在震惊，压根没想着拦住他。

谢玉麟在给赵涂林做水果奶冻，被卫澧一下子掀翻在地，人甚至有些迷茫。

卫澧叽里咕噜说了一堆，他提取出有效信息了：姐姐好像怀孕了，宝宝是他的。

这样一来，卫澧打他他也不躲了，反而跪在地上，抱着卫澧的大腿："爹，您打我吧，您把我打死都行。您别把我手打断了就行，我还得给姐姐做吃的。"

卫澧想哭，但他哭不出来。谢玉麟一张漂亮脸蛋诱惑了他闺女，关键谢玉麟还是个傻子，他闺女就不能像他一样英明神武有识人眼光吗？

谢玉麟躺在床上半死不活时，他还是高兴的。毕竟做人家女婿哪有简单的，不都是要挨打的？

赵涂林来看他，谢玉麟强撑着坐起来，紧张兮兮地抓着她的手："姐姐，你真的有宝宝了吗？”

赵涂林点头，指了指自己的肚子，好像在指一个无关紧要的东西：“在这儿呢。”

“那你别不要他。”他继续道，他生怕赵涂林不想要这个小孩，“我可以不要名分的，或者你不喜欢，生下来我养好不好？我有钱养孩子的。”

赵涂林没说话，忽然笑起来，抬手搓他的脸，把他的脸搓变形了。

卫澧口述，赵羲姮写信：“你就给齐嫣他们两口子写他们儿子怀孕了……”

赵羲姮用一种看傻子的眼神看他。

卫澧气得嘴瓢了，改口道：“让他们过来把这个小畜生带走！”

在谢青郁夫妇赶到之前，谢玉麟就被卫澧扫地出门了。

谢玉麟想赵涂林，就只能往她那儿放纸鸢，用小篮子吊吃的送给她，或者晚上翻墙进来，后来卫澧养了几条狗，谢玉麟的裤子都被咬破了。

外面有风言风语，说少主要在登基大典上立正君。谢玉麟有些落寞，说好的父凭子贵都是假的。不过正君肯定温柔端庄，比他好，姐姐留下他的小孩就很好了。

谢青郁与齐嫣收到了凭州的信，他们急急忙忙收拾行李奔往凭州，顺便给谢玉麟备好了“嫁妆”。儿子进了凭州的门，就算倒插门了，别指望什么娶媳妇了，人家愿不愿意让他嫁进去还两说。

谢青郁轻轻握了握齐嫣的手：“走吗？”

齐嫣没挣开他。

赵涂林下聘了，下聘的对象是雍州那个“美丽废物”谢少主。

谢玉麟好像被天降的一块馅饼砸中了，砸得他晕晕乎乎头脑不清楚，他不够聪明不够贤惠不会大度，从来没想过姐姐会选他这样不像正君的人做正君。

夜里，他忍着对狗的恐惧，悄悄地爬墙进来，他实在有太多问题想问了。

赵涂林就知道他会来。

他支支吾吾半天，最后也不敢问太过分的问题，生怕赵涂林反悔不要他了，只是小心翼翼地摸摸她的手：“姐姐，你以后要是看上了别人要纳回家，能不能提前告诉我一下。”

他好准备，太突然的话，他会很难过。

赵涂林歪头想了想：“那我大概没什么好告诉你的了。”

她还是比较喜欢他。